ケルトとローマの息子

ローズマリー・サトクリフ 作

灰島かり 訳

Outcast
by Rosemary Sutcliff

"Outcast" was originally published in English in 1955.
This translation is published
by arrangement with Oxford University Press
through Tuttle-Mori Agency, Inc., Tokyo.
Japanese language edition published
by Holp Shuppan Publications, Ltd.,Tokyo.
Printed in Japan.

日本語版装幀／城所 潤　装画／平澤朋子

目次

ローマ帝国略図（紀元2世紀）

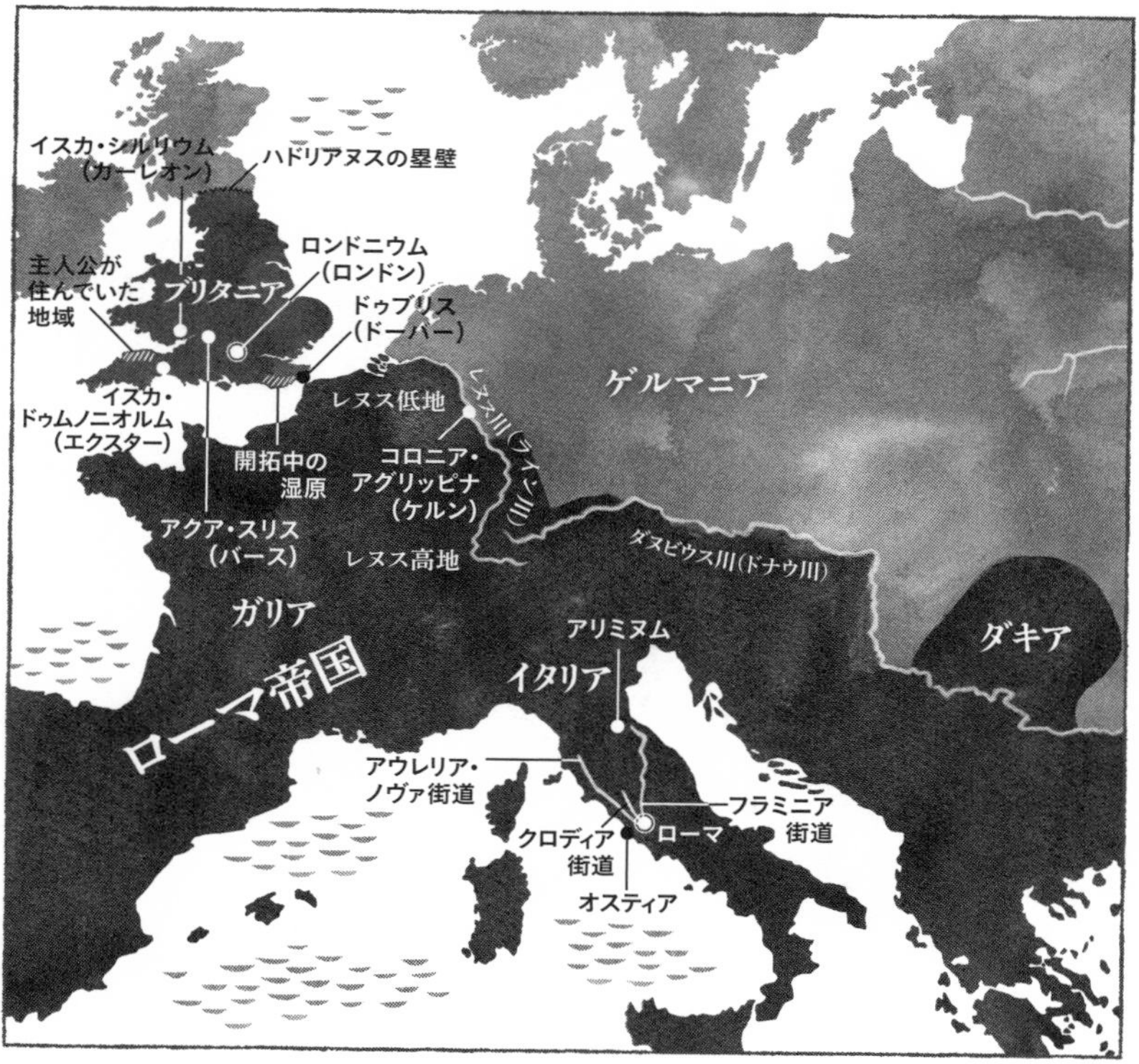

イスカ・シルリウム
（カーレオン）
ハドリアヌスの塁壁
主人公が
住んでいた
地域
ブリタニア
ロンドニウム
（ロンドン）
ドゥブリス
（ドーバー）
イスカ・
ドゥムノニオルム
（エクスター）
開拓中の
湿原
レヌス低地
レヌス川（ライン川）
ゲルマニア
コロニア・
アグリッピナ
（ケルン）
アクア・スリス
（バース）
レヌス高地
ダヌビウス川（ドナウ川）
ガリア
ダキア
アリミヌム
イタリア
ローマ帝国
アウレリア・
ノヴァ街道
フラミニア
街道
クロディア
街道
ローマ
オスティア

はじめに

英仏海峡《えいふつかいきょう》に臨《のぞ》んだ港町ドーバーから、海沿《うみぞ》いに南へ二十キロほど行ったところに、ロムニー・マーシュと呼《よ》ばれる土地があります。ここは昔は海だったところで、長い干拓《かんたく》の歴史を持っています。ケルト人、古代ローマ人、サクソン人、ノルマン人、そして現在《げんざい》の英国人が、この土地を海から獲得《かくとく》しようと力をつくしましたが、なかでも大がかりな干拓《かんたく》事業に挑《いど》んだのは、古代ローマ人でした。

土木建築《けんちく》に優《すぐ》れていたローマ人は、その才能《さいのう》をおおいに発揮《はっき》したのでしょう。「リーの防壁《ぼうへき》」と呼《よ》ばれる古代の堤防《ていぼう》は、現在《げんざい》のふたつの町、アップルドアとニューロムニーのあいだに築《きず》かれたものですが、今でもその痕跡《こんせき》をたどることができます。この堤防建設《ていぼうけんせつ》に着手したのは、ローマ帝国属州《ていこくぞくしゅう》ブリタニアに駐屯《ちゅうとん》していたローマ軍団《ぐんだん》だったはずで、そうなるとそれを指揮《しき》した土木技《ぎ》師《し》である百人隊長がいたはずです。本の最後で、主人公ベリックがマーシュ（＝湿原《しつげん》）に着いたときに出会うのは、そんな人物です。

——ローズマリー・サトクリフ

第一章　沿岸《えんがん》の嵐《あらし》

　ゲイル風と呼《よ》ばれる強風は、しばらく凪《な》いでいたものの、ふたたびかん高い叫《さけ》び声をあげて、村をめがけて襲《おそ》いかかってきた。まるで猛禽《もうきん》が、強大な翼《つばさ》で敵《てき》に打ちかかってくるようだ。村は、風に吹《ふ》きとばされまいとするかのように、はだかの丘《おか》の中腹《ちゅうふく》にうずくまっていた。

　族長の弟であるクノリの家では、炉端《ろばた》の煙《けむり》が、低い芝土《しばつち》屋根にあけた煙出《けむだ》しの穴《あな》から勢《いきお》いよく逆流《ぎゃくりゅう》し、あたりがいがらっぽくなった。天井《てんじょう》の梁《はり》から吊《つ》り下がったアザラシの脂《あぶら》のランプが、右へ左へと大きくゆれ、おかげで黒い影《かげ》が生き物のように家中を跳《と》びはねた。嵐《あらし》が家来を引きつれて、暖《あたた》かく安全な、小さな砦《とりで》であるクノリの家の中まで、ドヤドヤと押《お》し入ってきたかのようだ。だがこの突風《とっぷう》もまたおさまって、ランプのゆれはやみ、炉《ろ》の炎《ほのお》もたじろぐのをやめた。

クノリは炉端《ろばた》に座《すわ》って、風が家のあちこちをむち打つ、ヒュンヒュンという音を聞いていた。羊のお産が終わったおかげで、今夜はもう外に出なくていいのがありがたい。クノリはまえかがみになって、新しい柄《え》をつけた槍《やり》の穂先《ほさき》を、炎《ほのお》に照らしてながめた。とりはずした古い柄《え》がそばに置いてあるが、何度も狩《か》りに使ううちに、傷《きず》つき曲がっていた。トネリコの木で作った新しい柄《え》は、白くまっすぐで申し分ない。手にした、長く鋭《するど》い穂先《ほさき》は、炉《ろ》の光を浴びて、炎《ほのお》の舌《した》のようだ。三匹《びき》の猟犬《りょうけん》は、腹《はら》を火のほうに向けて、わらの上で気持ちよさそうに眠《ねむ》っている。大きなぶちの犬で、犬というよりオオカミに見える。炉《ろ》の向こう側の、女が座《すわ》る場所では、妻《つま》のギネアが糸紡《いとつむ》ぎをしていた。

クノリは仕事をしながら、チラチラとギネアを見ていた。まわっている糸巻《いとま》きに、つぎつぎと灰色《はいいろ》の羊毛が巻《ま》きとられていく。ギネアは、けっして目を上げなかった。ちょっと手を止め、こっちを見て、笑ってくれるといいのに。クノリはなにかおもしろいことを言って、ギネアを笑わせたかった。ギネアの笑顔《えがお》が好きだ。だからふた夏前に、ギネアの父親に結婚《けっこん》させてほしいと頼《たの》みにいったのだ。結婚《けっこん》すれば、自分の家の炉端《ろばた》でギネアが笑うのを見ていられる、そう思ったのに、ギネアが笑わなくなってもう半月が経《た》つ。そう、あの赤ん坊《ぼう》が死んでからだ。

赤ん坊《ぼう》の死は、クノリにとっても悲しいことだった。とはいえ男の子を亡《な》くしたわけではないから、悲しみも、まあ、そこそこだ。女の子だって、畑仕事の手伝いにはなるだろう。しかし役に立つほど大きくなると、とたんに娘《むすめ》は結婚《けっこん》の時期をむかえる。そして結婚《けっこん》してしまえば、もう娘《むすめ》などいないも同然だ。けっきょく娘《むすめ》の結婚《けっこん》相手に、祝いとして槍《やり》を何本かやらなければいけないだけ、損《そん》をする勘定《かんじょう》だった。そこへいくと男の子はちがう。いっしょに狩《か》りにいくことができるし、やがて妻《つま》を連れてくるから、畑仕事の手も増《ふ》える。年老いて狩《か》りができなくなったとき、かわりに獲物《えもの》を持ってきてくれるのも男の子だ。男の子が何人も授《さず》かったあとでなら、女の子も悪くはないだろう。しかし男の子ができずに女の子ばかり授《さず》かるのは、不運以外の何ものでもない。ところがギネアはそんなふうには思わないらしく、ひたすら、自分の赤ん坊《ぼう》がたった一日しか生きられなかったことを悲しんでいた。それがだんだんクノリにもわかってきた。

「この秋の収穫《しゅうかく》がよかったら、ギネアに琥珀《こはく》の髪飾《かみかざ》りを贈《おく》ろう」オオカミと戦うための槍《やり》を置いて、別の槍《やり》を磨《みが》こうと手に取りながら、クノリは考えていた。「それから料理用のなべを新しくしてやろう。もし収穫《しゅうかく》がうんとよければ、商人の持ってくる、きれいなしまもようの布《ぬの》も贈《おく》ろう。それでギネアはチュニカを作ればいい」

そう思いながらも、クノリにはわかっていた。琥珀《こはく》の髪飾《かみかざ》りもなべも、それからきれいなしまもようの布《ぬの》でさえ、ギネアの心をなぐさめてはくれないだろう。ギネアは赤ん坊《ぼう》の死をなげきつづけるだろう。クノリの心に無力感がわきあがり、それが怒《いか》りに変わった。クノリは槍《やり》の刃《は》をにらみつけると、それが憎《にく》しみの対象だとでもいうように、激《はげ》しく磨《みが》いた。

ゲイル風はいっそう力をましたようだ。吹《ふ》きすさび渦巻《うずま》く風の音に、なにか別の音がまじりはじめた。嵐《あらし》の金切り声に一瞬《いっしゅん》まぎれたが、今、はっきりと聞きとれた。ゴーッと深く響《ひび》いては炸裂《さくれつ》するあの音、あれは波だ。風はいっそう北よりとなり、岬《みさき》の黒い岩に波をたたきつけているらしい。崖《がけ》を粉々《こなごな》にくだこうとでもするかのように、つぎからつぎへと高波をくりだしては、ハッシハッシとうち下ろしているのだろう。

すさまじい風が吹《ふ》いて、屋根の棟木《むなぎ》がガタガタゆれた。クノリは息をのんで屋根をながめ、ギネアでさえ糸巻《いとま》きの手を止めた。突風《とっぷう》は、すんでのところで家を吹《ふ》き飛ばしそうになったが、そうなる前に去っていった。とつぜん猟犬《りょうけん》のリーダーのルアスが、暗闇《くらやみ》にきらめくふたつの黄色いランプのような目を見開いてうなり声をあげ、すばやく身構《みがま》え、他の犬たちも続いた。背中《せなか》の毛が、逆立《さかだ》っている。そのとき低い出入り口の前に下げた皮の垂《た》れ幕《まく》がわきに寄《よ》せられ、何ものかが転がりこんできた。後ろで風が逆巻《さかま》いている。

クノリは猟犬《りょうけん》にも負けないすばやい身のこなしで片手《かたて》に槍《やり》を取り、もう一方の手で魔《ま》よけのまじないをした。しかし転がりこんできたのは、敵《てき》でもなければ、嵐《あらし》にさまよう幽霊《ゆうれい》でもなかった。もっとも見たところは、そのどちらであっても不思議ではなかったが。炉《ろ》の灯《ひ》に照らされて、その男の顔がわかると、猟犬《りょうけん》はうなるのをやめて身を伏《ふ》せ、クノリも槍《やり》を捨《す》てた。「フラン」クノリが非難《ひなん》の声をあげた。「もうすこしでこの槍《やり》が、おまえの肋《ろっ》骨《こつ》のあいだに突《つ》き刺《さ》さるところだったぞ。こんな夜にいったいどうしたというんだ？」

フランは入り口を背《せ》にぜいぜいあえいでいたが、目に入る髪《かみ》を振《ふ》りはらい、口を開いた。

「オレのところのあの赤毛の雌馬《めすうま》、あいつのおかげだ。ヤツがまた逃《に》げだしたんで、オレは追いかけて、海の崖《がけ》っぷちまで行った。それで見つけたんだ。絶壁《ぜっぺき》の湾《わん》に入りこんじまった船が、必死で岬《みさき》をまわって逃《に》げようとしていた。いまごろは人殺《ひとごろ》し岩にぶちあたっているにちがいない」

非難《ひなん》どころではなくなった。このまえ船が人殺《ひとごろ》し岩に座礁《ざしょう》したときには、さまざまな難《なん》破物《ばぶつ》が手に入った。クノリは口をきくかわりに、激《はげ》しい期待の色を浮《う》かべて、フランと目を見交わすと、つっ立っていたギネアに向かってどなった。「オレのマントをくれ。急げ！」

ギネアがマントを持ってきたときには、フランのすがたはもうなかった。村じゅうにこの知らせを広めにいったのだ。クノリはマントをつかむと肩《かた》にはおり、青銅《せいどう》のピンで留《と》めた。後に続こうとした猟犬《りょうけん》たちを押《お》しとどめると、身を翻《ひるがえ》して、うなりを立てている暗闇《くらやみ》に飛びこんでいった。息もできないほどの強風だったが、小屋のあいだを縫《ぬ》って走った。

村のまわりには柵《さく》がはりめぐらされており、門はひとつしかない。その門に向かって、別の黒い影《かげ》がいくつも走っていたので、クノリは自分が最初に知らせを受けたのではないことを知った。夜は門を、サンザシを組んだ矢来《やらい》でふさぐことになっているが、もう両脇《りょうわき》にどかしてあった。先に着いた者が、後から来る者のために矢来《やらい》をどかしたままにして、風に向かって頭を下げ、肩《かた》を丸めて海へと向かったのだろう。

今夜は満月に近いが、月も全力で走っているように見えた。じぐざぐに切りとられたような空の晴れ間を、ちぎれた黒雲が飛びすさっていくが、月は今、その雲の後ろに姿《すがた》をかくした。月の見え隠《かく》れにしたがい、海に向かって走る男たちのすがたは、こうもりの翼《つばさ》のような闇《やみ》にのまれたり、銀の光のただなかに浮《う》かび上がったりした。

部族の男たちはひとり残らず、難破物《なんぱぶつ》を求めて、海へ向かっていた。嵐《あらし》の神カムロスの贈《おく》り物を手に入れようと、まるで狩《か》りをするように、男たちは丘《おか》を越《こ》えて来た。みんなに混《ま》じって、クノリもようよう崖《がけ》の上にたどり着いたが、そこに広がっていたのは、さながら世界の果てといった光景だった。金切り声をあげて、ゲイル風が全力で吹《ふ》きまくり、波しぶきが唇《くちびる》に塩の味を運んでくる。身体が浮《う》き上がり、枯《か》れ葉のように吹《ふ》きとばされそうになるので、クノリはかがみこんで下を見た。クノリのいるところから先、草の斜面《しゃめん》と花崗岩《こうがん》の固い岩棚《いわだな》とが入りまじった崖《がけ》は、まっさかさまに海に落ちている。海のなかからはとがった岩がいくつも突《つ》きでており、岩のまわりでは海水が煮《に》えくりかえってでもいるように激《はげ》しく泡《あわ》だっていた。いちばん突端《とったん》に、引き潮《しお》のときだけ現《あら》われる大きな岩があった。それが人殺《ひとごろ》し岩だ。人殺《ひとごろ》し岩は今は海水にかくれているが、確《たし》かにそこに船が座礁《ざしょう》して、無惨《むざん》なすがたをさらしている。あれがフランが見た船にちがいない。

ちょうどそのとき雲間から月が顔を出し、船を照らしだした。ローマから来た商船のようだが、マストが折れ、竜骨《りゅうこつ》も砕《くだ》けているようだ。崖《がけ》の上から見下ろしている部族の男たちは、こういう船が——それは輸送船《ゆそうせん》のこともあれば、ガレー船と呼《よ》ばれる戦艦《せんかん》のこともあった——イスカ・シルリウム（現《げん》ウェールズのカーレオン）と呼《よ》ばれるローマ軍団《ぐんだん》の駐屯地《ちゅうとんち》へ向けて航海《こうかい》するのを、いく度も目にしてきた。事故《じこ》が起こるのは、北東風のときだった。

船は沿岸《えんがん》のどこかで湾内《わんない》に誘《さそ》いこまれ、やがて岩にたたきつけられた。なにがあったか語れるような生き残りはめったにおらず、荷物やら船の備品《びひん》だけが死体とともに沿岸《えんがん》に流れ着いた。

クノリは顔をたたく髪《かみ》を押《お》さえて、難破船《なんぱせん》をじっと見つめた。船はあとどのくらい、すがたを留《とど》めていられるだろうか。この海ではそう保《も》つまい。クノリは海に向かって、狭《せま》くてすべりやすい崖道《がけみち》を下りていったが、今あの船にいたらどんな気がするだろうかという思いが、一瞬《いっしゅん》心をかすめた。

半分ほど降《お》りたところで、うずくまっている人影《ひとかげ》につまずき転びそうになった。ドルイド神官のマデリンだった。かつては大きな力を持っていたものだが、今では年老い、狂《くる》っている。老人は突《つ》きでた岩の下にうずくまって、下の方を見てはブツブツひとりごとを言い、からだを前後にゆらしていた。足を止めたクノリを見上げると、キャラキャラとかん高い声で笑った。人間とは思えない、まるでカモメの鳴き声のような笑い声だ。「あれを見よ」とマデリンは、嵐《あらし》に負けない声を張《は》り上げた。「あの下だ。すばらしい。まるで火のようにこっちを熱くしてくれるながめだ。おお、おお、すごい高波だ。よし、やっつけろ！　もう一発だ！　これで一隻分《いっせきぶん》のローマ人をやっつけたぞ！　えばりくさったローマのやつめらをこらしめてくれる！　ほれ、また大波じゃ！　ああ、波よ、波の王よ。白いたてがみの波よ、雄馬《おすうま》の首もつ波よ、すみやかに来《きた》りて、ひづめにかけ、そして破壊《はかい》せよ。ドルイド神官マデリンの老いた心臓《しんぞう》が、喜びにふるえるわい」

クノリはマデリンをそのままにして、険《けわ》しい道を這《は》いずり降《お》りた。下では巨大《きょだい》な波が逆巻《さかま》き、不運な船を破壊《はかい》しかかっている。船はもう船の形を留《とど》めておらず、みじめな残骸《ざんがい》が、波にもまれているだけだった。崖下《がけした》の少し平らなところに、男たちが集まっていた。ここから槍《やり》を投げれば、難破船《なんぱせん》にとどくほどの距離《きょり》だ。しかし月はまた雲の影《かげ》にかくれてしまった。波しぶきと嵐《あらし》が荒《あ》れ狂《くる》うなか、船上に人影《ひとかげ》は見えず、助けを呼《よ》ぶ声も聞こえなかった。船にはもう生存者《せいぞんしゃ》はいないだろう。万が一、いたとしても、あえて助けようとする者はいない。海から人を助けだすことは、不吉《ふきつ》なことなのだ。ただし、自力で海岸までたどりついた人間がいたなら、それは話が別だ。みんなは、傷《きず》の手当てをしてやり食べ物をやり暖《あたた》めてやって、それから帰してやるだろう。しかしこの荒《あ》れ狂《くる》う海では、生きてたどりつくものはあるまい。

高波は無慈悲《むじひ》にもうち寄《よ》せつづけた。岩に向かって激突《げきとつ》し、雷《かみなり》のような音をたてて砕《くだ》ける。あまりの衝撃《しょうげき》に、クノリの立っている地面がゆれるほどだ。しぶきでびしょぬれとなったクノリは、風と波の途方《とほう》もない力に、魅入《みい》られたように陶然《とうぜん》としていた。かすんでいた月がふたたび輝《かがや》きだしたおかげで、波しぶきのカーテンの向こうに、難破船《なんばせん》のなれの果てのすがたが黒々《くろぐろ》とかいま見えた。と、そのとき、巨大《きょだい》な波が、クワッと波頭《なみがしら》の牙《きば》をむいて、船を襲《おそ》った。これがドルイドのマデリンが呼《よ》びよせた大波なのか？　大波は天と地とを震撼《しんかん》させて砕《くだ》け、黒々《くろぐろ》とした岩礁《がんしょう》も船ものみこんだ。泡《あわ》だつ水面からはしぶきが上がって、一瞬《いっしゅん》白い敷布《しきふ》でおおったようになったが、すぐに風にけちらされた。波が去ったとき、白く濁《にご》った水は、岩の割《わ》れ目に吸《す》いこまれていき、人殺《ひとごろ》し岩のまわりだけが泡《あわ》だっていた。難破船《なんばせん》はといえば、もう影《かげ》も形も見えなかった。

男たちが見守るなか、端《はし》が銀色に光った大きな雲が月をおおい、世界は暗黒のなかに沈《しず》んだ。

ゲイル風は、もう目的は達したとでもいうように、これを境《さかい》に急に弱まった。疲《つか》れたような灰色《はいいろ》の夜明けが訪《おとず》れたころ、漂流物《ひょうりゅうぶつ》をあさる男たちのすがたが、アザラシ棚《だな》の岩のあいだに見うけられた。岬《みさき》の手前に海水が流れこむ岩場があり、嵐《あらし》の贈《おく》り物はそこに流れ着く。

ゲイル風がすべてを吹《ふ》きはらった世界の上に、青と銀のすじを曳《ひ》いた灰色《はいいろ》の空が、大きく円弧《えんこ》を描《えが》いて広がっている。最後にひとわたり弱い風が吹《ふ》いたあとは、崖《がけ》の下は静かだった。とはいえ寄《よ》せ波はまだ荒《あら》く、白く長い列を作ってうち寄《よ》せ、岩のあいだや砂利《じゃり》の浜辺《はまべ》で砕《くだ》けては、クリームのような泡《あわ》を作っている。漂流《ひょうりゅう》してきた難破物《なんぱぶつ》が、引き潮《しお》のおかげで、狭《せま》い浜《はま》につぎつぎと打ちあげられた。帆柱《ほばしら》や材木、縄《なわ》のたぐいは、みんな役に立つ。羊の死体がいくつか、それから酒を入れる皮袋《かわぶくろ》が波間に浮《う》かんでいる。遠くになにかが見えると、男たちは手をつないで長い鎖《くさり》になり、とりに行った。船乗りの溺死体《できしたい》は後でねんごろに、埋葬《まいそう》してやらねばならない。そうでないとずぶぬれの幽霊《ゆうれい》が、村の辻《つじ》に出ないとも限《かぎ》らない。つぎと、そのつぎの潮《しお》で、さらに多くの難破物《なんぱぶつ》が漂着《ひょうちゃく》するだろう。しかしその後は、もうなにものも海は運んではこない。

クノリは水びたしの縄《なわ》をひとかかえ脇《わき》にかかえたまま、岬《みさき》の下をあさっていた。ふと見ると、岩のあいだにふたつの死体がただよっている。これまで見つかった溺死体《できしたい》は船乗りのものばかりだったが、このふたりはちがう。たがいに抱《だ》きあった男と女で、あまりきつく抱《だ》きあっていたために、岩でさえふたりを引き離《はな》すことはできなかったのだ。ふたりともまだ若《わか》かった。男が軍人らしいことが、自身も戦士であるクノリにはすぐにわかった。

おおかた、駐屯地《ちゅうとんち》の軍団《ぐんだん》に帰任《きにん》するところだったのだろう。女の長い髪《かみ》は明るい栗色《くりいろ》で、くすんだ色の海草ともつれて、岩にまとわりついている。生きていたときには、さぞ美しい髪《かみ》だったろう。クノリがふたりをもっとよく見ようとかがみこんだとき、ふたりのあいだでなにかが動いた。

ぎょうてんしてたじろいだものの、いったいなんだか調べようとのぞきこんだ。そこにあったのはひとつの奇跡《きせき》、あれほど怒《いか》り狂《くる》った海から逃《のが》れてきた、たったひとつの生きもの。生まれたばかりの赤ん坊《ぼう》が、マントを裂《さ》いたらしい細長いきれで男の両肩《りょうかた》のあいだにしっかりくくりつけられていた。岩が、とクノリは思った。海ではなく岩が、赤ん坊《ぼう》の両親を殺《ころ》したのだ。そしてふたりはみずからの身体を盾《たて》にして、赤ん坊《ぼう》を岩から守ったのだ。赤ん坊《ぼう》はもぞもぞ動いて、息をしようとケポケポと小さな音をたてた。溺《おぼ》れかかって紫色《むらさきいろ》になっているから、放っておけばすぐに死んでしまうだろう。どうしようかと、一瞬迷《いっしゅんまよ》った。めんどうはごめんだ。しかし、なぜだかわからないうちに、クノリはベルトからナイフを取りだし、父親にしばりつけられているひもを切って、赤ん坊《ぼう》を拾いあげた。男の子で、四、五カ月くらいの大きさだろうか。けがはないようだ。「水を吐《は》かせてやらないと、死んでしまうな」クノリは赤ん坊《ぼう》をさかさにして、ゆすった。海水がほんの少し、口から流れ出たが、ゆすりつづけた。すると赤ん坊《ぼう》が泣きだした。かすかなふるえる泣き声で、まるで生まれたばかりの子羊のようだが、それにしても弱々《よわよわ》しかった。クノリは赤ん坊《ぼう》の頭を上にすると、不思議なものを見るようにまじまじと見つめた。両手のあいだで小さな命がなんとか生きのびようと戦っているのが感じられる。それからクノリは悪いことでもするかのように、あわてて濡《ぬ》れたマントでくるむと、自分の冷えきった身体に残っているぬくもりでも少しは役に立つだろうかと、両腕《りょううで》でしっかり胸《むね》に抱《かか》えこんだ。食べ物がいる、急いで食べ物をやって暖《あたた》めてやらないと、必死で戦っている命の火が、尽《つ》きてしまう。

クノリは最後に、男と女をもう一度ながめた。ふたりは赤ん坊《ぼう》を救《すく》えると思ったわけではあるまい。あの海とあの絶壁《ぜっぺき》とでは、不可能《ふかのう》な望みだ。ただ三人が離《はな》ればなれになるのがいやだったのだろう。しかし、ふたりは赤ん坊《ぼう》を救《すく》った。よし、それなら、その命をもらおう、とクノリは思った。ギネアのために、この子をもらっていこう。この子は、琥珀《こはく》の髪飾《かみかざ》りや新しいなべよりも、ギネアをなぐさめてくれるだろう。赤ん坊《ぼう》をしっかりと抱《だ》くと、クノリは帰ろうとした。

ところが思いがけず、目の前にドルイドのマデリンの顔があって、ぎょっとして立ちどまった。突然《とつぜん》マデリンに出くわすのは、もともと気分のよいものではない。マデリンの顔は骸骨《がいこつ》のようにやせており、そこにはりついた目が冷たい宝石《ほうせき》のように黄色く光っている。人の心を射抜《いぬ》いて、冷たい風を送りこむ不気味な目だ。マデリンはクノリをじっと見すえ、肩《かた》にかかる白髪《しらが》のざんばら髪《がみ》をふるると、問いつめた。「クースリンの息子《むすこ》、クノリよ、おまえがマントにかくしているのは、いったいなんだ？」

「赤ん坊《ぼう》だ。生きているんだ。老いた父よ」クノリは答えたが、マデリンはこんな答えは百も承知《しょうち》にちがいないと思った。

「それをどうするつもりだ？」

「オレの女のところに連れていく。半月前に死んだ赤ん坊《ぼう》の代わりだ」

「海のものを盗《ぬす》むのは不吉《ふきつ》だ」マデリンは唇《くちびる》をなめなめ、話した。「村に連れて帰れば、その赤ん坊《ぼう》は村のみんなに災《わざわ》いをもたらすだろう。海のものを盗《ぬす》む者が、代わりに災《わざわ》いを得《え》ることを知らんのか」

「海はこの子を欲《ほ》しがっていない」クノリはがんこに拒《こば》んだ。反対にあって、かえってクノリは固く心を決めた。ちょうどイストラスという戦士がギネアを欲《ほ》しがっていると知ったとたんに、なんとしてもギネアを手にいれようと決心したのと同じだった。「海が、こいつはいらないと言って、追っぱらったんだ。溺《おぼ》れないというのが、こいつの運命なのさ」

「なんと言ってもむだだ。その赤ん坊《ぼう》は災《わざわ》いをもたらす。それを連れて帰れば、災《わざわ》いと神の怒《いか》りがあるだろう！　たわけめ、われわれはローマに征服《せいふく》されていない自由の民《たみ》だぞ。ローマの小せがれなんぞに、なんの用があるものか！　その赤ん坊《ぼう》には、六十冬前に聖所《せいじょ》を破壊《はかい》し、神官たちを虐殺《ぎゃくさつ》したやからの血が流れておる。あいつらが来るまえは、われらドルイドは命の秘密《ひみつ》を手にする者、月の冠《かんむり》をいただく者だった。その力を、偉大《いだい》な民《たみ》のものだったその力を、ローマは奪《うば》いとったのだ」老いたドルイドの声は、海鳥のような金切り声となり、それをあちこちで男たちが聞きつけた。彼《かれ》らは、騒《さわ》ぎの原因《げんいん》はなんだろうと、岩をよじのぼって集まってきた。

血がのぼったクノリの頭に、ふいと疑問《ぎもん》がよぎった。もしマデリンが言うように、ドルイドが聖《せい》なる力を持っていたのなら、なんだってみすみすローマのワシなんかに負けたんだ？　クノリは自分の考えにおびえて、頭をふって追いはらった。そっと左の指を魔《ま》よけの形に曲げて、まじないを切った。しかしなにはともあれ、この赤ん坊《ぼう》は連れて帰る。

「老いた父よ、あなたに黒い雄《おす》の子羊をささげよう。それで、神が怒《おこ》らないようとりなしてくれ」

　クノリはこう言うと、老人を残して、崖《がけ》を登る道のほうへ歩いていった。指はまだ魔《ま》よけのために、ワシの爪《つめ》のように曲げたままだった。槍兄弟《やりきょうだい》たちが何人かで、行く手をふさごうとしたが、クノリは半分笑いながら、しかし後の半分はふんがいして、どなった。

「どけ。そこをどいてくれ。こいつをオレの女のところへ連れていかなければ、死んでしまう」

　男たちが唖然《あぜん》として後ろすがたを見送るなか、クノリは大股《おおまた》でさっさと行ってしまった。マデリンは人々《ひとびと》のまん中で、しきりにわけのわからないことをわめいていた。無念さのあまりはらわたがちぎれる思いなのだろう。六十冬前であったなら、ドルイド神官に逆《さか》らったり、黒い雄《おす》の子羊で神をなだめようと考えるものなどいるはずはなかった。濡《ぬ》れた岩の上ではあいかわらず、若《わか》い戦士とその妻《つま》がひしと抱《だ》きあったまま、波にゆれつづけていた。

　ギネアをクノリと争ったあのイストラスは、魔《ま》よけの呪文《じゅもん》を大声でとなえ、すれちがいざまクノリに向かってつばを吐《は》きかけた。クノリはせせら笑って、つばを吐《は》きかえし、崖《がけ》を登っていった。崖《がけ》の上にたどりつくと、村に向かって、四つ足のけもののように駆《か》けだした。家の近くまでくると犬たちがでむかえ、クンクン鳴いてまとわりついてきたが、クノリは槍兄弟《やりきょうだい》たちをけちらしたように、犬も追いはらった。「どけ、ルアス。どけ、ケリ。じゃまだ」低い戸口をくぐると、自分の家のあたたかい暗がりが待っていた。

ギネアは朝食のシチュウをかきまわしていたが、しゃがんでさじを持ったまま、いぶかしげにクノリを見つめた。「いいものが見つかったの?」

「悪くない」クノリが答えた。

「たくさん流れてきたの?」

「酒を入れる皮袋《かわぶくろ》や材木、それから羊の死体が何頭かあった」

「それで、人間は? だれも助からなかったの?」

なんと答えようか、クノリが迷《まよ》っているうちに、マントにくるまれた赤ん坊《ぼう》が、小さな弱々《よわよわ》しい泣き声をあげた。ギネアははじかれたように、飛び上がった。両手で口をふさぎ、目を丸くしてクノリを見つめた。「なんなの? そのマントの下にあるのは、なに?」一瞬《いっしゅん》後に、かすれた声で鋭《するど》く問いつめた。

クノリは炉《ろ》の灰《はい》をけちらすようにして、ギネアの隣《とな》りにしゃがみこむと、濡《ぬ》れた包みをほどいた。「これをおまえに持ってきてやった。ほら、おまえにやるよ」

ギネアは手にとろうとせずに、あえいだ。「いや! いやよ、いらない!」

「いい赤ん坊《ぼう》じゃないか」クノリの腕《うで》の下で、赤ん坊《ぼう》の鼻が乳《ちち》をさがすように動くのを、空いている手でどかしながら、クノリは言った。

「あたしの赤ん坊《ぼう》じゃないわ」感情《かんじょう》のない声だった。

「おまえがもらわなければ、赤ん坊《ぼう》はあっという間に、だれのものでもなくなる。オレは岬《みさき》の下の岩の上に、こいつを置き去りにしてもよかったんだが。そうすればこいつは母親といっしょに死んだろう」

ギネアは目を上げて、クノリの顔を見た。「母親って?」

クノリはどうやって赤ん坊《ぼう》を見つけたか、話してやった。ギネアはクノリの顔と、クノリの手のなかの弱々《よわよわ》しい小さな生き物とをかわるがわる見ながら、聞いていたが、「あたしのじゃない。あたしの赤ん坊《ぼう》じゃない」と言っただけだった。

「ちがうが、それでももらっておけ。いい赤ん坊《ぼう》だし、男の子だ」クノリは期待をこめて、赤ん坊《ぼう》をつきつけたが、ギネアは後ずさった。小さな生き物の消えかかっていた命は、部屋の暖《あたた》かさのおかげで、ほんの少し元気をとりもどしたらしく、今にも消え入りそうな声をあげて、また泣きだした。クノリは心配そうにギネアを見ていた。この子をギネアのために連れてこようと、固く思いこんだのだ。この赤ん坊《ぼう》はギネアのための子だと思った。

ギネアは赤ん坊《ぼう》を亡《な》くし、この子は母親を亡《な》くした。だからふたりがいっしょになればいい。クノリはそうはっきり考えたわけではないが、そう感じたのだ。それが道理というものだし、クノリは道理にかなったことを好んだ。

クノリが説得《せっとく》できなかったことを、この消えいりそうにかすかな泣き声がしてのけた。とつぜんすすり泣きのようなかすかな声がギネアの口からもれ、ギネアはかがんで手を伸《の》ばした。「あたしに寄《き》こして。赤ちゃんをそんなふうに抱《だ》いちゃだめよ」

第二章　群れのおきて

赤ん坊《ぼう》はベリックと名づけられ、クノリは約束どおり、黒い雄《おす》の子羊を神にささげた。成長して立派《りっぱ》な戦士となるように、ベリックは初めての食べ物を、クノリの短剣《たんけん》の先から口に入れてもらった。二年目に、ギネアはベリックの柔《やわ》らかい肌《はだ》に、この部族の戦士の模《も》様《よう》を針《はり》で入《い》れ墨《ずみ》し、大青《たいせい》をすりこんで青く染《そ》めた。入《い》れ墨《ずみ》が終わると、傷《きず》の痛《いた》みでまだワーワーと泣きさけんでいるベリックに、甘《あま》いミツバチの巣を好きなだけ食べさせてやった。

ゲイル風が村をさいなむ秋が、九度過《す》ぎ、子羊が産まれる春が九度めぐってきた。九度、男たちが羊小屋でオオカミの番をする厳寒《げんかん》の季節がやってきて、九度、初夏の崖《がけ》はハマカンザシの桃色《ももいろ》の花で埋《う》まった。ハマカンザシの花は、崖《がけ》の下の波しぶきと結ばれたいかのように、はらはらと崖《がけ》をこぼれ落ちつづけた。その後、クノリの家にはふたりの男の子が産まれた。三人兄弟の長男となったベリックだが、いよいよ戦士の訓練を受ける年となった。

毎年収穫《しゅうかく》の時期には、この地域《ちいき》一帯に住む部族の人間がみな村に集まり、大切な儀式《ぎしき》の日をむかえた。村の中心に、緊急《きんきゅう》のおりに家畜《かちく》を囲《かこ》うための広場がある。そこにみんなが集まり、去年の収穫《しゅうかく》から一年のあいだに十五歳《さい》になった少年たちが、それぞれの父親から武器《ぶき》を授《さず》かる儀式《ぎしき》が行われた。少年はこの成人の儀式《ぎしき》を経《へ》てはじめて、一人前の男として戦士の仲間入りを許《ゆる》される。儀式《ぎしき》の後は、かまどから丸焼きのイノシシが取りだされ、大《だい》宴会《えんかい》となった。ヒースの酒が注がれ、竪琴《たてごと》が奏《かな》でられ、戦士たちは舞《まい》を舞《ま》った。火の踊《おど》り、戦車の戦いの踊《おど》り、そして新しい戦士を寿《ことほ》ぐ踊《おど》り。女たちの賞賛《しょうさん》のまなざしが熱く注がれる。ローマ軍がよけいな警戒《けいかい》をはじめる以前は、儀式《ぎしき》は今よりはるかに壮大《そうだい》なものだった。ドゥムノニー族のすべての部族が、ウクセラの城で一同に会したものだ。少年たちは武器《ぶき》を授《さず》かる前に、ドルイドと新戦士のみが知る長く恐《おそ》ろしい秘儀《ひぎ》を体験しなければならなかった。しかし今では、ローマのワシの前に、ケルトの民《たみ》の輝《かがや》かしい日々《ひび》は失われ、偉大《いだい》なドルイド神官を見かけることもなくなった。ベリックは自分の部族のドルイドをほとんど覚えていなかった。黄色い目をしていたことだけは、かすかに覚えている。その目は見る者の心を射《い》ぬき、冷たい風を送るという目だった。あのドルイドが死んでからもう何年もたつが、それ以来部族には、秘儀《ひぎ》を司《つかさど》るものがいなくなった。とはいえこの日が、重大な儀式《ぎしき》の日であることに変わりはない。イノシシの丸焼きと戦士の踊《おど》りのあいだには、その年九歳《さい》になって、戦士の訓練を始める少年たちがかがり火の座《ざ》の円陣《えんじん》のなかに集められ、部族の戦士たちにお披露目《ひろめ》されるという行事もあった。

ベリックは、クノリの猟犬《りょうけん》のあいだにあぐらをかいて座《すわ》り、新しい戦士がひとりずつ槍《やり》をかかげて、沈《しず》む太陽を礼拝《れいはい》するのを見ていた。自分も訓練を終えれば、今、新戦士たちがいる場所に立ち、沈《しず》む太陽に向かって新しい盾《たて》に槍《やり》を打ちおろす儀式《ぎしき》を行い、そして戦士の席と決められた場所に初めて座《すわ》ることになる。その栄光の日のことを思っていた。やがて槍兄弟《やりきょうだい》たちとくつわを並《なら》べて戦いに出陣《しゅつじん》し、かがり火の座《ざ》で意見を言えるようになり、えらい戦士の着る緋《ひ》の衣《ころも》を許《ゆる》されるだろう。なんとすばらしいことだろう。

丸焼きのイノシシという豪勢《ごうせい》なごちそうを、短剣《たんけん》の先でむさぼり喰《く》っているあいだじゅう、ベリックは輝《かがや》きに満ちた幸福な夢《ゆめ》を見ていた。たそがれが闇《やみ》に変わるころ、長老や戦士たちが組んだ円陣《えんじん》から族長の声があがって、九歳《さい》の少年たちが呼《よ》ばれた。ベリックは急いで短剣《たんけん》をベルトの鞘《さや》におさめ、口のまわりについた肉のあぶらを近くの犬の背中《せなか》でふくと、出ていった。あちらこちらから、九歳《さい》の少年たちが集まってくる。村のなかのものが五名、その倍ほどの人数が、離《はな》れた場所から来ていた。人の足やら猟犬《りょうけん》の群れのあいだをぬって、ようようのことでかがり火の燃《も》える円陣《えんじん》にたどりつくと、少年たちは部族の戦士や狩人《かりゅうど》の鋭《するど》い目にさらされた。部族の大人たちが値踏《ねぶ》みするように見つめるなか、少年たちは自分たちの手や足をもてあましたように棒立《ぼうだ》ちになったまま、ただ前方を見つめていたり、父親や仲間の顔を見ては意味もなくにやにやしたりしていた。

クノリは族長の弟だったから、族長のすぐ近くに座《すわ》っていた。円陣《えんじん》にベリックが来たのを見て、クノリは力づけるように軽くうなずいた。それでベリックの身体に、暖《あたた》かい波のように誇《ほこ》りが満ちた。ベリックは自分がどうやってクノリの家に連れてこられたか知っていたが、それはただの話であって、だからどうということはなかった。ベリックの世界では、父はクノリであり母はギネア、アスメイルとアスガルが弟だった。今ベリックの心にあるのは、部族の戦士たちによく思われたい、そして父に長男の自分を誇《ほこ》りに思ってもらいたい、ということだけだった。

長老たちは、子どもたちをじっくりとながめ、おたがいにうなずいては語りあった。

——みこみがありそうだ、今年はできがいい、なんとかなりそうな子どもらだが、しかし

——あれは、あの子は……。ベリックはみんなが自分を見ているのに気がついた。円陣《えんじん》を組んだ男たちが全員、不審《ふしん》そうな目で、こちらを見つめている。それから赤い髪《かみ》をして、首に金の環《トルク》をつけた大男の族長が、ベリックに向かって手招《てまね》きをした。ベリックはぎくしゃくと歩いて族長の前に立ったが、すっかりおびえていた。

「この子をどうしたものか？」族長が口を開いた。「クノリの養い子だが、この子をどうすべきか、考えるときがきたようだ。これまで九年間、この子はわれらのあいだで育ったが、わが部族の子ではない。この子をわが部族の槍兄弟《やりきょうだい》の一員として、迎《むか》えいれていいものか？」

族長のそばで、クノリが興奮《こうふん》した声を出した。「この子はなにからなにまでみんなと同じだ。ただちがうのは血すじだけだ」

「肝心《かんじん》なのは、その血すじだ」灯《ひ》のほうにかがみこんで、だれかが言った。

クノリは声のほうをふりかえった。「イストラスか。では、おまえ自身の血管に流れる血はどうなんだ？　おまえは海の部族、アザラシ族の出自《しゅつじ》だと自分で言っているではないか。おまえの先祖《せんぞ》のアザラシ族を、われらは戦士の仲間として受け入れたのではなかったか？」

「アザラシ族は、われらと同じ世界に属《ぞく》するものだ」イストラスは荒々《あらあら》しく答えた。「しかしローマの赤いたてがみどもは、絶対《ぜったい》にちがうぞ。おまえの養い子の顔を見ろ。ローマ人の顔をしてるじゃないか。オレは東の境界《きょうかい》の先へ羊の毛皮を売りに行ったときに、赤いたてがみをおおぜい見たから、知っているんだ。フラン、ゴーキン、おまえたちだって見てきたなら、わかるだろう。こんな子を、われらの息子《むすこ》たちといっしょにしてたまるか。戦士にするなんて、とんでもないことだ」

かがり火を囲《かこ》んだ男たちのあいだから、イストラスに同調して文句《もんく》を言う声がブツブツとあがった。クノリの手が短剣《たんけん》にかかり、いまにもイストラスにとびかかっていきそうに見えた。猟犬《りょうけん》たちが突然《とつぜん》、牙《きば》をむいて噛《か》みあいのけんかをすることがあるが、そんな争いが起こりかけていた。クノリとイストラスのあいだには、恨《うら》みが尾《お》を引いているのを、そこにいる男たち全員がよく知っていた。

族長が割《わ》って入った。「この子を境界《きょうかい》の向こうへ連れていって、この子の同族がいるところへ置いてきたらよかろう」

クノリがくってかかった。「境界《きょうかい》の向こうで、この子にどうしろと言うんだ？　この子はわれわれの暮《く》らし方しか知らない。それにまだ、たった九つの夏を知っただけの子どもだぞ」

「イスカ・ドゥムノニオルム（現《げん》エクスター）にはおおぜいの商人がいる。どこかの商人がこの子のめんどうを見て、商売を教えてやるだろう」族長はなるべく親切に、こう言った。

族長にだれかが答えるまえに、ベリック自身が自分で立ち向かいはじめた。

大人たちが議論《ぎろん》をしているあいだずっと、ベリックはじっと立って、話をする人間の顔を交互《こうご》に見つめていた。腹《はら》のなかでは丸焼きのイノシシの肉が冷えて重くもたれていた。今ベリックは野生の小動物のように、族長に向かって、くってかかった。「オレは赤いてがみなんか知らない。そんなところになんか、行くもんか。オレはここの子だ。炉《ろ》の火と、パンと、塩にかけて、オレは一族の子だ。だからイスカ・ドゥムノニオルムに行って、商売をならうのなんかいやだ。オレはみんなといっしょに訓練を受けて、戦士になるんだ」ベリックの声はほんの少しふるえたけれど、なんとか言い終えた。それから戦士たちの輪に向かって訴《うった》えた。「お願いします。オレはなんにも悪いことはしていません。だからオレを追放しないでくれ」

座《ざ》がしんとしずまりかえった。しばらくすると、ふたりがベリックの味方を買ってでた。最初に口をきったのは、盲目《もうもく》の竪琴弾《たてごとひ》き、リアダだった。リアダは族長の足元の鹿皮の上に座《すわ》っていたが、片手《かたて》を上げて竪琴《たてごと》の弦《げん》をかきならした。弦《げん》が火明かりを浴びて、水の流れのようにきらめいたかと思うと、音楽がまるで解《と》き放たれた小鳥のように星空にあふれだした。リアダはベリックのほうを向いて、カラカラと笑った。「ぼうず、よく言った。九歳《さい》にしては、上出来だ。わしにはローマ人の顔は見えんが、肝《きも》のすわった人間に会ったときには、それとわかるぞ。どこの血すじかなんぞ、問題なものか。それより大事なのは、本物の熱い血がたぎっているかどうかだ」

二番目はフィオンだった。かつては部族一の勇者だったこの白髪《しらが》の老人は、火のほうにかがんで、おだやかな声を出した。「ぼうずを仲間といっしょに訓練してやれ。今晩《こんばん》こういうことがあったあとで、それでもへこたれずに仲間とやっていけるなら、この子はやがていい戦士になって、部族のためになる。わしらとは違《ちが》うが、この子も戦士の出だ……。わしは昔、オオカミの子を育てたことがある。犬ではなかったが、狩《か》りに連れていくと、どんな猟犬《りょうけん》より役にたったものじゃ」

イストラスは簡単《かんたん》にはひかず、また若《わか》い戦士たちのなかにはイストラスを慕《した》うものもいたので、しばらく議論《ぎろん》が沸騰《ふっとう》した。しかしフィオンは、いちばんの年寄《としよ》りが思い出せるかぎりの昔から、部族一の偉大《いだい》な勇者として尊敬《そんけい》されていたし、竪琴弾《たてごとひ》きの言葉も重きを置かれていた。なによりも、そこにいたのはみな戦士だったから、少年が小さいシャモのように負けん気を見せて戦ったことが、気に入られた。とうとう族長が、かがり火の座《ざ》を見回して宣言《せんげん》した。「これで決まりだ。この子はみんなといっしょに戦士として訓練する。この子がいい戦士となるよう祈《いの》る」

「この子が災《わざわ》いと悲しみをもたらさないよう祈《いの》る。あのマデリンの予言ではそうなるはずだが」イストラスは冷酷《れいこく》に言い放つと、後ろの蜂蜜酒《はちみつざけ》の杯《さかずき》のほうを向いてしまった。

「そのことなら、黒い雄《おす》の子羊で解決《かいけつ》ずみじゃ」フィオンが話をおさめた。

こうしてフィオンとリアダのおかげで、ベリックの将来《しょうらい》は定まった。同じ年の少年たちは、ぽかんとして見ていたが、みんないっしょに円陣《えんじん》から追いはらわれた。

これでひとつの行事が終わり、人々《ひとびと》は場所を変えた。みんなは後ろの小屋ぎりぎりへと下がり、踊《おど》りのためにまん中の月の光のふりそそぐ場所をあけた。ベリックは仲間の少年たちを離《はな》れて、人混《ひとご》みにまぎれた。母親が蜂蜜酒《はちみつざけ》の入った壷《つぼ》を腰《こし》に乗せて運んでいるのが見えたので、自分のすがたを見られないように、さっとかくれた。さっきなにが起こったか、母は見たか聞いたかして、もう知っているにちがいない。ベリックを見たなら、母はなぐさめようとするだろう。だがなぐさめられることは、今はなによりつらい。触《さわ》られたくない腫《は》れ物をかくすように、ベリックは心の痛《いた》みを内に押《お》しこめて歩いていた。そこへ、父の猟犬《りょうけん》のなかでもいちばんかしこいブランがやってきた。ベリックが二軒《けん》の小屋のあいだの暗がりにしゃがみこんで、犬のあたたかい首に両腕《りょううで》をまわすと、犬はベリックの顔をすみからすみまで、せっせとなめてくれた。

暗がりで、そのまま長いことじっとしていた。前方の男たちの場所では、月光と松明《たいまつ》の灯《あか》りの下で、戦士たちの踊《おど》りが続いていた。ぐるぐる回りながら足を踏《ふ》みならす音、合いの手のおたけび、武器《ぶき》のぶつかる音が聞こえ、振《ふ》りまわす松明《たいまつ》の炎《ほのお》が空をこがしていた。

よかった、もうだいじょうぶだ——ほかの子たちといっしょに訓練も受けられるし、やがて戦士の緋《ひ》の衣《ころも》だって着られるようになる。オレは部族の子で、みんなは仲間だ。これまでベリックは、自分にそんなことを言ってきかせたことなどなかった。だがこのとき初めて、そうせざるをえなくなった。祭りの夜の輝《かがや》かしさは消えてしまった。たらふく食べた肉で満ち足りているはずの胃袋《いぶくろ》には、ただ重苦しい冷たさだけが残っていた。

しかしつぎの朝には、胃袋《いぶくろ》にあった冷たい感触《かんしょく》を、ほとんど忘《わす》れかかっていた。その日は、遠くに住むものたちが帰る日で、あちこちで犬が吠《ほ》え、馬は落ち着きをなくし、小さな子どもたちが迷子《まいご》になるなど、一日中、騒然《そうぜん》としていた。だから二日後の朝、父と母、ふたりの弟、それから猟犬《りょうけん》たちのいる自分の家で目がさめたときには、ベリックの頭は、その日が訓練の最初の日だということ、それだけでいっぱいだった。

朝食のとき、母はベリックに、いつもの大麦《バーリー》パンとミルクのほかに、ミツバチの巣のかたまりをくれた。それを食べているあいだ、六歳《さい》のアスメイルとまだ四歳《さい》のアスガルが目をまんまるにして、尊敬《そんけい》のまなざしで見つめていた。父は、軽めの投げ槍《やり》のなかから好きな一本を、ベリックに自分で選ばせてくれた。ベリックはズボンを留《と》めている鹿皮のひもをしっかりしめ直すと、選んだ投げ槍《やり》を手にして、家を出た。

小屋と小屋のあいだを、ベリックはかけていった。芝土《しばつち》で屋根をおおった石造《いしづく》りの小屋は、地面にへばりついたように背《せ》が低く、どれが人の住む小屋か、馬小屋や牛小屋か、あるいは物置か、見分けがつかなかった。もっとも朝のこの時間には、住まいの屋根からは薪《まき》をたく煙《けむり》が、カケスの羽のような青いすじとなって、空へと立ちのぼるため、人が住んでいることがわかる。サンザシの生えた高い土手にある門を抜《ぬ》けて、高地の谷間へと降《お》りていくと、風の当たらない細長い原っぱがあった。奥地《おくち》からつづくカシとサンザシの暗い森は、強風のため木々《きぎ》が一方向になびいている。この森のはずれから下の小川までが、開けた草地だ。ここは村ができて以来ずっと、訓練場として使われており、戦車乗りの練習のための柱が立ちならんでいた。ここで村の少年たちに投げ槍《やり》の最初の手ほどきをするのは、ここ二十年かそれ以上というもの、老プリドファスの仕事だった。

ベリックが着いたときには、もう何人かの少年たちが、子犬のように転がりまわって遊んでいた。プリドファスはそんなことは気にもとめず、倒《たお》れた木の枝《えだ》に腰《こし》を下ろしている。ほかの子どもたちもおいおいやってきたが、ほんのひとつかみの人数で、大きい子はいない。二年目を過《す》ぎた子どもたちは、老プリドファスの手を離《はな》れる。つぎに子どもたちを教えるのは、まだオオカミに噛《か》まれた傷跡《きずあと》が少なく、なめらかな皮ふをした、若《わか》い狩人《かりゅうど》たちだった。

新入りの少年たちになにかやらせた後で、おまえたちはなってない、おまえたちの父親がこの年齢《ねんれい》だったときはもっとずっとましだったぞ、と叱《しか》るのがプリドファスのくせだった。だからこの日もいつもどおり、少年たちにわらの的《まと》に向かって順番に槍《やり》を投げさせたあと、木の枝《えだ》に腰《こし》かけて、怒《おこ》るというよりは悲しそうな調子で、感想を述《の》べた。新入りはプリドファスの前に直立して立ち、去年からの子どもたちがそれを囲《かこ》んでおもしろそうに聞いていた。「おまえたちの父親は、おまえたちほどやかましくはなかったぞ。そうして投げ槍《やり》はなんのためにあるのか、少なくともそのくらいは知っていた。それにくらべておまえたちときたら」こう言って、それぞれの欠点をくわしく述《の》べるので、みんなは赤くなってもじもじした。「だがなあ、おまえたちをなんとかせねばなるまいよ。そうしなかったら、この部族からは狩人《かりゅうど》がいなくなっちまうからな」それからゆううつそうにつけくわえた。「じゃあ、始めるか」

そうして、訓練が始まった。わらで作った新しい的《まと》が四つあり、赤、黒、緑、そしてわらの黄色そのままと、それぞれが違《ちが》った色をしていた。二年目の子どもたちは、この四つの的《まと》に向かって、槍《やり》を投げる。プリドファスがどの色に向かって投げるかを指示《しじ》するのだが、投げるぎりぎり寸前《すんぜん》に指示《しじ》するために、少年たちはすばやく反応《はんのう》しなければならない。新入りたちの的《まと》はたったひとつだが、最初の日にはそのひとつの的《まと》に向かってさえ、当てるまでにはいかなかった。まずどう立つか、どう勢《いきお》いをつけて振《ふ》るか、どこで槍《やり》を手放せば、振《ふ》ることと投げることが一連のなめらかな動きとなるか、を覚えねばならない。子どもたちはよちよち歩きのころから父親の武器《ぶき》をおもちゃにして育つが、年長者のまねをすること以外は、とくになんの訓練も受けていなかった。のみこみの早いものもいれば、おそいのもいるが、プリドファスは忍耐《にんたい》づよく何度も手本を見せた。「この足はもっと離《はな》すんだ。もっと開いて、もっと前。そうだ、よし、もう一度。だめだ、だめだめ。すずめばちを追っぱらっているんじゃないぞ。そんなにふりまわすやつがあるか。なめらかに動け。おーい、なめらかと言ったんだぞ。こらっ、おまえは棒《ぼう》みたいにつったって、片腕《かたうで》だけで投げとるな。おまえと槍《やり》とがひとつになって、きれいな弧《こ》を描《えが》くんだ。足の先から槍《やり》の穂《ほ》の先へと、ばねをきかせろ。よし、もう一度だ」

ベリックはよく見て、よく注意を聞き、そして従《したが》った。これほどいっしょうけんめいになにかをやったことはなかった。おかげで一日の訓練を終えたときには、どうすればいいのかわかってきて、満足感を感じていた。

しかし訓練が終わり、プリドファスが去ってしまうと、おそろしい早さで悪夢《あくむ》が襲《おそ》ってきた。ベリックの世界がベリックを裏切《うらぎ》って、なじみのあるものが皆《みな》、不気味で恐《おそ》ろしいものに変わっていった。

ベリックが腰《こし》の皮ひもを直して目を上げると、敵意《てきい》をむきだしにした顔にぐるりととり囲《かこ》まれていた。

「いやにがんばるじゃないか、ベリック」

「汗《あせ》なんかかいたって、むだだよ。赤いたてがみになんか、狩《か》りはできないって、だれでも知ってらあ」

「赤いたてがみ、赤いたてがみ」三人目がはやすと、みんながベリックをこづきだした。

「やーい、赤いたてがみ。おまえなんか、赤いたてがみのところへ帰れ！」

ベリックは少しだけ息を荒《あら》くして、みんなを見ていた。こいつらとは、赤ん坊《ぼう》のときからいっしょに遊んだりけんかをしたりしてきた。オレが仲間じゃないなんて、こいつらだってオレだって、頭に浮《う》かんだことさえなかった。でもそれも二日前のあの晩《ばん》から、変わったんだ。あのとき老いたフィオンの言ったことの意味を、ベリックはこのとき理解《りかい》した。「今晩《こんばん》こういうことがあって、それでもへこたれずに仲間とうまくやっていけるなら、この子はいい戦士になって、部族の役に立つ」フィオンはこう言ったとき、この先なにが起こるか、よくわかっていたのだ。猟犬《りょうけん》の群れが突然《とつぜん》、ある一匹《ぴき》をいっせいに攻撃《こうげき》するのを、フィオンは以前から見てきたのだろう。よそから来た犬や傷《きず》ついた犬、みんなとちがったところのある犬に向かって、犬たちはいっせいに攻撃《こうげき》の牙《きば》をむく。

二年目のカスランという少年が、みんなを押《お》しのけて前に出ると、いきなりベリックの頭をなぐった。「おい、えばりやの赤いたてがみなんか、槍兄弟《やりきょうだい》にしてやる気はないからな」

攻撃《こうげき》をまともにくらって、ベリックはよろめいた。耳がジンジンと鳴っているが、なんとか立ち直った。「そっちにその気がなくても、オレはなってやるぞ」そう言って、ありったけの力で、カスランの口をなぐった。

まわりが息をのみ、カスランの顔が驚《おどろ》きと怒《いか》りにゆがんだ。つぎの瞬間《しゅんかん》にはほかのやつらが束《たば》になってかかってくるだろうと、ベリックは敵《てき》を前にした猟犬《りょうけん》のように低く身構《みがま》えた。しかし群れは襲《おそ》ってこなかった。カスランに押《お》したおされながら、ほかの連中が一歩退《しりぞ》いて、ふたりのまわりを空けたのがわかった。そうか、一騎打《いっきう》ちをやらせるんだな。群れのチャンピオン対よそ者の勝負というわけだ。

カスランはベリックより一歳《さい》年上で、しかも年齢《ねんれい》以上に大きく、けんかが強いと評判《ひょうばん》だった。ベリックはこれまで本気でけんかをしたことは一度もなかった。しかし今は死ぬ気で戦うしかない。この戦いに自分の居場所《いばしょ》がかかっていることを、よくわかっていた。ベリックは山猫《やまねこ》のように、何度も何度も相手にむしゃぶりついていった。相手からの激《はげ》しいパンチを防御《ぼうぎょ》することなど、考えているひまはない。まわりからはどなり声や悲鳴が上がり、興奮《こうふん》が高まるにつれて声が高くなった。しかしまん中で戦っているふたりは、あえぐ以外は無言だ。ふたりは地面をころがりまわりながら、めちゃくちゃになぐりあっていた。そのうちどうやってかわからないが、ベリックがカスランを組みふせた。ぶちのめされて血だらけとなったそばかすだらけの顔が、下からベリックを見上げている。カスランは口を引き結び、鼻から馬のように荒《あら》い息をして、なんとか上になろうともがいている。ベリックの息もあがっているが、それでも泣きながらくらいついていた。怒《いか》りでゆがんだ仰向《あおむ》けのカスランの顔に、ベリックの鼻血がぼたぼたと落ちた。ベリックは吐《は》きそうだったし、心臓《しんぞう》は破《やぶ》れそうだった。それでも歯をくいしばると、最後の力をふりしぼって、もがく相手をひざではさみ、両耳をぐいとつかむと、頭を固い地面にたたきつけた。もう一回、もう一回。

カスランの顔から怒《いか》りが引き、ぼうっと呆《ほう》けた表情《ひょうじょう》に変わったのを見て、戦意が失《う》せたのがわかった。ベリックは最後にもう一度敵《てき》の頭をたたきつけると、ふらふらと立ちあがった。鼻血を手の甲《こう》で押《お》さえて、倒《たお》れている敵《てき》を見下ろす。カスランはそのまま伸《の》びていたが、切れた唇《くちびる》をなめなめ、ベリックよりもいっそうのろのろと立ちあがった。ふたりはハーハーと荒《あら》い息をはきながら、しばらくそのままにらみあっていたが、やがてベリックはくるりと向きを変え、鼻血を流したまま歩きだした。無言で見ていた連中は道をあけてベリックを通したが、その動きには、新たな尊敬《そんけい》の念がこめられていた。

ベリックはわき目もふらずに、カシの木の森をのぼり、はだかの丘《おか》の肩《かた》へ出た。ここでは何頭もの母馬が、まだしっぽがふわふわした子馬といっしょに走っている。そのまま岬《みさき》に出て、岬《みさき》の先端《せんたん》まで行き、あと二歩行けば「西の海」に墜落《ついらく》するという崖《がけ》の上で、かたい草の上に身を投げだした。険《けわ》しい崖《がけ》の道を降《お》りられるほど大きくなると、ベリックは、崖《がけ》の下のアザラシ棚《だな》と呼《よ》ばれる岩場が気に入りの場所となった。しかし岬《みさき》のこちら側に来ることはめったになかった。父のクノリがこの下の岩場で、大嵐《おおあらし》の晩《ばん》に自分を拾ったのだと思うと、不安を感じないではいられなかったからだ。たとえば慣《な》れ親しんだ世界の、ほつれ目がここにあって、そのほつれ目から別の世界が襲《おそ》ってくるとでもいうような恐怖《きょうふ》をベリックは感じていた。ところがきょうは、いつもなら近づくのを避《さ》けるその恐怖《きょうふ》が、逆《ぎゃく》にベリックをひきつけた。なぜなのか、わけがわからなかったが。

ベリックの腹《はら》は、空腹《くうふく》とは違《ちが》うなにかで、ずきずきと疼《うず》いた。これまで感じたことのない、言葉にできない痛《いた》みだった。これで、自分は群れに受け入れられた。それはわかっている。でも、それにもかかわらず、居場所《いばしょ》のない悲しみがひたひたと押《お》し寄《よ》せてくる。初めてのけんかに勝った。激《はげ》しい戦いに勝って、誇《ほこ》らしかった。それなのに夢《ゆめ》にも思わなかったことが起こり、自分の世界が足元からガラガラと崩《くず》れるのを感じて、恐《おそ》ろしかった。なぜか、太陽の下のすべてのものが腹立《はらだ》たしかった。ベリックは混乱《こんらん》し、途方《とほう》にくれていた。傷《きず》もズキズキするし、あらゆることがからまりあって、心のなかに固いこぶができ、それが痛《いた》かった。

ベリックは舞《ま》っているカモメに話しかけた。「オレの腹《はら》のなかに、石ができてる。いったいなんなんだよ、これは？　わかんないよ」

手の甲《こう》に血がこびりついていたのでなめてみた。塩からい。塩からくて甘《あま》い。しばらくそのまま腹《はら》ばいになって、下を見ていた。風がのんびり吹《ふ》き、崖《がけ》のハマカンザシの枯《か》れた花をゆすり、草のあいだを抜《ぬ》けて、ときおり草笛の高い音を運んでくる。たえまない波のくぐもった響《ひび》きのなかに、それは高く澄《す》んだ歌声のように響《ひび》いた。海もおだやかで、白波は遠くでゆっくりと砕《くだ》けては、泡《あわ》のレースを運んでくる。浅瀬《あさせ》の波は黒い岩場や砂利《じゃり》の浜《はま》辺《べ》で、子猫《こねこ》のように優美《ゆうび》に戯《たわむ》れている。ベリックは、水がたゆたい、浅瀬《あさせ》で緑の色を増《ま》し、波頭《なみがしら》が立って一瞬《いっしゅん》静止してから、泡《あわ》となってくだけるのを見ていた。波は岩の平らな表面をパシリと打っては、優雅《ゆうが》にとび散り、白い糸となって流れる。そして砂利《じゃり》のあいだをしゅーしゅー音をたてて退《ひ》いていき、つぎの波とかわる。つぎの波、そしてまたそのつぎ。ベリックのすぐ近くを、カモメの翼《つばさ》がすり抜《ぬ》けていくこともあった。一度などは、ハヤブサの灰色《はいいろ》の翼《つばさ》が、かすっていった。このハヤブサは崖《がけ》の高巣で、二羽のひなを育てているのだ。しかしこのときベリックには、鳥を見る余裕《よゆう》はなかった。腹《はら》にできた石のおかげで、世界が遠のいてしまった。そのうえ、考えなければならないことがいろいろあった。

たとえば、自分の本当の親のこと。ベリックはこれまで実の父のことを考えたことはなかった。父といえばクノリのことだったから。また、実の母のことを思ったこともなかった。ギネア以外の母など想像《そうぞう》もできなかったから。でも今、黒い岩にうち寄《よ》せるおだやかな小波を見ながら、ベリックは実の両親のことを考えていた。突然《とつぜん》、そして初めて、彼《かれ》らは遠い物語のなかの人物ではなくなった。自分は彼《かれ》らについてなにも知らない。父親が戦士らしかったこと、母親は美しい栗色《くりいろ》の髪《かみ》をしていたこと、それ以外はなにも知らない。だが彼《かれ》らは生きている人間となった。両親は自分と同じ種族で、自分は彼《かれ》らに属《ぞく》しているのだ。

そばでなにかが動く気配がした。ふり返ると、二、三歩離《はな》れたところに、カスランがしゃがみこんでいた。ベリックはクルッと回転して上半身をはね起こし、けんかにそなえて身構《みがま》えた。座《すわ》ったまま、ふたりは顔を見あわせた。カスランの顔は血のかたまりがこびりついており、なぐられた跡《あと》が青あざになっている。しかしけんかをぶり返しにきたようには見えなかった。なぐられてはれあがった顔には、わざと何気ないふりをしているとでもいったような、妙《みょう》な表情《ひょうじょう》が浮《う》かんでいた。

「なにしにきたんだ？」ベリックは小さなしゃがれ声で言った。

「暑いな」カスランが言った。「それに血で汚《よご》れてる。だから水浴びにきたんだ」

「水浴びなら、訓練場のそばに小川があるだろ」

「あそこは混《こ》んでる」カスランがばかにしたように言った。「ほかのやつらがみんな、あそこでバシャバシャやってるんだ。それにオレは海のほうが好きだ」

「そんならさっさと海へ行けよ」

「ウーン」カスランはあいまいにうなって、頭上を飛びかうカモメを、考え深げにながめていた。それから提案《ていあん》した。「おまえとオレとで、アザラシ棚《だな》まで下りていって、あそこで水浴びしないか？」

「水浴びなんかしたくない」

「行こうぜ。おまえだって血だらけだ。おまえ、その鼻は洗《あら》わないとどうしようもないぞ」カスランはあいかわらず気安げに、さそった。

「おまえの口だって、黒いちごみたいだぞ」ベリックが言った。

「わかってるって」カスランはにやりとしようとして、口が痛《いた》かったので、さわってみた。

「おい、あれはすごい戦いだったな」

　また沈黙《ちんもく》が流れたが、今度は別の沈黙《ちんもく》だった。「うん」ベリックが沈黙《ちんもく》を破《やぶ》って言った。

「すごかった」

「ドゥムノニー族全体を探《さが》したって、オレたちほどすごいけんかができるやつは、ほかにはいない。賭《か》けてもいいぞ。おい、いっしょに水浴びに行こうぜ」心から満足したという様子で、カスランが言った。

　ふたりは立ちあがった。岬《みさき》に沿《そ》ってもどり、走りながらズボンを脱《ぬ》ぎすてた。ハイイロアザラシが引き潮《しお》のときにやってきてひなたぼっこをする岩棚《いわだな》に下りると、浅瀬《あさせ》に泡《あわ》のレースがバシャバシャとうち寄《よ》せている。そこに飛びこんで、せっせと傷《きず》を洗《あら》った。

　その日から、ベリックとカスランはいっしょに狩《か》りをするようになった。

第三章　追放

その後六年間、ベリックは仲間といっしょに、戦士と狩人《かりゅうど》になるための訓練を受けた。牛や畑の世話は主に女の仕事だったが、作物の栽培《さいばい》についても教わった。馬や猟犬《りょうけん》の扱《あつか》い方、刀や槍《やり》、それから部族に伝わる、人の背丈《せたけ》ほどもある大弓の使い方。三日前の獣《けもの》の足跡《あと》をどうやってたどるのかも覚えた。かつて仲間に入れてもらうために、ベリックが戦わなければならなかったことなど、まわりはすっかり忘《わす》れてしまったようだし、ベリック自身の記憶《きおく》も徐々《じょじょ》に薄《うす》れていった。

ベリックが十二歳《さい》になったとき、猟犬《りょうけん》のブランときれいなぶちの雌犬《めすいぬ》のケリのあいだに、子犬が産まれた。クノリはそのなかのいちばんいい犬を選んで、ベリックに猟犬《りょうけん》として与《あた》えた。ベリックは子犬にゲラートという名前をつけ、何カ月もかけて夢中《むちゅう》になって訓練した。子犬もよく学んだが、ベリックもさまざまなことを学んだ。おかげで子犬が一歳《さい》となった。

り少年が十三歳《さい》となったときには、狩人《かりゅうど》と猟犬《りょうけん》がそうあるべきすがた、たがいに相手の考えていることがわかるまでになっていた。

そしてベリックが産まれてから十五回目の収穫《しゅうかく》の時期がきて、新戦士の槍《やり》の祭りがめぐってきた。ベリックが武器《ぶき》を授《さず》かり、いよいよ一人前の男となる時がきたのだ。十五歳《さい》にしてはベリックはほかの連中より背《せ》が低く、がっしりしていたが、手や足は細かった。しかし角ばった顔に、切れこんだあごと水平な目、浅黒い肌《はだ》の色のどこにも、六年前にイストラスが言いがかりをつけたような、仲間とちがった特徴《とくちょう》は感じられなかった。ローマ人にはさまざまな人種の血がまじっていたから、ベリックがローマの血すじといっても、ケルトの血もまじっていることは確《たし》かだった。待ちのぞんだ新戦士の槍《やり》の祭りの夜、仲間と並《なら》んで立ったベリックは、自分がほかと異《こと》なるということなど、まったく思いもしなかった。もちろん六年前の祭りの日、新戦士となる日を待ちこがれていた幼《おさな》かった自分が、いったいどんな目にあったか、思い出しはしたが、それは過去《かこ》の不幸な出来事としてであって、今とはなんのかかわりもないことだった。今は幸福だし、将来《しょうらい》もそうだろう。カスランと自分とはともに、部族のなかでほかに並《なら》ぶもののない、立派《りっぱ》な狩人《かりゅうど》となり戦士となるだろう。

この夜ベリックの未来は、新しい戦闘《せんとう》用の槍《やり》の、白いトネリコの柄《え》のように、まっすぐで輝《かがや》いているものに思えた。それがやがて大きく変化するとは、このときは知るよしもないことだった。

こうしてベリックは一人前の男として迎《むか》えられた。だがその儀式《ぎしき》に続く数カ月間に、不幸な出来事が続けざまに一族を襲《おそ》った。部族全体にとって、最悪の時期となった。夏の嵐《あらし》のせいで、作物の出来はさんざんだったし、秋から冬にかけて雨が多く寒くて、狩《か》りの獲《え》物《もの》も少なかった。雨の多い年の常《つね》で、羊のお産は死産が多く、子羊ばかりか母羊もたくさん死んだ。年が変わるころ、一族の狩人《かりゅうど》のリーダーがイノシシに襲《おそ》われ命を落とした。春の訪《おとず》れは早く突然《とつぜん》だったが、これからは物事がよくなると期待されたやさき、疫病《えきびょう》が流行《はや》りだした。

疫病《えきびょう》が流行《はや》ってからというもの、ベリックは人々《ひとびと》の視線《しせん》が自分に向かってくることに気がついた。自分を見ては、こそこそとなにかささやいている。始めは、そんな気がするだけだろう、自分も疫病《えきびょう》にかかって具合が悪いのかもしれないと考えていたが、すぐにそうではないとわかった。かがり火の座《ざ》では、男たちがベリックとのあいだに距離《きょり》をおきはじめた。父のクノリと竪琴弾《たてごとひ》きのリアダだけは、まわりの不安に無頓着《むとんちゃく》に見えた。そしてカスランだけが、いつもベリックにぴったりと肩《かた》を並《なら》べて寄《よ》りそっていた。必死でベリックをかばおうとする様子は、ほかの者に避《さ》けられるより、なぜかいっそう深くベリックを傷《きず》つけた。一度などは、すれちがった女が、魔《ま》よけのまじないをするのを目にした。いったいどうしたのか、考えるまでもない。心の奥底《おくそこ》ではよくわかっていることだった。六年前のカスランとのけんか、それをまわりで見ていた少年たちの敵意《てきい》のこもった顔、犬の群れが群れにまぎれこんだよそものの犬に襲《おそ》いかかるさま、思い出すと身体が冷たくなった。しかし心の表面では、そんなことが自分の身の上に起こりうるとは信じられなかった。この自分に、仲間たちが襲《おそ》いかかることがあろうとは……。

災《わざわ》いの種をまいたのは、何年も前に死んだあのドルイド神官のマデリンだったろう。マデリンは、聖地《せいち》を踏《ふ》みにじり神官を虐殺《ぎゃくさつ》したローマ人、その呪《のろ》われた血を一族に入れたりしたら、必ずや神の怒《いか》りを招《まね》くであろうと予言していた。しかし人々《ひとびと》は、気の狂《くる》った老人の言うことなどたいして気にとめなかった。彼《かれ》の死後はすっかり忘《わす》れてしまい、六年前にかすかに思い出しただけだった。しかし今になって、みんなははっきりと思い出しはじめた。風が丈《たけ》の高い草原をなびかせるように、記憶《きおく》が人々《ひとびと》をなぎ倒《たお》していった。人々《ひとびと》はたがいに目をかわし、それぞれの目の奥《おく》に記憶《きおく》を探《さぐ》った。クノリへの恨《うら》みを忘《わす》れていないイストラスは、人々《ひとびと》が忘《わす》れかけると、ふたたび大きな声をあげてあおった。記憶《きおく》は育ち、そして徐々《じょじょ》に力を増《ま》していった。

春も終わりかけてきたある晩《ばん》、ベリックは夕食におくれて帰った。母が食事を暖《あたた》めておいてくれているのがわかっていた。家に着くと、母はひとりきりで、両手をひざに乗せてぼんやりしていた。母がそんなふうにしていることはめずらしい。ベリックが入ってくると、母はすばやく顔を上げた。戸口に立ったベリックは、母が青ざめ緊張《きんちょう》しているのに気がついた。猟犬《りょうけん》のゲラートが横をすり抜《ぬ》け、のそのそと火のそばに向かった。

「母さん、なにかあったの？　父さんと弟たちはどこ？」ベリックは急に不安になった。

「アスメイルとアスガルは、ちょっと、おばさんのところ」母はのろのろと答えた。「父さんはみんなといっしょに、かがり火の座《ざ》に集まってる。みんなが集まっているのを、帰り道で見かけなかった？」

ベリックは首をふった。「オレ、丘《おか》の上でずっと、黒い子馬を馴《な》らしてたんだ。帰りは上の門からだったし。集まりなら、オレも行かなきゃ」

「やめて！」母は叫《さけ》んでから、もっとおだやかな調子でつけ加えた。「まず夕食をお食べ。ずっとあたためておいたんだし、それにほら、おまえの好物の鹿肉《しかにく》とハーブのシチュウよ」そう言いながら、暖《あたた》かい灰《はい》のなかから湯気の立っている鉢《はち》を出し、鼻面《はなづら》をくんくんさせているゲラートを押《お》しやった。

ベリックは戸口から動かずにいた。突然《とつぜん》、のどがはりついたようになった。「集まりって、オレのことで?」

母はためらい、シチュウの入った鉢《はち》を見つめていたが、顔を上げてベリックの目を見つめた。シチュウのことなどもう頭にはないにもかかわらず、鉢《はち》をしっかり持ったまま立ちあがって、戸口にいる息子《むすこ》のところへやってきた。「そう、おまえのことなの」

「オレ、行ってくる」ベリックが言った。

「だめなの。呼《よ》ばれるまで待っていないといけないって」

ベリックは中に入ると、みじめな思いで火のそばに座《すわ》った。「みんな、子羊が死んだり疫病《えきびょう》になったりするのは、オレのせいだと思ってるんだ。わかってるよ」

母はまだ鉢《はち》を持ったまま、あとについてきた。「ベリック、いい子だから、食べて。おなかがへってるだろう」

鉢《はち》をもらって口をつけようとしたが、のどを通らなかった。数分前までは腹《はら》ペコだったのだが。なんとか食べようとしているときに、戸口に人影《ひとかげ》が現《あら》われ、クノリが入ってきた。

ベリックは勢《いきお》いよく立ちあがり、鉢《はち》がひっくり返ったのもかまわず、かたずをのんで父を見つめた。父が自分の目をさけているのに気がついて、身体が冷たくなった。ふたりのあいだに重苦しい沈黙《ちんもく》が流れた。「オレを呼《よ》びにきたんだね?」

父はうなずいた。こぼれたシチュウにむらがろうと、そばをすりぬけていった猟犬《りょうけん》を見ていたが、頭を上げてベリックを見つめた。困惑《こんわく》と怒《いか》りと恥《はじ》の入り交じった、複雑《ふくざつ》な表情《ひょうじょう》をしている。「武器《ぶき》をとってこい、ベリック」

ベリックはひとことも言わずに奥《おく》の暗がりへ行くと、いつものところから、アオサギの羽飾《はねかざ》りのついた槍《やり》と、見事な青銅《せいどう》の盾《たて》を持ってきた。ひどくなぐられでもしたように、身体がしびれている。心のどこかではこの日が来るのを知っていた。でもこわくて直視《ちょくし》できなかったから、必死で知らないふりをしてきたのだ。でもついにその時は、来た。

ベリックはなにも言わず、母が炉《ろ》のそばで凍《こお》りついたように立っているほうを見むきもせずに、父について外の暗がりへ出た。戸口で一瞬《いっしゅん》止まって、ついてこようとしたゲラートを押《お》しかえし、そして歩きだした。

槍《やり》を手にし盾《たて》を肩《かた》にかついで、ベリックは小屋のあいだからチラチラと見える赤々《あかあか》としたかがり火をめざして、大股《おおまた》で歩いていった。広場に着くと、そこには村じゅうの人間が集まっているようだった。かがり火の座《ざ》のまわりには、男たちが猟犬《りょうけん》を連れて円陣《えんじん》を組んでいる。彼《かれ》らの後方、炎《ほのお》がじかに照らしだ3ない暗がりにぼんやり見えるのは、少年たちと女たちだろう。彼《かれ》らは物音ひとつたてずに、ベリックを通すために道をあけた。父に示《しめ》されて、ベリックは父を追い越《こ》し、円陣《えんじん》のまん中へと歩いていった。自分のために大きくあけられた、敵意《てきい》のこもった通路を通って、ちょうど六年前にそうしたように、族長の座《ざ》の前に立った。

ベリックは一度だけ、こういう場面を見たことがあった。ひとりの狩人《かりゅうど》が部族のおきてを破《やぶ》ったために、族長の前に立たされて、槍兄弟《やりきょうだい》の裁《さば》きを受けたのだ。あのときも、男は武器《ぶき》を手にしていた。もし裁《さば》きが彼《かれ》を支持《しじ》するものだったら、来たときと同じように武器《ぶき》を手にして帰ることが許《ゆる》される。しかし死罪《しざい》か追放と決まれば、武器《ぶき》を持つ資格《しかく》を剥奪《はくだつ》され、武器《ぶき》はかがり火の座《ざ》の炎《ほのお》の前に置いていかなければならない。

「一族の命令にしたがい、わが養い子、ベリックを連れてきました」後ろでクノリの声がした。

族長のひざには、愛犬が頭をのせていた。族長は犬の頭をなでていたが、顔を上げた。

「おまえの養い子、ベリックはここに連れてこられた理由を、知っているか」

「はい、知っています」

「それなら、これ以上言うべきことはなかろう」族長は、かがり火に照らされた一同の顔をぐるりと見回した。「わが兄弟たちよ、よく見よ。クノリの家のベリックを、よく見よ。そしてきっぱりと告《つ》げるがいい、裁《さば》きはいかなるものであるか」

「しかと、よく見た」そう言ったのはイストラスだった。灯《ひ》のほうに乗りだし、半分あざけるように、半分は苦々《にがにが》しいようすで、ベリックを指さした。「われらのなかに、ドゥムノニー族のただ中に立っているものを、よく見よ。それからクースランの息子《むすこ》、クノリを、よく見よ。クノリこそが、われらみんなに災《わざわ》いをもたらしたのだ。おまえがこいつを海から拾い上げたその日に、ドルイドのマデリンはなんと予言したか？　赤いたてがみの子をわれらのうちに連れかえれば、わが一族に、いや、わが部族すべてに、神の怒《いか》りが下り、悲しみと嘆《なげ》きがもたらされる。マデリンはそう予言したのだ。みんなの目の前で、そう予言したのだ。それなのに、おまえときたら耳を傾《かたむ》けなかった。その結果どうなったか、見るがいい。作物は枯《か》れ、羊は死んだ。獲物《えもの》はとれず、そしてこの疫病《えきびょう》だ」こう言って、まわりを見回した。唇《くちびる》がめくれあがり、たき火に暗い目がぎらぎらしている。「一族にさらなる災《わざわ》いが降《ふ》りかからぬうちに、こいつを追放せねばなるまい。そうでなければ、取り返しがつかぬことが起きるだろう。そう、追放だ。こいつとともに神の怒《いか》りが去り、われらによい時がもどってくるように」

かがり火のまわりじゅうから、荒々《あらあら》しい賛同《さんどう》のざわめきが起こった。うしろで、クノリが激昂《げっこう》した声をあげるのが聞こえた。「アムゲリト、族長にしてわが兄。この一族に正義《せいぎ》はないのか。わが養い息子《むすこ》ベリックが、いったいどんな悪事をなしたと言うのだ。ベリックは部族のおきてを破《やぶ》ってなどいない。追放されなければならない罪《つみ》など犯《おか》していないぞ！」

「わが弟クノリよ、おまえが何度も言っていることは」族長は、赤い口ひげの下の唇《くちびる》を引き結んだ。「われらはみな、承知《しょうち》している。われらが問題にしているのは、彼《かれ》がなにをしたかではない。彼《かれ》がなんであるか、だ。彼《かれ》に流れている血が、われらの神を怒《おこ》らせているのだ。これもまた、何度も言われてきたことだが」

そうだ、何度も言われてきたことだ。短い沈黙《ちんもく》が続くなかで、ベリックは暗い気持ちでそう思った。くり返しくり返し、言われてきたことだ。今すべては終わり、自分は追放されようとしている。円陣《えんじん》を組んだ大勢《おおぜい》の戦士たちは、燃《も》えさかる炎《ほのお》の下にどう猛《もう》な顔を見せていた。しびれるような恐怖《きょうふ》がおそってきた。彼《かれ》ら以外の人々《ひとびと》、彼《かれ》ら以外の生き方を自分は知らない。これが自分の世界なのだ。あの家でギネアを母として生まれたことと同じほど、それは確《たし》かなことだった。自分といっしょに狩《か》りをした若者《わかもの》たち、知っていることのすべてを教えてくれた年寄《としよ》りたち。この人たちこそ、自分の身内だ。たったひとつ、血をのぞけば。それなのに彼《かれ》らは今、なんの罪《つみ》もない自分を追いだそうとしている。幸いなことに、自分が本当に神の怒《いか》りをもたらしたのだろうか、という疑問《ぎもん》は心をよぎりもしなかった。

灯《あか》りの下に、ほかとは異《こと》なる顔がふたつ見えた。カスランとリアダの顔。カスランの目は怒《いか》りで、らんらんと燃《も》えている。族長の足元近く鹿皮に座《すわ》った竪琴《たてごと》弾《ひ》きのリアダの口は、リンボクの実をなめたかのように、ゆがんでいる。ふつうは相手の目を見れば、なにを考えているかわかるものだが、リアダの場合は、口もとでわかった。ふたりは自分のために戦ってくれたのだ。でもふたりになにが言えただろう。リアダは「ベリックは、一族のおきてを破《やぶ》ってはいない」と言ったかもしれない。父のクノリと同じように。カスランは「ベリックは友だちだ。そして去年の冬、オオカミの牙《きば》からオレを救《すく》ってくれた」と言ったのだろう。でもそんなことは、もうなんの役にも立ちはしない。もし老フィオンが日没《にちぼっ》の彼方《かなた》に去っていなかったなら、もうひとり味方してくれるものがいたことだろう。でもそれだけのことだ。結果は変わらない。

ふたたび、人々《ひとびと》のあいだにざわめきが走った。低いが荒々《あらあら》しい声、それが少しずつ、荒々《あらあら》しさを増《ま》していく。「追放しろ！　追放しろ！」

リアダが顔をふり上げて言った。「ベリックが最初に生まれたときには、たしかに部族の子としてではなかった。しかし成人の儀式《ぎしき》を経《へ》たときに、わが部族、わが一族の男として生まれかわったのではなかったか？　だからこそ槍兄弟《やりきょうだい》となったのではないのか？　われらは自分たちを自由の民《たみ》と呼《よ》んでいる。本当にそうなら、ベリックにも、少なくとも弁明《べんめい》の自由を与《あた》えるべきではないのか？」

一瞬《いっしゅん》の間をおいて、族長が言った。「では、そうすることにしよう。ベリックに発言させよ」

六年前に、この円陣《えんじん》のなかで、ベリックは自分のために発言した。一族のなかに場所を求めて戦い、そして勝った。しかし今は、戦いはすでに終わっているのがわかっていた。ベリックはかすかに、絶望《ぜつぼう》だというしぐさをした。「一族の長老方、そして小さな子どものころから共に戦い、共に狩《か》りをしてきた槍兄弟《やりきょうだい》たちよ、オレになにか言えることがあるだろうか。父が、オレの養い父がもう言ってくれたことばかりだ。オレは部族のおきてを破《やぶ》ってはいない。なぜならオレは部族の人間だからだ。オレの肩《かた》にはオオカミに噛《か》まれた傷跡《きずあと》がある。三カ月前に、村の羊小屋を守ろうとしてつけられたものだ。これまでいつも、オレはここの人間だと思ってやってきた。みんな以外に、身内がいるなんて考えたこともない。もし赤いたてがみが攻《せ》めてきたら、オレはみんなといっしょに戦っただろう。なんの疑《うたが》いもなしに、オレはみんなといっしょに死んだだろう。なぜなら、オレはここの人間だからだ。一族がつらい時期を耐《た》えなければならないのは、これが初めてじゃないはずだ。もちろん昔もあっただろうし、これからだってあるだろう。それなのにみんなは、つらい時期はオレのせいだと言うのか。オレがよそ者だからか。そしてオレに出ていけと言うのか」胸《むね》の奥《おく》からすすり泣きがこみ上げそうになったのを、ベリックはなんとか押《お》しもどした。「それなら、そうするがいい。オレを追放してくれ。オレは自分の種族のところへ行く」

最後の言葉には激《はげ》しい誇《ほこ》りがこめられていたことに、ベリックは気がつかなかった。そしてかがり火のすぐそばまで大股《おおまた》で歩いていき、青銅《せいどう》と雄牛《おうし》の皮でできた盾《たて》を白い灰《はい》のなかに投げ捨《す》てた。それからアオサギの羽のついた槍《やり》をつかむと、歯をくいしばってひざの上でへし折り、火のわきに置いた。

最後に族長のほうを向き、まるで自身が炎《ほのお》を浴びた槍《やり》になったかのように、直立不動の姿勢《しせい》で立った。「出ていく前に家へもどり、母に別れを告げ《つ》てきてもいいだろうか？」

族長はあいかわらず愛犬の頭をなでながら答えた。「月が昇《のぼ》るまでだ」

ベリックはきびすを返し、自分の前にあけられた通路を帰っていった。

ほんの少しあと、ベリックは再《ふたた》び、なじんだ家の戸口に立っていた。ずっと自分の家だったところ、そしてもう自分の家ではないところだ。「母さん、オレは月が昇《のぼ》るまでに、ここを出ないといけない」自分で気づかないうちに、そう言ったらしく、くぐもった空気のなかに、言葉がひびくのが聞こえた。ギネアにも聞こえたらしい。ギネアは鋭《するど》い悲鳴をあげて戸口にかけよると、ベリックをとりもどそうとするかのように、両腕《りょううで》で抱《だ》きしめた。

「まさか、ああ、まさか」

ベリックは母にひっぱられるままに、火のそばに行ったが、まるで灰色《はいいろ》の御影石《みかげいし》の柱にでもなったかのようにつったったまま、みじろぎもしなかった。それで母は小さくすすり泣きながら息子《むすこ》を離《はな》し、両手を力なく脇《わき》におろした。

「みんなは、一族にひどいことが起こったのは、オレのせいだと言うんだ」ベリックはのろのろと言った。クノリが後ろから入ってきて戸口に立ったのが、おぼろげにわかった。

アスメイルとアスガルもどこかから現《あら》われ、おびえたように息をひそめていた。

母がもう一度、息子《むすこ》のほうに手をのばした。緊張《きんちょう》で目がはりさけそうになっている。

「これからどうするの？　どこへ行くつもり？」

「オレの種族がいるところへ行く」

長い沈黙《ちんもく》があった。やがて母はかわいたかすれ声で言った。「食べ物がいる。食べ物とお金が。待ってて。持ってくるから」

ベリックが火のそばでぼんやり炎《ほのお》を見つめているあいだに、母は動きまわり、干《ほ》し肉と大麦パンを持ってきて皮の袋《ふくろ》につめた。それから、細身の槍《やり》。これまで何度もベリックの狩《か》りのおともをした槍《やり》だ。母が自分で織《お》った、暖《あたた》かくて厚《あつ》いマント。そしていちばん奥《おく》まった場所へ行き、木箱からお金を出してきた。「これがローマのお金」そう言って、小さな布《ぬの》きれにくるみ、食糧《しょくりょう》を入れた皮の袋《ふくろ》に入れた。「行ったさきで、きっといるから」

ベリックは火のそばで身体を固くしたままだった。おびえた弟たちと、落ち着かない犬たちが、ベリックをながめている。そのとき戸口のそばにいたクノリが、外をすかすようにじっとながめた。「空の色が明るくなってきた。もうじき月の出だ」そのまま外を見たままで、続けた。「用意はできたか？」

「今すぐ」ギネアが、さっきと同じかわいたかすれ声で言うと、火のそばにいるベリックをもう一度見つめた。「これが旅のとちゅうで食べる物と、お金。それから槍《やり》。あったかいマントも」

ベリックは母が差しだしたものを受けとり、身体にマントを巻《ま》きつけた。マントを止めようと、青銅《せいどう》のブローチのピンを刺《さ》したちょうどそのとき、だれかがクノリのわきをすり抜《ぬ》けて、戸口から入ってきた。ベリックがふり返ると、カスランだった。狩猟《しゅりょう》用の槍《やり》を持っている。

「もう行ってしまったかと心配だった」カスランは息をきらしていた。「おまえは槍《やり》がいる。だからこれを持っていってくれ。オレのいちばんいい槍《やり》だ」

「自分の槍《やり》があるが……」ベリックが言った。「でも、おまえのを持っていくよ。オレたちはいっしょにすばらしい狩《か》りをしたな。おまえもオレのを使ってくれるか？　オレたちのすばらしかった狩《か》りのために」

おたがいの武器《ぶき》を交換《こうかん》してから、カスランが聞いた。「おまえの種族のところへ行って、どうするつもりだ？」

ベリックは確信《かくしん》はなさそうに、手にした槍《やり》をちらりと見てからまた顔を上げ、その槍《やり》をくれた友の顔を見た。「たぶん、ワシの軍団《ぐんだん》に入る」

一瞬《いっしゅん》、カスランが「それならオレも行く」と言いかけたのがわかった。でもその一瞬《いっしゅん》は過《す》ぎ去り、カスランはただ「いい狩《か》りをしろよ、兄弟」と言った。

「おまえも」ベリックはそう言うと、カスランといっしょに戸口へ行った。自分の肩《かた》にまわしたカスランの腕《うで》が、ひとときつく重くなった。それから友は、来たときと同じように、すばやく去っていった。

「月のへりの最初の線が、丘《おか》の上に出たぞ」クノリが言った。

「心臓《しんぞう》がひとつ打つあいだくらい、月の出も待ってくれる」ベリックはそう言って、ギネアのほうを向いた。「母さん、母さんはオレが一族に災《わざわ》いをもたらしたんじゃないって、そう信じてるよね？」

「ああ、ベリック。あたしにはわからない。そんなこと、どうでもいいんだもの」母はベリックを抱《だ》きよせて、ベリックの頭を胸《むね》にかかえた。「あんたはあたしの息子《むすこ》、あたしが初めて持った、ちっちゃかった息子《むすこ》。母さんにわかってるのは、それだけ。そしてあんたを愛してる」

「母さん、オレ……。ああ、おかあさん」

「おねがい、ようすを知らせて。なんとか方法を見つけて、いつか、ようすを知らせて」ギネアは頼《たの》んだ。

「いつか、オレがオレの種族のなかでやっていけるようになったら、ようすを知らせる」ベリックは約束した。「一度だけ、オレは無事だって知らせるよ。でも一回だけだ。母さんはここの炉端《ろばた》に三人の息子《むすこ》がいたことなんか、忘《わす》れたほうがいいんだ」

「いいえ、忘《わす》れたりしない。あたしの長男のことを忘《わす》れることなど、決してない」母は息子《むすこ》をぎゅっと抱《だ》いてから、押《お》しやった。「太陽と月が、あたしの大事な息子《むすこ》を守ってくれますように」

「母さんのことも」ベリックはかがんで、包みと槍《やり》をとった。すすり泣いている弟たち、わけがわからず不安そうな犬たちがまとわりついてくるのを押《お》しとどめて、なんとか戸口へとたどりついた。クノリの手が肩《かた》を押《お》さえて、一瞬《いっしゅん》立ち止まらせた。ベリックはふり返って、父だった男のやせた赤い顔を見た。顔の半分をなつかしい炉《ろ》の火が照らし、もう半分を登ってきた月の銀の光が照らしている。「もう疫病《えきびょう》はおさまりかけている。また一族に、いい時期がやってくるだろう。いい時期さえ来れば、みんなは忘《わす》れる。ほんの二、三年のことだ」クノリが言った。

しかしベリックは頭をふった。「みんなは、オレを追放したんだ。いい時期がくれば忘《わす》れるというなら、それはつぎの不作の時までのことだ。父さんはあのかがり火の座《ざ》でオレを弁護《べんご》してくれたけど、でも父さんでさえ、不作と疫病《えきびょう》はオレのせいじゃないって、心の底から信じてくれてるのかどうか、オレにはわからない」

ベリックはかすかな望みを抱《だ》いて、父が否定《ひてい》してくれるのを待った。しかしあいにく、クノリは正直すぎる男だった。

「父さんに、神々《かみがみ》のご加護《かご》があるように」肩《かた》にかかったクノリの手が力を失いすべり落ちると同時に、ベリックは浅い夜のなかに飛びだしていった。

かがり火は消えかかっていたが、みんなはまだ外にいて、柵《さく》の門のあたりにたむろしていた。ベリックを見ると、沈黙《ちんもく》したまま敵意《てきい》をこめて後ずさりし、広い通路をあけた。ベリックはまっすぐ前を見たまま、大股《おおまた》で歩いていった。あちこちから、魔《ま》よけの言葉を浴びせられた。後ろに群がっている人々《ひとびと》の敵意《てきい》が束になって、背中《せなか》に吹《ふ》きつけてくるのを感じた。悪霊《あくりょう》を退散《たいさん》させようと、槍《やり》の石突《いしづ》きで盾《たて》をたたくガタガタという音が聞こえる。しかしその音が聞こえるよりももっとはっきりと、憎《にく》しみが押《お》しよせてくるのを感じた。急ぎそうになる自分を押《お》さえて、胸《むね》をはり頭を上げて、同じ歩調で進んだ。門に着き、土手とサンザシの垣《かき》のあいだを出ようとしたとき、闇《やみ》にまぎれたサンザシの花が、まるで暗い波の白い波頭《なみがしら》のように見えた。後を追って門までやってきた若《わか》い戦士の一団《いちだん》が、オオカミの群れの遠吠《とおぼ》えのような声を発した。その瞬間《しゅんかん》、ベリックの背中《せなか》をめがけて、残酷《ざんこく》な石がヒューヒューと飛んできた。

出たばかりの月ではねらいは定まらないが、それでもひとつが肩《かた》に当たり、もうひとつが頬《ほお》をかすった。彼《かれ》らが石を投げているのは、ベリックに対してではなく、不作や疫病《えきびょう》に対してなのだ。そんなことはわかっている。「それでも」とベリックは思った。「石を投げることはないじゃないか。石を投げることはないじゃないか」もう一発が耳の後ろに命中し、ベリックはよろけた。よろけながら、走りだした。叫《さけ》び声や盾《たて》をたたく音が遠のいていく。最後に、一番長い距離《きょり》を飛んできた石が、そばの草むらにグサリと落ちた。

「石を投げることはないじゃないか」ベリックはしびれたように、何度も何度もくり返した。「石を投げることはないじゃないか」

生まれたての月光を浴びた草原はなんと静かなのだろう。大地はやさしかった。人間よりずっと。慣《な》れ親しんだ草原は、石を投げたりしない。

カシの森の近くまできて歩調をゆるめ、狩猟《しゅりょう》の道に出た。道は、月の出る東へとのびていて、その先に自分の種族の人々《ひとびと》がいるところがあるはずだ。そろそろ寝《ね》る場所を探《さが》してもよかったが、さすがに狩人《かりゅうど》だけあって、ベリックは夜でも昼と同じように歩けた。休む前に村からできるだけ離《はな》れたいという気持ちが、ベリックをせき立てていた。

背後《はいご》で獣《けもの》が走る音がして、なにかがガサガサと下草を分けて進む音がした。槍《やり》を身構《みがま》えてふり向いた瞬間《しゅんかん》、ゲラートが足元をすり抜《ぬ》け、くるりと回ってベリックを見上げると、しっぽを振《ふ》った。ひたいについている星形が、月の光で銀色に光ってみえる。

きょうまでの暮《く》らしのなかからたった一個《こ》の生き物だけが、犬のゲラートだけが、ベリックへの信頼《しんらい》をなくすことなく後をついてきてくれたのだ。自分は半年以上前に一人前の男となった戦士だという意識《いしき》が、今までベリックを気丈《きじょう》にしていたのだが、それが突然《とつぜん》消えた。ベリックはひざをついて大きな犬の首に両腕《りょううで》をまわすと、厚《あつ》いごわごわした毛皮に顔を埋《う》めて、泣いた。アスメイルのように、いや小さい弟のアスガルのように、声をあげて泣いた。そのあいだじゅうゲラートは、ベリックのむきだしの腕《うで》を、なめになめていた。

でもゲラートを連れて、軍団《ぐんだん》にいくわけにはいかない。赤いたてがみは、ケルトの民《たみ》のように戦争に犬を使ったりしないからだ。しばらくするとベリックはなんとか立ちあがって、来た道を指さした。「帰れ。家に帰るんだ。今夜は狩《か》りの晩《ばん》じゃないぞ、兄弟」ベリックはかすれた声で言った。

犬は動かなかった。ベリックが指している方角を不審《ふしん》そうに見ていたが、主人の顔をふりあおぐと、哀《あわ》れっぽく吠《ほ》えた。

「家に帰れ」ベリックはもう一度言うと、歩きはじめた。ゲラートはのそのそと、後をついてきた。

ベリックはまた立ち止まり、かがんで犬をまわれ右させ、家の方角を向かせた。「帰れ」命令だった。

「家に帰るんだ、兄弟」

そして、手のひらでぶちの尻《しり》をピシャリとたたいて、自分の意志《いし》をはっきりさせた。

ゲラートはまだためらっていた。ほんの少しだけ歩き、確《たし》かめるように片足《かたあし》を上げたままふり返った。しかしベリックは「家へ帰れ」と指さしたままだった。ゲラートはしっぽをダラリと落として、帰っていった。

ベリックは道のまん中に立ち、月明かりに照らされた木々《きぎ》の枝《えだ》が作る、銀と黒の十字形の影《かげ》のなかに、ぶちの毛皮が完全に消えるまで見送っていた。それからもう一度、自分と同じ種族の人々《ひとびと》のいる方角に向かって、顔を向けた。

第四章　海からきた男たち

三日後、春の黄昏《たそがれ》が夕闇《ゆうやみ》に変わりはじめたころ、ベリックはイスカ・ドゥムノニオルムの北門の前に立ち、まだ門を出入りする人々《ひとびと》があるのをじっと見ていた。自分も入りたいのだが、野生の獣《けもの》が罠《わな》の匂《にお》いをかぎつけるようにためらっていた。ここはローマの前線の町であり、銃眼《じゅうがん》つきの防壁《ぼうへき》がいかにも猛々《たけだけ》しい。一度中に入ったら、二度と出られないのではないか……。しかし、もちろんそんなはずはないし、ここに一晩《ひとばん》じゅう立っているわけにもいくまい。目の前を男が、背中《せなか》に山のような荷物をつんだ馬を三頭ひいて通っていった。ベリックはしゃんと姿勢《しせい》を正して、馬の後ろをついて巨大《きょだい》なアーチ門をくぐり、革《かわ》の胴衣《どうい》をつけ鉄の兜《かぶと》をかぶって槍《やり》を持った警護兵《けいごへい》のあいだを通りぬけた。

門をくぐったとたん、ベリックの足はまたピタリと止まった。これが町というものか！これが自分と同じローマ人が作った町だ。最初の印象は、どこもかしこもまっすぐな線でできていることだった。まっすぐな壁《かべ》とまっすぐな屋根、槍《やり》の柄《え》のようにまっすぐな道路は暗いかげになって見えなくなるまで伸《の》びている。そして大勢《おおぜい》の人間！　忙《いそが》しそうに行き来している、さまざまな肌《はだ》の色をした人の群れ！　ベリックはぼう然として立ちつくしていたが、だれかにどなられてわれに返り、あわてて脇《わき》によけた。脇道《わきみち》から猛《もう》スピードで飛びでてきたラバの荷馬車に、もう少しでひかれるところだった。

「このウスノロ！　耳が聞こえないのか？　それとも死にたいのか？」だれかがどなった。

荷馬車は引き具につけた小さな鈴《すず》を鳴らしながら走り去った。ベリックは気をとりなおして、どうやらローマの道のまん中は、立ち止まってあたりをながめるのにはふさわしくないようだと納得《なっとく》した。それからは、ぐずぐずせずに砦《とりで》に向かった。そのためにイスカ・ドゥムノニオルムに来たのだし、脇道《わきみち》を少し行った先にそびえたっているのが、まちがいなくその砦《とりで》だろう。

砦《とりで》に行く道を入ったが、小さな丘《おか》のとちゅうでまた足を止めた。いくつもない家がここでとだえ、あとは野菜畑を抜《ぬ》けて、険《けわ》しい石の道路が砦《とりで》の門まで続いている。町を遠く離《はな》れたところから見たときには、砦《とりで》は今ほどは大きくも恐《おそ》ろしくも見えなかった。しかし今こうして間近に見上げると、濡《ぬ》れたような空に門塔《もんとう》が鋭《するど》く突《つ》きでて、赤く険《けわ》しい砦《とりで》があたりを威圧《いあつ》している。今晩《こんばん》そこへ行って、だれでもいいから出会った人間に、自分はワシに入隊するために来たと告《つ》げるつもりだった。しかし日がくれて、あたりが暗くなってきている。太陽が沈《しず》んでからでは、おそらく中に入れてもらえないだろう。丘《おか》の頂上《ちょうじょう》で、砦《とりで》は影《かげ》のなかにうずくまり、あたりを警戒《けいかい》し威嚇《いかく》しているようにも見えた。たぶん朝になれば、これほど危険《きけん》には見えないのではないか。朝を待って出かけたほうが、今から行くよりよさそうだ。一晩《ひとばん》の宿をとる金はある――ギネアのくれた金が。よし、朝になったらここにもどってこよう。それまでのあいだ、町という、この不思議でわくわくするものを少しばかり見物するとしよう。

とはいえ今すぐこの道を登っていったほうがいいような気もして、ベリックは迷《まよ》っていた。ここ数日間の出来事で頭は混乱《こんらん》していて、しっかりと考えをまとめることができない。背後《はいご》で町のざわめきがひびいている。人声や車輪の音、通りを行き来するひづめの音や人の足音。生まれて初めて聞く町のざわめきは、どこか刺激《しげき》的だった。ここはベリックが生まれる数年前に、ブリトン人たちがワシに抵抗《ていこう》して立ちあがったところだ。しかしワシの力はあまりに圧倒《あっとう》的で、ケルトの民《たみ》は打ち負かされ、たくさんの男たちが殺《ころ》された。境界《きょうかい》線《せん》近くに居住《きょじゅう》する一族のなかには、今でも戦士の座《すわ》る場所ががらあきのところが少なくないということだ。さすがにそれまではオレのせいにはできないな、とベリックは苦々《にがにが》しい気持ちで考えた。

丘《おか》の上に堂々《どうどう》と立っている砦《とりで》から、ラッパの音が聞こえてきた。いったいなんの合図だろう？　あすになれば、わかるだろうか……。

やがてベリックは町にもどった。砦《とりで》を見ているあいだにたくさんの灯《あか》りがともり、開け放たれた戸口やら、道路の角や軒先《のきさき》に下げられたランタンから、薄闇《うすやみ》に咲《さ》くタンポポのような黄色い光がこぼれている。その光は狭《せま》い道路や通行人の上に金色のもやを投げ、光と光のあいだの暗がりをいっそう暗いものにしていた。ベリックは疲《つか》れていたし、腹《はら》もすいてきた。しかしひどく落ち着かない気分がして、まだ食べたり眠《ねむ》ったりはしたくなかった。

長いこと、このイスカ・ドゥムノニオルムを歩きまわった。町のなかに建設《けんせつ》の途中《とちゅう》の場所を見つけ、ここは反乱《はんらん》の後、燃《も》えつきた古い町の廃墟《はいきょ》から生まれた新しい町なのだと、改めて思った。ランプのともった店をつぎつぎのぞいていった。赤い陶器《とうき》やパン、このうえなく見事な金銀細工、革製品《かわせいひん》、それから肉まで売っている。狩《か》りをするのではなく、店で肉を買うなんて、なんておかしいんだろう。ランタンの灯《あか》りのともる中庭をちらりと見ると、男たちがテーブルについたり歩きまわったりしていて、女は酒を注《つ》いでまわっている。ここは酒場というところにちがいない。そういう場所があると聞いたことがある。そんな店のひとつで、大きな真紅《しんく》の羽飾《はねかざ》りのついた兜《かぶと》をかたわらに置いて座《すわ》っている男が目に入り、立ち止まってじっくりながめた。門にいた警護兵《けいごへい》がかぶっていたのは、てっぺんに玉がついた鉄兜《てつかぶと》だったから、これが初めて見る本物の「赤いたてがみ」ということになる。一度か二度、家の戸口から、内側の小さな守られた世界がかいま見えたが、すぐに目をそらせた。そういう光景を見ると、胸《むね》が痛《いた》んだ。ベリックはまた歩きだし、通りを行きから人々《ひとびと》をながめた。男や女、この国の人間やローマ人、奴隷《どれい》や自由人。いろいろな音や景色、匂《にお》いが、心の奥《おく》にひらいた傷口《きずぐち》の上に厚《あつ》い層《そう》となってふりつもっていくようだった。

ほどなくベリックは町の中央にもどり、広場のかたすみにたたずんでいた。広場は列柱に囲《かこ》まれており、いちばん奥《おく》には信じられないほど巨大《きょだい》な建物があった。あれほどすごい家には、さぞ偉《えら》い人間が住んでいるにちがいない。それなのに高いところにちらほらとある窓《まど》に灯《あか》りはなく、空き家のようにも見える。その偉《えら》い人間は、家の者を全部連れて、出かけているのだろうか。

ベリックのすぐ横で男が立ち止まり、頭上に下がっているランタンの灯《あか》りで、サンダルのひもがほどけかけたのを直した。ベリックはふとそちらをふり向き、「あそこに住んでいるのは、いったいだれですか？」と聞いた。

背《せ》が低く陽気そうなその男は、汚《よご》れたチュニカを着て、赤い帽子《ぼうし》を小粋《こいき》に頭に乗せている。上体を起こすと、目を丸くしてベリックを見つめた。男がぽかんとしているので、ベリックは言葉が通じなかったのかと思い、もう一度もっと大きな声で聞いてみようと思った。ちょうどそのとき男が巨大《きょだい》な建物を親指で指して言った。「あそこかね？」男の声は少し鼻にかかっていた。それがギリシャ人のアクセントだということを、ベリックは後で知った。

「うん、あんな立派《りっぱ》な家にはさぞ立派《りっぱ》な族長が住んでいるんだろうな」

「こいつあ、たまげた。ゼウスの神様もびっくりとくらあ！」男は言い、声をたてて笑った。「だれも住んじゃいないよ。あれはバシリカっていって、集会所だ。それでバシリカの前のここは広場《フォーラム》だよ」

「ふーん」ベリックは気がぬけたが、まだ好奇心《こうきしん》にかられていた。「だれも住まないなら、いったいなんのためにあるんだろう？」

「いろんな用事のためだな。あそこでいろんな人間がいろんな事をするんだ。商人たちもやってくるし、ほかにも町のいろんなこと、たとえば泥棒《どろぼう》の裁判《さいばん》だの、一人前の男になる儀式《ぎしき》だの、軍人の栄誉《えいよ》をたたえるだの、なんでもあそこでやるのさ。下水に問題があるといって町の連中が集会をすることもあるな。いろんなことが、バシリカや広場《フォーラム》のどこかで起こってる。しかしそんなことも知らないとは、おまえさんはいったいどっからやってきたんだね？」

ベリックはくるりとふり返って、北西をさした。「あっちからだ。三日かかってやっと境界線《きょうかいせん》を越《こ》えたんだ」

「なんか売りにきたのか？　毛皮か猟犬《りょうけん》か？」

男は親切そうだった。ベリックはどうすればいいのかわからず、夜になっていっそうさびしさがつのっていたので、話しかけられてうれしかった。「いや、違《ちが》うよ。ワシの軍団《ぐんだん》に入ろうと思ってきたんだ」

ギリシャ人は突然《とつぜん》、興味《きょうみ》をひかれた目で見た。「こいつあ、お見それしたね。たったひとりで来たのか？」

ベリックの顔が曇《くも》った。「そうだ、ひとりでだ」

「ふーむ」男は鳥のように目をきらきらさせて、うなずいた。「それじゃ、この町に友だちも知りあいもいないってわけだ。さびしい夜になるわな。オレは船乗りだが、商売もやってる。頼《たよ》れる人間も知りあいもいない見知らぬ町を、ひとりでほっつきまわるってのがどんなもんだか、よく知ってるんだ」と言って、にこりとした。

ベリックは暖《あたた》かい人間味にふれ、迷《まよ》い犬が親しみをこめて軽くたたいてもらったようにうれしくなり、にこりと笑い返した。

「まっすぐ砦《とりで》に行くつもりだったんだけど、着いたときにはもう暗くなっていたから、明日の朝出かけたほうがいいかと思って。それに町も見てまわりたかったし。でも言われたとおり、ひとりでいるのはさみしいことだな」

背《せ》の低い船乗りはだまってベリックを見つめ、なにか考えているようだった。「今晩《こんばん》の寝場所《ねばしょ》はもう見つけたのかね、お若《わか》いの？ いや、まだだろうな」

「まだだよ。どこか食事ができて泊《と》まれるところを教えてもらえないだろうか。どこかあまり高くないところを」

男は心もとなさそうに首をふった。「ちょっと無理かもしれん。むろん、イスカ・ドゥムノニオルムには宿屋はたくさんあるんだが、夜にどことわからん場所から来た人間を泊《と》めようってところは、なかなかないんでな」それからいい考えがあるとばかりに、目を輝《かがや》かせて言った。「よしよし、こうしちゃどうだい？ オレといっしょに船に来ればいいよ。

クリオ号っていうんだが、明日の朝、潮《しお》にあわせて出発するんで、今夜はみんな船で寝《ね》るんだ。おまえは明日の朝早くに追いだされることになるが、それでよければ、今夜はゆっくり寝《ね》られるよ。仲間は気のいい連中だから遠慮《えんりょ》はいらんし、どうだ？」

「行こうかな」ベリックは言った。「喜んで行かせてもらうよ」

寄《よ》りかかっていた柱から身を起こすと、身体が疲労《ひろう》で鉛《なまり》のように重いことがわかった。

「よしきた！　四の五の言わずに、さっと決断《けつだん》するところが気に入ったね。それじゃこっちだ。まずは金の枝亭《てい》に寄《よ》るとしよう。仲間がみんないるだろうし、おまえの腹《はら》具合はどうか知らんが、オレは腹《はら》ペコなんだ。オレの胃袋《いぶくろ》は、農神祭の後の酒袋《さけぶくろ》みたいにぺっちゃんこってわけだ」

ベリックはこの男に感謝《かんしゃ》しながらいっしょに坂道を下って、西のほうにある川門へ向かった。暗くなってからは町のほかの門は閉《と》じられたが、ここだけがまだ空いていた。

「川門はほとんど一晩中《ひとばんじゅう》開いてるのさ。なぜなら町の半分は、この門の外にあるんでな」

男が教えてくれた。そして警護兵《けいごへい》と陽気にへらずぐちをたたきあった後で、ランタンのともる狭《せま》い門をくぐって外に出た。男が警護兵《けいごへい》と交わした言葉はベリックにはわからなかったが、イスカ・ドゥムノニオルムの大半の人々《ひとびと》が使っている言葉のようで、これこそがべリックと同じローマ人の言葉、ラテン語にちがいなかった。

川門の外にある町の半分というのは、気どっていないほうの半分だった。これはベリックにさえはっきりとわかった。しかし迷路《めいろ》のような細い道に入ったとたんに、ベリックは壁《かべ》のなかの上品なところにいたときより、ずっとくつろいだ気分になった。ここは川と胸壁《きょうへき》のあいだに、木と泥《どろ》で作られた小屋がごちゃごちゃと建《た》ちならんでいるだけの場所で、ときおり火あかりが戸口からもれるほかは、暗かった。船乗りのねぐらのある貧《まず》しい地域《ちいき》であり、同時に土着の人々《ひとびと》が住んでいる場所でもあった。ほかの匂《にお》いにまじって、炉《ろ》の煙《けむり》と馬糞《ばふん》の匂《にお》いがただよっている。これこそなつかしいふるさとの家の匂《にお》いだった。

門からほんの少し歩いたところで、新しい友人は——このころにはアリストブロという名前だとわかっていた——軒《のき》を接《せっ》している小屋のあいだの暗いすきまに、ウサギのように飛びこんだ。このすきまの突《つ》きあたりには銀色に光る川があるのがベリックの目にとまった。男は半分ほど行ったところでまた曲がり、ぼんやりと灯《あか》りがともった戸口を入っていった。ベリックが男の後に続いて馬小屋らしいところをつっきり、もうひとつ出入り口を出ると、そこはランタンがいくつも下がった中庭だった。ベリックは黄色い光の洪水《こうずい》に、目をしばたいて立ち止まった。そこには十五人ほどの男たちがたむろしており、ベンチに座《すわ》ったり壁《かべ》にもたれたりしている。男たちはアリストブロと騒々《そうぞう》しくあいさつをかわすと、好奇《こうき》の目でチラッとベリックをながめた。なかのひとりが声をひそめて、ラテン語でなにかを聞いた。

アリストブロは男たちのまん中に押《お》し入り、同じ言葉で答えたが、すぐにベリックのためにケルトの言葉にかえてくれた。「さて、みんな、今夜は新しい友人をつれてきたぞ。名前はベリックだ。明日になったらワシに入るんだ。もしかしたら出世して皇帝《こうてい》になりたいのかもしれんな。これまでやってきた大勢《おおぜい》の連中とおんなじだ。しかし今夜はなにもすることがないし、行くところもないってんで、オレたちとすごそうってことになったんだ」

なにかがひどくおかしかったらしく、何人かが笑った。なにがおかしいんだろうとベリックは思った。たぶん皇帝《こうてい》なんて言ったからだろう。なにはともあれ、男たちは親しげにベリックにうなずき、なかのリーダー格《かく》が「おまえの友人ならいつでも歓迎《かんげい》だ、アリストブロ」と言った。そのあいだにだれかがすみのベンチをあけて、ふたり分の場所を作ってくれた。ベリックはいつのまにかベンチに座《すわ》り、ヤギ肉のシチュウを食べていた。あっという間のことだったので、なにがどうなったのかよくわからなかったが、ピンクの服を着て、ガラス玉の飾《かざ》りをいっぱいつけた太った女がシチュウの入った鉢《はち》を持ってきて、ベリックと新しい友人のアリストブロのあいだに置いてくれたのだ。その太った女は、土器のカップにワインも注いでくれた。ベリックはのどが渇《かわ》いていたので飲んだが、ヒースの酒のようにはうまいとは思わなかった。ミルクのほうがましなくらいだ。

やっと目が光に慣《な》れたので、まわりを見回すことができた。中庭を囲《かこ》んでいる建物は、ブリトン人の家のように屋根をワラでふいてある。漆喰壁《しっくいかべ》には一面に、黄色の染料《せんりょう》で大きな木が描《か》きなぐってあった。それでここは金の枝亭《てい》というんだな、とベリックは気がついた。木の枝《えだ》のあちこちには、鳥の絵が描《えが》いてある。見慣《みな》れない鳥で、宝石《ほうせき》のような美しい色をしていた。まわりにいる男たちは飲み食いしながら自分たちの言葉をしゃべっていたので、ベリックはほっておかれ、おかげで男たちをじっくりながめることができた。

男たちは、多少の差はあるがやせていて、冬のオオカミのような雰囲気《ふんいき》をただよわせ、遠くを見るのに慣《な》れた目つきをしている。ひどく汚《よご》れて色あせた短いチュニカと、よれよれの短いマントを着ている。何人かはアリストブロと同じ、ぴたりとした帽子《ぼうし》をかぶっていた。リーダー格《かく》の男はパネスと呼《よ》ばれているようだが、ずいぶん背《せ》が高くて、たくましく美しい身体をしていた。女のように金の耳飾《みみかざ》りをつけ、短く刈《か》った、カールしたあごひげを朱色《しゅいろ》に染《そ》めているので、ベリックはひきつけられて目が離《はな》せなかった。これまで見たことのあるどんな人間とも異《こと》なっているので、ベリックはシチュウのつぎに出てきた小麦のパンケーキと強いチーズを食べるのも忘《わす》れて、男をじっとながめていた。男は酒をもう一杯《ぱい》注《つ》がせようと女を探《さが》してあちこち見回していて、ふとベリックの視線《しせん》に気がついた。ベリックは髪《かみ》の根本までまっ赤になったが、男は笑っただけで、からのカップをベリックに向かって掲《かか》げた。赤いあごひげのなかで一瞬《いっしゅん》、どう猛《もう》な白い歯がおもしろそうに光った。それにこたえてベリックも自分のカップを掲《かか》げたものの、パネスの笑いにふくまれていたなにかが気になって落ち着かない気分になった。自分でも気づいたことのない心の奥《おく》で、まったく突然《とつぜん》に、危険《きけん》を知らせる信号がカタカタ鳴りはじめた。「危険《きけん》だ！　危険《きけん》だぞ！」この男たちを信用していいのだろうか。

しかしベリックは心配を押《お》しのけた。見知らぬこの町で親切にしてくれたアリストブロに悪い気がしたのだ。アリストブロは、隣《とな》りにいた樽《たる》のようにぶ厚《あつ》い胸板《むないた》の男となにか熱心に話しこんでいたが、そのときふり向いて、ベリックを話に引きいれた。ベリックがわかるようにケルトの言葉にかえてくれると、その話のおもしろいことといったらなかった。きらきらと輝《かがや》くボールがあちらからこちらへと飛びかうように、想像《そうぞう》を絶《ぜっ》した話がつぎつぎと披露《ひろう》された。海の怪物《かいぶつ》や海の戦争、陸から遠く離《はな》れて丸一カ月も航海《こうかい》した話。ひとりの男は、魔法《まほう》の金の羊毛を探《さが》して世界の半分を航海《こうかい》し、その最中に信じられないような冒《ぼう》険《けん》を重ねたらしい。アリストブロは鳥の話をした。美しい女のような顔をして、甘《あま》い歌声で船乗りを誘惑《ゆうわく》し、命を奪《うば》うという鳥の話だった。

アリストブロは仲間の顔を見まわし、それからベリックを見て言った。「いいから聞いてくれ。あの歌声を聞いてなお生きているのは、オレと、それからあともうひとりいるだけだ。なぜかって？　あのとき、ほれ、オレを雇《やと》った船長というのが――パネスじゃないぞ――めはしのきく男でな。その、サイレーンという海の精《せい》が歌うという島に近づいたのがわかるとオレたち全員に、蜜蝋《みつろう》をつめて耳をふさげと命令したんだ。そうすりゃ歌声は聞こえねえからな。そうして自分は耳をふさぐかわりに、身体をマストにしばりつけさせたんだ。これなら歌声に誘《さそ》われて、フラフラそっちに行っちまう心配はねえだろ。こうやって準備《じゅんび》して航路《こうろ》を進んでいくと、まもなく遠くに島が見えはじめた。オレたちは船長の顔を見て、歌が聞こえてきたのがわかったのさ。船長の顔は、ありゃあ、ふつうじゃなかったぜ。まるで自分が欲《ほ》しくてたまらなかったものが、目の前にきたってようで、興奮《こうふん》しきってやがった。船長はなんとか縄《なわ》をとこうともがいたが、あいにくがっちりしばってあった。必死になって引っぱったりむしったりしたあげく、たのむ、ほどいてくれとわめいているのがわかったが、オレたちにはなんにも聞こえやしねえ。まもなく船は島のすぐそばまでいったんだ。小さな平べったい島で、たくさん花が咲《さ》いていた。そしてな、そこにいたんだよ。そうだとも、三羽のサイレーンが歌っていたんだ。大きな鳥のようだが、頭だけは女の頭で、長い金色の髪《かみ》をたらしている。足元にはきれいな小さな花がいっぱい咲《さ》いていたが、そのあいだに見えたのはなんだと思うかね？　骨《ほね》だよ。白くさらされた船乗りたちの骨《ほね》が散らばってたんだ。それでな、オレの左耳の蜜蝋《みつろう》だが、こいつがきちんとつまっていなかったんだな。突然《とつぜん》サイレーンの歌う声が、ちょろちょろと聞こえてきたんだ。貝殻《かいがら》のなかで聞こえる海の音のようにかすかな音だったが、それで充分《じゅうぶん》だった。オレは蜜蝋《みつろう》のかたまりをひっこぬいた。そうしたらオレの耳のなかに、この世のものとは思えないほど甘《あま》くせつない声が、どっとなだれこんできた。オレはどうにもこらえようがなくて、島へ行こうと、水に飛びこみかけたんだ。だが仲間が気がついて、こぶしを振《ふ》りあげて、オレの耳の下に強烈《きょうれつ》なパンチをくらわせてくれた。おかげでオレはロウソクの火が消えるように、ふっと気を失っちまった。気がついたときには、島は船のはるかうしろに浮《う》かぶ影《かげ》になり、甲板《かんばん》では船長が座《すわ》りこんで赤ん坊《ぼう》のように泣きじゃくってたってわけだ」

アリストブロは悲しそうに頭を振《ふ》った。「だがなあ、オレはときどきあんな歌なんか聞かなければよかったと思うことがあるのさ。今でも思い出すと、食い物ものどを通らなくなるんでな」

「今夜は思い出してないいってわけだな」樽《たる》のような胸板《むないた》の男が片目《かため》でチーズを見ながら言うと、どっと笑い声が起こった。今度は別の男が話しはじめた。「チーズといえば思い出すな、あれは……」

こうして話は続いていった。耳を傾《かたむ》けているうちに、ベリックの危険《きけん》信号はだんだん小さな音になり、ついにまったく聞こえなくなった。

やがてパネスはゆっくりと立ちあがり、肩《かた》の後ろの筋肉《きんにく》がめりめりいうほど伸《の》びをしてから、言った。「さて、船に帰る時間だぞ。ヘローぺとカストルが家畜《かちく》の番をするのに飽《あ》きてくるころだ」

ベリックは好奇心《こうきしん》にかられ、みんなが腰《こし》をあげたときに「船にどんな家畜《かちく》がいるんだ?」と新しい友人に聞いてみた。

アリストブロが答えた。「ローマに連れていく猟犬《りょうけん》が何組かと、航海中《こうかいちゅう》の食糧《しょくりょう》にするニワトリがいるだけだ。猟犬《りょうけん》はすきあらば、けんかをしようとするのさ」

そばにいた男たちが、アリストブロの言葉を聞きとめて、顔を見合わせてにやりとした。なにがおかしいんだろう、とベリックはまた思った。頭のなかでまた警戒《けいかい》の信号の音がした。「危険《きけん》だ！　危険《きけん》だぞ！」しかし鳴りだしたとたんに、また止《や》んでしまった。

ピンクの服を着た太った女に、男たちが勘定《かんじょう》を払《はら》っていたので、ベリックもわずかばかりのコインを出そうとした。だが女は太った手で、彼《かれ》の腕《うで》を軽くたたいた。「いいんだよ、ぼうや。あの人たちが全部めんどうみてくれたから」ベリックをながめている女の目は、黒い輝安鉱《きあんこう》でふちどりの化粧《けしょう》がされている。かつては美しい目だったにちがいない。

ほんの一瞬《いっしゅん》、ベリックの腕《うで》にかかった女の手に力がこもった。女はなにかを言おうと、彼《かれ》をひきとめようとしたかに見えた。しかしアリストブロが早く来いと呼《よ》んでいる。ベリックはそそくさと礼を言うと、中庭の出口にいる新しい友人のところに急いだ。「アリストブロ、あの女の人が、あんたがオレのぶんまで払《はら》ってくれたって……オレはそんなつもりじゃ……」

「おいおい、オレは友だちを食事にさそっておいて、そいつに払《はら》わせようとは思わんぞ」アリストブロは友だちらしく言い、ベリックの肩《かた》に腕《うで》をまわすと、かかえるようにして仲間のあとを追った。

彼《かれ》らはそこかしこで別の船乗りと言葉をかわしながら、まがりくねった路地を一団《いちだん》となって歩き、やがてそまつな桟橋《さんばし》がかかった川岸に到着《とうちゃく》した。近くに船が係留《けいりゅう》してある。ベリックは生まれて初めて、間近で船というものを見た。クリオ号は航海《こうかい》用の大型船《おおがたせん》だが、古びたおんぼろ船だった。船の造《つく》られた目的が持っている美しさ以外、美しいところはまったくない。しかしベリックは月光を浴びたその船を、うっとりとながめた。魚の鱗《うろこ》のように銀色に光る川に、船は黒々《くろぐろ》と浮《う》かんでいる。船尾《とも》に赤く見えるのは、かがり火を燃《も》しているのだろうか。空にそびえた帆桁《ほげた》に帆《ほ》が巻《ま》きあげられて、まるで翼《つばさ》をたたんだ鳥みたいだ。見れば見るほど神秘《しんぴ》的で、見ていることが信じられない……半分カモメで半分はイルカ、そんな不思議な海の生き物が、澄《す》んだ水面で眠《ねむ》っているようだった。

桟橋《さんばし》から船端《ふなばた》に厚《あつ》い板が渡《わた》され、男たちがそこに登っていった。後に続いたベリックは、綱《つな》や松ヤニ、塩水につかった材木などの匂《にお》いをかいだ。生まれて初めて嗅《か》ぐ、船の匂《にお》いだ。最後にアリストブロが登ってきた。かがり火のそばに座《すわ》っていたふたりの男が立ちあがって、伸《の》びをした。ふたりはベリックを見てパネスに短くなにかを聞き、パネスが短く答えた。船乗りは何人かがかがり火のそばに集まり、残りは船端《ふなばた》から身を乗りだして、岸辺にいたふたりのブリトン人と話している。ベリックは足の下に伝わる甲板《かんばん》の感触《かんしょく》にぞくぞくしながらあたりを見まわした。船尾《せんび》の曲線が月光をあびてそびえ、太いマストが星空を背景《はいけい》にすっくと立ち、そして巻《ま》き上げられた帆《ほ》が黒い翼《つばさ》のようにたたまれているのを、目を見開いてながめていた。

するとアリストブロに腕《うで》を軽くたたかれた。「もういいだろ。そろそろ中に入るぞ。早朝から潮《しお》が沖に向かうんでな。さあ、ここだ。ハッチを下りろ」

ベリックはそのとき初めて、月に照らされて白く見える甲板《かんぱん》のマストのすぐ前に、黒い一画があるのに気がついた。それは四角い穴《あな》で、はしごがかかっている。まるで海の怪物《かいぶつ》の腹《はら》のなかに降《お》りていくようだ。それが口をあけた罠《わな》のように見えて、ベリックは不安になった。でももちろん、そんな考えはばかげている。食事までおごってくれたアリストブロが、もう下に降《お》りているではないか。「後ろ向きで降《お》りろよ」アリストブロが叫《さけ》んだ。「そのほうが、首の骨《ほね》を折らずにすむからな。ここは冥界《めいかい》みたいにまっ暗だが、おまえが下に着く前に、灯《あか》りをつけてやるよ」

ベリックはちょっととまどったものの、穴《あな》のへりからそっと足を下ろし、はしごを探《さぐ》って、降《お》りはじめた。船端《ふなばた》にいる男たちはまだ、川岸の人間としゃべったり笑ったりしている。ベリックの足もとの暗闇《くらやみ》から、生き物の気配が漂《ただよ》ってきた。なにかがこすれるような音や、息づかい、うめき声のような音。そして狭《せま》い場所に大勢《おおぜい》がつめこまれているような強烈《きょうれつ》な匂《にお》い。猟犬《りょうけん》やニワトリなんかじゃない。これは人間だ。なにかがおかしい。

突然《とつぜん》、危険《きけん》信号がまた鳴りだした。今回は強く、激《はげ》しく。「危険《きけん》だ！　危険《きけん》だぞ！」足が下の甲板《かんぱん》に届《とど》き、ちょうど頭の上に月の輝《かがや》く空が真四角に見えた。ベリックは穴《あな》から飛びだそうとした――が遅《おそ》かった。後ろですばやく動く気配がしたとたんに、頭の後ろをガンとやられて、目から火花が飛び、ベリックは倒《たお》れた。後は渦巻《うずま》く闇《やみ》となった。

第五章　腕輪《うでわ》

頭のはるか上では、クワガタソウの花のような青い空が広がり、大きな白いわた雲が初秋の風にゆったりと流れている。しかしその下の、ここローマ随一《ずいいち》の奴隷市場《どれいいちば》では、空気は重くよどんでいた。まだ朝だというのに、市場はいつもどおり、もう人であふれている。土木業の親方は、石や砂利《じゃり》を運ばせるために、馬なみに強くたくましい男を探《さが》して檻《おり》のあいだを歩きまわっている。太った奥様《おくさま》は、布《ぬの》を紡《つむ》いだりクッションを運ばせたりする少女を探《さが》して、イライラと騒《さわ》ぎたてている。秘書《ひしょ》を探《さが》している元老院議員《げんろういん》、おつきの奴隷《どれい》をほしがっている若《わか》い護民官《ごみんかん》。大きな屋敷《やしき》に仕《つか》える白髪《しらが》まじりの執事《しつじ》――彼《かれ》自身も奴隷《どれい》だ――は、ごく最近死んだ台所の下働きの替《か》わりを、慎重《しんちょう》に選んでいる。売り物の奴隷《どれい》は台にのせられたり、檻《おり》に入れられたりしているが、そのあいだの通路をさまざまな色の、さまざまな言葉を話す人びとが行ったり来たりして、お目当ての奴隷《どれい》を探《さが》している。

そんな檻《おり》のひとつのかたすみで、ベリックはひざをかかえて、熱く固い道路にすわりこんでいた。目は前に向けたまま。いっしょに連れてこられた者のなかには、ときおり仲間同士で話をしている者もいた。しかし多くはベリックと同じように、絶望《ぜつぼう》し無気力となって、黙《だま》って座《すわ》りこんでいた。彼《かれ》らはアーロン・ベン・マラキの所有物だった。マラキは、自分が店を張《は》っている場所の角にある神殿《しんでん》の柱にもたれて、隣《とな》りの男と奴隷《どれい》相場について話していた。どうやら奴隷《どれい》の値段《ねだん》が下がっているらしい。「りっぱなアテネ人だったんだ。生まれもいいし、リラを弾《ひ》かせりゃ、天使なみよ。そいつがいくらで売れたと思うかね？たったの三千セステルティウスだぞ！　それがつい先週のことだ。まったくなあ、ちっとは景気がよくならなきゃ、こちとらおだぶつよ！」えんえんと愚痴《ぐち》が続くのが聞こえた。ベリックは、目のまえを行き来する通行人の足を見ていた。汚《よご》れたサンダル、軍人の深靴《ふかぐつ》、身分の高そうな女性《じょせい》の美しい緋色《ひいろ》の上靴《うわぐつ》、物乞《ものご》いのできものだらけの裸足《はだし》。しかし目にしたものも耳にしたものも、すべては頭のなかを素通《すどお》りするだけだ。ベリックはぼんやり考えていた――あのイスカ・ドゥムノニオルムの夜からどれぐらいたったのだろう？　五つの月？　六つか七つか？　わからない。とっくに、数えきれなくなっていた。わかっているのは、悪夢《あくむ》のような日々《ひび》だったということだけだ。覚めても口の中に禍《まが》まがしい味の残る、ひどい悪夢《あくむ》。ときどきこれは現実《げんじつ》ではないのではないか、と思った。悪い夢《ゆめ》を見ているが、じきに目を覚ますのではないか、と。だがそんな目覚めは、けっして訪《おとず》れはしなかった。

イスカ・ドゥムノニオルムのあの夜、気がついたときには、船という不思議な海の怪物《かいぶつ》の腹《はら》の中にいた。自分と同じ境遇《きょうぐう》の人間といっしょに、積み荷と積み荷のあいだのわずかなすき間に横たわっていた。クリオ号は航海中《こうかいちゅう》で、みんな船酔《ふなよ》いに苦しんでいた。ほとんどは、南の海岸沿《ぞ》いに住むローマ人の地主から合法的に買われた者だったが、ベリック以外にも、さらわれてきた者がふたりいた。そのうちのひとりは釣《つ》りをしている最中にさらわれたと話していたが、ベリックに自分たちがどんないまわしい状況《じょうきょう》にあるか説明したり、ギリシャの奴隷《どれい》商人のやり口を聞いたことはなかったのかと聞いたりして、なんとか自分をなぐさめているようだった。その奴隷《どれい》商人たちは、ベリックの激《はげ》しい抵抗《ていこう》や反抗《はんこう》にあうと、あまりひどくない程度《ていど》に鞭《むち》で打ったりたたきのめしたりした。彼《かれ》らの関心は積み荷をなるべくいい状態《じょうたい》で目的地に運ぶことにあったが、それでも必要なだけの調教はほどこした。調教のことを思い出すと、ベリックのこぶしは震《ふる》えた。あの何カ月かのみじめさをありありと思い出した。まるでなめし皮かなべのように、つぎつぎと商人から商人へと売り渡《わた》されて、テヴェレ川沿《ぞ》いの不潔《ふけつ》な小屋に集められた。そこにはあらゆる色と匂《にお》いの奴隷《どれい》がいた。みじめな兄弟と姉妹たち。食料は乏《とぼ》しく、奴隷監督《どれいかんとく》は蹴《け》ったりなぐったりした。なによりも、これから一生とらわれ、檻《おり》に入れられて、自分というものがないのだという、救《すく》いようのないみじめさに責《せ》めさいなまれた。

人々《ひとびと》の足のあいだをうろついていた小さな野良犬がそばにきたので、ベリックは手を伸《の》ばした。野良犬は指の匂《にお》いをかぎ、なでてもらっているあいだだけは耳を寝《ね》かせておとなしくしていたが、またこそこそと去っていった。ともかく、ひとつだけはよかったと思うことがある……。犬を見送りながら、ベリックはそう思った。あの夜、犬のゲラートを連れていなかったことだ。もしも見知らぬ土地でとり残されたとしたら、ゲラートはどうなっていただろう。あるいは奴隷《どれい》商人に殺《ころ》されていたかもしれない。ゲラートのことを思うと、ふるえるような悲しさが胸《むね》いっぱいにこみあげてきた。自分の一族のことや父や母、カスランのことさえ心からしめだしてきたが、でも自分の犬だけは、忘《わす》れることができなかった。

ベリックのまわりが、突然騒《とつぜんさわ》がしくなった。人目をひくきれいな少女がやってきて、ベン・マラキに話しかけたのだ。少女は緋色《ひいろ》のふちどりのついたチュニカを着て、首から金の鎖《くさり》を下げている。マラキは柱を離《はな》れ前に出て、期待をこめた笑《え》みを浮《う》かべ、もみ手をしながら彼女《かのじょ》の注文を聞いていた。

「あたしの御主人《ごしゅじん》のユリア奥様《おくさま》が」少女は、少し離《はな》れたところに停《と》まっている輿《こし》のほうに顔を向けて示《しめ》した。六人の男の肩《かた》にかつがれた輿《こし》には、豪華《ごうか》な垂《た》れ布《ぬの》がかかっている。

「輿《こし》をかつがせるガリア人を探《さが》しておいでなの。役に立ちそうなのがいる？　上等なのじゃなきゃだめよ。奥様《おくさま》にお仕《つか》えできるのは、最高級のものだけなんだから」

ベリックは今ではかなりラテン語が聞きとれるようになっていたので（ただし、もはやラテン語を自分の国の言葉だとは思わなくなっていたが）、少女の言ったことは理解《りかい》できたが、気にもとめなかった。自分はガリア人ではないから、関係ないと思ったのだ。

しかし、ベン・マラキはそんなささいなことで商売のチャンスを逃《のが》す男ではなかった。

「おりますとも。ちょうど、まさしくちょうどぴったりなのがおりますよ。奥様《おくさま》にふさわしい、最高級品ですとも。あれほど身分の高い奥様《おくさま》に、最高級品以外を売ろうなどと、このわたしめ、ほんのちょっとだって、思いやしませんぞ」そう言いながら、すばやく奴隷《どれい》監督《かんとく》に合図した。目つきの鋭《するど》いシリア人の奴隷監督《どれいかんとく》は、すぐさまベリックを鋲《びょう》のついたサンダルで蹴《け》った。

「おまえだ、立て」

ベリックは抵抗《ていこう》せずによろよろと立ちあがった。今では蹴《け》られることにすっかり慣《な》れていた。そしてベン・マラキと少女の後について、垂《た》れ布《ぬの》のかかった輿《こし》に向かった。垂《た》れ布《ぬの》は少し引かれていて、中の女性《じょせい》は、通りすがりに挨拶《あいさつ》しようと立ち止まった背《せ》の高い男と話していた。男のチュニカのすそには、元老院《げんろういん》議員であることを示《しめ》す紫《むらさき》の縞《しま》がついていた。輿《こし》から、よく通る鈴《すず》のような声がした。「あの奴隷《どれい》ときたら騒《さわ》ぎばかり起こすんですもの、売り払《はら》いましたわ。さしあたってフィロンをかわりに使っているんですけど、でもほら、ごらんになってよ。きれいにそろえてあったのが、だいなしになってしまって」そこへ三人がやってきた。「ああ、ベン・マラキね。いいのを連れてきてくれた?」さらに垂《た》れ布《ぬの》が引かれた。思わずベリックは、中にいる女性《じょせい》を見つめた。美しいが、冷たい。ひどく冷たそうな女だ。身分の高そうなその女は、ベリックをぞんざいにながめた。相手が人間だとは思いもよらない目つきだった。ベリックの利点を並《なら》べ立てているベン・マラキの言葉を聞きながして、すぐ首を横に振《ふ》った。「だめだめ、こんなんじゃだめよ。ガリア人でなくては」

「奥様《おくさま》、これはブリトン人でございますが、まったく同じ種類でして……」おじぎをして奴隷《どれい》商人が話しはじめたが、さえぎられた。

「色は黒すぎるし、髪《かみ》は赤すぎだわ。輿《こし》かつぎは金髪《きんぱつ》のガリア人でそろえているんだから、同じじゃなくちゃだめ」

「髪《かみ》の色のことでしたら、高貴《こうき》な奥様《おくさま》」――ベン・マラキは体を二つ折りにするほど深々《ふかぶか》と頭を下げた。「ほんの少々《しょうしょう》、石灰塗料《せっかいとりょう》をつければよろしいかと。なになに、ほんの少しで……」

今度さえぎったのは、元老院議員《げんろういんぎいん》だった。男は物憂《ものう》そうに、口を出した。「ユリア、それはやめておいたほうがいいね。それじゃ、まがいものだよ。鹿毛《かげ》でそろえようという戦車の馬の一頭を、栗毛《くりげ》でごまかすようなものだ」

「ご心配にはおよばないわ、ヒルピニウス。そんな気はありませんもの」高貴《こうき》な身分の夫人は、うんざりしたような、でもおもしろがっている口調で言い、つぎにベン・マラキに言った。「ほかにないのなら、今のところはあきらめるか、ほかをあたるしかないわね」

「ほんの二、三日、おそくとも三日以内には、活《い》きのいいのを仕入れておきますよ」ベン・マラキは、うすい灰色《はいいろ》のあごひげを黒い服の胸元《むなもと》になすりつけて、またおじぎをした。

「最高にいいものを！　慈悲深《じひぶか》い奥様《おくさま》さえよろしければ、ほかのだれにも見せないうちに検分《けんぶん》していただけるよう、いいのをみつくろってお届《とど》けいたします。なにぶん、わたしめは貧《まず》しくて……」

「好きにしてちょうだい。それまでに気にいったのが見つからなかったら、おまえのを見てもいいわ。ヒルピニウス、あなたもわたくしと同じ方向へいらっしゃるの？　違《ちが》うの？　では、ごきげんよう」貴婦人《きふじん》は、金髪《きんぱつ》のガリア人の輿《こし》かつぎ隊に合図をした。刺繍《ししゅう》のほどこされた垂《た》れ布《ぬの》がぴったりしまると、輿《こし》が動きだし、その横を小間使いの少女が歩いてついていった。

ベリックは檻《おり》に戻《もど》され、なんの希望もなく、またすみにしゃがみこんだ。

だらだらと時が過《す》ぎていった。混雑《こんざつ》した奴隷市場《どれいいちば》の中は、いっそう空気がよどんだ気がした。奴隷《どれい》仲間のうちの三人が売られていった。そのうちのひとりの大きな黒人は親切だったから、新しい主人のあとを行く幅広《はばひろ》の大きな黒い体を見送ったときには、もし可能《かのう》ならさみしいと感じたにちがいない。実際《じっさい》はベリックはあまりにも孤独《こどく》でみじめだったから、それ以上の何ものも感じようがなかったのだが。正午をだいぶ過《す》ぎると、奴隷市場《どれいいちば》からは人影《ひとかげ》が薄《うす》れ、舗道《ほどう》からはオーブンから出るような熱風が吹《ふ》きあがっていた。ひとりの男がやってきて、ベリックをちらっとながめ、行き過《す》ぎてからためらい、またもどってきた。快活《かいかつ》で男らしい顔をした若者《わかもの》で、いかにも鎧《よろい》を着慣《きな》れた武人《ぶじん》の雰囲気《ふんいき》があった。男はベン・マラキに話しかけたが、その視線《しせん》はベリックに向いたままだった。その視線《しせん》にあって、ベリックは突然《とつぜん》なけなしの希望を感じ、奴隷監督《どれいかんとく》に蹴《け》られるのを待たずに立ちあがった。

「それで、この子はいくらなんだ?」若《わか》い男は、ベン・マラキがいつもどおり長々《ながなが》と商品をほめちぎるのをさえぎって、たずねた。

「たったの二千セスティルティウスでございますよ、百人隊長殿《どの》」

「千セスティルティウス」若《わか》い男は言った。

「またまたご冗談《じょうだん》を、百人隊長殿《どの》」ベン・マラキは両手を広げてほほえんだ。「では、千九百におまけいたしましょう」

「千百」

交渉《こうしょう》は早口で静かに行われたので、ベリックはほとんどついていけなかった。だがついに男が、これで終わりだ、という身振《みぶ》りをして言ったことは、はっきりわかった。

「千三百五十。これ以上は出せない」

「千七百」ユダヤ人の商人は言った。「これ以下ではどこに行ったって、ダキア（現《げん》ルーマニアのあたり）までお供《とも》させる強くていい奴隷《どれい》は、手に入りませんぞ」

「それならば、奴隷《どれい》なしで行くしかないな」

「千六百五十――えーい、こいつを千六百五十で連れていってください！」ベン・マラキはうめいた。「あとでかわいそうな老いぼれを破産《はさん》させたという悪夢《あくむ》にうなされませんように」

「千三百五十以上は出せない。金がないんだ」若《わか》い男は、もう背中《せなか》を向けていた。「すまないな」彼《かれ》はベン・マラキにではなく、ベリックに言った。そして行ってしまった。ベリックは急にめまいがして、また座《すわ》りこんだ。

またのろのろと時が過《す》ぎた。ベン・マラキの奴隷《どれい》はさらにあとふたり、買い手がついた。西に傾《かたむ》いた太陽の光がななめに奴隷市場《どれいいちば》に射《さ》しこむころ、市場はまた混雑《こんざつ》しはじめた。ベリックはまだ同じところに座《すわ》っていた。影《かげ》が広がり、石が冷えてきた。もうなにも思わず、両ひじをひざにつき、ずきずきする頭をかかえて、ただ座《すわ》っていた。あいかわらず、多くの足が行き来している。僧侶《そうりょ》のサフラン色の靴《くつ》、剣闘士《けんとうし》の鋲《びょう》つきサンダル……そのとき感覚が半分まひした世界から、乱暴《らんぼう》に引きもどされた。別の客が来たのだ。奴隷監督《どれいかんとく》の大きな手でぐいっと押《お》されて、気がつくとベリックは、ずんぐりした男の前に立っていた。男の顔はピンク色だがしわだらけで、薄《うす》いブルーの目はいかにも癇癪《かんしゃく》もちらしい。その目で、ベリックを上から下まで、まるで子馬の体でも調べるようにジロジロながめた。ただし子馬を見るのであれば、もう少しやさしい目をするのではあるまいか。

ベリックは一目見ただけで下を向いてしまい、両肩《りょうかた》を強情《ごうじょう》そうに丸め、両足を開いて立って、小男の突《つ》きでた腹《はら》を見ていた。

「これが、おまえの持っているうちのいちばんいいやつか？」小男は答えを要求した。

「とてもきれいなシリア人の少年がおりますよ、閣下《かっか》……」

「市場じゅう、きれいなシリア人の少年だらけだ。以前、何人か持っていたが、まるでサルのように物を盗《ぬす》む」男の声には疲《つか》れといらだちがまじっていた。

うしろにひかえていた、憂鬱《ゆううつ》そうな顔の男が、おずおずと言った。「よろしければ、わたしが明日、探《さが》してまいりましょうか」

「もしも、だれかにうちの奴隷《どれい》選びをさせるとしたら、それは秘書《ひしょ》ではなく執事《しつじ》の仕事だ」主人は気むずかしそうに言った。「わしは自分の奴隷《どれい》は、いつも自分で選ぶ。以後、覚えておけ。ともかくわしは、きょう、ダモンのかわりを探《さが》すと言ったのだ。わしはいったん口にしたことは守る」それから、ベン・マラキに向かって言った。「シリア人のほかでは、これがおまえの持っているうちの最上か？」

ユダヤ人は、またおじぎした。「閣下《かっか》、これは上物《じょうもの》ですよ。プブリウス・ルキアヌス・ピソ政務官閣下《せいむかんかっか》のご立派《りっぱ》なお屋敷《やしき》にふさわしいと、断言《だんげん》できます。たしかにまだ調教は充《じゅう》分《ぶん》とはいえませんが、利口です。ええ、ええ、半月もあれば、閣下《かっか》の執事《しつじ》はこの子をいかようにもしつけられますとも」

「なんだか陰気《いんき》な子だな」プブリウス・ピソは言った。

「奴隷《どれい》になりたてだからですよ。ブリトン人は簡単《かんたん》には腕輪《うでわ》になじみませんので。でも、鞭《むち》で数回たたけば、すぐに覚えるでしょう」ベン・マラキが合図すると、奴隷監督《どれいかんとく》がすばやくベリックのあごをつかんで上を向かせた。ベリックは頭をそらしてその手から逃《のが》れ、目のまえのピンク色の丸顔を正面から見すえた。

「ブリトン人か？」政務官《せいむかん》は言った。

「正真正銘《しょうしんしょうめい》のブリトン人でございます、閣下《かっか》。それにほんとの話、自分の国では族長の息子《むすこ》なんでして」

政務官《せいむかん》は、フフンと鼻であしらった。「おまえらの話をまともに信じたら、野蛮人《やばんじん》の奴《ど》隷《れい》は全員、族長の息子《むすこ》ということになる。この体格《たいかく》からすると、むしろ反逆兵《はんぎゃくへい》の息子《むすこ》といったところだな。だが……」ためらってから、つけ加えた。「見た目はわしの好みだ。体は健康か？」

「それはもう、閣下《かっか》。これほど健康な子は見あたらないほどで」

「ふうむ」プブリウス・ピソは言い、手をのばしてベリックの腕《うで》をさわった。ベリックは針《はり》で刺《さ》されたかのように体を固くし、眉《まゆ》をしかめて、腕《うで》におかれた丸々《まるまる》したピンクの手からその持ち主のピンクの顔まで見あげ、また視線《しせん》を手へと戻《もど》した。「見事な筋肉《きんにく》だ」政務《せいむ》官《かん》は感心して言った。「息を吸《す》ってみろ」

ベリックは恥《はじ》と怒《いか》りで相手をにらみつけた。しかし奴隷監督《どれいかんとく》にこづかれて、言われたとおりに息を吸《す》った。胸《むね》が破裂《はれつ》しそうになるまで、吸《す》い続けた。ベリックのこぶしは固く握《にぎ》られブルブル震《ふる》えていたが、だれも気づいたものはいなかった。「ふうむ」政務官《せいむかん》はまた言った。「口を開けろ」

こうして見分は、さらに続いた。

「まあ、よさそうだな」丸々《まるまる》したピンクの男は、ようやく納得《なっとく》した。「だが、やっぱりこの子は陰気《いんき》だ。わしが調べているとき、どうも反抗《はんこう》的だったぞ。その分、値段《ねだん》からひいてくれ」

ユダヤ人は両手を広げた。「きかん気な子馬ほど、成長すればいい馬に育つというものではありませんか。それなのに値段《ねだん》を負けろとは、あまりなおっしゃりようで」

「わしがほしいのは奴隷《どれい》だ、子馬ではないぞ」プブリウス・ピソはそっけなく言った。

「そっちの希望の売値《うりね》はいくらだ?」

「二千六百セスティルティウスでございます、閣下《かっか》」

「千五百」

また交渉《こうしょう》が始まった。しかし、今回は最後には合意に達した。ベリックの書類は新しい持ち主の手に移《うつ》り、主人の命令で秘書《ひしょ》が代金を渡《わた》した。アーロン・ベン・マラキは、まちかねて手のひらを差しだしていたが、へこへこおじぎをして、金を受けとった。

「プブリウス・ピソ閣下《かっか》には、本日のお買い物に必ずやご満足いただけるものと存《ぞん》じます。このつぎにまた奴隷《どれい》がお入り用なときも、どうぞお忘《わす》れなく、この――」

「わかった、わかった」政務官《せいむかん》はもう立ち去りかけていた。「今日の夕方にでも届《とど》けてくれ。わしの家は知っておろう」

「プブリウス・ルキアヌス・ピソ政務官閣下《せいむかんかっか》のお屋敷《やしき》を存《ぞん》じ上げない者など、もぐりというものでございましょう」

しばらく経《た》つとベリックは、大きな鉢一杯《はちいっぱい》のレンズ豆のおかゆを与《あた》えられた。向こうに着いたときにあまり空《す》きっ腹《ぱら》に見えては、まずいというわけだ。ベン・マラキ自身の奴隷《どれい》のひとりに連れられて、ローマの市街を通って新しい所有者の家に向かうことになった。逃《に》げないように首には綱《つな》の輪が、引くとしまるように巻《ま》かれ、彼《かれ》を連れていく役目の奴隷《どれい》がその端《はし》を持った。「おい、面倒《めんどう》を起こすなよ。そうすればオレも綱《つな》を引いたりしねえ。わかったな?」その奴隷《どれい》が言った。

しかしベリックは、面倒《めんどう》を起こすような心境《しんきょう》からは、ほど遠いところにいた。

下町はたえまなく群衆《ぐんしゅう》が行きかい、かすかに悪臭《あくしゅう》が漂《ただよ》っていた。それが夏の疫病《えきびょう》の匂《にお》いであることを、今ではベリックも知っていた。そんな下町を抜《ぬ》けでて、坂を上っていくと、静かで空気もさわやかな通りが続いた。やがて、高い塀《へい》にはさまれた門に到着《とうちゃく》した。ベン・マラキの奴隷《どれい》は門番に二言、三言告《つ》げてから、中に入った。入ったところは中庭で、日暮《ひぐ》れの影《かげ》が深く落ちている。ベリックが立っていると、あちこちから人が集まってきてベリックを囲《かこ》み、指さしたり、じろじろ見たりした。なにか聞かれたが、知っているラテン語が少なすぎて、なにも答えられない。やがてだれか係の男が来て、ベン・マラキの奴《ど》隷《れい》と話をした。ベン・マラキの奴隷《どれい》は急いでベリックの首の綱《つな》をはずすと、出ていった。

見知らぬ場所にとり残されて、ベリックは一瞬《いっしゅん》、激《はげ》しいパニックに襲《おそ》われた。ベン・マラキの奴隷《どれい》は粗暴《そぼう》な男だったが、少なくともなじみの粗暴者《そぼうもの》だった。だが、彼《かれ》は行ってしまった。人だかりのなかで、ふたりの少女がくすくす笑いながら、おたがいをつつきあった。「この子は長くはここにいないわね。ちょっと頭が足りなさそうだもの——見てごらん、ほら」ひとりが言った。

「そうだとしても、笑いものにしちゃだめよ、ティナ」別の少女はもう少し親切だった。「ニゲルスに会わせるまえに、この子をきれいにしたほうがいいわ」三番目の少女が言った。

それから、ベリック本人にイライラした声が浴びせられた。「ほら、うすのろみたいに、そこにつっ立ってるんじゃないよ」

ベリックは頭がずきずきして、耳に綿《わた》でもつまったように、声が遠くから聞こえた。やがてだれか知らない人の広い背中《せなか》について中庭をつっきり、廊下《ろうか》をよろよろ歩いていった。広い背中《せなか》に連れていかれた先には、大きな浴槽《よくそう》があった。ベリックは汚《よご》れきったボロを脱《ぬ》いで、まるで老人のように、ゆっくり慎重《しんちょう》に浴槽《よくそう》につかった。泥《どろ》がこびりついたほてった体に、冷たい水がすばらしく心地よかった。冷たさのおかげで、頭まではっきりした気がする。白砂《しらすな》で体をこすり、浴槽《よくそう》につかり、また体をこすった。何カ月ぶりかで清潔《せいけつ》になり、快《こころよ》かった。

ベリックがあまり長いこと浴槽《よくそう》につかっていたので、さっきの奴隷《どれい》がもどってきて、おまえは魚にでもなったつもりか、と文句《もんく》を言った。ベリックは浴槽《よくそう》から出て体をふき、その男がほうり投げてくれたチュニカ――生成《きな》りの毛のチュニカで、柔《やわ》らかく清潔《せいけつ》だった――を着て、男の後ろについてそこを出た。ベリックの着ていた悪臭《あくしゅう》のするボロ布《ぬの》は、浴場の床《ゆか》におきっぱなしだった。だれかがその気になったときに、もしもその気になればの話だが、燃《も》やして処分《しょぶん》することになる。それがピソ家のやり方なのだと、ベリックはあとで知った。

どうやってそこに着いたかわからないが、気がついたらベリックは、小さなランプのともった部屋の中に立っていた。白髪《しらが》まじりのやせた男がテーブルの向こうに座《すわ》って、値踏《ねぶ》みするような目でこちらを見ていた。テーブルの上には、書字板やパピルスの巻物《まきもの》などがごちゃごちゃと置いてあった。「ああ、新しい奴隷《どれい》だな」男は静かな威厳《いげん》のある声で言い、手に持っていた書字板に目を走らせた。「名前はベリックか？」

「はい」ベリックはかすれた声で答えた。

白髪《しらが》まじりの男は、目のまえの巻物《まきもの》にそれを書きとめた。「さてと。わたしの名はニゲルス、この家の執事《しつじ》だ。おまえはほとんどの命令をわたしから受けることになる」

ベリックはまた「はい」と言った。

ニゲルスは手を離《はな》して、巻物《まきもの》がくるくると丸まるにまかせた。「パンテオンがおまえの寝場所《ねばしょ》を探《さが》してくれるだろう。それに、もし腹《はら》がへっているなら、料理人から食事をもらうといい。だが、まずは……」テーブルの上からなにかを取りあげ、差しだした。「これがひじの上まで入るかどうか試してみろ。だめなら、もっと大きいのと取りかえる」

ベリックはそれを受け取った。幅《はば》の広い銀の腕輪《うでわ》で、なにか印が押《お》してある。ベリックはぼんやりそれを見つめ、どうすればいいかわからないというふうに、ただ両手で持っていた。

「それはピソ家のしるしだ」執事《しつじ》が言った。「プブリウス・ピソ家の奴隷《どれい》はみな、このような腕輪《うでわ》をはめている。それをつけたら、向こうへ行くといい」

ベリックは黙《だま》ってそれを左腕《ひだりうで》にとおし、ひじの上まで上げようとした。きつかったがなんとか通ったので、顔をあげた。白髪《しらが》まじりの男は、新しい奴隷《どれい》の名前を書きこんだ巻物《まきもの》を片《かた》づけようとしていた。ちょうど手をのばしたところだったので、袖《そで》が上がりなにかが見えた。ランプの光できらりと輝《かがや》いたのは、同じような腕輪《うでわ》の縁《ふち》だった。

ベリックははっとして執事《しつじ》の顔を見た。目が合ったとき執事《しつじ》の目に、おもしろがっているのか苦々《にがにが》しいのかわからない影《かげ》が、ついとかすめた。「そうだ。わたしもそのひとりだ」ニゲルスは言った。

第六章　友と敵《てき》

初めてピソ家の腕輪《うでわ》をつけてから数日間は、ベリックは絶《た》え間ないめまいのなかにいた。頭がいつも熱をもっているようで、なにひとつ現実《げんじつ》とは思えなかった。しかしそのうちに、ゆっくりとだが落ち着いてきて、頭がクラクラすることもなくなった。ウィミナリスの丘《おか》にある広い屋敷《やしき》のなかで、最初のうちは迷《まよ》いっぱなしだったのだが、なんとか自分のまわりを見回せるようになった。見知らぬ風習も、奴隷《どれい》仲間のだれがなにをするのかということも、だんだんのみこめてきた。

プブリウス・ピソの屋敷《やしき》には大勢《おおぜい》の奴隷《どれい》がいたが、みんなが中途半端《ちゅうとはんぱ》に他の奴隷《どれい》の仕事に手をつける傾向《けいこう》があった。その結果本来の自分の仕事はほかの者がやったり――場合によっては、やらなかったりした。この混乱《こんらん》はニゲルスのせいではなく、ひとつには夫人のポッパエアが目にした奴隷《どれい》をだれかれなく呼《よ》びつけて、やりかけの仕事をおいてすぐに駆《か》けつけるように命じ、別の仕事をやらせる癖《くせ》があったからだ。またプブリウス・ピソは年じゅう奴隷《どれい》を入れかえていたので、屋敷《やしき》には必ず何人か、自分の仕事を知らない奴隷《どれい》がいたからでもあった。この家の主人がひんぱんに奴隷《どれい》を売り買いすることを、ベリックはまもなく知った。売られる心配がないのは、ニゲルスただひとりのようだ。ニゲルスは少年のころから、同じく少年だったプブリウス・ピソのおつきの奴隷《どれい》だった。プブリウスがローマ軍団《ぐんだん》に司令官として勤務《きんむ》したときも同行し、少しずつ地位を上げてピソ家の執事《しつじ》となった。今ではプブリウスの一部のような存在《そんざい》だったから、ニゲルスを売るのは自分の右腕《みぎうで》を売ろうとするようなものなのだろう。

はじめのうちベリックは、なぜ奴隷《どれい》がだれも逃《に》げださないのか不思議だった。逃《に》げるのはいとも簡単《かんたん》そうに見えた。町に使いに出されることもあれば、たまには休みがもらえて、好きに外出することもできた。しかし、やがてベリックにもわかってきた。奴隷《どれい》たちが逃《に》げださないのは、ほとんどがほかの暮《く》らしを知らないからだった。またたとえばベリックのように、ほかの生活を知っている者がいたにしても、今度は逃《に》げていく場所がなかった。逃亡《とうぼう》することは犯罪者《はんざいしゃ》となることを意味し、そうなれば盗人《ぬすっと》の仲間に加わるくらいしか道はないだろう。それでは未来はないも同然だ。

今ではベリックは、少なくとも飢《う》えることも、理由なくぶたれることもなかった。ベリックは屋敷《やしき》内の仕事をする奴隷《どれい》だったが、しばらくすると厩舎《きゅうしゃ》に通うようになった。馬の世話係のヒッピアスじいさんが好きだったし、ヒッピアスのほうも彼《かれ》を気に入っていた。それに馬といるほうが——プブリウス・ピソはいい馬をたくさん持っていて、奴隷《どれい》ほどひんぱんには売らなかった——奴隷《どれい》仲間といるよりも、孤独《こどく》を感じずにすんだ。

ベリックの世界はニゲルスが指図する奴隷《どれい》の世界であり、仕《つか》えている一家は遠くからながめるだけの別世界の住人だった。プブリウス・ピソは癇癪《かんしゃく》もちで尊大《そんだい》な男だったが、その裏《うら》には情《なさ》け深いところもあった。だからもし奴隷《どれい》にも感情《かんじょう》があるのだということに気がつきさえすれば、彼《かれ》らにやさしくしたかもしれない。しかしプブリウスの妻《つま》、ポッパエアはまるで違《ちが》っていた。生白くて太っており、怒《おこ》りっぽくて、やさしさのかけらもなかった。娘《むすめ》のルキルラは、母親によく似《に》ていたが、怒《おこ》りっぽくはなかった。でもそれは彼女《かのじょ》がまだ十五歳《さい》だからだろう、とベリックは思った。ポッパエア奥様《おくさま》も十五歳《さい》のときには、怒《おこ》りっぽくなかったかもしれない。一家にはもうひとり、息子《むすこ》のグラウクスがいた。グラウクスは派手《はで》で美しい顔をしており、物憂《ものう》げなところといい、皮肉っぽく笑うところといい、一家の中でひとりだけ異質《いしつ》で、まるでスズメにまじったゴシキヒワのように目立っていた。

最初の二、三カ月のあいだ、ベリックにとって主人の一家は、ちょうどフレスコ画に描《えが》かれた人物のように、色はついていても現実感《げんじつかん》のない人々《ひとびと》だった。

まもなく秋の雨はやみ、冬がやってきた。彼方《かなた》のアウェンティヌスの丘《おか》に雪がつもったのが、奴隷《どれい》小屋の高窓《たかまど》から見えた。やがて雪は消え、かすかに春の気配が漂《ただよ》いはじめた。故郷《こきょう》の自分の丘《おか》に登りたい、自由を得《え》たい、という痛《いた》いような願いは、ベリックのなかでかたときも消えたことはなかったが、それがますます切実になってきた。「春になって雁《がん》が北へ飛ぶときには、こんな感じがするにちがいない」と思った。「そしてツバメも、オレたちの家の軒下《のきした》に巣を作ろうと南から飛んでくるときは、こんなふうに感じるんだろう。雁《がん》もツバメも春の呼《よ》び声を聞いたら、自由に飛びたつことができる。だが……」いっそう悪いことに、そのころにはベリックは、門外に出ることを許《ゆる》されるようになっていた。ときには他の奴隷《どれい》と数名で、馬を走らせて運動させることさえあった。逃《に》げるのはまったく簡単《かんたん》だった。だが、逃《に》げて行くところがない。

そしてある朝突然《とつぜん》、まるで高らかにラッパが鳴り響《ひび》くかのように、あたりは春一色となった。北の海沿《うみぞ》いの森ではハシバミの黄色い花粉が風に舞《ま》い、シギがさえずりかわしているにちがいない。ベリックの心の中ではなにかが自由を求めて激《はげ》しく鼓動《こどう》し、全身が痛《いた》いほどだった。

もっともその朝春を感じたのは、ベリックひとりではなかったようだ。いつもは寝室《しんしつ》で朝食をとるルキルラお嬢様《じょうさま》が、突然《とつぜん》庭で食べると言ってきた。ちょうど盆《ぼん》の用意ができたときにベリックが台所に入ってきたために、料理人は盆《ぼん》をベリックに渡《わた》して言った。「これはお嬢様《じょうさま》のだ。おまえ、持っていっておくれ。お嬢様《じょうさま》はテラスにおいでだから」

ベリックは、小さなあたたかいパンと野生の蜂蜜《はちみつ》をのせた盆《ぼん》を用心深く運んだ。噴水《ふんすい》がいくつもあり、細い石の壺《つぼ》にレモンやマートルの木が植わった庭を抜《ぬ》けると、小さな花園《はなぞの》に出た。目の前の草の上を、飛ぶ鳥の影《かげ》がさっと横ぎった。テラスの階段《かいだん》のわきではトキワガシが木陰《こかげ》を作り、その陰《かげ》には小さなピンクの花がたくさん咲《さ》いている。花は羽のような形をしていて、今にもふわふわと飛びたちそうに見える。

手すりのくぼみに沿《そ》って、カーブした石のベンチがあり、ルキルラお嬢様《じょうさま》はそこに腰《こし》を下ろしていた。ルキルラの向こうには、なにひとつさえぎるもののない空が広がっている。ピソ家の屋敷《やしき》の庭はウィミナリスの丘《おか》の突端《とったん》にあり、テラスの先はローマの中心に向かって急な斜面《しゃめん》となっているためだ。ルキルラは金色の目をした白い子猫《こねこ》と遊んでいて、石の道を歩くベリックのサンダルの音にも顔を上げなかった。

ベリックはためらった。盆《ぼん》をどこかに置いて、まずテーブルを運んでくるべきだろうか。どうすればいいのか、わからない。主人の家族に給仕《きゅうじ》するのは、実際《じっさい》にはこれが初めてだった。「お嬢様《じょうさま》」ベリックはついに声をかけた。「テーブルを持ってくるあいだ、お盆《ぼん》をベンチにおいてもよろしいでしょうか？」

ルキルラは顔を上げた。「あら、おまえだったのね。そのお盆《ぼん》はここにおいてちょうだい。テーブルはいらないわ」

ベリックは腰《こし》をかがめ、命ぜられたところに注意深く盆《ぼん》をおいて銀のカップに水を注《つ》ぎ、ナプキンを彼女《かのじょ》の手元へおきかえた。頭を起こすと、ルキルラがまだこちらを見ていた。

「ていねいな仕事ね、ベリック」

「ありがとうございます、お嬢様《じょうさま》」ベリックは直立不動のまま、下がりなさい、と言われるのを待っていた。

けれどもルキルラは、下がりなさいとは言わずに、ベリックに話しかけた。「新しく買ったイケニの雌馬《めすうま》を、おまえが走らせて帰ってくるところを、きのう見かけたわ」ベリックがなにも言わないでいると、さらに続けた。「おまえもイケニ族と同じブリトン人なんでしょう？」

「は、はあ……」ベリックはためらい、ルキルラの後ろの手すりを見つめた。「ブリタニアから来ました」

ベリックのためらいに、ルキルラは気づかなかった。すぐに軽く満足そうなため息をついて言った。「また春がやってきたなんて、すてきよね？　トキワガシの下ではシクラメンの花が満開だし、もうじきツバメももどってくる……ブリタニアでも春にはツバメが来るの？」

ベリックの視線《しせん》は、手すりの向こうにうっすらと漂《ただよ》うオパール色の朝霧《あさぎり》へと移《うつ》ろった。その霧《きり》の中に、ローマの丘々《おかおか》が浮《う》かんで朝日を浴びている。しかしベリックが見ているのは、別の丘《おか》だった。「はい、ブリタニアでも、春にはツバメが来ます」

ルキルラはひざに子猫《こねこ》を乗せていたが、うつむき、それからまた顔を上げ、ためらいがちに言った。「わたしったら、なんてばかなことを聞いたのかしら。ごめんなさい……気がつかなくて」

ベリックは驚《おどろ》いてルキルラを見つめた。言葉もやさしかったが、声そのものに思いやりがこもっていた。「な、なんてことありません。もう今朝から、ツバメのことを思い出していましたから」

「そうなの？　ごめんなさいね」ルキルラはもう一度言った。

とまどうような沈黙《ちんもく》があった。ベリックは体重を片足《かたあし》からもう一方に移《うつ》した。ルキルラお嬢様《じょうさま》も自分と同じように、つぎになにを話せばいいのかわからないようだ。ふたりとも知らずにひきこまれていた、このはにかんだ、短い会話をうち切ろうにも、どうすればいいのかわからないらしい、と気がついた。

とうとうベリックが「お嬢様《じょうさま》、蜂蜜《はちみつ》よりチーズのほうがよかったのではありませんか？お持ちしましょうか？」と言った。

ルキルラは首を横に振《ふ》った。「いいえ、蜂蜜《はちみつ》が一番好きよ。朝食を運んでくれてありがとう、ベリック」

そのあとベリックは屋敷《やしき》へもどりながら、結局ルキルラお嬢様《じょうさま》はちっとも母親とは似《に》ていないや、と考えていた。ポッパエア奥様《おくさま》は生白く太っていてやさしさのかけらもないが、ルキルラ様は、つらい思いをしている奴隷《どれい》にやさしかった。ベリックには、彼女《かのじょ》はもうちっとも生白く見えなかったし、太っても見えなかった。みじめさにうちひしがれていたベリックの心は、突然《とつぜん》少しだけなぐさめられ、暖《あたた》められた。

雨が降《ふ》りだしたと思ったら、春は終わっていた。雨は降《ふ》りだしたとたんに、太陽と北西風《ミストラル》に乾《かわ》かされ、レモンの木は噴水《ふんすい》の冷たい水の中に花びらをまき散らし、長く息苦しい夏がやってきた。ベリックが昔の生活を失ってから、もう一年が過《す》ぎていた。ピソの一家は、例年なら暑い夏のあいだの何カ月か、アルバニ山地にあるピソ家の農園ですごすのだが、この年はローマに残っていた。ルキルラお嬢様《じょうさま》が夏の終わりに結婚《けっこん》することになり、その準備《じゅんび》がいろいろあるためだった。ルキルラの結婚《けっこん》相手は父親の友人で、やはり政務官《せいむかん》のヴァラリウス・ロングスという男だった。屋敷《やしき》を訪《たず》ねてきたこの男を、ベリックは何度か見かけたことがあった。やせて色が黒く、若《わか》いころの軍団《ぐんだん》生活のなごりをプブリウス・ピソよりはるかに多く残している。もの静かで、おだやかな男だった。ルキルラの満足そうな様子からすると、たぶん彼女《かのじょ》はヴァラリウス・ロングスがきらいではないのだろう。だが、花婿《はなむこ》は花嫁《はなよめ》の父親と同じぐらいの年齢《ねんれい》だ。ルキルラは心から喜んでいるのだろうか、とベリックは心配になった。自分の胸《むね》の痛《いた》みを気にかけてもらったので、ベリックのほうでも、彼女《かのじょ》が幸せかどうか気になった。

しかしその夏ベリックには、心配しているひまがなかった。結婚式《けっこんしき》のことを聞いてからわずか二、三日後、ヒッピアスじいさんが大きな葦毛《あしげ》の馬のブケファルスに蹴《け》りとばされるという事件《じけん》が起こった。じいさんがしっぽにブラシをかけていたちょうどそのとき、馬がアブに刺《さ》されたのだ。おかげでじいさんは足を骨折《こっせつ》して動けなくなった。プブリウス・ピソが新しい馬屋番を買うことがないように、ベリックはじいさんに替《か》わって、できる限《かぎ》り馬屋の仕事をやっていた。ヒッピアスは、骨折《こっせつ》が治るまではどうせ買い手がつかないから、売りにだされることはないはずだ。しかし、プブリウス・ピソがすぐにも新しい奴隷《どれい》を買う可能性《かのうせい》は十分あった。そしてもしその新しい奴隷《どれい》が気に入れば、ヒッピアスは治りしだい、売りにだされるだろう。ヒッピアスはそれを恐《おそ》れていた。今では年をとっているので、主人が替《か》わることは悪いほうへ変化することを意味する。奴隷《どれい》小屋のすみの粗末《そまつ》なベッドで、老人は痛《いた》みと恐怖《きょうふ》にさいなまれながら、横になっていた。ベリックはそのわきに座《すわ》って、精《せい》いっぱいはげました。「どうしても必要ってことがなければ、ご主人様は新しい馬屋番を買おうとは思わないよ。お嬢様《じょうさま》の結婚《けっこん》のことで頭がいっぱいなんだから。オレが馬の面倒《めんどう》を見てるから、だいじょうぶだよ」ベリックはニゲルスのところに行き、少しのあいだ家の中の仕事からはずしてほしいと頼《たの》んだ。ニゲルスが配慮《はいりょ》してくれたので、ベリックはほとんどの時間を馬屋で過《す》ごすようになった。

八月の暑い夕方のこと、ベリックは馬屋でヴェネチアの世話をしていた。ヴェネチアはイケニの雌馬《めすうま》で、この家の主《あるじ》が乗りまわしてきたばかりだ。プブリウス・ピソは悪天候や仕事にはばまれないかぎり、一日おきに夕食のまえに乗馬をして運動するのを習慣《しゅうかん》にしていた。ピソは大男でこそなかったが、乱暴《らんぼう》に乗りまわすので、今日のヴェネチアは明らかにまいっていた。むりもない。朝から嵐《あらし》が近づいており、地平線には鉛色《なまりいろ》の雲がたれこめ、雷《かみなり》の音さえする。空気が重くよどみ、木陰《こかげ》の馬屋のなかで、扉《とびら》を全部開け放っていてさえ、息苦しい。扉《とびら》の外の裏庭《うらにわ》では、焼けた石炭に水をたらしたときのように、もえ立つかげろうから熱気がゆらゆらと立ちのぼっているのが見えるほどだ。雌馬《めすうま》はうなだれて、よだれをたらし、苦しんでいた。ご主人様が、今日は乗馬を見合わせてくれるとよかったのに、とベリックは思った。しかしこの家の主《あるじ》は習慣《しゅうかん》を変えるのを好まなかった。せめてブケファルスに乗ってくれればよかった。あの馬なら、ちょっとやそっとでは、へこたれない。ベリックはヴェネチアにケルトの言葉で柔《やわ》らかく、なだめるように話しかけながら、馬の体をこすり、悪寒《おかん》に襲《おそ》われないように背中《せなか》に軽い布《ぬの》をかけた。「どうどう、かわいそうに……よしよし、きれいな子だ……じきによくなるよ……のどがかわいただろ？　わかってる、すぐに水を持ってきてやるからな」子馬のころに知っていた言葉を思い出したのだろうか、雌馬《めすうま》は細くいななき、ベリックの肩《かた》に鼻を押《お》しつけてきた。馬のほてりがおさまったのを見て、ベリックは手桶《ておけ》に水をくんで持ってきた。かいば桶《おけ》には新鮮《しんせん》な干《ほ》し草をたっぷり入れ、馬の喜ぶ豆を片手《かたて》いっぱいまぜてやった。そしてなお、ヴェネチアの体をこすりつづけた。

しんと静まったなかに、裏庭《うらにわ》をつっきる足音が響《ひび》いて、戸口に影《かげ》ができた。ベリックが振《ふ》りむくと、この家の子息のグラウクスが立っていた。入浴をすませて涼《すず》しげな顔をしており、淡《あわ》い緑色の絹《きぬ》のチュニカを着たすがたはいかにも洗練《せんれん》されていた。ベリックは姿勢《しせい》を正し、うやうやしく服従《ふくじゅう》の礼をした。今ではこんなこともすっかり習慣《しゅうかん》になっていた。

グラウクスはそれを認《みと》めて親しそうにうなずき、かいば桶《おけ》にもたれかかった。いったいなにをしに来たのだろう、とベリックは思った。グラウクスはちょくちょく馬屋にやってくるが、それは戦車をひく白馬の一組を見るためだ。白馬は実際《じっさい》は父親のものだったが、グラウクスが自分のものとして使っている。しかし今はヴェネチアに関心があるようで、干《ほ》し草を食べる様子を見ていた。「こいつは餌《えさ》をかきまわしているだけだぞ」しばらくして聞いた。「どうしてだ?」

ベリックは答えた。「疲《つか》れて食欲《しょくよく》がないんです。こんなに暑くては、どんな馬も食欲《しょくよく》を失います」開いたドアの向こうを見ると、太陽の光はどす黒くなり、地獄《じごく》の業火《ごうか》のように見えた。

「ちょっとその布《ぬの》をはずして、こいつを見せてくれ」

ベリックは命令されたとおりにした。グラウクスはもの慣《な》れた目で、光沢《こうたく》のある脇腹《わきばら》と美しいアーチ型《がた》の首を眺《なが》めた。「暑さにやられたな」

「そうです」ベリックは言った。「おおいをかけてもよろしいでしょうか？」

「ああ、もちろんだ。こいつの具合が悪いなら……」

ベリックは急いで言った。「具合が悪いわけではありません。ただ……」

「暑い日に、走らされすぎたか。わかってるよ」グラウクスは親しげに言った。ベリックが見あげるとにやっと笑い、いかにもわかっていると言うふうに、眉《まゆ》をあげてみせた。しかしどういうわけかベリックに対しては、いつもなら人をひきつけてやまない彼《かれ》の魅力《みりょく》が、その効果《こうか》を発揮《はっき》しなかった。「父上は最悪の乗り手だろう？」

「もしそうだとしても、そんなことを言う立場にありません」ベリックは堅苦《かたくる》しく言った。これまで命令する以外は話しかけたこともないこの家の子息が、なぜわざわざこんな話をしにきたのかと、とまどっていた。

「まあな。だが、ともかくそれが真実だ。父上が乗るんなら、ゾウのように頑丈《がんじょう》な馬でなくてはな……それを言いに来たんだよ」

「はあ」ベリックはわけがわからず、彼《かれ》を見つめていた。

グラウクスはヴェネチアを見たまま、その首を軽くなでた。それからなにかを考えこむように言った。「そうだ。おまえの言うとおり、こいつは具合が悪いわけではない。だが、このままでは、じきに悪くなる」それからベリックの顔を見あげ、さも話題を変えるようにつけ加えた。「おまえはまだ、自分の自由を買うための貯蓄《ちょちく》を始めていないのか？」

「お金もないのに、貯蓄《ちょちく》をするのは難《むずか》しいです」驚《おどろ》いて一瞬《いっしゅん》言葉をのんだあと、ベリックは答えた。

「まず、アウレウス金貨一枚《まい》から貯蓄《ちょちく》を始める気はないか？　あるいは、それで遊んでもいい。そのほうがよければな」

ベリックは突如《とつじょ》、警戒《けいかい》した。「どうやってそんなものを稼《かせ》ぐんですか？」

「簡単《かんたん》なことだ。まあ、聞けよ。屋根裏《やねうら》の干《ほ》し草置き場には、だれもいないな？」

「はい」

「よし。いいか、こういうことだ。父上はみすみすヴェネチアをだめにしかかっている。一方でこのわたしにはこの馬に乗るのにふさわしい友人がいて、しかもそいつはのどから手が出るほど、この馬を欲《ほ》しがっている。無理もないよな。これほど美しくて、風のように走る馬はめったにいるもんじゃない。なあ、ちがうか、ヴェネチア？」グラウクスはまた首をなでた。ヴェネチアが美しくて風のように走る馬だということをよく知っているベリックは、用心してその様子を見ていた。「ところが父上はこの馬を売ろうとしないのさ。まるでラバのように頑固《がんこ》なんだ——奴隷《どれい》を売るのと同じぐらい簡単《かんたん》に馬を売ってくれればいいものを——。しかしだ、いいか、もしも突然《とつぜん》この馬の体調が悪くなったら、それもひどく悪くなったら、父上は手放すにちがいない。売れなくなると困《こま》るから、実際《じっさい》の値打《ねう》ちの半値《はんね》でも喜んで売るだろう。父上はそういう人間だからな——。そこで思うに、馬の扱《あつか》いに慣《な》れた人間なら、それなりのやり方というものを知っているはずじゃないか。なんの証拠《しょうこ》も残さず、馬にも決定的な害《がい》をおよぼさないで、病気のように見せる方法を。そしてそういうことをするなら、それは老いぼれヒッピアスがいないうちでなくては」

「たしかに、ヒッピアスがいないうちでなくては」ベリックはあいづちを打った。

「そうだ。それで？」

「おっしゃっている意味がわかりませんが」

グラウクスは声をたてて笑った。「おい、うすばかのふりをするんじゃない。つまりだ、はっきり言ってしまえば、おまえにこの雌馬《めすうま》を病気にしろ、と言っているんだ。そうすれば、父上はあわててわが友人に売る。こいつをひどくほしがっていた友人は、馬が半値《はんね》で手にはいったかわりに、こちらの多額《たがく》の借金を帳消しにしてくれる、というわけだ……そしておまえは骨折《ほねお》り賃《ちん》として金貨一枚《まい》を手にいれる」

「借金を返すお金がいるのなら、どうしてお父上に頼《たの》まないのですか？」ベリックは聞いた。

グラウクスは、まだ半分笑いながら肩《かた》をすくめた。「父上はひどく、けちでね。見るがいい、あの奴隷《どれい》の買い方を。父上の意にそって、ニゲルスもけちけちしている。残念ながらこのわたしに対しても、まったく例外ではない」

「では、お母上のポッパエア様にお頼《たの》みになってみては？」屋敷《やしき》の者はみな、ポッパエア夫人がどんなに息子《むすこ》を溺愛《できあい》し、甘《あま》やかしているか知っていた。

グラウクスは人をひきつけずにおかない率直《そっちょく》さで語った。「母上は金を持っていない。母上はいちいち父上に勘定《かんじょう》を払《はら》ってもらってるのさ。母上の宝石《ほうせき》まで、身につけるとき以外は父上が保管《ほかん》しているぐらいだ」陽気な声が少し固くなった。「おい、質問《しつもん》に答えるためにここに来たわけじゃないぞ。それで、やる気になったんだろうな？」

「いいえ」ベリックは答えた。「やりたくありません」

グラウクスが驚《おどろ》いたのがわかった。「おい、金貨一枚《まい》以上をねらってもむだだぞ」

「金貨をいただきたいとは思いません」

「おいおい」グラウクスはまた笑おうとしたが、笑いはぎこちなく響《ひび》いた。嵐《あらし》のまえの重苦しい静けさが、あたりに広がっている。「父上はいくらでも別の馬が買えるし、金に困《こま》っているわけじゃない。父上があれほどけちでなければ、こんな面倒《めんどう》なことをするものか。だからそんなに難《むずか》しい顔をして、正義《せいぎ》の味方のふりなんかするなって」

「でも」ベリックは首を横に振《ふ》った。「やりたくありません」内心、自分の決心に、とまどっていた。プブリウス・ピソに忠誠《ちゅうせい》をつくす義理《ぎり》などないというのに。「お父上をだますつもりなら、ご自分の手でやってください」そう口に出している自分の声が聞こえた。

グラウクスの整った顔に奇妙《きみょう》な変化が現《あら》われた。みるみるうちに険《けわ》しく狡猾《こうかつ》な線が露《あら》わになったが、声はおだやかだった。「そんな口をきくとは、おまえは一体何もののつもりだ？　おまえは奴隷《どれい》だぞ。忘《わす》れたのか？　奴隷《どれい》だ！　奴隷《どれい》は、いいとか悪いとか決められない。あるのは主人の意志《いし》だけだ」

ベリックは淡々《たんたん》と答えた。「あなたは、ご主人様ではありませんから」

グラウクスは一瞬《いっしゅん》言葉を失い、ベリックを見つめた。フーッとうなる前の猫《ねこ》のように、目が細くなったが、それでも声はいっそうおだやかだった。「今のところはな。確《たし》かに、今のところは違《ちが》う。だが、どんな運命が待っているか、それはわからないぞ」まぎれもなくおどしだった。グラウクスはそれまでよりかかっていたまぐさ桶《おけ》をおしのけ、大股《おおまた》で馬屋の戸口に向かった。外は急に暗くなり、まるでなぐられてできた痣《あざ》のように、青黒く見えた。グラウクスは振《ふ》り返って、ふたたびベリックを見た。はるか遠くから雷《かみなり》のゴロゴロという音が低く聞こえる。雷鳴《らいめい》は、ふたりの沈黙《ちんもく》を破《やぶ》るどころか、なおいっそう強めたようだ。雷鳴《らいめい》がやむと意外なことに、グラウクスが突然《とつぜん》頭をそらして笑った。「ばかだな、そんなにこわい顔をするなよ。おまえを試しに来ただけだ。おまえがまともだとわかってうれしいね。正直のほうびとして、これをやるからとっておけ」そして、幾重《いくえ》にもひだをとった絹《きぬ》の腰帯《こしおび》に手をすべりこませると、ベリックの足元に銅貨《どうか》を一枚《まい》放り投げ、ゆっくり出ていった。

しかし、その笑いは本物には聞こえなかった。ベリックはヴェネチアのそばに立ったまま、足元にころがっている銅貨《どうか》には触《さわ》りもしないで、グラウクスの後ろすがたを見ていた。グラウクスの笑いが嘘《うそ》であることを、ベリックは知っていた。最も危険《きけん》なことは、ベリックが知っているということを、グラウクスもまた知っていることだ。ベリックはグラウクスの快活《かいかつ》な仮面《かめん》の下にあるものを見てしまい、それを見たことをグラウクス本人にさとられた。グラウクスは、これを決して許《ゆる》さないだろう。

ふたたび雷鳴《らいめい》がとどろいた。今度はずっと近い。雷《かみなり》におびえるヴェネチアは、ヒヒンと鳴いて震《ふる》えだした。

第七章　暗い日々《ひび》

グラウクスは、決して許《ゆる》さなかった。奴隷《どれい》、それもかつては自由人だった奴隷《どれい》にみじめな思いをさせる方法は、いくらでもあった。グラウクスは実に巧妙《こうみょう》なやり方で、ひとつひとつは小さくささいに見えることだが、そのすべてを実行した。まだ最初のうちは耐《た》えがたいというほどではなかったが、それでもベリックはじゅうぶん苦しんだ。しかしそれより気になったのは、この家の子息が、ベリックを傷《きず》つけるもっと大きな機会を、たんたんと狙《ねら》っているように思えることだった。

そのうちヒッピアスが足をひきずりながら馬小屋にもどってきたので、ベリックは家の仕事に復帰《ふっき》した。結婚式《けっこんしき》が近づいて、このところ家の中はてんてこまいの忙《いそが》しさだった。宝石商《ほうせきしょう》などの商人やら、法律家《ほうりつか》などが入れかわり立ちかわりやってくる。ルキルラの友だちもひっきりなしにやってきては、まるで色とりどりの鳥の群れがさえずってでもいるように、ルキルラの新しい衣装《いしょう》や宝石《ほうせき》を見たり、結婚式《けっこんしき》の話をしたりして、大騒《おおさわ》ぎをした。ニゲルスはいつも問題を抱《かか》えて頭が痛《いた》そうだったし、南部出身で血の気の多い料理人の頭は、血がのぼりっぱなしだった。ポッパエア奥様《おくさま》はあるときは涙《なみだ》を流さんばかりの喜びで、またあるときは腹立《はらだ》ちのあまり、一日に何度も気を失った。ご主人様はやきもきしたり、いきりたったりで、ピンクの顔が紫《むらさき》になるほどだった。そんなわけで、一家の主《あるじ》が思いがけず仕事で数日留守《るす》をしたときには、家じゅうが安堵《あんど》のため息をもらした。

一家の主《あるじ》が出かけた翌日《よくじつ》、奥庭《おくにわ》の日陰《ひかげ》になった柱廊《ちゅうろう》で、ベリックはルキルラお嬢様《じょうさま》を見かけた。その日の午後じゅう、庭は少女たちの陽気な笑い声やおしゃべりであふれていた。色とりどりの花の色のチュニカを着た少女たちは、ギリシャの踊《おど》り子が刻《きざ》まれた中空の金のまりでゲームをしたり、アンズの蜂蜜《はちみつ》漬けを食べたり、花嫁《はなよめ》の新しい腕輪《うでわ》に歓声《かんせい》をあげたりしていた。だがその少女たちも去った今、夕方の冷気の中で木陰《こかげ》の庭はしんとしていた。聞こえるのは、サンゴ色の足をしたヒメモリバトが眠《ねむ》そうに鳴く声だけだった。もうじき晩餐《ばんさん》の時間だというのに、お嬢様《じょうさま》が古いチュニカに着がえて髪《かみ》を邪魔《じゃま》にならないようにリボンでくくっていたので、ベリックは驚《おどろ》いた。

ベリックを見るなり、ルキルラは言った。「ああ、ベリック、今おまえを呼《よ》びにいかせようと思っていたところよ。わたしね、服のことばかりおしゃべりするのは、もううんざり。それにきょうの午後見てみたら、この騒《さわ》ぎで、テラスのイチジクを摘《つ》むのをみんなが忘《わす》れてるわ。だからこれから摘《つ》もうと思うの。おまえ、かごを取ってきて、手伝っておくれ」

「はい、お嬢様《じょうさま》」ベリックは手の甲《こう》をひたいに当てて礼をすると、急いで言われたことを果たしにいった。

もどる途中《とちゅう》で、グラウクスに会った。グラウクスはベリックが持っている大きなヤナギのかごを見て眉《まゆ》を上げ、それでなにをするのか言え、と命じた。

「イチジクを入れるんです。ルキルラ様がテラスのイチジクを摘《つ》むのを手伝うようにとおっしゃったので」ベリックは答えた。

「妹は奴隷《どれい》を相手にしすぎるな。ヴァラリウスに忘《わす》れずに注意しておかなくてはならない」グラウクスはそう言って立ち去った。ベリックは眉間《みけん》にしわを寄《よ》せて、一瞬《いっしゅん》後ろすがたを見送ったが、急いでテラスにもどった。

ルキルラはテラスの端《はし》の、イチジクの枝《えだ》のそばで待っていた。イチジクの木は、奴隷《どれい》小屋の殺風景《さっぷうけい》な壁《かべ》を背《せ》にして繁《しげ》っており、テラスへと枝《えだ》を伸《の》ばしている。ふたりは仕事にとりかかった。ひんやりした手の平のような葉のかげに、イチジクの実がかくれている。ふたりともしばらくは黙《だま》ったまま摘《つ》んでいた。もっとも一、二度、ベリックは、ルキルラがなにか言いたいのだがどう始めていいかわからない、という様子で自分のほうを横目で見ているのに気がついたのだが。ベリックが一番高い枝《えだ》のイチジクを取ろうと、手すりの上の平石に登ったとき、沈黙《ちんもく》は破《やぶ》られた。ルキルラがあわてて言った。「まあベリック、気をつけて！　すべったら、ローマのまん中の広場《フォーラム》まで、まっさかさまに転げ落ちそうよ！身体じゅうの骨《ほね》が折れちゃうわ！」

「すべったりしませんよ」片手《かたて》で節のある枝《えだ》をつかんで身体の向きを変え、テラスから外の景色を見下ろした。はるか下にローマの心臓《しんぞう》である広場《フォーラム》が見える。標柱や列柱回廊《れっちゅうかいろう》のある建物や、凱旋門《がいせんもん》、円柱に乗った彫像《ちょうぞう》などが、広場のまわりを取り囲《かこ》んでいる。これだけ遠くからだと、どれもこれも古い象牙《ぞうげ》で彫《ほ》った精巧《せいこう》なおもちゃのようで、人間は色とりどりの小人のように見えた。ローマの町を囲《かこ》んだ丘々《おかおか》は、宮殿《きゅうでん》のあるパラチヌスの丘《おか》も、神殿《しんでん》のあるカピトリヌスの丘《おか》も、エスクイリヌスの丘《おか》の緑色のザクロの庭も、夕方の光でアメジスト色に染《そ》まっていた。「こんなに高いところにいると、鳥に――ワシになった気がします」ベリックは言った。

「ええ、ええ、そうでしょうとも。でも、お願い、気をつけて!」ルキルラは言った。「そこのイチジクを摘《つ》んだら、下りてね」

ベリックはまたローマに背《せ》を向け、ここにいる目的のイチジクをせっせと摘《つ》み、下にいるルキルラに手渡《てわた》した。それから、最後の何個《こ》かを手にしたまま、ストンと地面に飛びおりた。「見てください。この木で一番いい実です」ベリックは手を広げて、ルキルラに見せた。

彼女《かのじょ》はそのひとつをつまみあげた。太陽に熱せられて紫色《むらさきいろ》の皮が割《わ》れ、なかのピンクの実が見えている。さっそく口に入れながら「あと九日で、わたしは結婚《けっこん》するんだわ。奥様《おくさま》になったら、イチジクを木からもいで食べるなんて、しちゃいけないんでしょうね」と、ちょっと残念そうに言った。

ベリックは残りのイチジクをバスケットの中に入れると、ふたたび顔を上げた。「お嬢《じょう》様《さま》がお幸せになることを、心から祈《いの》っています」

ルキルラは食べかけのイチジクを手にしたまま、不思議そうな顔をしてベリックを見つめて、言った。「おまえはわたしのことを本当に心配してくれているのね。そんな人、ほかにはいないのよ。みんな、お父様がいい結婚話《けっこんばなし》をとり決めてくれた、と喜んでばかりで」

ベリックはどもりはじめた。「も、もちろん心配しています。お嬢様《じょうさま》には、親切にしていただきましたから。だから、お嬢様《じょうさま》が幸せになるなら、ど、ど、どんなことでもします」

「わたしね――きっと幸せになると思うわ」ルキルラは言い、ふいににっこりした。「わたしヴァラリウスのこと、好きよ。子どものころから好きだったの。彼《かれ》もわたしを好いてくれているし……。ヴァラリウスは親切で正直な人だわ。父上が選んでくれた人を好きになって、その人からも好いてもらえるなら――」イチジクを食べ終え、指をなめた。それから、ベリックが黙《だま》っているので、こうたずねた。「ブリタニアではどんな結婚《けっこん》をするの？」

「父親同士で決めることもあります。でもたいていは若者《わかもの》が自分で、一族の娘《むすめ》のなかから選びます。最初のオオカミを殺《ころ》したときに結婚《けっこん》の資格《しかく》ができるので、そうしたら相手を探《さが》すんです。ぴったりの娘《むすめ》が見つかり、娘《むすめ》のほうもいいと言えば、彼女《かのじょ》の父親のところに行って、結婚《けっこん》を申しこみます。問題がなければ、祝宴《しゅくえん》が開かれ、娘《むすめ》の父親は自分の一番いい槍《やり》を若者《わかもの》に与《あた》えます。そして若者《わかもの》は娘《むすめ》を自分の小屋に連れて帰って、妻《つま》にするんです」

「なんてステキなんでしょう」ため息まじりにルキルラは言った。「わたしたちのあいだでも、そういう結婚《けっこん》をする人はいるわ。でもそれはめずらしいことで、ふつうは父親同上が決めるの。そうねえ、もしお父様がわたしと同じくらいの年の若者《わかもの》を選んでくれたとしたら、どうかしら。若《わか》い男性《だんせい》はグラウクスと同じように、きっとわたしをいじめるわ。ほら、わたしは、クラウディアやドメテラのような美人じゃないから」

最後のイチジクをかごに入れていたベリックは、目を上げた。ふたりは目でわかりあった。ルキルラもグラウクスにひどい目にあわされていたのだ。

「ベリック」ルキルラは突然《とつぜん》言った。「ベリック――」

やはりそうだったのだ。ルキルラはなにか自分に言いたいことがあるのだ、とベリックは思った。

「はい、お嬢様《じょうさま》?」

「ベリック、わたしがヴァラリウスの家に嫁《とつ》ぐとき、わたしといっしょに来る? お父様は乳母《うば》のアグラエアをわたしにくれたの。だから――きっと――頼《たの》んだら、おまえもくれると思うわ」

ベリックはすぐには返事ができなかった。グラウクスから逃《のが》れて、自分を人間として扱《あつか》ってくれたルキルラお嬢様《じょうさま》といっしょに行く。そして親切で、公平で、奴隷《どれい》を年じゅう売りとばしたりしないヴァラリウスの家で、彼女《かのじょ》につかえる。あまりすばらしすぎて、本当とは思えないほどだ。

「どうかしら、ベリック？」ルキルラは言った。「よければ、お父様が帰ってきたら頼《たの》んでみるけど」

「ああ、お嬢様《じょうさま》、お願いします――ぜひとも！」ベリックは彼女《かのじょ》が差しだしたぽっちゃりした、べとべとの手を取り、かがんで自分のひたいに押《お》し当てた。

三日のあいだ、ベリックの心には小さな希望の火が灯《とも》っていた。夜眠《ねむ》るときも、朝、チュンチュンという軒下《のきした》のスズメのさえずりで目を覚ますときにも、その火は灯《とも》っていた。一年前だったら、自由になること以外はどんなことも意味をなさなかったろう。しかし今では自由はあまりに遠くなりすぎて、もう願うことすら難《むずか》しかった。親切な主人に恵《めぐ》まれるという望みだけで、大きすぎるくらいなのだ。

三日目の夕方近くにご主人様は帰宅《きたく》し、どなったり文句《もんく》を言ったりの大騒動《おおそうどう》が巻《ま》き起こり、奴隷《どれい》たちはあちこちを走りまわった。ようやくそれが落ち着いて、プブリウス・ピソが旅のほこりを落とすために浴場に行ってしまうと、いつもの夕食の準備《じゅんび》が始まった。ベリックは新しく油を満たしたランプを食堂に運び入れていた。日が暮《く》れるのが早くなってきたために、明るいうちから夕食が始まっても、終わるころには薄暗《うすぐら》くなってしまう。広間《アトリウム》を通ってもどる途中《とちゅう》で、ベリックはルキルラお嬢様《じょうさま》に出会った。トゲのない小ぶりの黄色いバラを両手にいっぱい抱《かか》えて、柱廊《ちゅうろう》から入ってくるところだった。だいぶ大きくなった白い子猫《こねこ》が足のまわりにまとわりついている。ベリックを見ると、にっこりして立ち止まった。

「夕食が終わったらお父様に頼《たの》むわね」ルキルラが言った。

「お願いします、お嬢様《じょうさま》」ベリックは突然胸《とつぜんむね》がドキドキしてきた。望みがかなうかどうか決まる瞬間《しゅんかん》が、目の前にせまっている。

「だいじょうぶ、うまくいくに決まってるわ。お父様は入浴しておいしいものを食べると、ごきげんになるもの。旅から帰ってくるといつもそうよ。それに、ほら見て。わたし、宴《えん》会《かい》のときのように、お父様に花の冠《かんむり》を作ろうと思うの。これもきっと、役に立つわ」とルキルラが言った。

ベリックは、黄色いバラの冠《かんむり》をかぶったプブリウス・ピソの丸くてピンク色の顔を思い浮《う》かべた。いつものように、冠《かんむり》が片方《かたほう》の耳の上にかしいでいるにちがいない。

お嬢様《じょうさま》と目が合い、彼女《かのじょ》も同じ光景を思い浮《う》かべているのがわかった。ふたりとも笑いだした。まだ笑いがおさまらないでいるうちに、グラウクスがふらっと現《あら》われ、ものやわらかな口調で言った。「あいかわらず奴隷《どれい》とおしゃべりだね、ルキルラ」

その瞬間《しゅんかん》ふたりから笑い声が消えた。ベリックは後ろにしりぞき、下がるように言われるのを直立不動で待った。ルキルラは少し挑戦《ちょうせん》的に兄のほうを向いた。「夕食がすんだらお父様にベリックをくれるよう頼《たの》むつもりだと、話していたのよ」

グラウクスは華《はな》やかな刺繍《ししゅう》が幾重《いくえ》にもほどこされた長椅子《いす》にどっかりと座《すわ》り、ふたりを見上げてほほ笑《え》んだ。「どうもそんな匂《にお》いが、ふんぷんとしていたよ。だが遅《おそ》すぎたね、ルキルラ。今浴場で、尊敬《そんけい》申し上げる父上と、内密《ないみつ》の話をしてきたところだ。父上はことのほかごきげんがよろしくてね、ベリックをわたしにくれたんだ」

凍《こお》りついたような沈黙《ちんもく》が流れた。唇《くちびる》が突如《とつじょ》からからに乾《かわ》いたので、ベリックはそれをなめた。眉間《みけん》に一撃《いちげき》を喰《く》らったような衝撃《しょうげき》を感じたものの、しかし心の奥底《おくそこ》ではこういう事《じ》態《たい》を予想していたような気もした。

「うそだわ」ルキルラがまず口を開いた。

「信じなくてもいいよ。だがこれはまちがいなく本当だ。父上に聞いてみるといい」

「聞きますとも！　もし本当だったとしても、思い直してくれるように、お父様に頼《たの》みこむわ。お父様は知らないのよ――わかってないのよ」

グラウクスは軽《かろ》やかに言った。「やってみるがいい。そんなことをしてもむだだと思うがね。父上は自分が約束を守る男であると誇《ほこ》りにしているのを、おまえだって知っているだろう」

「どうして、なぜそんなことをしたの？　本当はベリックを欲《ほ》しいわけじゃないでしょう」

「それが、欲《ほ》しいんだ。ひとつには、二輪馬車の御者《ぎょしゃ》がいる。ベリックなら馬車も馬も、うまく操《あやつ》れるからな。このあいだ、ベリックが馬を運動させて帰ってくるところを見たんでね。わたしのおつきのアウトメダンは馬に関してはまるでだめだし、自分で馬を駆《か》るのにはもううんざりしてるんだ。まるでわたしには御者《ぎょしゃ》のひとりも雇《やと》えないように見える」

「それを言うなら、お父様が御者《ぎょしゃ》のひとりも雇《やと》えないみたい、でしょ！」

「なるほど、では訂正《ていせい》しよう。まるで父上が御者《ぎょしゃ》のひとりも雇《やと》えないように見える」

「まわりの人たちはみんな、この家にはお兄様のような立派《りっぱ》な息子《むすこ》がいてうらやましい、と言うわね。なぜそんなことを言うのかしら」ルキルラは静かに、白い炎《ほのお》のように言いはなった。「お兄様は子どものころは恐《おそ》ろしい子どもだったし、今では恐《おそ》ろしい大人だというのに！」

ひとつ、またひとつ、もう役に立たなくなった黄色のバラが、ルキルラの手からモザイク模様《もよう》の床《ゆか》にこぼれ落ちた。白い子猫《こねこ》がその花にじゃれた。

グラウクスは小ばかにしたようなお辞儀《じぎ》をルキルラにすると、ベリックのほうを向いた。ベリックは砕《くだ》けた希望の残骸《ざんがい》のなかに立ちつくしていた。一瞬《いっしゅん》、ふたりは見つめ合い、視《し》線《せん》はそのまま凍《こお》りつくかと思えた。しかしグラウクスの目が、また猫《ねこ》の目のように細くなった。「仕事にもどれ」彼《かれ》は命じた。

ベリックは今では習慣《しゅうかん》となった服従《ふくじゅう》の礼をすると、向きを変えてさっさと立ち去った。そのとたんにポッパエア奥様《おくさま》と衝突《しょうとつ》しかかった。夫人は夕方の身支度《みじたく》を完全に整えて私室《ししつ》から下りてきたところだった。ベリックがなにも言わずに夫人の横を通りぬけようとすると、いつも夫人が漂《ただよ》わせているジャスミンの香水《こうすい》のきつい香りが鼻につき、吐《は》き気《け》がした——このとき以来、ベリックはジャスミンの香りが嫌《きら》いになった。

夫人はめんどりがびっくりしたような騒《さわ》がしい声をあげた。柱廊《ちゅうろう》のほうへと呆然《ぼうぜん》と歩いていくベリックの後ろから、夫人の怒《おこ》った声が追いかけてきた。「なんなの、この態度《たいど》は！　あの奴隷《どれい》ったら、わたしを突《つ》きとばすところだったじゃないの！　あんなのは売りとばしなさいと、お父様に言わなくては――すぐに追いだしてやるからね！」続いてグラウクスがおもしろそうに答えるのが聞こえた。「あいつはもう父上のものではないので、売りとばす必要はありませんよ。父上はぼくにあいつをくれたんです。あいつはどうも、それが気に入らないようですよ」

その夜、ほかの奴隷《どれい》たちが眠《ねむ》ったあとも、ベリックは長いこと目を覚ましていた。細長い奴隷《どれい》小屋のなかで、毛布《もうふ》にくるまったまま、じっと闇《やみ》を見つめていた。故郷《こきょう》が恋《こい》しくてたまらず、胸《むね》が痛《いた》かった。故郷《こきょう》、とベリックは苦しい気持ちで思った。自分には故郷《こきょう》はない。かつては自分の育ったところが故郷《こきょう》だと思っていた。しかし故郷《こきょう》の仲間はベリックを追放した。それから、自分はローマの人間なのだと思った。しかしローマは自分を奴隷《どれい》とした。奴隷《どれい》は品物や馬と同じように売り買いされるが、しかし馬のほうがよほど仲間として尊重《そんちょう》され、大切にされる。ベリックには故郷《こきょう》がなく、仲間だと思える人間もいなかった。思えば、ベリックの望みはじつにささやかなものだった。憎《にく》み、憎《にく》まれているグラウクスから逃《のが》れて、ここより親切な家でルキルラに仕《つか》えられたら、それでよかったのだ。しかしそうなるかわりに、今ではグラウクスの奴隷《どれい》となってしまった。楽しげな仮面《かめん》がはがれ落ち、怒《おこ》った猫《ねこ》のように目を細めて自分を見つめるグラウクスの顔が、闇《やみ》の中に見える気がした。

となりの粗末《そまつ》な寝床《ねどこ》では、ヒッピアスが寝言《ねごと》を言いはじめた。ヒッピアスはときどき寝《ね》言《ごと》を言ったが、ベリックはこの老いた馬屋番のことが心配になり、また心を痛《いた》めた。

つぎの日も、またそのつぎの日も一日中、ベリックはルキルラお嬢様《じょうさま》とふたりだけで話す機会をうかがっていたが、その機会がやってきたのは三日目の朝のことだった。その朝はグラウクスは早くからおつきの奴隷《どれい》のアウトメダンをお供《とも》にして出かけていた。友人に会いに屋内競技場《きょうぎじょう》に出かけたのだ。しばらくするとポッパエア奥様《おくさま》が大きな声で文句《もんく》を言っているのが聞こえた。娘《むすめ》に用があるのに、娘《むすめ》がいないと騒《さわ》いでいる。ルキルラはことわりもせずに、乳母《うば》のアグラエアだけをつれて、牧神《ぼくしん》パーンの神殿《しんでん》に行ったらしい。

ベリックは、ウィミナリスの丘《おか》とエスクイリヌスの丘《おか》のはざまに牧神《ぼくしん》パーンの神殿《しんでん》があるのを知っていた。さびれて、訪《おとず》れる人もいない小さな神殿《しんでん》だ。それというのも今盛《さか》んに人々《ひとびと》の信仰《しんこう》を集めているのはエジプトやペルシャの神々《かみがみ》であり、ギリシャやローマの神々《かみがみ》は時代おくれとなっていたからだ。もちろん最高神ユピテルや軍神マルスのような重要な神々《かみがみ》は、国がお祭りしているのだから安泰《あんたい》で、人びとは信仰心《しんこうしん》がなくなってもお参りし供《く》物《もつ》を捧《ささ》げている。だがあまり重要でない神々《かみがみ》は、もう省《かえり》みられなくなっていた。人々《ひとびと》は牧《ぼく》神《しん》パーンのことはすっかり忘《わす》れてしまい、小さな神殿《しんでん》は色あせ、修理《しゅうり》が行き届《とど》かないために崩《くず》れかけていた。神殿《しんでん》の庭も荒《あ》れ果てて、ただ花だけが咲《さ》いていた。だがなぜか、たぶん廃《すた》れているからこそだろう、ルキルラはその神殿《しんでん》が好きで、ときどきお参りに出かけていた。サフラン色の衣《ころも》をまとった年老いた祭司と話をし、その鉢《はち》に銀貨をひとつ入れ、神《しん》殿《でん》の庭のぼうぼうの木々《きぎ》に巣をかけている小鳥をながめるのだ。ベリックも何度か、護衛《ごえい》役としてお供《とも》をしたことがあった。神殿《しんでん》は屋敷《やしき》からそう遠くはなかったが、近くにスブラと呼《よ》ばれる怪《あや》しげな繁華街《はんかがい》があった。スブラは谷を這《は》って神殿《しんでん》の近くまで長い舌《した》をのばしているので、本来ならルキルラは、護衛《ごえい》をつれずにそんなところに出かけるはずではなかった。

ベリックはルキルラがパーンの神殿《しんでん》にいると聞いて、ふたりだけで話せるチャンスは今をおいてないと思った。結婚式《けっこんしき》まで、あと二、三日を残すだけなのだ。汚《よご》れを落とすよう命ぜられていたグラウクスの上等な皮のチュニカを放りだすと、ベリックはルキルラの後を追おうとした。しかし外出する口実がいる。門はいつも開いてはいるが、奴隷《どれい》が出かけるときは門番のアガトスに理由を言わなければならない。前夜眠《ねむ》れなかったため頭がぼんやりしていて、いい口実がなかなか思い浮《う》かばなかった。しかし奥庭《おくにわ》を突《つ》っ切ったときに、大理石のベンチにルキルラのシクラメン色のマントがかかっているのが目についた。腕輪《うでわ》をはめられてから一年たっており、ベリックは知恵《ちえ》をつけていた。通りすがりにマントを拾いあげると、それを抱《かか》えて門へと向かった。

ベリックは門番に向かって「お嬢様《じょうさま》がマントをお忘《わす》れになったんだ。今日は風が冷たいから」と言うと、風などそよとも吹《ふ》いていないと反論《はんろん》される前に、さっさと通りに出た。家々《いえいえ》の高い塀《へい》の間を縫《ぬ》うように続いている狭《せま》い裏通《うらどお》りを行き、神殿《しんでん》の庭のアーチ型の門に着いた。レモンやマートルなど、いい香りのする枝《えだ》が垂《た》れこめたなかを入っていくと、ルキルラお嬢様《じょうさま》はすぐに見つかった。ルキルラは神殿《しんでん》のすぐ横の古びた大理石のベンチに身じろぎもせずに座《すわ》っていた。うつむいて、足元のトカゲを見ている。生きたエメラルドのような緑色のトカゲが、太陽に熱せられた敷石《しきいし》の上に手を広げてひなたぼっこをしているのだ。乳母《うば》のアグラエアはすぐ後ろに立っていた。ニンフやサチュロスの刻《きざ》まれたはげ落ちた壁《かべ》の前では、乳母《うば》の赤紫色《あかむらさきいろ》の被《かぶ》り物がいやに目立っていた。

ベリックが近づくと、ルキルラがハッと顔を上げたので、トカゲは驚《おどろ》いて、緑の炎《ほのお》が散ったようにあわてて逃《に》げていった。「どうしたの、ベリック――」ルキルラは言いかけてから、年とった乳母《うば》のほうを向き、手に持っているものを差しだした。「アグラエア、これを祭司様のところに持っていって、わたしからと伝えておくれ。それから収穫《しゅうかく》をお供《そな》えするときには、わたしのために祈《いの》ってくださいと、お願いしてね」

お金を手渡《てわた》したとき、チャリンと音がした。乳母《うば》は急いで、サフラン色の衣《ころも》がかいま見えるほうへと出向いた。老いた祭司はずっと離《はな》れた場所で、伸《の》びすぎたレモンの木の手入れに余念《よねん》がなかった。ルキルラお嬢様《じょうさま》はベリックのほうに向き直った。「もう一度お父様に頼《たの》んでほしいと言いにきたの？　もうどうしようもないのよ。わたし頼《たの》んでみたのだけれど、グラウクスの言うとおりだった。いったん口にしたことは守る、それが男だって、お父様はがんこに誇《ほこ》りを持っているから」

ベリックは頭を振《ふ》った。「自分のためではないんです、お嬢様《じょうさま》、あ、あの――」

「なにが言いたいの？」悲しそうに少し間をおいて、ルキルラがたずねた。

「お嬢様《じょうさま》、わ、わたしの代わりにヒッピアスをお連れになっていただけないでしょうか。そうお父上に頼《たの》んでいただけないかとお願いに参りました」

ルキルラはびっくりしてベリックをながめた。「ヒッピアスを？　でもベリック、わたしはヒッピアスはいらないわ。馬屋番の奴隷《どれい》なら、ヴァラリウスのところにちゃんといるもの」

ベリックは熱がこもったあまり一歩前に出た。「お願いです、お嬢様《じょうさま》。ヒッピアスはもう年よりです。脚《あし》を折ってからは、もうきつい仕事はできません。でも馬にかけては名人です！　ヒッピアスがいれば馬屋は安心です。でも、もしここにいたら、たぶん――いや、きっと――悪いことになります。なぜならヒッピアスは、この家でたったひとりのわたしの友だちだからです。だから、あなたの兄上は――」その先は続けられなかった。あの夜は恐怖《きょうふ》に襲《おそ》われたが、今、昼の光のもとでは、ばかげた空想に思えてきたのだ。

しかしルキルラは、ばかげた空想とは思わなかったようだ。「グラウクスがおまえを傷《きず》つけるために、ヒッピアスを傷《きず》つけるかもしれないと、心配しているの？」

ベリックは息をのんだ。「それは――あの、そんなことを考えるなんておかしいことはわかっています。あの方から見れば、わたしなどわざわざ手にかける価値《かち》などないんですから。でも、目的をとげるのは簡単《かんたん》なんです。もっと若《わか》い馬番が必要なことをご主人様の耳に入れればいいだけですから。ヒッピアスは売られるのをひどく恐《こわ》がっています。足を折ったときも、ひどくおびえていました」

「ヒッピアスがわたしに頼《たの》んでくれとおまえに言ったの?」

ふたたびベリックは頭を振《ふ》った。「いえ、違《ちが》います。自分で考えたんです。もしいい考えでなかったら、ごめんなさい」

ルキルラは立ち上がって、言った。「それは、とてもいい考えだわ。今晩《こんばん》お父様に、ヒッピアスを下さるよう頼《たの》みましょう。もしお父様が下さったら、もうヒッピアスは売られることはない。約束するわ」

「ありがとうございます、お嬢様《じょうさま》」ベリックは差しだされた両手を取り、おかげでお嬢《じょう》様のマントをまだ腕《うで》にかけていたことに気がついた。「お嬢様《じょうさま》、マントです。ここに来るための口実に、持ってきてしまいました。受けとっていただけるでしょうか?」

「ちょうだい。これでいいわ。さあ、急いで帰らなくちゃだめよ」

ベリックはためらった。「ここにおひとりでいらしてはいけません、お嬢様《じょうさま》」

「ひとりじゃないわ。アグラエアがいるし、あそこには祭司様もいるわ。それにこんなところに来る人なんかいないもの。お祭りの日に、たまにローマのお百姓《ひゃくしょう》や牛飼《うしか》いがお参りに来るだけなのよ」草ぼうぼうの庭をぐるっと見渡《みわた》した。「ね、これがなによりの証拠《しょうこ》だわ」

ですから」

「お参りに来る人のことではありません」ベリックは言い張《は》った。「ここはスブラに近いですから」

「スブラの人間も、ここまではやってこないわ。あのね、老祭司様が前に言ってらしたの。夜、乞食《こじき》やスリや浮浪者《ふろうしゃ》たちがローマのあちこちに出没《しゅつぼつ》するときでも、ここは静かだって。夜警《やけい》も、門のなかを一度ちょっとのぞくだけで、行ってしまうそうよ。もうだれも牧神《ぼくしん》パーンのことは信じていないし、お供《そな》えをすることもないのよ。だけどみんなは、牧神《ぼくしん》パーンに悪いことをすると、ヤギの臭《にお》いをつけられるって、まだ恐《こわ》がっているの」低い声で話していたルキルラは、現実的《げんじつ》な声にもどった。「さあ行って。お父様に頼《たの》み事をするまでは、わたしたちがいっしょだったことをグラウクスに知られるといけないわ。だからグラウクスが留守《るす》のうちに、おまえは家にもどらなくては」

ルキルラの言うとおりだった。ベリックは手の甲《こう》をひたいに当てて礼をすると、急いで来た道を帰っていった。

三日後ベリックは、お嬢様《じょうさま》の晴れすがたを一目見ようと、入り口近くに集まった奴隷《どれい》たちにまじって立っていた。広間《アトリウム》は客であふれている。ルキルラは婚礼衣装《こんれいいしょう》に身を包み、マートルとローズマリーの花冠《はなかんむり》をかぶり、緋色《ひいろ》のヴェールをたらして、結婚式《けっこんしき》をあげるためにいざなわれてきた。

ヴァラリウスとその友人たちが到着《とうちゃく》して、式が始まった。一家の守護神《しゅごしん》の祭壇《さいだん》から、お香《こう》の煙《けむり》が青く渦巻《うずま》いて上り、濃厚《のうこう》な甘《あま》い香りがたちこめるなか、誓《ちか》いが立てられ、穀物《こくもつ》と酒とミルクが奉《ほう》じられた。ルキルラお嬢様《じょうさま》はきらびやかな結婚衣装《けっこんいしょう》に包まれて、かえって小さく孤独《こどく》に見えた。

この結婚《けっこん》は彼女《かのじょ》のためになるのだろうか？　背《せ》が高く、断固《だんこ》とした軍人らしいヴァラリウスのかたわらに、小柄《こがら》なぽっちゃりとしたルキルラのすがたがあるのを一目見ようと、鶴《つる》のように首を伸《の》ばしながら、ベリックは思った。だが式が終わり、ふたりそろって大勢《おおぜい》の客のほうに向きを変え、ルキルラが緋色《ひいろ》のヴェールを上げると、なぜかベリックは安堵《あんど》した。ルキルラの顔は青ざめて不安そうだったから、顔を見て安心したわけではない。ヴァラリウスが手を取って彼女《かのじょ》を見やった、その様子にほっとしたのだ。だいじょうぶだ、ルキルラ様はきっと幸福になるだろう。

式に続いて披露宴《ひろうえん》が終わったときには、薄闇《うすやみ》がせまっていた。お客たちは多くが松明《たいまつ》をかかげて、外側の庭に集まってきた。三枚《まい》のデナリウス銀貨を持った花嫁《はなよめ》が、連れてこられた。一枚《まい》は夫のため、もう一枚《まい》は新しい家の守護神《しゅごしん》のため、最後の一枚《まい》は近くの四つ辻《つじ》の神々《かみがみ》に捧《ささ》げるものだ。庭でいちばんひんぱんに見かけた少女がふたり、ルキルラのつむと糸巻き棒《いとまきぼう》を持って後に続く。ヴァラリウスと友人たちはルキルラを取り囲《かこ》み、門を抜《ぬ》けて、新しい生活へと連れ去った。客の多くはぞろぞろと後に続いた。行列の最後にアグラエアとヒッピアスがいた。アグラエアは白い子猫《こねこ》を抱《だ》き、ヒッピアスじいさんはなぜ自分がルキルラ様について行くことになったのか、どうも釈然《しゃくぜん》としない顔のまま歩いていた。自分が世話した馬を残していくのは、少しはさみしかったかもしれない。しかしそれ以上に、奴隷《どれい》が年を取っても売りとばしたりしない主人のところに行くことに、言いようのないほどの安堵《あんど》を感じていた。

他の奴隷《どれい》たちの影《かげ》に隠《かく》れて、ベリックは、にぎやかな松明《たいまつ》行列が門を出て曲がるのを見送っていた。行列は、この世にたったふたりだけのベリックの友だちを連れて、やがて遠くへと消えていった。

第八章　限界《げんかい》

「おまえの名前を変えることにした」結婚式《けっこんしき》の翌日《よくじつ》、寝椅子《ねいす》にゆったりともたれて、グラウクスが言った。ベリックはその前で直立不動の姿勢《しせい》をとっている。「今から、おまえの名前はヒュアキントスだ」

それでは自分は名前さえ取り上げられるのか。自分が所有しているたったひとつのもの、自分をほかの人間とは違《ちが》うと認識《にんしき》する最後のものを。ベリックは突然《とつぜん》、激《はげ》しいパニックに襲《おそ》われた。自分とかつての生活とをつないでいる最後の細い糸が、この新しい主人の冷酷《れいこく》なすらりとした手で、断《た》ち切られようとしている。「わたしの名前はベリックです」ベリックは強情《ごうじょう》に言った。

「ベリックは、名前ではない。ただの音だ。そういうふうに呼《よ》んでいた野蛮人《やばんじん》にとっては、もちろんそれで十分だろう。だがこのわたしが使うにはふさわしくない」グラウクスは、当たり前すぎてわざわざ言うほどのことでもないというふうに、気軽な調子で言った。

「今からおまえの名前はヒュアキントスだ。わかったな?」

「わ、わかりました」

「よし、それからもうひとつ、忘《わす》れないうちに言っておこう。今後、厩舎《きゅうしゃ》のまわりをうろつくすることは許《ゆる》さない。父上があの老いぼれヒッピアスの代わりにちゃんとした奴隷《どれい》を買ったのだから、おまえが馬の世話を手伝う必要はなくなった。わたしの命令で馬を引きだすとき以外は、ぜったいに厩舎《きゅうしゃ》に入ってはならない。馬の世話は、今後いっさいおまえとは関係がないことを覚えておけ」

「操《あやつ》る人間を知っていたほうが、馬はよく走ります」追いつめられて、ベリックが言った。

「野蛮人《やばんじん》のやり方ではそうかもしれないが、それはわたしのやり方ではない。これは命令だ。もし忘《わす》れるようなことがあれば、鞭《むち》でたたいて思い出させてやるから、そう思え。さあ行け」

一言も言わず、またいつもの服従《ふくじゅう》の礼もとらずに、ベリックはきびすを返した。しかしそうしながら、こんなことは空《むな》しい抵抗《ていこう》でしかないとわかっていた。案《あん》の定《じょう》、即座《そくざ》に背後《はいご》で動く気配がし、グラウクスが寝椅子《ねいす》から立ち上がった。ベリックはグラウクスに両肩《りょうかた》をつかまれ、主人のほうに振《ふ》り向かされた。「なにか忘《わす》れていないか?」グラウクスはおだやかな口調で聞いたが、指はベリックの肩《かた》に食いこんでいた。ベリックは黙《だま》っていた。「服従《ふくじゅう》の礼をとらずに、わたしの前から去ることは許《ゆる》さない。なぜならおまえは奴隷《どれい》で、わたしはおまえの主人だからだ。わたしのサンダルがわたしのものであるように、おまえはわたしの持ち物なのだ。このことも覚えおけ」

ベリックは肩《かた》をつかまれたまま、体を固く張《は》りつめて立っていた。もし犬だったら、背《せ》中《なか》の毛が逆立《さかだ》っていただろう。その気持ちが顔に出ていたらしく、グラウクスがすばやく言った。「わたしに向かって、歯をむきだすな、野蛮《やばん》なオオカミの子め!」そして片手《かたて》を上げ、落ち着いた動作で、ベリックの頬《ほお》を激《はげ》しくたたいた。「さあ行け、ヒュアキントス」

もう一瞬《いっしゅん》、ベリックは身じろぎもせずに立っていた。頬《ほほ》に燃《も》えるようについた四本の指の跡《あと》が、みるみる色を濃《こ》くしていく。それから服従《ふくじゅう》の礼をとると、むせび泣きそうになるのをこらえて、向きを変え、出ていった。

名前はヒュアキントスで、グラウクスの奴隷《どれい》。希望はいっさいない。

続く何カ月か、ベリックにとってつらい日々《ひび》が続いた。不正と、何気なく見える残酷《ざんこく》な仕打ちと、屈辱《くつじょく》の暗い日々《ひび》。大所帯のなかにありながらひとりの友もおらず、馬といることさえ禁《きん》じられた。未来になんの希望もなく、暗い日々《ひび》を一日また一日とやりすごすしかない。たまにルキルラが母親に会いにきたが、遠くからすがたを見かけるのがせいぜいだった。それ以上のことがないよう、グラウクスの目が光っていた。

プブリウス・ピソは、やはり自分の見立ては正しかったと言った。あの奴隷《どれい》はやっぱり陰気《いんき》だった。たしかによく働くし、いい御者《ぎょしゃ》だが、まったく陰気《いんき》だ。思ったとおりだった――。

だらだらと月日は過《す》ぎていった。ある晩《ばん》、プブリウス・ピソはあくる年の造営官《ぞうえいかん》に選ばれたことを祝って、夕食会を開いた。ローマ市の造営官《ぞうえいかん》は四名だが、そのうちのひとりに選出されたのだ。

盛大《せいだい》な夕食会で、ベリックも給仕として狩《か》りだされていた。夕方の早いうちに、ほかの奴隷《どれい》たちとともに一列に並《なら》んで、ニゲルスの点検《てんけん》を受けた。給仕奴隷《きゅうじどれい》として宴席《えんせき》に侍《はべ》るのは、初めてではなかった。奴隷《どれい》たちは全員、この催《もよお》しのために支給《しきゅう》された新しいチュニカを着ていた。今やテーブルの上には、最初のコースの卵《たまご》、アンチョビ、食欲《しょくよく》を刺激《しげき》するハーブが並《なら》んでいる。ベリックはフレスコ画の壁《かべ》の前に立ち、周囲《しゅうい》を見ていた。壁《かべ》の高い位置の銀のランプから降《お》りそそぐ光と、磨《みが》き上げたシトロン材のテーブルに置かれたランプから燃《も》え上がる光とで、会場全体が蜂蜜色《はちみついろ》の光の海に浮《う》かんでいるように見える。シーダーの薪《まき》を火桶《ひおけ》の炭の上で燃《も》やしているので、そのよい香りが、お香《こう》のように立ちのぼっている。テーブルのぴかぴかの皿の間には、冬咲《ふゆざ》きのシクラメンやアネモネ、いい匂《にお》いのするローズマリーの小枝《こえだ》などが飾《かざ》られ、こちらもいい香りを放っていた。花は、一家の守《しゅ》護神《ごしん》の銀の彫像《ちょうぞう》のまわりにも飾《かざ》られていた。客たちは頭に花の冠《かんむり》をのせて、食事用の柔《やわ》らかな長椅子《ながいす》にゆったりと横になっている。ベリックの顔からはもう長いこと笑いが消えていたが、もしそうでなかったなら、お客たちを見て滑稽《こっけい》だと思っただろう。主人が一家の守護神《しゅごしん》に最初の供物《くもつ》を捧《ささ》げたので、客たちはいっせいにそちらを向いた。ベリックは客たちの顔をながめまわした。客は全員が男で（ポッパエア夫人さえ、自室で食事をするよう、追いはらわれた）、ほとんどがプブリウス・ピソの同僚《どうりょう》の政務官《せいむかん》だった。もちろんヴァラリウスも出席するはずだったのだが、あいにく南のほうに出張《しゅっちょう》していて不在《ふざい》だった。この家の子息のグラウクスは、出席者のなかでひとりだけ若《わか》く、花冠《かかん》が似合《にあ》っているたったひとりの男だった。年長者のなかでの若輩《じゃくはい》のつとめを、如才《じょさい》なく務《つと》めている。それぞれの客に対して微妙《びみょう》に態度《たいど》を使い分けて、相手を年寄《としよ》り扱《あつか》いせずに、先輩《せんぱい》として立てるところなどは実にあざやかだった。

見事なものだ、ベリックは壁《かべ》の前の決められた場所に立ち、グラウクスを見てそう思った。心のうちでは、支配者《しはいしゃ》に対する深い恨《うら》みがつのっていた。

いつもならだれといようと、まるで憎《にく》しみそれ自体に吸《す》い寄《よ》せられるように、ベリックはグラウクスから目を離《はな》すことができなかった。ところが今夜にかぎって、ベリックの関心はある人物に徐々《じょじょ》に引きつけられ、ついにそこに釘《くぎ》づけになってしまった。その男はテーブルをへだててグラウクスの正面の席に座《すわ》り、かたわらの年配の元老院議員《げんろういんぎいん》と低い声で話しこんでいた。立ち居《い》ふるまいから、あきらかに軍人らしい。ベリックは、それがティトス・ドルスス・ユスティニウスであることを知っていた。これほど近くからではないが、以前に見かけたことがあった。軍団《ぐんだん》の首席百人隊長であり、ローマ帝国《ていこく》の辺境《へんきょう》の地に道路を建設《けんせつ》したり、湿原《しつげん》の干拓《かんたく》をしたりした、その功績《こうせき》が有名な男だ。だが壁《かべ》の前に立っているベリックの注意を引いたのは、その男の名声ではなく、彼《かれ》の身にそなわっているなにかだった。実際《じっさい》、その男はだれといても目立った。がっしりして胸板《むないた》が厚《あつ》く、いかつい肩《かた》をしている。立ったところを見ると、奇妙《きみょう》なほど腕《うで》が長い。浅黒く引きしまった顔に、大きなワシ鼻。ひたいの中央にミトラ（訳注：ペルシャ起源《きげん》の神で、戦いの神としてローマでも特に軍人のあいだで崇《あが》められた）の印をつけているが、その下でつながりそうな黒い眉《まゆ》は、砂漠《さばく》のアラブ人を思わせた。だが手に持った酒杯《しゅはい》から目を上げると、その目の色は意外にも、太陽の国の黒ではなく、澄《す》んだ灰色《はいいろ》をしていた。冷たい北の海の色だ。ときとして非情《ひじょう》になることはあっても、けっして卑劣《ひれつ》にはならない男の目だった。ああいう男に仕《つか》えることができたらいい。「あの男の奴隷《どれい》ならよかった！」ベリックは思った。「あの男の奴隷《どれい》ならよかったのに！」

食欲《しょくよく》をおおいに刺激《しげき》するための最初のコースが終わったことに、ベリックは気がついた。お客が指を洗《あら》うための、いい匂《にお》いの水が入った鉢《はち》と、やわらかな麻《あさ》のタオルを配ってまわる時間だ。やがてつぎのコースが運ばれてきた。丸い盾《たて》ほどの大きさの皿に盛《も》った巨大《きょだい》なヒラメ、甘《あま》い香りのハーブとともにミルクで煮《に》た子ヤギ、フラミンゴのローストは薄桃色《うすももいろ》の羽で飾《かざ》られてテーブルに出された。奴隷給仕長《どれいきゅうじちょう》であるクリトーが、主人の前で肉を切り分けた。しばらくの間、ベリックと仲間の奴隷《どれい》たちは大皿や小皿を運んだり、ファレルノ地方の赤ワインやギリシャの白ワインをお客の杯《さかずき》に満たすのに忙《いそが》しかった。

二番目のコースが終わったころには、初めはいくぶん抑《おさ》え気味だった雰囲気《ふんいき》――プブリウス・ピソが主催《しゅさい》する宴会《えんかい》は、少々《しょうしょう》よそよそしくなる傾向《けいこう》があった――も和《やわ》らいで陽気になっていた。お客たちはくつろいできて、声が高くなり目は熱を帯びている。あちこちで笑い声が起こり、宴会《えんかい》用の花冠《はなかんむり》は横にかしぎだした。

「われらが新造営官《ぞうえいかん》のために乾杯《かんぱい》」だれかが、新たに注《つ》がれた酒杯《しゅはい》を手に叫《さけ》んだ。「彼《かれ》に成功を。そして願わくは、また祝宴《しゅくえん》をはるだけの理由を得《え》られんことを。感嘆《かんたん》すべき本日の宴会《えんかい》のようなすばらしい宴会《えんかい》をまた開いて、われら友人たちを招《まね》いてくれるように！」

テーブルを囲《かこ》んだ全員が杯《さかずき》を上げた。「新造営官《ぞうえいかん》に！」あちこちから声が響《ひび》いた。プブリウス・ピソは友人たちの暖《あたた》かな笑い声に包まれて、感動し顔をほころばせており、得意の絶頂《ぜっちょう》で返礼した。

宴会《えんかい》の主要な部分はこれで終了《しゅうりょう》した。ベリックら奴隷《どれい》たちは、空になった皿をさげて、かわりに小さな甘《あま》い菓子《かし》をのせた皿と、アンズの蜂蜜漬《はちみつづ》けと、ふすまに入れて保存《ほぞん》しておいた緑色と紫色《むらさきいろ》のぶどうを盛《も》った銀のバスケットを運んだ。ベリックは決められた場所に注意深く立って、あちこちから起こる笑い声や陽気な冗談《じょうだん》を聞いていた。

陽気な小男が、クロウタドリのような目を主人のほうに向けて言った。「今から四年後には、めでたい日が来るな、え、プブリウス？」

「プブリウス・ピソを栄《は》えある執政官《しっせいかん》に！」テーブルの下手のほうから、だれかの声がかかった。

「ピソに投票を！　もっと競技会《きょうぎかい》を増《ふ》やし、もっと税金《ぜいきん》を減《へ》らすように！」三人目が応《おう》じ、一同から笑いが起こった。

「もう一度宴会《えんかい》に招待《しょうたい》してくれて、この銘酒《めいしゅ》をもっと飲ませてくれるなら、もちろんきみに投票するぞ！」クロウタドリのような目の男が約束した。

プブリウス・ピソはじろりと相手を見た。うれしいことはうれしいのだが、しかしまじめな話をまぜっかえされたようで、いささか不満だった。ピソは言った。「もしこのわたしが、わが同胞諸君《どうほうしょくん》から執政官《しっせいかん》に選ばれるなどということがありましたら、かたじけなくもまたとない光栄に存《ぞん》じます。わが友人たちよ、皆《みな》さんはひとり残らず、わたしが当選した三日後に、この貧《まず》しいテーブルでお目にかかる幸せ――じつに最高の幸せ――をもたらしてくれるものと信じております」

「異議《いぎ》なし！　異議《いぎ》なし！」客たちが声をはりあげた。白いシクラメンの冠《かんむり》が赤いだんご鼻の上にまでずり落ちてしまった客が、もったいぶった調子で言った。「ここにお集まりのお歴々《れきれき》を代表して話させていただけますれば――だが考えてみますと、そうしていいものかどうか迷《まよ》うところでありますが――その、その――ええ――つまり運命の女神《めがみ》アトロポスの大バサミもあることですから、われわれ全員が、ああ――そのめでたい席に出られるかどうかは、難《むずか》しいところであります。われわれひとり残らずというのは無理なのではありますまいか。きみきみ、そのアーモンドケーキをこっちにも回してくれたまえ」

「たしかに、ひとり残らずとはいかんだろうな。どうやら今晩《こんばん》ここに集まった者のなかに、ローマからかなり離《はな》れた場所で、別の仕事につかなければならん者がいるようだ」年とった元老院《げんろういん》議員が静かに言い、それからかたわらの首席百人隊長をみやった。

みんなの目がいっせいに集まった。「干拓《かんたく》か！　帝国《ていこく》の辺境《へんきょう》での仕事からは、きみはもう解放《かいほう》されたものと思っていたんだが」鳥のような目の男が言った。

「いやいや」百人隊長が一同に向かって話すのはこれがほとんど最初だったが、もの静かな口調だった。

「今度はどこかね？」

「あいかわらずブリタニアですよ」百人隊長は答えた。「同じ湿原《しつげん》で同じ仕事をするのでね」

静かな声だったにもかかわらず、ベリックにとってその言葉は叫《さけ》び声のように耳に襲《おそ》いかかってきた。グラウクスのほうに向けていた視線《しせん》を、びくりと声の主のほうへふり向けた。

「いつあちらへ向かうのかね？」だれかがたずねた。

「三日後にオスティア港から出発するつもりだ」

好奇心《こうきしん》でテーブルのあちこちが騒然《そうぜん》とした。

「また北へ行くとは知らなかったな」テーブルの下手にいた男が、アンズの蜂蜜漬《はちみつづ》けに手を伸《の》ばしながら言った。「たしかきみは昇進《しょうしん》してローマに帰還《きかん》することになっていたんじゃないのかね？」

「ああ、そんな話もあったが」

一同は、キツネにつままれたように、話し手を見つめた。そのときグラウクスが突然《とつぜん》口をはさんだ。「それでは閣下《かっか》は、そんなへんぴな――いや、遠隔地《えんかくち》の湿原《しつげん》のほんの少しの土地のために、昇進《しょうしん》の機会をみすみすのがすかもしれない、とおっしゃるんですか？」言葉を区切って、半分あざ笑うようなあきれた表情《ひょうじょう》を見せた。「ああ、お許《ゆる》しください。わたしはそんなことを言う立場ではありませんが」

首席百人隊長ユスティニウスは、わびなどいらないというふうに、小さく手を動かして言った。「まったくそのとおりですよ。わたしは駐屯地《ちゅうとんち》の指揮官《しきかん》の仕事をたいして好んではいないが、近衛兵団《このえへいだん》や長々《ながなが》した式典行進となると、なおさら願い下げでね。残念ながら、帝国属州《ていこくぞくしゅう》の管理者としての自分の能力《のうりょく》にも、わたし自身で由々《ゆゆ》しい疑念《ぎねん》を持っている。結局わたしは、根っからの土木技師《ぎし》なのです。そして土木技師《ぎし》としてはなかなか優秀《ゆうしゅう》だと自負している」ここでテーブルについている一同を見渡《みわた》した。ユスティニウスの声から、それまでかすかにあった茶化したような調子が消えていた。「わたしは初めから、あの湿原《しつげん》の干拓《かんたく》に携《たずさ》わってきた。四年前に調査《ちょうさ》をしたときからだ。あれがわたしが干拓《かんたく》する最後の湿原《しつげん》になるだろう。木剣《ぼっけん》を下げ、ワシの軍団《ぐんだん》に別れを告《つ》げるときが来る前に、あの工事だけはぜひとも完成させたいと願っているんでね」

「結局、きみにとっては湿原《しつげん》や道路のほうが、生きた人間よりも大切なんだな！」プブリウス・ピソはいまいましいとでも言いたそうだった。

鳥の目の男が笑いながら言った。「少なくとも妻《つま》や息子《むすこ》よりは、ですな。妻《つま》の代わりが干拓《かんたく》で、息子《むすこ》の代わりがまっすぐな舗装《ほそう》された道路。根っからの土木技師閣下《ぎしかっか》には、ほかにはなにも要《い》らないというわけだ」

百人隊長は静かに杯《さかずき》をまわして、中のワインが揺《ゆ》れるのを見ていた。口元には不思議な笑《え》みのようなものが浮《う》かんでいたが、なにも言わなかった。

「では湿原《しつげん》が海から完全に守られるようになるまでは、きみに会うことはないということか？」だれかがしばしの沈黙《ちんもく》を破《やぶ》った。

ユスティニウスは酒杯《しゅはい》をていねいにテーブルに置き、冷たく澄《す》んだ灰色《はいいろ》の目を上げた。

「どうだろうか、親愛なるフルヴィウス、そのときが来ても、もうわたしを見ることはないと思うね。わたしは北に落ち着こうと考えているんだ。なんといっても、わたしの母にはブリトン人の血が混《ま》じっているのだから」

一同はなんと言えばいいか、わからんというふうに、彼《かれ》をじっと見つめた。「なんてことだ！」宴席《えんせき》の主人が言い、あわててつけ加えた。「そうそう、ドリナム（現《げん》ドーチェスター）は引退《いんたい》するにはいいところだというじゃないか。――アクエ・スリス（現《げん》バース）もだが」

百人隊長は首を振《ふ》った。「いいところだとは思うが、わたし向きではないな。わたしは初めてブリタニアに行ったとき、今干拓《かんたく》している湿原《しつげん》のはずれに見捨《みす》てられた農場があったのを引き取ったんだ。長年仕《つか》えてくれた年寄《としよ》りの補佐官夫婦《ほさかんふうふ》が住みこみで、その農場の世話をしている。初めは、仕事が終わるまでの冬の住まいのつもりでしかなかったんだが、だんだん、そこがわが家に思えてきてね。住みこみの補佐官《ほさかん》のおかげで、今、農場はよみがえりつつあるんだ。はびこっているやぶを切り開いて、土地を肥《こ》やすことができしだい、そこで馬を放牧しようと思っているよ。こういう引退生活《いんたい》がわたしには向いている――アクエ・スリスの温泉水《おんせんすい》を飲んですごすより好ましい気がするね」

「文明がなつかしくなるとは思わんですか？」年寄《としよ》りの元老院議員《げんろういん》が穏《おだ》やかにたずねた。

「思いませんね。ローマでの休暇《きゅうか》は十分楽しみました。でも、都会で暮《く》らすには未開地での生活が長過《ながす》ぎたようです。今では都会はきゅうくつすぎて、わたしには息がつまる」きびしい顔が少しほころんだ。「わたしには湿原《しつげん》の広い空と、小さな奥地《おくち》の農場、それに秋のゲイル風とともに北から渡《わた》ってくる雁《がん》が必要なようだ」

その言葉は壁《かべ》を背《せ》にして立っている若《わか》い奴隷《どれい》の望郷《ぼうきょう》の念をかき立てた。「オレもだ、オレの空――オレの丘《おか》！」と叫《さけ》びたかった。一瞬《いっしゅん》、客でいっぱいの灯《ひ》のともった部屋から現《げん》実感《じっかん》が消え、ベリックは千マイルを越《こ》え、長かった二年間を越《こ》えて、自由な時代に帰っていた。だがそれはほんのつかの間で、屋敷《やしき》がふたたび、のしかかってきた。そして、顔を赤くし目をぎらつかせたグラウクスが、空の酒杯《しゅはい》をテーブルに置き、奴隷《どれい》にワインを注《つ》げといらいらと指を曲げているのに気がついた。

アウトメダンも給仕《きゅうじ》に忙《いそが》しく、ちょうど他の客に酒を注《つ》いでいるところだった。ベリックが一番グラウクスに近いところにいた。前に出るとかがんで、ファレルノ産のワインを、細い壷《つぼ》からグラウクスが持っている杯《さかずき》に満たそうとした。

ベリックは離《はな》れたところからワインを注《つ》げるように訓練されていた。おかげでワインは細いきれいな弧《こ》を描《えが》いて、下の杯《さかずき》を満たしていく。ところが壷《つぼ》を傾《かたむ》けているとき、突然《とつぜん》目のすみになにかの動きが入り、一瞬《いっしゅん》目を上げた——すると、驚《おどろ》いたように自分の顔を見つめている百人隊長の目と合った。その目が必死でなにかを探《さが》していた。痛《いた》いほど必死な視《し》線《せん》。ふたりの視線《しせん》が合ったのはほんの一瞬《いっしゅん》だったが、あまりにも強烈《きょうれつ》だったので、実際《じっさい》に触《さわ》ったように感じた。ベリックはグラウクスの杯《さかずき》にすばやく目をもどしたが、まずいことが起きた。手を止める瞬間《しゅんかん》がほんの少し狂《くる》ったために、完璧《かんぺき》な弧《こ》を描《えが》いていたワインが乱《みだ》れ、数滴《すうてき》の滴《しずく》が飛んだ。グラウクスの手首と、宝石《ほうせき》で留《と》めたチュニックの袖《そで》に、血のように鮮《あざ》やかな滴《しずく》が散っていた。

グラウクスは隣《とな》りの客になにか言っていたのだが、いらだって鋭《するど》い声を発した。不器用な奴隷《どれい》はだれかと目を上げ、ベリックの顔を見ると——その顔をまともになぐった。

とくに激《はげ》しくなぐられたわけではなかったし、グラウクスになぐられるのは、これが初めてではなかった。しかしグラウクスがはめているがっちりした認印《みとめいん》つき指輪がベリックの唇《くちびる》を切った。口の中に甘《あま》く塩っぽい血の味がひろがると、押《お》さえに押《お》さえていた自制心《じせいしん》がぷっつりと切れた。たぶんさっき、かつての自由とかつての自分の世界がいきいきとよみがえり、それがまだ消えていなかったせいかもしれない。突然《とつぜん》ベリックは、これ以上耐《た》えられなくなった。

ベリックは無意識《むいしき》にワインの壷《つぼ》をつかみなおすと、目の前の憎《にく》い美しい顔に、中身を全部ぶちまけた。グラウクスのあごから赤いワインがしたたり、赤い染《し》みが胸《むね》や肩《かた》に広がっていき、グラウクスがあえぐのを見るまで、ベリックは自分がなにをしたのかわからなかった。

突然《とつぜん》、あたりは静まりかえった。その沈黙《ちんもく》が泡《あわ》だちはじめ、泡《あわ》がどんどんふくれあがり、さらにふくれあがって、ついにはじけた。あちこちからどよめきが起こり、プブリウス・ピソは怒《いか》りのあまり吠《ほ》えた。憤激《ふんげき》した客たちは長椅子《ながいす》の上に立ちあがり、ベリックのまわりにいた奴隷《どれい》たちは、突然暴《とつぜんあば》れだした犬を押《お》さえこもうとするようにベリックに飛びかかった。始末がつくまで、ほんのわずかしかかからなかった。ベリックは後ろ手に腕《うで》をねじられ、大勢《おおぜい》につかまれて、なすすべもなく立っていた。

騒《さわ》ぎは始まったときと同じように、あっという間に静まった。怒《いか》りで顔を暗紫色《あんししょく》にしたプブリウス・ピソだけが、スミレの花冠《はなかんむり》を片方《かたほう》の目の上に傾《かし》がせて、なにを言っているのかわからない声をあげたり、奴隷《どれい》に命令したり、せきこんでお客に謝罪《しゃざい》したりしていた。

どうやらなによりも息子《むすこ》のしでかした不名誉《ふめいよ》な行いについて、わびているらしかった。グラウクスはワインをぬぐおうと飛んできた奴隷《どれい》たちをしりぞけ、ベリックのほうに向いた。ベリックは捕《つか》まえられ、息をはずませて立っていた。グラウクスの目はふたたび、フーッとうなる前の猫《ねこ》のように、細められていた。

「おまえは頭がおかしくなったようだな」グラウクスはもの柔《やわ》らかに言った。「そう考えるのが、おまえに対するいちばんの親切というものだ。狂《くる》ったのなら、行くところはひとつしかない。それは、岩塩坑《がんえんこう》の苦役所《くえきじょ》だ。おまえをそこへ送るよう、手配してやろう、ヒュアキントス」

客たちは不快《ふかい》な表情《ひょうじょう》を見せた。ひとりふたりは肩《かた》をすくめ、顔を見合わせて眉《まゆ》を上げたが、あわれな奴隷《どれい》をかばうために、習慣《しゅうかん》や礼儀《れいぎ》を無視《むし》してまで声をあげるものはなかった。たったひとり、文明的な生活というものからあまりに遠ざかっていたユスティニウスだけが、例外だった。

「ばかなことはやめろ、グラウクス。いいか、その奴隷《どれい》がワインをこぼしたのは、わたしのせいだ。わたしが突然《とつぜん》動いたために、その奴隷《どれい》は目をそらしたんだ。なぐる理由はなかった。理由なしになぐったりすれば、仕返しをされても、そう驚《おどろ》くわけにはいかんだろう」

「すると奴隷《どれい》がワインを注《つ》ぐたびに、じっとしていなければいけない、ということか。奴《ど》隷《れい》の気を散らさないように、危険《きけん》を察した鹿のように、じっとしていろと言うのか！」グラウクスは父の客人に向かって、くってかかった。しかし遅《おそ》まきながら礼節を取りもどすと、ずっとていねいな口調でつけ加えた。「失礼しました。だが、わたしはこの奴隷《どれい》をよく知っており、どんな罰《ばつ》がふさわしいか心得《こころえ》ております」

彼《かれ》は目を細め、ぎらぎらした視線《しせん》でしばらくベリックをながめていた。やがてベリックを捕《と》らえている奴隷《どれい》たちをながめると、またベリックに視線《しせん》をもどした。「鞭打《むちう》ち三十回だ。狂犬《きょうけん》はそのくらいたたいてやるのがいい。ただし明日の朝だ。そうすれば一晩《ひとばん》じゅう、こいつは朝を楽しみにできるからな。こいつを連れていって、噛《か》みつかないように鎖《くさり》でつないでおけ」

第九章　逃亡《とうぼう》！

ベリックは部屋から引きずりだされ、見なれた柱廊《ちゅうろう》と回廊《かいろう》を通って、何段《だん》か階段《かいだん》を引きずりおろされた。放りこまれたのは、使われていない狭《せま》い物置だった。半地下の物置は冷えきっている。後ろにいた者が持っていた松明《たいまつ》の灯《あか》りが、がらんとした部屋を照らした。すみには壊《こわ》れた園芸用具などのがらくたが積んであり、ざらざらした石灰石《せっかいせき》の壁《かべ》に、大きな鉄の止め具がとりつけられている。ここは以前から、とりあえず囚人《しゅうじん》を閉《と》じこめておく場所だったのだろう。ベリックは止め具のほうに引きずっていかれ、手首にガチャンと手《て》錠《じょう》をかけられたが、抵抗《ていこう》しなかった。鉄の手錠《てじょう》には細いががんじょうな鎖《くさり》がついており、鎖《くさり》のもう一方の端《はし》が、U字型《じがた》の止め具に通され南京錠《なんきんじょう》がかけられた。用がすむと、ベリックを連れてきた連中はいっせいに出ていった。灯《あか》りが消えバタンとドアが閉《し》まり、重たい鍵《かぎ》を回す音が聞こえた。そんな警戒《けいかい》は必要ないのに、とベリックは呆《ほう》けたように思った。

ところがすぐにまた鍵《かぎ》が回り、ドアが開いてニゲルスが現《あら》われた。後ろにかすかに灯《あか》りが見える。「ほれ――マントがいるだろう」ニゲルスはまんざら不親切ではなく言い、ベリックのほうになにかを投げた。厚《あつ》く折りたたんだものが、ベリックの足の向こうに落ちた。ニゲルスはまたドアを閉《し》め、鍵《かぎ》をかけた。ベリックはふたたび闇《やみ》の中に取り残されて立っていた。

長いこと、ベリックはマントを取ろうともせずに、じっとしていた。頭がしびれている。やがてじわじわと、しびれた手足に感覚が戻《もど》るように、しびれた頭に考える力が戻《もど》ってきた。なにが起こったのか、これからなにが起ころうとしているか、意識《いしき》にのぼりはじめた。立ちつくしたまま、黒布《くろぬの》で目隠《めかく》しされたような暗闇《くらやみ》をまっすぐ見すえ、これからどうなるかを考えた。翌朝《よくあさ》の鞭打《むちう》ちの罰《ばつ》ではなく、その先に本物の恐怖《きょうふ》がかいま見える。岩塩坑《がんえんこう》……。グラウクスはただおどしたのではないだろう。ベリックはわかりすぎるほどわかっていた。岩塩坑《がんえんこう》に行かされたものは、死ぬまでには何年かかかるが、死ぬ前にまず、つま先や指先がぐずぐずと崩《くず》れ落ち、たいていは気が狂《くる》ってしまうということだ。

ベリックの頭はまだのろのろとしか働かず、混乱《こんらん》もしていたが、それでもひとつだけはっきりした考えがひらめいた。逃《に》げよう！　なにをしようと、なにが起ころうと、岩塩《がんえん》坑《こう》よりはましだ。失うものはなにもない。ベリックがこれまで逃《に》げなかったのは、ほかの奴隷《どれい》たちと同じ理由、逃《に》げていく場所がなかったからだ。しかし、どこへ逃《に》げるか、そんなことは今考えてもしかたがない。まず逃《に》げることだ。逃《に》げろ！

首を回すと壁《かべ》の高いところに、かすかに小さな四角が見てとれた。窓《まど》だ！　うんと小さな窓《まど》だが、自分を壁《かべ》につないでいる鉄の止め具を外せたら、なんとかすり抜《ぬ》けられないものでもない。それがわかるとベリックは、闇《やみ》の中で手を伸《の》ばし、止め具を探《さぐ》った。試しにゆすってみたが、びくともしない。止め具をひき抜《ぬ》くには、壁《かべ》全体をたたきこわすしかなさそうだ。しかし鎖《くさり》を切ることが不可能《ふかのう》である以上、壁《かべ》に打ちつけられている止め具をひき抜《ぬ》くことだけが、たったひとつの可能性《かのうせい》だった。ベリックは鎖《くさり》を手に巻《ま》きつけると、壁《かべ》に足をつけてふんばり、ありったけの力で後ろに引いた。少し位置を変え、同じことを何度も繰《く》り返した。汗《あせ》が吹《ふ》きだし、心臓《しんぞう》はばくばく鳴り、手からは血がにじんだ。しかし止め具は少しもゆるまなかった。

なにか道具がいる。てことして使えるものが。かたすみに積んであるがらくたのなかに、なにかあるかもしれない。もし、手があそこまで届《とど》きさえすれば。ベリックは鎖《くさり》をいっぱいに引っ張《ば》り、手をそこまで伸《の》ばそうとした。届《とど》かない。今度はうずくまり、床《ゆか》に寝転《ねころ》がるようにして、片足《かたあし》を大きく伸《の》ばしてあたりを探《さぐ》った。暗闇《くらやみ》の中で、つま先がなにかに触《ふ》れた。それを自分のほうに引き寄《よ》せると、そのひょうしに、がらくたの山がガシャンと崩《くず》れた。ベリックには、ローマ全体が崩《くず》れでもしたような、すさまじい音に聞こえた。ベリックは息を殺《ころ》して横になったまま、人の声や急いだ足音が聞こえてこないかと耳をすませた。けれども物置の壁《かべ》は厚《あつ》く、外の世界にはコトリという物音さえ届《とど》いていないらしい。

やがて足の上に落ちてきたがらくたを引き寄《よ》せると、そのなかに植木の剪定用《せんていよう》の壊《こわ》れた鎌《かま》があった。これでがらくたを、もっと引き寄《よ》せられる。すぐに役に立つものが出てきた。床暖房《ゆかだんぼう》の火を手入れするときに使う鉄の火かき棒《ぼう》の残骸《ざんがい》だ。頭の部分はさびてぼろぼろだったが、柄《え》の根元のほうはしっかりしている。火かき棒《ぼう》をつかむと、止め具に向き直った。しかし一瞬《いっしゅんまよ》迷った後、それを下に置き、壊《こわ》れた剪定鎌《せんていがま》を手にとると、そのとがった先で止め具が埋《う》まっている石灰壁《せっかいかべ》を削《けず》りはじめた。

石灰壁《せっかいかべ》は古びていたので、すぐに道具は食いこんだ。石灰《せっかい》の粉がさらさらと落ちる音がし、やがてばらばらというもう少し大きな粒《つぶ》が落ちる音に変わった。ベリックはせっせと作業を続けた。妙《みょう》に心が落ち着いてしまい、せっぱつまったあせりは感じなかった。ほどなく鎌《かま》でできるだけのことはやり終えた。鎌《かま》を下におき、今度は火かき棒《ぼう》を取った。柄《え》を、指の長さだけ止め具に差しこんで、てこにする。永遠《えいえん》とも思える長い時間、ベリックは止め具を相手に、生きた敵《てき》と戦うようにして戦った。汗《あせ》が滝《たき》のように流れ、息は切れ、自分の心臓《しんぞう》の音で耳がつぶれそうだった。しかしとうとう割《わ》れ目ができ、きしんだ音がしたと思うと、壁土《かべつち》がばらばらと落ちてきて、ついに止め具が抜《ぬ》けた。

　少しのあいだ、ベリックはあえぎながら立っていた。どくんどくんと脈《みゃく》が激《はげ》しく打つ音が、耳にこだましている。これで外の音がかき消されはしまいかと、懸命《けんめい》に耳をそばだてた。大丈夫《だいじょうぶ》だとわかると、慎重《しんちょう》に止め具を鎖《くさり》から抜《ぬ》きさり、鉄の火かき棒《ぼう》といっしょに下においた。鎖《くさり》を手錠《てじょう》がかかった手首に巻《ま》きつけ、鎖《くさり》についたままの南京錠《なんきんじょう》は手に握《にぎ》った。それからニゲルスが持ってきてくれたマントを探《さぐ》った。すみに蹴《け》りとばしてあったマントをようやく見つけ、高窓《たかまど》に近づいた。手を伸《の》ばし、まず丸めたマントを窓《まど》から外に投げた。マントが外の歩道にパサッと当たる音が聞こえた。それから両手で石の窓枠《まどわく》をつかみ、腕《うで》の力で体を持ち上げようとした。容易《ようい》ではなかった。左手で窓枠《まどわく》をつかむには、南京錠《なんきんじょう》を放さなければならず、体を引き上げようとするとそれが石壁《いしかべ》をこすって、耳障《みみざわ》りな音がした。窓《まど》は非常《ひじょう》に小さかったから、もしベリックがあと一歳《さい》か、二歳《さい》、年がいっていたら、この窓《まど》から抜《ぬ》けだすなど、とうてい不可能《ふかのう》だったろう。しかしベリックは背丈《せたけ》こそ大人なみだったが、肩《かた》が大人の男ほど広くはなかった。それに身体ときたら、まるでカワウソのようなしなやかさだ。それにしても窓《まど》はぎりぎりの狭《せま》さだったが、なんとか肩《かた》をすり抜《ぬ》けさせることに成功した。肩《かた》さえ出れば、あとは問題ない。窓《まど》は物置の床《ゆか》からはずいぶん高いところにあったが、外からはほぼ地面の高さだったから、手をついて這《は》いずり出ればよかった。地面に転がっているマントを横目に、ベリックは脚《あし》を引きぬいて地面に立った。そこは奴隷《どれい》小屋から外庭に通じる狭《せま》い坂道だった。

かがんでマントを拾い、肩《かた》にはおった。二月の夜の冷気が、汗《あせ》でびしょぬれのチュニカを通して、氷のように肌《はだ》を刺《さ》していることに、突然《とつぜん》気がついたのだ。坂道を下りかけると、坂の下のほうから松明《たいまつ》の灯《あか》りとともに人の話し声がして、ベリックは壁《かべ》にピタリと貼《は》りついた。狩人《かりゅうど》の臭《にお》いをかぎつけた獣《けもの》のように、全身に緊張《きんちょう》が走る。邪魔《じゃま》が入った夕食会だったが、なんとか収拾《しゅうしゅう》がつき、客たちが帰るところにちがいない。明かりがこちらを照らさないように、だれも奴隷《どれい》小屋から出てこないようにと祈《いの》りながら、ベリックは松明《たいまつ》が行き来し、人声や足音が中庭をつっきるあいだ、じっと息をひそめていた。だれかが冗談《じょうだん》を言い、だれかが笑っている。笑い声はひどく大きく、近くに聞こえた。だが、とうとう中庭にふたたび闇《やみ》と静寂《せいじゃく》が訪《おとず》れた。ベリックは松明《たいまつ》の最後の光が壁《かべ》に反射《はんしゃ》して消えてから、五十数えるまで待った。しかし、いつまでもぐずぐずしてはいられない。いつ奴隷《どれい》が寝場所《ねばしょ》への近道として、この坂をやってくるかもしれないのだ。ベリックは坂の下まで一気に走った。一瞬《いっしゅん》止まって聞き耳を立て、それから堂々《どうどう》と中庭をつっきった。堂々《どうどう》としていたほうがいい。そのほうが、だれかに見られても怪《あや》しまれないですむ。

中庭が広いことなどわかりきっていたが、今夜ばかりは悪夢《あくむ》に出てくる草原のように、行けども行けども終わりがない気がした。まん中あたりにくると、走りだしたくなるのを、必死でこらえた。やっと反対側にたどり着くと、ふたつの建物の間にもぐりこみ、角を曲がった。階段《かいだん》をふたつほどかけあがると、奥庭《おくにわ》のトキワガシとキョウチクトウの大きな茂《しげ》みの下にすばやくもぐりこんだ。その冷たい茂《しげ》みの下で、目を凝《こ》らし耳をそばだてて、ベリックは待った。やがて柱廊《ちゅうろう》のランプが消え、ついに奥《おく》の部屋の灯《あか》りも消えた。すべてが静まり、大きな屋敷《やしき》は眠《ねむ》りについたのだ。ただひとり夜警《やけい》のプリスクスだけが寝《ね》ずの番をするのだが、プリスクスだって巡回《じゅんかい》の合間に少しは眠《ねむ》るだろう。ベリックは立ち上がった。身体が凍《こお》りついたようにこわばっていたが、園芸用の道具がしまってある小屋に忍《しの》び寄《よ》った。

音を立てずに戸を開けることができ、小屋のなかにすべりこんだ。しかし暗闇《くらやみ》のなかで目当てのものを探《さが》しだすのは容易《ようい》ではなかった。道具をうっかり倒《たお》そうものなら、その音で家の者が目を覚まし、プリスクスがランタンと棍棒《こんぼう》を手にとんでくるにちがいない。動くたびにびくびくしたが、ベリックの鋭敏《えいびん》な指は、とうとう目当ての物を見つけだした——頑丈《がんじょう》なヤスリだ。ヤスリを持ってそっと小屋を抜《ぬ》けだし、息を殺《ころ》して戸を後ろ手に閉《し》めると、奥庭《おくにわ》のつきあたりにあるテラスに向かった。

ベリックはイチジクの木のすぐわきの手すりに上った。昨夏、ルキルラといっしょに実を摘《つ》んだあのイチジクの木だ。今では葉が落ち、見上げると星空に、ねじくれたはだかの枝《えだ》が見える。枝々《えだえだ》には、やがて実となるはずの小さな黒いふくらみがついていた。ベリックがつかんでいる枝《えだ》は、もう新芽もふくらんでいる。はるか下の町では灯《あか》りがまだ少しともっていて、丘《おか》に囲《かこ》まれた暗い空間に、宝石《ほうせき》を散りばめたように見えた。

「気をつけて!」とルキルラは言っていた。「すべったら、広場までまっさかさまに転げ落ちそうよ。身体じゅうの骨《ほね》が折れちゃうわ!」でもそれだって、岩塩坑《がんえんこう》よりましだろう。手すりを乗りこえると、壁《かべ》の下のほうに小さな足がかりを見つけた。あっという間に角まで行き、奴隷《どれい》用の浴場のすぐ裏手《うらて》の、腰《こし》の高さほどのごつごつした土手に這《は》いのぼった。また壁《かべ》があり、それを乗り越《こ》えると、ピソの家と隣《となな》りの家のあいだの狭《せま》いすきまに出た。

表の道路を横切り、よその家々《いえいえ》の壁《かべ》づたいを行く、なじみの裏道《うらみち》にもぐりこんだ。

さしせまって必要なのは、落ちついて手錠《てじょう》をはずせる場所だった。邪魔《じゃま》が入る心配がない場所を求めて、ベリックは本能《ほんのう》的に、ローマじゅうで一番ふさわしいと思える場所に向かっていた。「だれもここまでは来ないわ。夜警《やけい》も、門のなかを一度ちょっとのぞくだけで、行ってしまうそうよ」とルキルラが言っていた。崩《くず》れかけたアーチ型《がた》の門を入り、レモンとマートルの枝《えだ》が生いしげる下をくぐった。牧神《ぼくしん》パーンの庭は星明かりのもとでは、いっそう見知らぬよそよそしい場所に思えた。神殿《しんでん》は廃墟《はいきょ》のようだった――失われた世界の嘆《なげ》きの神殿《しんでん》。ヒイラギやレモンやキョウチクトウの枝《えだ》がからみあった茂《しげ》みは暗く、ピソの庭の暗がりよりもはるかにうっそうとして、この世のものとは思えなかった。ベリックは進みかけて、一瞬恐怖《いっしゅんきょうふ》に包まれた。夜風が草をわたるように、ひたひたと恐怖《きょうふ》が押《お》し寄《よ》せてきた――見つかることの恐怖《きょうふ》ではなく、名づけることのできないなにか。美しくて恐《おそ》ろしいもの。人がヤギの臭《にお》いと呼《よ》ぶもの。「祭司様が言うには、お供《そな》えの時期がきても、もうだれも牧神《ぼくしん》パーンのことは思い出さない。だけどみんなは、牧神《ぼくしん》パーンに悪いことをすると、ヤギの臭《にお》いをつけられるって、まだ恐《こわ》がっているの」

恐怖《きょうふ》はすぐに薄《うす》れ、ベリックは奥《おく》へと進んだ。老祭司がひとりで住んでいるところから一番離《はな》れた場所に行くと、常磐木《ときわぎ》の枝《えだ》がおいしげった暗闇《くらやみ》にもぐりこみ、盗《ぬす》んだヤスリを使いはじめた。気の遠くなるほど根気のいる作業だった。いつなんどきグラウクスが、囚《しゅう》人《じん》をながめて悦《えつ》に入《い》ろうとやってきて、ベリックが逃《に》げたことを発見するかもしれない。ベリックはなんどヤスリをつかみ、手錠《てじょう》をつけたままでいいから、逃《に》げられるうちに走って逃《に》げようとしたかしれない。しかし、ローマから出るためにはどこかで門を出なくてはならないのだ。門には警護兵《けいごへい》がおり、怪《あや》しいと思えばしょっぴいて調べるだろう。ベリックは歯を食いしばり、辛抱強《しんぼうづよ》くヤスリをかけた。初めはひっかき傷《きず》のようだったものがだんだん広がり、手錠《てじょう》の表面に溝《みぞ》ができた。ときどき手を止めて、溝《みぞ》がどのくらい深くなったか探《さぐ》り、またゴシゴシと終わりのない作業をくり返した。

一度、夜風がトキワガシの葉をざわめかせたとき、恐怖《きょうふ》がもどってきた。何ものかがささやいているようで、ベリックはぶるぶる震《ふる》えて、風が吹《ふ》きすぎるのを待った。また一度は、牧神《ぼくしん》パーンの吹《ふ》く角笛《つのぶえ》の音が遠くで聞こえた気がした。鳥肌《とりはだ》をたて、どきどきしながらヤスリの手を止めて耳を澄《す》ましたが、ローマ市の遠いざわめきのほかには、聞こえるのはエスクイリヌスの丘《おか》のザクロ庭園から谷を渡《わた》ってくる鳥の鳴き声だけだった。

一時間か、二時間も作業を続けただろうか。警備隊《けいびたい》の巡回《じゅんかい》の足音が、鎖《くさり》かたびらのカシャカシャいう音とともに、道のこっちに近づいてきた。常磐木《ときわぎ》の下でベリックは凍《こお》りついた。警備隊《けいびたい》は門の前で止まり、ベリックが葉のあいだからのぞくと、鉄の兜《かぶと》と鎧《よろい》にランタンの光が反射《はんしゃ》するのが見えた。しかしすぐに鋭《するど》い号令がかかり、ランタンの光はベリックの視界《しかい》から消え、鎖《くさり》かたびらの足音も遠ざかっていった。ルキルラお嬢様《じょうさま》が言ったとおりだった。

ほっとため息をつき、ベリックはまた作業にもどった。ほどなく最後の鉄片《てっぺん》が切れ、手錠《てじょう》を開いて、手首からはずすことができた。さあつぎは、ピソ家の奴隷《どれい》の印である銀の腕輪《うでわ》をはずす番だ。腕輪《うでわ》はニゲルスから渡《わた》されたあの夜でさえ、ひじをやっと通ったほどだったが、今ではベリックの腕《うで》は太くなっている。しかしツバを手に吐《は》き、ひじの一番太い部分に何度もこすりつけて滑《すべ》りやすくしておくと、ついに腕輪《うでわ》をはずせた。

これでやっと出ていける！　ベリックは要《い》らなくなったヤスリを柔《やわ》らかな土に差して、立ち上がった。庭を通って門にもどるとき、ふたたびかすかな角笛《つのぶえ》の音が、葉陰《はかげ》から聞こえた気がした。しかし今度も、立ち止まって耳を澄《す》ますと、なんの音もしなかった。もう一度だけ立ち止まると、門のそばの茂《しげ》みからローズマリーの小枝《こえだ》を折りとって、それから細い裏道《うらみち》に出た。自分の意志《いし》と力で生きる人間の世界に、ベリックはふたたびもどったのだ。

来た道をもどりながら、手錠《てじょう》と腕輪《うでわ》を細い鎖《くさり》で巻《ま》き、そのまわりにローズマリーの小枝《こえだ》をしっかりと突《つ》きさした。ウィミナリスの丘《おか》の背《せ》を越《こ》えると、その先の谷には曲がりくねった通りがいくつもあり、ピンチョの丘《おか》の頂《いただき》まで続いている。ベリックは、どの家がヴァラリウスの家かは知っていた。玄関先《げんかんさき》の柱廊《ちゅうろう》の前で立ち止まり、前庭を囲《かこ》んだ建物の黒々《くろぐろ》とした影《かげ》を見上げた。家の中に入ったことはないが、このどこかで、ルキルラ様は眠《ねむ》っているだろう。ベリックはしばらく考えていたが、とっくに擦《す》り切れているマントをひきさくと、それで手錠《てじょう》と腕輪《うでわ》を包み、柱廊《ちゅうろう》の前に行った。門のてっぺんとアーチ型の横木のあいだにすきまがある。ベリックは注意深くねらいを定めると、そこから包みを投げ入れた。なかに落ちる音とかすかにジャランという音がした。これでいい。ベリックは、眠《ねむ》りについている屋敷《やしき》をあとにした。

朝になれば、ヤスリで切った手錠《てじょう》とピソ家の腕輪《うでわ》にローズマリーの小枝《こえだ》が添《そ》えてあるのを、だれかが見つけるだろう。そしてヴァラリウスのところに持っていくだろう。いや、ヴァラリウスは出かけている。だから、ルキルラ様その人のところへ。彼女《かのじょ》は初めは不審《ふしん》に思うだろう。だがいきさつを聞けば、きっとわかってくれる。自分が夜やってきて、彼《かの》女《じょ》のためにこれを残していったことを。これだけが、さよならを告《つ》げるたったひとつの方法だったことを。

ベリックはつぎの下り坂をいき、ついにフラミニア街道《かいどう》に出た。この街道《かいどう》は広場《フォーラム》からフラミニア門を抜《ぬ》け、北東に二百マイル以上続き、アリミヌム（現《げん》リミニ）に至《いた》る大街道《だいかいどう》だった。

フラミニア街道《かいどう》はあいかわらず混《こ》んでいて、夜の一番暗いこの時間のほうが昼間よりも騒々《そうぞう》しいほどだった。歩いている人間はほとんどおらず店も閉《し》まっており、身分の高い人たちの輿《こし》や馬車も見かけないが、昼間のローマ市内では通行が禁止《きんし》されている重い車輪の荷車が、ガタガタ音を立てて往来《おうらい》している。市場で売る品物を載《の》せた荷馬車がひっきりなしに行き来し、四頭だての巨大《きょだい》な荷馬車がテヴェレ川のほうからやってくる。屠殺場《とさつじょう》に送られる牛の群れが追われていく。ベリックが歩いていると、リュディア産の黄色い大理石の塊《かたまり》をいくつも積んだ四輪荷馬車が、動きがとれなくなっているのに行きあわせた。荷馬車は大型《おおがた》で、何頭もの雄牛《おうし》の列に引かせていたが、車輪のひとつが溝《みぞ》にはまったのだ。おかげで三つの通りが通行止めとなっており、ふたつのランタンが照らすなか、汗《あせ》まみれの男たちの一団《いちだん》が、罵《のの》りながら、溝《みぞ》から車輪を出そうと四苦八苦していた。

フラミニア門はそばまできてみると、ランタンと松明《たいまつ》の灯《あか》りで無情《むじょう》なほど明るかった。それまで影《かげ》が動いているようだった人の群れは、門のそばに行くと、はっきりと現実《げんじつ》のすがたを見せた。ベリックは門に続く暗闇《くらやみ》にたたずみ、城門を出ていく荷馬車の流れを見ながら、しばらくためらっていた。警護兵《けいごへい》は不審《ふしん》に思った人間をしばしば調べるが、そうなったとしても、身元がばれることはないはずだ――おんぼろマントの下に新品のきれいなチュニカを着ているのがへんに思われるくらいだろう。あるいは室内用のサンダルが見とがめられる？　腕《うで》に奴隷《どれい》の腕輪《うでわ》の跡《あと》がついているのが見つかる？　切れた唇《くちびる》や傷《きず》だらけの手、なぐられたあとがなにかを物語る？……あるいは……あるいは。ベリックは自分の額《ひたい》に、だれが見ても一目瞭然《いちもくりょうぜん》の「逃亡奴隷《とうぼうどれい》」の烙印《らくいん》が押《お》されているような気がした。だが、日の出までここにぐずぐずしていて、ピソの家で逃亡《とうぼう》がばれてしまったら、なんにもならない。

いちかばちか、勇気を出して、やってみるしかない。これまで聞いたことのあるあらゆる神々《かみがみ》、ローマの牧神《ぼくしん》パーンからケルトの輝《かがや》く槍《やり》の神ルグスにまで、かたっぱしから祈《いの》りをささげながら、ベリックは流れに飛びこんだ。ロバを引いた実直そうな老人のすぐ後ろについていく。ロバに積んである空の荷かごには、市場に持っていった野菜がいっぱい入っていたのだろう。進むにしたがい城門は目の前にせまってきて、ついにベリックの全身が、松明《たいまつ》のぎらぎらする灯《あか》りを浴びた。老人にぴたりとついて、歩調を乱《みだ》さず歩いていく。警護兵《けいごへい》たちにとっては、老人とロバはなじみのある顔かもしれず、ベリックを老人とロバの連れだと思ってくれるかもしれない。

今や、松明《たいまつ》を灯《とも》した城門の真下に来た。ベリックの足音が門の壁《かべ》にこだまして響《ひび》く。あと三歩——二歩——一歩。警護兵《けいごへい》のひとりが手を上げかけたのを、通りすがりに目のすみでとらえた。ベリックの口が突然《とつぜん》、リンボクの実を噛《か》んだときのように、カラカラに乾《かわ》いた。怒《おこ》るなよと願いながら、ベリックは親しそうに、ロバのやせこけた尻《しり》に手をのせた。ロバは怒《おこ》らなかった。そして警護兵《けいごへい》はといえば、突然《とつぜん》鼻がかゆくなっただけで、鼻がもげるほどゴシゴシとかいているところだった。

通りぬけた！　さらに二、三歩歩くと、もう松明《たいまつ》の灯《あか》りは届《とど》かなくなった。ベリックは老人とロバからそっと離《はな》れて、アリミヌムへの街道《かいどう》を闇《やみ》に向かって進んでいった。白い墓《ぼ》石群《せきぐん》や黒い影《かげ》のような糸杉《いとすぎ》の木々《きぎ》を通りすぎ、ローマの外縁《がいえん》にへばりついている貧《まず》しい家《いえ》並《な》みを通りすぎた。ロバやラバが引く荷車は、だんだんに農家や農園へと、わき道にそれてしまい、道は人気《ひとけ》がなくなっていった。

三つめのマイル塚《づか》を過《す》ぎたあたりで、アリミヌムへの街道《かいどう》はテヴェレ川にかかる橋に向かって急な下り坂になり、すぐ右に折れて、土手ぞいの柳並木《やなぎなみき》となる。いっぽう、クロディア街道《かいどう》はここで分かれてまっすぐな道を行き、北に向かって急な坂道を上る。ベリックは濁《にご》ったテヴェレ川を渡《わた》り、クロディア街道《かいどう》を登っていった。そして日の出が近づいたころ、街道《かいどう》をそれて、丘《おか》へわけ入った。

ベリックは、海岸ぞいの大街道《だいかいどう》である、アウレリア街道《かいどう》に出ようとしていた。最初からそちらの街道《かいどう》を通ってローマを抜《ぬ》け、安全なところまで行ってもよかった。ピソ家の馬を走らせて、何度か通ったことがあるので、道が始まるあたりはよく知っていた。しかしアウレリア街道《かいどう》を行くと、ジャニコロの丘《おか》の要塞《ようさい》をつっきらねばならず、そのうえ海岸に出るにはひどく遠回りとなる。一日歩いても、出発してからほとんど北に進まないということになる。だから丘《おか》を越《こ》えて、海岸に向かったほうがいい。

ベリックは前に一度、馬を走らせてジャニコロの丘《おか》を越《こ》えたときに、ローマ軍の歩兵隊が街道《かいどう》を行進してくるのを見たことがあった。ざっくざっくと一糸《いっし》乱《みだ》れぬ行進が続き、どんなに行っても歩調が乱《みだ》れることはなさそうだった。ベリックは端《はし》に寄《よ》って行進に道をゆずり、歩兵隊の指揮官《しきかん》が行きすぎ、日に焼けほこりにまみれた、ひきしまった体つきの兵《へい》士《し》たちが後に続くのを見ていた。ふと、同じようにしているかたわらの農夫に、この部隊はどこから来たのかと聞いてみたところ、農夫が教えてくれた。「イノシシが旗についてるとこを見っと、ありゃあ、第二十歩兵大隊だな——ブリタニアに駐屯《ちゅうとん》してたって話だぞ。百年近くも前からだと」

これを聞いてベリックは、荷馬車がほこりを上げて行ってしまうまで、歩兵隊の後ろをじっと見つめていた。それから彼《かれ》らがやってきた長い石畳《いしだたみ》の道をふり返ると、突然《とつぜん》、望郷《ぼうきょう》の念がわき上がってきた。胸《むね》が苦しくなって、ベリックは聞いた。「じゃ、この道をずっと行くと、ブリタニアに行けるんですか？」

「あほうのようにせっせと歩きゃあ、着かないもんでもあるめえ」農夫は言うと、溝《みぞ》にツバを吐《は》いたのだ。

ベリックは、アウレリア街道《かいどう》だろうとほかの街道《かいどう》だろうと、歩いていけばブリタニアに帰れると本気で考えていたわけではなかった。ひとりぼっちだし、追われているうえに、金もない。それでも、考えるより先に本能《ほんのう》が、やみくもに故郷《こきょう》を目指していた。春になると北へ飛んでいく雁《がん》と同じだった。

太陽が丘《おか》の稜線《りょうせん》の上にするすると昇《のぼ》った。その唐突《とうとつ》さが、北国の長い夜明けに慣《な》れているベリックには、まだ不思議なものに思える。さっきまで世界は闇《やみ》に閉《と》ざされていたが、あっという間に、闇《やみ》はバラ色の影《かげ》に変わった。弓なりの天空は光で満たされはじめ、光は強さを増《ま》し、ついに歌いはじめた。光があふれだし、カシの森をきらめかせ、バラ色や金色の光の筋《すじ》となって、遠いアペニノ山脈《さんみゃく》の渓谷《けいこく》へと流れていく。南の国特有のほこりっぽい銀色や、オリーブの木のやわらかな灰緑色《かいりょくしょく》、雷雲《らいうん》のような松の黒と、さまざまな色彩《しきさい》があふれた。山頂《さんちょう》へと続くカシの森で鳥は歌い、木々《きぎ》の下、ツタの暗い絨毯《じゅうたん》にはピンク色の小さなシクラメンの花がぽつぽつと彩《いろど》りをそえている。丘《おか》を上っていくにつれ、ベリックは背中《せなか》に太陽のぬくもりを感じはじめた。

後にしたローマでは、もう追跡《ついせき》が始まっているだろう。

太陽の暖《あたた》かさで命がよみがえったかのように、ベリックは自分をとりもどしはじめた。前夜暗い物置で正気を取りもどし、岩塩坑《がんえんこう》の恐怖《きょうふ》におびえて以来、ベリックはただ、自分のなかの別の声に従《したが》って行動してきた。ふだんなら聞こえることのない声だった。それが今、ふたたび自分自身の頭で考えるようになり、前夜のことを思い返した。だがヴァラリウス家の外に立ち、ルキルラに別れを告《つ》げたあのわずかな時間以外は、本当に起こったこととは思えなかった。自分が空腹《くうふく》であることも、このとき初めて気がついた。だが腹《はら》を満たす手段《しゅだん》はありそうにないので、忘《わす》れようとつとめるしかなかった。
湿地《しっち》の谷や、樹木《じゅもく》の生い茂《しげ》った険《けわ》しい尾根《おね》を、ベリックはひたすら歩きつづけ、着実に海に向かっていた。時が経《た》つにつれて、尾根《おね》の頂《いただき》から、時々《ときどき》きらめく海がのぞくようになった。

夕方近くに、またひとつ尾根《おね》を上った。頂上《ちょうじょう》の松林でひと休みし、丘《おか》の中腹《ちゅうふく》にぽつんと建っている小さな農家を見下ろした。家のかたわらを小川が流れ、岸辺に柳《やなぎ》の木がある。柳《やなぎ》は金色の新芽をふいており、金色にかすんで見える。なんてことだ、春が来ているのに、ローマでは気がつかなかった。ピソ家の庭だって、春を告《つ》げていただろうに。だがスイセンやアネモネは、ベリックに語りかけてはくれない異国《いこく》の花だ。いっぽう芽吹《めぶ》いた柳《やなぎ》はよく知っており、おかげで春と知れたのだ。もっとも去年もローマにいたけれど、それでも春が来たのは気がついた。去年も不幸だったが、まだグラウクスの奴隷《どれい》ではなかったから。

その日、一度ならず農地に近づいたが、そのたびに向きを変えて、森の中を歩くようにした。しかしベリックは疲《つか》れ果て、どうしても食べ物が必要だった。室内用のサンダルはとっくにすり切れ、ずっと裸足《はだし》だったから、足が裂《さ》け、血が出ている。荒《あ》れ野にとり残されたようなあの小さな農家なら、危険《きけん》はないのではなかろうか。貧《まず》しい農家のようで、粗《そ》末《まつ》なわらぶきの小屋がいくつかあるだけだ。丘《おか》の段《だん》になったところに、オリーブの木が何本かと、手入れのしてないブドウの木があり、雑然《ざつぜん》としたカボチャ畑もあった。ヤギの小さな群れが放たれたまま、草を食べている。切り株《かぶ》だらけの小さな農地は、ビャクシンやニュウコウジュ、野生のブドウ、エニシダ、ローズマリーなどの雑木《ざつぼく》や雑草《ざっそう》にとり囲《かこ》まれている。この丘陵地《きゅうりょうち》の空き地すべてをおおいつくしている雑木《ざつぼく》や雑草《ざっそう》が、この農家の裏手《うらて》の壁《かべ》まで押《お》し寄《よ》せているようだ。だが夕方の空に、小屋からは薄《うす》い煙《けむり》が上がっている。松の木のざわめきが耳いっぱいに響《ひび》くなか、ベリックが丘《おか》の頂《いただき》で二の足を踏《ふ》んでいると、小屋の裏《うら》からひとりの女がバケツを持って出てきた――摘《つ》んでから一日たった亜麻《あま》の花のような、色あせた青いチュニカを着た女だった。

その光景にはどこか故郷《こきょう》を思わせるものがあり、ベリックの気持ちはひとりでに決まってしまった。考える間もなくマツ林から出ると、疲労《ひろう》のあまりよろよろしながら、女のほうへと下りていった。

第十章　丘《おか》の農家

女はちらっと目を上にあげてベリックを見つけると、すばやく家のほうを見やり、不安そうにベリックに視線《しせん》をもどした。遠目にも、女がうろたえているのがわかった。無理もない。見知らぬ人間が丘《おか》をのぼってこんな場所までやってくるはずがない。女はバケツを下におき、手を腰《こし》に当てて、ベリックが来るのを待った。

「幸運がこの家と、この家の奥様《おくさま》にもたらされますように」ベリックはヤギの囲《かこ》いとハエのたかった糞《ふん》の山のあいだを通って、農場の庭にたどりつくと、礼儀《れいぎ》正しく挨拶《あいさつ》した。

「まったく、幸運がまいこんできてほしいもんだね。うちの亭主《ていしゅ》ときたらなんだかんだと年中家をあけてて、おかげでブドウもだめになりかかってるし」女が言った。しなびたネズミといったかんじの女で、やせた険《けわ》しい顔をしている。しかし態度《たいど》は粗《あら》っぽかったが、ベリックを見る目はけっして意地悪くはなかった。「うちのに用があって来たんなら、無《む》駄足《だあし》だったね。いつものとおり、出かけてるから」

ベリックは首を振《ふ》った。「ご主人に用があるんじゃないんです。オレ、北へ行こうとしてて――病気の妹を見舞《みま》いに。でも道をまちがえたみたいで。それで、この家が見えたもんで――」

「アウレリア街道《かいどう》のことなら、道をまちがえたね。あの街道《かいどう》はここから三マイル以上も向こうなんだから」女はベリックの言葉をさえぎって、指さした。「暗くならないうちに街《かい》道《どう》にもどるのは難《むずか》しいね。それに二十マイル先の駐屯地《ちゅうとんち》まで、宿屋はないよ」

ベリックの口が少しゆがんだ。「宿屋がなくても、オレには関係ありません。金を持ってませんから……。あ、あわてて出てきたもんで」

女はベリックをじろりと見た。いやになるほどじろじろ見ていたが、どこか小ばかにしたような親切心もうかがえた。「あわてて出てきたってのかい？　だけどその様子じゃ、あんたをなんとか引き止めようとした人間がいたようだね」ベリックが黙《だま》っていると、女は笑った。「いえね、あたしはあんたがだれで、どうして出てきたかなんて、どうでもいいんだがね。それで、欲《ほ》しいものはなんだい？」

ベリックは地面のバケツに目をやった。思ったとおり、ミルクが入っている。「あの、ミルクを一杯《いっぱい》、もらえないでしょうか？　それと足をしばるボロきれかなんかを。ずっと裸足《はだし》で歩いてきたんです」

女はベリックの足に目をやり、室内用サンダルのぼろぼろの残骸《ざんがい》がまといつき、親指の下の切り傷《きず》から血がにじみ出ているのに気がついた。女の険《けわ》しい表情《ひょうじょう》が、少しやわらいだ。「ミルクを飲ましてやるよ」女はほとんど喧嘩腰《けんかごし》で言った。「それとボロきれも。あたしは家のなかの仕事をしなきゃいけないんだ。そのあいだに、あんたがヤギを囲《かこ》いに入れて、ひとつ、ふたつ仕事をやってくれるんなら、なんか食べさしてやってもいい。それから外の小屋で一晩《ひとばん》寝《ね》かせてやるよ」女はバケツをベリックに渡《わた》し、甘《あま》く暖《あたた》かいヤギの乳《ちち》をたっぷりと飲ませてくれた。「口笛を吹《ふ》けば、ヤギを集めるのはわけないよ。まずヤギの世話をしておくれ。それが終わったら、あたしにそう言いにくるんだよ」と言って、バケツを受けとり、最後に乱暴《らんぼう》にうなずくと家に入っていった。

安心と不安が入りまじって、めまいを起こしそうだったが、ベリックはヤギを囲《かこ》いに入れた。仕事は簡単《かんたん》で、最初の口笛で大きな雄《おす》ヤギがひとりでに囲《かこ》いのなかに入り、その後に雌《めす》ヤギと子ヤギがぞろぞろとついてきた。言われたとおりに小川から水をくみ、薪《まき》の山から木を持ってきて割《わ》り、家のなかに運んだ。やがて女は約束の夕食だと言って、ベリックを家のなかに呼《よ》びいれた。

煙《けむり》ですすけた家は農場全体と同じように貧《まず》しく、崩《くず》れかかっていたが、炉《ろ》では赤々《あかあか》と火が燃《も》えている。煙《けむり》の一部は天井《てんじょう》の穴《あな》から出ていくものの、残りは垂木《たるき》のあいだに、青く厚《あつ》ぼったくなびいていた。女はベリックに火のそばの腰《こし》かけに座《すわ》るように言い、大麦パンと、ヤギのミルクで作った匂《にお》いの強いチーズと、涙《なみだ》が出るほど辛《から》いラディッシュを出してくれた。女はなにも聞かず、おかげでベリックは落ち着いて食べることができて、ありがたかった。

食べ物のおかげでベリックは息をふきかえし、ようやくまわりを見わたすことができた。すると最初は疲《つか》れのあまりぼうっとしていて気がつかなかったことが、目に入ってきた。小さなことだが、不審《ふしん》に思えるものがいろいろある。険《けわ》しい顔をした小柄《こがら》な女は、色あせて汚《よご》れたチュニカを着て、座《すわ》って糸を紡《つむ》いでいる。ところが肩《かた》に止めたブローチは、金細工師《し》の手になる立派《りっぱ》なもので、ポッパエア奥様《おくさま》がつけてもおかしくはないほどだ。壁《かべ》を背《せ》に戸棚《とだな》があり、その上に置かれたショールは――やはり汚《よご》れていたが――花の色に染《そ》められた美しいもので、銀糸がきらきらしている。こういう品々《しなじな》が、半分捨《す》てられたような農家の収入《しゅうにゅう》で買えるだろうか。土器のカップに入れてくれたワインも、ベリックの予測《よそく》したような濁《にご》った酸《す》っぱいワインではなかった。そしてふつうとは思えないほどたくさん、ベンチや腰《こし》かけがある。人が大勢《おおぜい》ここに集まるのだろうか……。

しかしやがて部屋の暖《あたた》かさと食べ物のおかげで、ベリックは猛烈《もうれつ》な眠気《ねむけ》におそわれ、もうなにも考えられなくなった。

気がつくと、あたりは暗くなっており、女が小さなランプを灯《とも》し、いらいらしながらベリックについて来るように言っていた。ベリックは従順《じゅうじゅん》な犬のように立ち上がり、よろよろと後をついていった。女は部屋の一番奥《おく》のドアを開け、ランプを高く掲《かか》げて、ベリックを通してやった。「ここで寝《ね》ていいよ。どうせあんたは、もっとひどいところで寝《ね》ていたんだろ」

ランプの灯《あか》りであたりをぼんやりとながめて、ベリックはそのとおりだと思った。そこはなにかの物置だったが、前の晩《ばん》に閉《と》じこめられた物置と違《ちが》って、使われていない場所ではなかった。向こうのすみには麦粉《むぎこ》をいれたかごが積んであり、そのあたりの土の床《ゆか》が白くなっている。油の壷《つぼ》や予備《よび》の農具、乾燥《かんそう》したカボチャの黄色の山、粗末《そまつ》な台の上には背《せ》の高いワインの壷《つぼ》がふたつ。別のすみには雑《ざつ》になめしただけの、まだ毛の残っているヤギの皮が積んであった。女はそっちを指して言った。「あすこに寝場所《ねばしょ》を作るといい。ヤギ皮は、大事に扱《あつか》っとくれよ。売り物なんだからね。朝になったら、足に巻《ま》くぼろきれをだしてやろう」

ベリックが眠《ねむ》そうな声で礼を言おうとしたが、その前に女はさっさと出ていった。がたんとドアが閉《し》まり、ベリックは暗闇《くらやみ》にとり残された。壁《かべ》の高いところに窓《まど》らしい四角い形が見えたので、それを頼《たよ》りに手探《てさぐ》りで、女が指示《しじ》したかたすみに行った。マントにくるまって横になり、上から嫌《いや》な臭《にお》いのするヤギ皮を二枚《にまい》かけた。ドアはがたがたでいっぽうに上から下まですきまがあり、部屋の灯《あか》りが金色のすじとなって見える。暗闇《くらやみ》の中で横になり、金のすじを見上げると、それは親しみ深いものに思えた。ベリックは体を伸《の》ばし、腕《うで》を枕《まくら》にした。暗い眠《ねむ》りが暖《あたた》かい波となって、ベリックをのみこんだ。

どのくらい眠《ねむ》ったか、見当がつかなかった。ベリックはガチャンという物音で目が覚めた。がたがたのドアの向こうから、大声やら足音やら、いろんな音が入り乱《みだ》れて聞こえてくる。闇《やみ》が、危険《きけん》な臭《にお》いに満ちている。声のひとつはあの女の声で、うわずって、びっくりした様子だ。

「ミロじゃないの！　アルバニ山地にいるんだと思ってたのに！　怪物《かいぶつ》テュポーンの名にかけて、いったいなんだってこんなに早く、こっちにもどってきたんだい？」

男の声が答えた。声の奥《おく》に、大胆《だいたん》な笑いが含《ふく》まれている。「もちろん、おまえの輝《かがや》く瞳《ひとみ》を見たくてもどったのさ、ロドペ」

女はいらいらと鼻を鳴らした。「どうせ面倒《めんどう》なことになったんだろ？」

「ああ、なったとも」別な声が、ぼやいた。「金持ちの車馬隊だって話だったんだ。なのにフロルスのやつ、役目をしくじりやがった。襲《おそ》ってみたらあいつらは、おれたちが聞いていた数の二倍の護衛《ごえい》をつけていやがったのさ。おかげで、カルパスとひとつ目の野郎《やろう》がおだぶつになっちまったぜ。そのうえ香料《こうりょう》のひとかけも、銀貨一枚《まい》も、ぶんどれなかったとくらあ。ユニウスが、ごたごたが静まるまで仲間はまた解散《かいさん》だとさ」

「だから、おれたちの古い縄張《なわば》りに、帰ってきたってことよ」三人目の声が言った。「見ろよ」猛々《たけだけ》しい笑いが起こり、銀貨の袋《ふくろ》をじゃらじゃらさせる音が聞こえた。「ざまあみやがれ。初日っからツキがまわってきやがった。結局、仲間は少ないに限《かぎ》るってこった」

女が言った。「いつもの場所にしまっときな。それでいい気になって、ツキを試すんじゃないよ」

「おれたちが帰ってきたってのに、あんまりうれしそうじゃねえな、ロドペ」ミロと呼《よ》ばれた男の声だ。「ひょっとして、おれたちにないしょで、警備隊《けいびたい》の隊長をもてなしていたんじゃあるめえな?」

ロドペは半分怒《おこ》りながら笑った。「びっくりしたのさ。あんたが来るなんて思ってなかったからね。泥棒《どろぼう》が入ったかと思っちまったよ」

この冗談《じょうだん》にやんやの喝采《かっさい》が上がった。ベリックは暗闇《くらやみ》でひじに頭をのせたままじっとしていたが、男は少なくとも六人いるらしいと見当をつけた。

「さあてと、ここに来たからには、食べ物が欲《ほ》しいんだろ?」女は割《わ》りに合わないとでも言いたげな口調で言った。

「あたりきよ! そうとも、喰《く》い物とワインだ。ワインをしこたまな!」何人かの声がして、続いてオオカミの群れそこのけのウォーッという歓声《かんせい》が続いた。「ワインを持ってこい、ロドペ。おまえが喰《く》い物を作ってるあいだ、ワインをしこたま飲ませて、ごきげんにしてくれ!」スツールやベンチが土間にこすれる音、男たちがドスンと腰《こし》かけて脚《あし》を伸《の》ばす音、そして武器《ぶき》をわきにおくガチャガチャという音がいっせいに聞こえた。

そして今度は物置のすぐ外から、ロドペの声がした。「その水差しに入っているワインから始めるといいよ。空《から》になる前に、もっと持ってくるから」女はドアを開け、物置にさっと入ると、後ろ手にドアを閉《し》め、つぎの瞬間《しゅんかん》ベリックの上に屈《かが》みこんだ。ベリックは女がドアを開けると同時に、ほかにどうしようもなかったから、べったり横になり目をつぶった。女の息づかいが聞こえ、女の持つランプの光が、ベリックの閉《と》じたまぶたに赤く映《うつ》った。一瞬《いっしゅん》ぞっとする間があってから、女がささやいた。「眠《ねむ》ったふりなんかおよし。この騒《さわ》ぎじゃ、死人でもなけりゃ眠《ねむ》れるわけないんだから」

ベリックは目を開き、光がまぶしくて目を細めた。目の前に女の顔が、短剣《たんけん》のように鋭《するど》く迫《せま》っていた。「あんた、逃亡《とうぼう》奴隷《どれい》だろ？」小声で言った。ベリックが飛び起きようとすると、女は乱暴《らんぼう》にこう言った。「ばか、静かに寝《ね》てろ。朝日を見たけりゃ、じっとしてるんだ！　警備隊《けいびたい》に引渡《ひきわた》したりしないよ。あたしも奴隷《どれい》だったんだ。あそこのオオカミどもにも渡《わた》さない。あんたが逃亡《とうぼう》奴隷《どれい》なら、この家の話を警備隊《けいびたい》にもらすわけがない。あんたが先につかまっちまうからね。だから、もしも信じる神があるんなら、腕《うで》に奴隷《どれい》の腕輪《うでわ》の跡《あと》があったことを、その神様に感謝《かんしゃ》しな。それのおかげで、あんたは今日、助かったんだ。わかったかい？」

ベリックはだまったままうなずいた。

ドアの向こうでだれかが歌いだした。女は音のほうにちらっと目をやり、急いで続けた。「ここにいることが、あの連中にばれたら、あんたはそれでおしまいだよ。あの連中はぜったいに容赦《ようしゃ》しないからね。でもじっとしてれば、なにも心配はない。連中は明け方には行っちまうから、そうしたら出て行けばいい」

女は念を押《お》すように、もう一度乱暴《らんぼう》にうなずいた。そして背《せ》を向けると、棚《たな》から大きな水差しを取りだし、すみのワインの壷《つぼ》からワインを満たした。隣《とな》りからはワインを待ちわびて、うるさくさいそくする声が聞こえる。女は下に置いたランプを取り上げ火を消すと、ワインの入った水差しを持って、ドアを開けた。男たちの声がとんできたが、女が後ろ手にドアを閉《し》めると、また遠のいた。

女が出てきたのを見て、男たちは、遅《おそ》いぞ、水差しはとうに空《から》だと大声で文句《もんく》をつけた。女の声が聞こえた。「明かりが消えちまってね。ぐいぐいやる合間にちょっとは息をついたって、なんの毒《どく》にもならないだろうに」

「ぐいぐいやるものが、ありゃあな」だれかが言った。

しばらくベリックは緊張《きんちょう》したまま横たわっていた。全身の神経《しんけい》をはりつめ、隣《とな》りの部屋の声に聞き耳を立てた。やってきたときの嵐《あらし》のような騒《さわ》ぎが、少しはおさまったようだ。ベリックは、肉の焼ける匂《にお》いと強烈《きょうれつ》なニンニクの匂《にお》いをかぎ、ドアのすきまから煙《けむ》った光がさしこんでくるのを見つめていた。だが疲労《ひろう》は極限《きょくげん》に達しており、そのうち心ならずも、こくりこくりと眠《ねむ》りはじめた。なんとしても起きていなければ。もしも眠《ねむ》ってしまったら、寝返《ねがえ》りを打ったり腕《うで》を投げだしたりしたはずみに、なにかを倒《たお》すかもしれない。そうしたらここにいるのがばれてしまう。だがいくらがんばってみてもむだだった。ふたたびじわじわと、睡魔《すいま》がおそってきた。

ところがまたぎくっとして目が覚めた。今度はまず雄《おす》ヤギがいななき、群れのほかのヤギのかん高いいななきが、それに続いた。間髪《かんはつ》を置かずに、隣《とな》りの部屋からぎょうてんして悪態《あくたい》をつく声が聞こえた。押《お》し殺《ころ》した声が二言三言したかと思うと、急にこそこそ動く音がし、ドアのすきまの灯《あか》りが消えた。なにかがギシギシときしむ音がした。戸棚《とだな》を壁《かべ》から引きはなし、また元にもどすような音だ。その音がやむかやまぬうちに、外にどやどやと足音がし、きびきびした号令がかかり、家のドアを激《はげ》しくたたく音がした。やがてドアがうち破《やぶ》られる音がして、重い靴音《くつおと》が飛びこんできた。

ベリックは起きて、ドアの横にうずくまり、すきまからのぞいていた。部屋は暗く、消えかかった燃《も》えさしだけが赤い。だが部屋にいるのはさっきの男たちではなく、大勢《おおぜい》の兵《へい》士《し》だということがわかった。

「灯《あか》りだ！」だれかが命じた。「リキニウス、灯《あか》りをつけろ！　くそ、なんてことだ！

こんなに暗いなかで、どうやって見つけろというんだ？」

だれかが松明《たいまつ》を、赤い燃《も》えさしにつっこんだ。それを上に向けるとぱちぱち音を立てて火がつき、青銅《せいどう》の鎧《よろい》の肩当《かたあ》てや、抜《ぬ》き身の剣《けん》、百人隊長の兜《かぶと》の赤いたてがみに、ゆらゆらとまぶしい光があたった。鋭《するど》い命令がとび、兵士《へいし》たちはあちこちに散らばって、なにかを探《さが》していた。百人隊長がののしった。「怪物《かいぶつ》テュポーンの名にかけて、あのヤギのせいだ！　ヤギが騒《さわ》ぎさえしなかったら、やつらを一網打尽《いちもうだじん》にできたのに」

「まだ捕《つか》まえられます、隊長。外の囲《かこ》みは厳重《げんじゅう》ですから、逃《に》げられるわけがありません」

副官が言った。

しかしベリックはもうドアを離《はな》れて、青白く光る高窓《たかまど》のところに行っていた。手遅《ておく》れになる前に逃《に》げだすには、ここしかないと思った。一日と一晩《ひとばん》のうちに二回も、物置の高窓《たかまど》に飛びつくはめになった。ここの窓《まど》は前よりも大きかったので、身体はこわばって痛《いた》かったが、抜《ぬ》けだすのはわけはなかった。しかし窓《まど》を出たとたんに、家のまわりをとり囲《かこ》んでいた兵士《へいし》の腕《うで》のなかに、文字どおり、すっぽりと落ちてしまった。

「ひとり捕《つか》まえたぞ」明るい声がかかり、それからきびしい声になった。「こらまて、逃《に》げるな！　おとなしくしろ！」

ベリックははげしく兵士《へいし》を蹴《け》りつけ、その腕《うで》の下をかいくぐって、農家の壁《かべ》近くまで伸《の》びていたやぶのなかに隠《かく》れようとした。ところが別な兵士《へいし》が行く手をふさぎ、ベリックが体をかわそうとすると、初めの兵士《へいし》が後ろからとびかかって、ベリックを地面に押《お》したおした。ベリックは逃《のが》れようとヤマネコのように猛然《もうぜん》と戦ったが、大勢《おおぜい》の兵士《へいし》が駆《か》けつけてきて、押《お》さえこまれてしまった。狂《くる》ったようにもがいたものの、腕《うで》を後ろでひねられ、ひきずられていった。

それでも抵抗《ていこう》していたが、気がつくと、松明《たいまつ》の灯《あか》りに照らされた家の中で、百人隊長の前に立たされていた。家の中は、まるで嵐《あらし》に襲《おそ》われたかのようだ。戸棚《とだな》がどかされていて、後ろの壁《かべ》には人ひとりが抜《ぬ》けだせるくらいの四角い穴《あな》が開いていた。

「ひとり捕《つか》まえました、隊長」ベリックを捕《つか》まえた兵士《へいし》がまた言った。

「ひとりか！」百人隊長は吐《は》き捨《す》てるように言った。「あとの連中には逃《に》げられたのか。くそっ、あのいまいましいヤギのせいだ！」この百人隊長はあごの張《は》った、はつらつとした顔をしており、ハーハーとあえいでいるベリックを、上から下までじろじろながめてから、軽蔑《けいべつ》したように言った。「ばかなやつだ。ガレー船につながれるか、はりつけか、結果は決まっているのに。おい、若《わか》ぞう、なにがほしくてこんなやつらの仲間に入ったんだ？」

「違《ちが》う、オレは――」ベリックは憤慨《ふんがい》して言いかけたが、止《や》めた。本当のことを話せば信じてもらえるかもしれないが、そうなればグラウクスのところに返されるだろう。それはつまり、岩塩坑《がんえんこう》を意味する。いまとなっては岩塩坑《がんえんこう》行きは、以前よりもっと確実《かくじつ》だ。いっぽうなにも言わなければ盗賊《とうぞく》とされ、ガレー船かはりつけだ。ガレー船？　なんだって岩《がん》塩坑《えんこう》よりはましだろう。では、はりつけは？　はりつけなら、少なくとも結果は早い。せいぜい二、三日か、二、三時間で死ねる。もっとも当たった百人隊長が情《なさ》け深くて、まず部下に命じて、オレを半殺《はんごろ》しになるまで鞭打《むちう》たせればの話だが。ベリックは完全な絶望《ぜつぼう》におそわれ、かえって突然《とつぜん》冷静になり、決断《けつだん》を下した。捕《とら》えていた兵士《へいし》に抵抗《ていこう》するのをやめ、目に入った髪《かみ》の毛を振《ふ》りはらい、口を挑戦《ちょうせん》的に一文字に結び、百人隊長をにらみ返した。

百人隊長が言った。「おまえは逃亡奴隷《とうぼうどれい》だな。おまえのようなやつはたいていそうだ。だが主人からの申し出がなければ、こっちの知ったことではない。もしあっても、おまえが助かるわけでもなかろう。仲間は何人いたのか？　シリア人のユニウスも一味か？」

ベリックは一言も発しなかった。

「こいつからはなんにも聞きだせやしませんよ、隊長」副官が言った。「まったく強情《ごうじょう》なやつでして」

百人隊長は肩《かた》をすくめた。「オオカミにはオオカミの掟《おきて》があるというわけだ。この丘《おか》のオオカミどもにもな。よし、連れていけ。手を前に縛《しば》っておけ」と言って、ちょうど部屋に入ってきた別の兵士《へいし》のほうに顔を向けた。

ベリックは手首を縛《しば》られ、さっき抜《ぬ》けだしたばかりの物置に連れもどされた。ベリックを捕《つか》まえた兵士《へいし》が見張《みは》りとなり、あとの兵士《へいし》たちは捜索《そうさく》を続けた。ベリックを捕《つか》まえた兵《へい》士《し》は、それなりに親しみのある男で、ベリックが泥棒《どろぼう》だとか、さっき蹴《け》ったからといって、恨《うら》みをはらそうとするところはなかった。「おれを困《こま》らすなよ。そうしたら、おれだっておまえを困《こま》らせたりしないからな。わかったな?」戸口の柱にもたれ、棚《たな》の上のローソクの灯《あか》りでベリックを見張《みは》りながら言った。

その言葉をずいぶんむかしに、どこかで聞いたことがあるような気がした。でも少しちがう。ベリックは絶望《ぜつぼう》のあまり呆然《ぼうぜん》として壁《かべ》によりかかっていたが、やがて思い出した。「おい、面倒《めんどう》を起こすなよ。そうすればオレもこの綱《つな》を引いたりしねえ。わかったな?」ベン・マラキの奴隷《どれい》が、ベリックをピソの家に連れていくときに、言った言葉だ。「おい、面倒《めんどう》を起こすなよ。そうすればオレも……」

兵士《へいし》たちは家を出たり入ったりしていた。外では、家の近くのうっそうとしたやぶをついている。だが、もうだれも捕《つか》まらないだろう。泥棒《どろぼう》たちは秘密《ひみつ》の抜《ぬ》け道を知っており、どこか森の隠《かく》れ場所へ逃《に》げたにちがいない。ロドペが捕《つか》まらなくてよかった。彼女《かのじょ》はオレに食べ物をくれて、火のそばに座《すわ》らせ、他の連中からかくまってくれた。いつのまにかヤギの鳴き声がやんでいる。殺《ころ》されたのだろうか……。小さな窓《まど》から見える空が、薄闇《うすやみ》から明るい海の色に変わりはじめた。もうじき日が昇《のぼ》る。そういえば、きょうはローマに市が立つ日だ、とベリックは思った。つぎの市の日には、オレはいったいどこにいるのだろう。

だれかが戸口から顔を出して言った。「出発だ。そいつを連れてこい」

「ほかにはいなかったのか？」見張《みは》り役が立ちあがって、たずねた。

相手は不快《ふかい》そうにぺっとツバを吐《は》いた。「影《かげ》もかたちもありゃしない。茂《しげ》みの下にはいくつも抜《ぬ》け道があってな」

兵士《へいし》たちはベリックを物置から引っぱりだして、農家の庭に集合した大勢《おおぜい》の兵士《へいし》たちのまん中に連れだした。丘《おか》の上のほうから、まるで挑戦《ちょうせん》するかのように、ヤギのいなきが聞こえた。ヤギの囲《かこ》いが空《から》っぽなことに、ベリックは気がついた。ヤギたちが勝手に逃《に》げだしたか、だれかが逃《に》がしてやったのか。たぶんロドペが逃《に》がしたのだろう。

いやにあたりが明るくなった。夜明けの光とは異《こと》なる、ゆれ動く光。百人隊長の号令で部隊が出発したとき、ベリックは肩《かた》ごしにチラリと見た。ワラ屋根に火が放たれたのだ。炎《ほのお》は青白く、夜明けの光のなかでは、妙《みょう》に生気がなかった。

四日間、ママチヌスの牢獄《ろうごく》のうす暗がりにつながれていたので、太陽の光がまぶしくて、目がくらんだ。太陽の光は目だけでなく、頭全体をつき刺《さ》すようで、ベリックは何度もまばたきをした。ベリックはローマ市の下級裁判所《さいばんしょ》の中庭に、監視《かんし》つきで立たされていた。ナンキンムシに刺《さ》されて体中がかゆい。北西風《ミストラル》が吹《ふ》いて、道に散らばったゴミをくるくる回転させ、すみへと吹《ふ》き寄《よ》せていた。

その日の午前中は、盗《ぬす》みや放火、目方を少なくごまかしたとか、繁華街《はんかがい》で巾着切《きんちゃくき》りをはたらいたとかの罪《つみ》で、もう何人もが裁《さば》かれていた。時間は延《の》びており、担当《たんとう》の判事《はんじ》は急いでいた。ベリックが裁《さば》きを受ける番になった——六日前の夜、アウレリア街道《かいどう》で商人を襲《おそ》ったシリア人の盗賊《とうぞく》ユニウスの一味だという罪状《ざいじょう》だ。残念ながら、捕《つか》まったのはひとりだったが。当の商人が頭にぐるぐる包帯を巻《ま》いて出廷《しゅってい》しており、証言《しょうげん》をした。ベリックが強盗団《ごうとうだん》の一味だったかどうか、それはわからない。なぜなら薄暗《うすぐら》かったし、不意に襲《おそ》われて、後ろから頭をなぐられたのだから。また彼《かれ》の奴隷《どれい》たちは逃《に》げるのに忙《いそが》しく、こちらもなにもわかりはしない。つまり証拠《しょうこ》はなにもない。しかしだからといって、別に問題はなかろう。ユニウスの一味が強盗《ごうとう》を働いたことは事実だし、ベリックはその一味にまちがいない――ベリックを捕《と》らえた百人隊長は、ベリックが強盗《ごうとう》の隠《かく》れ家から逃《に》げようとして捕《つか》まった状況《じょうきょう》をくわしく記述《きじゅつ》している。つまり、ベリックは強盗《ごうとう》にまちがいない。捕《つか》まったものが申し開きをする番がきたが、ベリックはなにも言わなかった。ベリックは牢屋《ろうや》のなかで何度か、ルキルラ様に連絡《れんらく》ができたら助けてもらえるだろうか、と考えた。しかし彼女《かのじょ》が助けようとしてくれても、結局はグラウクスのところに返され、岩塩坑《がんえんこう》に行かされるのではないか。今、この法廷《ほうてい》に、グラウクス本人が入ってくるのと、同じ結果を招《まね》くにちがいない。ベリックはこの五日間というもの、自分の決断《けつだん》に頑固《がんこ》にしがみついていた。しかし今突然《とつぜん》、しがみつかなければよかったと思った。これからどうなるのかという激《はげ》しい恐怖《きょうふ》がこみ上げた。はりつけになるかもしれない！　岩塩坑《がんえんこう》からなら脱出《だっしゅつ》できるかもしれない――だれも成功したものはいないが、それでも可能性《かのうせい》はある――でも、はりつけは待ったなしだ。

ベリックは前に進み出て、自分は泥棒《どろぼう》ではなく、プブリウス・ルキアヌス・ピソ家の奴《ど》隷《れい》で、逃《に》げだしてきて、ロドペという女性《じょせい》が一晩《ひとばん》の宿を提供《ていきょう》してくれ、あの農家が手入れされたときにたまたまそこに居《い》あわせただけだ、と大声で叫《さけ》ぼうと口を開きかけた。しかし監視《かんし》のひとりがベリックの口を手でふさいで黙《だま》らせ、一瞬《いっしゅん》のチャンスが失《う》せた。

さて裁判官《さいばんかん》はあきらかに急いでおり、申し立てを略説《りゃくせつ》しはじめた。裁判官《さいばんかん》は大男で、脂《あぶら》がつまったようなぶくぶくした顔をしており、機嫌《きげん》が悪そうだった。時間が延《の》びていて、いったいいつになったら昼食をとりに帰宅《きたく》できるのか、見当もつかない。この卑劣《ひれつ》な若《わか》ぞうが有罪《ゆうざい》と決まっても、その後にまだ刑《けい》を決めるという仕事が残っている。

裁判官《さいばんかん》は陪審《ばいしん》が意見を決めるのをいらいらと待ちながら、判決《はんけつ》のことを考えていた。自分としては、はりつけにしてやりたい。それなら少しは、食事を待たされていることの腹《はら》いせができるというものだ。だが、自分は良心的な男だ。この少年は見るからに丈夫《じょうぶ》そうで、そうとうのことに耐《た》えられそうだ。いっぽう秋に疫病《えきびょう》がはやって以来、海軍はここのところ、ガレー船をこぐ奴隷《どれい》が不足ぎみだという。

陪審《ばいしん》は意見を決め、印のついた木片《もくへん》を壷《つぼ》に入れて投票した。係りのものが壷《つぼ》を運び、裁《さい》判官《ばんかん》の前におき、開票をはじめた。

「有罪《ゆうざい》！」

ベリックは干《ひ》からびた唇《くちびる》をなめ、じっと待った。裁判官《さいばんかん》とその補佐官《ほさかん》たちが、ひたいを集めて相談している。やがて判決《はんけつ》のときが来て、裁判官《さいばんかん》はぶくぶくした顔を、ベリックのほうにまっすぐ向けた。「おまえが有罪《ゆうざい》と宣告《せんこく》された憎《にく》むべき罪《つみ》によって、当法廷《ほうてい》はおまえをガレー船送りの刑《けい》に処《しょ》する。今から命のなくなるその日まで、櫂《かい》をこぎつづけるように」

判決《はんけつ》を受ける瞬間《しゅんかん》はどんな気持ちがするのだろう、とベリックはずっと考えていた。しかしこの瞬間《しゅんかん》、ベリックはなにも感じなかった。北西風《ミストラル》が近くの柱に吹《ふ》き寄《よ》せた、しおれたキャベツの葉の色――うす緑と灰色《はいいろ》、その色だけが目に焼きついた。そして葉のまわりがちりちりと縮《ちぢ》れ、その下に映《うつ》った影《かげ》はふちの輪郭《りんかく》を忠実《ちゅうじつ》に写しだしていることも。あのキャベツの葉の色も、枝分《えだわ》かれした大きな葉脈《ようみゃく》も、下に映《うつ》ったぎざぎざのふちの影《かげ》も、生涯《しょうがい》忘《わす》れることはないだろう。

第十一章　レヌス艦隊《かんたい》のアルケスティス号

広大なレヌス川（現《げん》ライン川）の川面《かわも》は、北国特有の早い日の出の陽光をうけて、キラキラと銀色に輝《かがや》いていた。川の水は、霧《きり》におおわれた暗い森から流れでて、植民市コロニア・アグリッピナ（現《げん》ケルン）の川沿《かわぞ》いの防壁《ぼうへき》と桟橋《さんばし》にひたひたとうち寄《よ》せている。この川の西岸までがローマ領《りょう》だ。防壁《ぼうへき》に囲《かこ》まれたコロニア・アグリッピナは小ぶりな町だが、ローマの属州《ぞくしゅう》となったレヌス低地の首都だった。町の周辺はあいかわらず土着民がごちゃごちゃと暮《く》らす地域《ちいき》に取り巻《ま》かれている。町の中には第二十二軍団《ぐんだん》の大きな冬営地《とうえいち》があった。トウモロコシ畑は刈《か》り入れが終わり、ブドウ園ではブドウの若葉《わかば》が芽吹《めぶ》いている。一方、対岸に見えるのは、未開のゲルマニアの森と沼地《ぬまち》の、果てしなく広がる光景だった。この異《こと》なるふたつの世界の境界《きょうかい》となっているのが、広大なレヌス川だ。その境界線《きょうかいせん》の川を、レヌス艦隊《かんたい》のガレー船が上り下りして警備《けいび》している。

この日の朝は、川の流れの中ほどに小規模《しょうきぼ》な護送船団《ごそうせんだん》が停泊《ていはく》していた。ずんぐりした形の輸送船《ゆそうせん》とは対照的に、護衛《ごえい》にあたっている海軍の二隻《せき》のガレー船はすらりとした長い船体をしている。輸送船《ゆそうせん》とガレー船の両方から同じように、きびきびとしたざわめきが聞こえるのは、出航《しゅっこう》がまぢかに迫《せま》っているからだろう。

小塔《しょうとう》のある川門をくぐって、町から男たちの一団《いちだん》が出てきた。そのうちの三人は深紅《しんく》のたてがみのついた青銅《せいどう》の兜《かぶと》をかぶった軍人で、残りは役人らしい。男たちは話をしながら、ゆっくりと桟橋《さんばし》にやってきた。

「今年の兵士《へいし》たちは実に優秀《ゆうしゅう》ですな」小太りの男が言った。たっぷりひだのついたトーガには、政務官《せいむかん》のしるしである紫《むらさき》の縞《しま》が見える。「わたしとしては、格別優秀《かくべつゆうしゅう》だと自負しております。とくにわがレヌス低地の大きくて背《せ》の高い連中は、立派《りっぱ》ではありませんか」

「おっしゃるとおりですな。ワシ軍団《ぐんだん》にとって、大きいことだけが重要だとすれば、ですが」軍団長《ぐんだんちょう》のしるしである金色の兜《かぶと》をかぶった男が隣《とな》りで、高らかに笑った。「いやいや、このあたりの属州《ぞくしゅう》で何年も経験《けいけん》をつんでおられる貴殿《きでん》に、この土地を知らないわたしが異《い》議《ぎ》をとなえるつもりは毛頭ありません。ただきのう、閲兵場《えっぺいじょう》で見たかぎりでは、低地よりもレヌス高地の徴兵《ちょうへい》たちのほうが印象的だった。だがそれも、わたしが世間の風説にまどわされているからかもしれない。山岳《さんがく》地方出身者は最高の兵士《へいし》になる、とよく聞くんでね」軍団長《ぐんだんちょう》は、属州《ぞくしゅう》長官の太った顔が、理由なくぶたれた赤ん坊《ぼう》のような表情《ひょうじょう》を浮《う》かべたのを見ても、気にしなかった。昨晩《さくばん》は長官とずっといっしょで、レヌス低地にはなんでもあり、あらゆる点で優《すぐ》れているという自慢《じまん》を長々《ながなが》と聞かされ、うんざりしてしまい、ちょっとした言葉さえ気にさわったからだ。

背後《はいご》では、一日の始まりを迎《むか》えた町の音が聞こえる。太陽が上るにつれて松やにの甘《あま》い香りがただよいはじめ、そよ風はかぐわしく暖《あたた》かく、いかにも森の風らしかった。だが第二アウグスタ軍団《ぐんだん》の新軍団長《ぐんだんちょう》コルネリウス・クロルスは、うれしくもなんともない気分でその匂《にお》いをかいでいた。ゲルマニアの森には、もううんざりしていたのだ。湿地《しっち》が多く、霧《きり》におおわれ、じめじめと雨の降《ふ》る森。査察《ささつ》の旅は、まったく長かった。ローマ帝国国境《ていこくこっきょう》の城壁《じょうへき》と、レヌス川防衛《ぼうえい》前線をずっと見てまわったのだが、今思うと、たえまなく雨が降《ふ》っていたような気がする。まさに、びしょぬれの三カ月だった。しかし、ありがたいことに、それも終わりだ。あとはレヌス地方で新しく徴集《ちょうしゅう》した兵士《へいし》たちを、ブリタニアに連れていき、彼《か》の地で指揮《しき》をとることになる。新兵士《へいし》たちはすでに査閲《さえつ》がすんでいた。背《せ》が高くひきしまったすがたの、麦の色の髪《かみ》をした若者《わかもの》たち。そのほとんどが軍団《ぐんだん》の家系《かけい》に属《ぞく》していた——なかには第二軍団《ぐんだん》の子孫もいる。彼《かれ》らの父祖《ふそ》はこの地でアグリッパ（訳注：ローマの軍人、政治家《せいじか》。BC63～12）やゲルマニクス（訳注：ローマの将軍《しょうぐん》。ティベリウス皇帝《こうてい》の甥《おい》。BC15～AD19）に仕《つか》え、兵役《へいえき》が終わったあとに妻《つま》をめとり、ここに住みついたのだ。軍団長《ぐんだんちょう》は昨《さく》晩《ばん》、新兵士《へいし》たちが隊列を組んで乗船したのを確認《かくにん》したが、今や、自らが乗りこむ番だった。若《わか》い参謀士官《さんぼうしかん》ふたりを従《したが》えて、軍団長《ぐんだんちょう》が桟橋《さんばし》の先端《せんたん》に着いたとき、川にうかんでいるガレー船の一隻《いっせき》から明るく軽快《けいかい》なラッパの音が聞こえた。ガレー船は少しまえに錨《いかり》をあげ、川の流れに流されない程度《ていど》に櫂《かい》を動かし、その場に停止《ていし》していた。今、その船首をこちらへ向けたかと思うと、急に櫂《かい》の動きを速め、速度をあげて桟橋《さんばし》に向かってきた。このガレー船は船高が低く、四十本の櫂《かい》を一段《いちだん》に配している——南の海では、櫂《かい》を三段《だん》に配した、見あげるような船高の船が用いられたが、波の荒《あら》いこの北の海では役に立たなかった。軽《けい》快《かい》に進む細身の船体と正確《せいかく》に上下する櫂《かい》の動きを見て、それまでむっつりしていた軍団長《ぐんだんちょう》は、ワシの紋章《もんしょう》のついた兜《かぶと》の下の顔を初めてほころばせた。

　ガレー船は猛《もう》スピードで近づいたため、船首がかきわける水が、水線下すれすれにつきでた衝角《しょうかく》（訳注：船の前方に突出《とっしゅつ》した部分で、ここを敵船《てきせん》に衝突《しょうとつ》させて損傷《そんしょう》を与《あた》える）に、うずをまいて流れ落ちている。船乗りも海兵も姿勢《しせい》をただして持ち場に立ち、前甲板《かんぱん》には、背《せ》の高い船長のすがただけが見える。ガレー船は、桟橋《さんばし》に激突《げきとつ》しそうなところまで接近《せっきん》した。そして、あわやぶつかる、というとき、船長の手がさっと上がった。続いて、船尾《せんび》の先端《せんたん》に座《すわ》っていたこぎ頭《がしら》――こぎ方の責任者《せきにんしゃ》――が、船長と同じ動作をした瞬間《しゅんかん》に、いっせいに櫂《かい》の先が水中で水を押《お》さえて、ピタリと船が止まった。

「たいしたものだ！　船を馬なみに、うしろ足で立たせることもできそうだ！」ガレー船が水を激《はげ》しく泡《あわ》だてて、船体を揺《ゆ》らして停止《ていし》したとき、参謀士官《さんぼうしかん》のひとりが思わず感嘆《かんたん》の声をあげた。

「うむ。あの船長、腕《うで》は確《たし》かだな」軍団長《ぐんだんちょう》はうなずいた。

船長の手が下りた。こぎ頭《がしら》がまた同じ動作をしたが、今回はそのあとなでるような身ぶりをした。こぎ手たちはふたたびこぎはじめたが、今回は右舷《うげん》の者は櫂《かい》を逆《ぎゃく》に動かし、左《さ》舷《げん》の者が力を入れてこいでいる。そのためガレー船は右まわりにきっちり半回転した。ここで初めて船長が声を発した。「こぎ方、やめ」櫂《かい》は船の両端《りょうたん》にぴたりとつけられ、船は桟橋《さんばし》に横づけになって止まった。

船を固定するために水夫たちがすばやく動き、乗船用の橋をおろした。ラッパ手は、軍《ぐん》団長《だんちょう》の乗船と同時に吹奏《すいそう》できるように、ラッパをかまえて立った。一方、桟橋《さんばし》にいた軍団《ぐんだん》長《ちょう》は遅《おく》ればせながら儀礼《ぎれい》を思い出し、属州《ぞくしゅう》長官とその部下に丁重《ていちょう》な別れの挨拶《あいさつ》をしようとして振《ふ》り向いた。ガレー船では、狭《せま》いこぎ座《ざ》で奴隷《どれい》たちが櫂《かい》の上にかがみこんだまま、身動きひとつしなかった。まるで、船をこいでいるあいだだけ生きていて、こぐのをやめれば命を失ってしまうかのようだ。

右舷《うげん》の船首から六番目のこぎ座《ざ》に、ほかの奴隷《どれい》たちと同じようにがっくりと肩《かた》を落として、ベリックは座《すわ》っていた。

ベリックは、ガレー船送りの刑《けい》を宣告《せんこく》された大勢《おおぜい》の者といっしょに、レヌス艦隊《かんたい》の欠員補充《ほじゅう》のために北部に送られたが、あれからほぼ二年が過《す》ぎていた。ベリックが二年とわかるのは、はじめてこぎ座《ざ》に鎖《くさり》でつながれたのが春の終わりのことで、そのあとまた春が来て、今ふたたび春がめぐってきたからだ。アルケスティス号の、ぎゅう詰《づ》めのこぎ座《ざ》はひどい悪臭《あくしゅう》がするが、それでも太陽であたためられた松林の香りは、かすかにそよ風に運ばれてくる。かつて――去年の春でさえ――ベリックは、その香りに心の奥《おく》の思いをかきたてられ、ひどく苦しんだ。だが、そのときはまだガレー船で一年が過《す》ぎただけだった。こうして二年もいると、そんな悲しみさえ失《う》せていた。

ベリックは今ではもう、ルキルラのことは考えない。ヒッピアスじいさんのことも、愛犬ゲラートのことも。ただ、グラウクスのことは時々《ときどき》考える。憎《にく》むのは楽しいからだ。雌《めす》馬《うま》をめぐってグラウクスに手を貸《か》すことをこばんだのは、本当にばかだった。あんなばかなことをするなんて、いったいなにを考えていたのだろう？　ベリックは思い出せなかったし、思い出そうともしなかった。他人のものだとか自分のものだとか考えても、結局それがなんになる。強い者が奪《うば》う。それだけの単純《たんじゅん》なことだ。ベリックは、食料がまわってきたとき、他人のわりあての黒い豆やくさった乾燥《かんそう》イチジクや酸《す》っぱいワインを奪《うば》いとるぐらい、平気だった――そのために相棒《あいぼう》のイアソンの分が不足するのでないかぎりは。奴《ど》隷《れい》たちはみな、機会さえあれば、自分の分け前以上のものを取ろうとした。なぜなら、いつも飢《う》えているからだ。食料の配給時間になると、順々《じゅんじゅん》にまわされる黒豆や酸《す》っぱいワインを求めて、彼《かれ》らは犬のように争う。ベリックもほかの連中と同じように、牙《きば》をむきだして奪《うば》いあった。時々《ときどき》、三、四列のこぎ手が――足かせをはめられているので、それ以上遠くまでは手が届《とど》かない――食料の争奪戦《そうだつせん》で、犬のように激《はげ》しくけんかをし、奴隷監督《どれいかんとく》に犬のように引き離《はな》されることがあった。奴隷監督《どれいかんとく》は鋭《するど》い目つきをし、鞭《むち》を手にして、こぎ座《ざ》のあいだの通路を大股《おおまた》で行き来していた。

ベリックは少し頭をあげ、こぎ頭《がしら》が叩《たた》き台の前に座《すわ》っている船尾《せんび》のほうを見た。ベリックの目の前に、二人一組のかがんだ背中《せなか》が何列も重なっている。裸《はだか》でやせていて、鞭《むち》のあとが何本もの傷《きず》となっている背中《せなか》が。リビア人、スキタイ人、金髪《きんぱつ》のギリシャ人、エチオピアの黒人、ユダヤ人、ゴート人、ガリア人、ローマ帝国《ていこく》じゅうからかき集められた人間たちだ。全員がベリックと同じように、片方《かたほう》の足首を鎖《くさり》でこぎ座《ざ》につながれ、さらに片方《かたほう》の手首は隣《とな》りのこぎ手につながれている。つながれたふたりが一組となって、一本の櫂《かい》をこぐ。こぎ手のなかには、ベリックがはじめて鎖《くさり》につながれたときから居《い》た者もいるし、あとから来た者もいる。弱って死んだ奴隷《どれい》の欠員を補充《ほじゅう》するために、たえず新しい奴隷《どれい》がやってきた。ガレー船につながれてからどれぐらい経《た》つかは、見ただけですぐわかった。年齢《ねんれい》や、背中《せなか》の鞭《むち》のあとからわかるのではない。やせ衰《おとろ》えているかどうかでも、黒ずんで裂《さ》けた皮膚《ひふ》からでもなく、足かせでできる傷《きず》の深さからでもない。光がゆっくり消えていくように、瞳《ひとみ》の奥《おく》が徐々《じょじょ》にうつろになっていくからだった。ある時期をすぎると、瞳《ひとみ》はまったく何ものも映《うつ》さなくなる。たぶん、そうなったほうがいいのだ。考えるのをやめたほうが。だが、そうならない場合もある。ベリックは今のところは、よくも悪くも、まだそうなってはいなかった。なぜだか自分でもよくはわからないが、イアソンのおかげがあることは知っていた。

桟橋《さんばし》では、軍団長《ぐんだんちょう》が役人たちとまだ入念な別れの挨拶《あいさつ》を交《か》わしている。乗船用の橋をおろしたまま、ガレー船では船乗りと海兵が整列して待っている。待ち時間が続くかぎり、船をこぐ必要はない。いとまごいが丸一日かかろうが百日かかろうが、ベリックの知ったことではなかった。軍団長《ぐんだんちょう》が乗船すれば、本人と青二才《あおにさい》の新米士官《しかん》の一行が旅を終えるまで、こぎ手にはほとんど休息がなくなるのだ。そのときふとベリックは、この船は輸送船《ゆそうせん》とともにいったいどこに向かうのだろう、と思った。しかしそんなことはどうでもよかったので、すぐに忘《わす》れてしまった。

ベリックのとなりでイアソンが、声を殺《ころ》して小さく咳《せき》をし、そしてまた静かになった。しかし奴隷監督《どれいかんとく》がちらりと目をやり、持っていた長い鞭《むち》を意味ありげに、ピシリと振《ふ》った。しかしイアソンは、規律《きりつ》の行き届《とど》いたガレー船の静寂《せいじゃく》をそれ以上破《やぶ》らなかった。ベリックは急に恐怖《きょうふ》に襲《おそ》われ、櫂《かい》のなめらかな柄《え》に置いた手を、隣《とな》りへと少し伸《の》ばした。すると、まるで安心させるかのように、相棒《あいぼう》の骨《ほね》と皮ばかりの手もベリックのほうに寄《よ》ってきた。一瞬《いっしゅん》、仲間同士の手と手がふれあい、そして離《はな》れた。

イアソンはギリシャ人の絵描《えか》きで、ベリックが来たときには、すでにこの船につながれていた。「飛んでいる鳥の、きれいな色の羽、その最後の一本を描《か》きあげたら、少しうしろにさがって見てみる。そして、自分の心に言いきかせる。『オレはなにかを生みだした、なにか美しいものを』これが至福《しふく》の時だ」一度だけ自分のことを話す機会があったとき、イアソンはこう語った。「これ以上幸福なときはない。もしあるとすれば、それは飛ぶ鳥がまだ心のなかにあって、それを描《えが》こうと真新しい壁《かべ》に向かう、その瞬間《しゅんかん》だ」イアソンは絵描《えか》きとして名を成そうとローマに来たが、成功しなかった。イアソンが描《えが》くようなフレスコ画は、ローマでは人気がなかったからだ。「オレには、雲に乗った太った女神《めがみ》など、描《えが》けない。それよりも、鳴きながら空高く飛んでいく雁《がん》のほうにひかれるんだ」やがてイアソンは自堕落《じだらく》に暮《く》らすようになり、二輪戦車競技《きょうぎ》で赤組がつきまくっているとき、緑組に賭《か》けていた。そしてしまいにはだまされて、借金のかたに奴隷《どれい》として売られた。奴隷《どれい》にされたと知ったとき、イアソンはすっかり逆上《ぎゃくじょう》して、自分を奴隷《どれい》にした男に襲《おそ》いかかったのだ。その男というのが元老院《げんろういん》議員だったため、ガレー船送りとなった。

二年間、ベリックとイアソンは組になって一本の櫂《かい》をこぎ、レヌス川や北海沿岸《えんがん》を上り下りした。ふたりは共に苦役《くえき》し、食べ、眠《ねむ》った。まるでくびきにつながれた一対《いっつい》の雄牛《おうし》が、一度つながれてしまったら片方《かたほう》が死ぬまで、働くのも草を喰《く》うのも寝《ね》るのもいっしょなのと同じだった。語りあえる機会はほとんどなかったが、そのかわりに櫂《かい》の柄《え》の上で、つかのま無言で手をふれあわせた。そして、それだけで充分《じゅうぶん》わかりあえるようになっていた。

ベリックにかろうじて残っている人間らしさや良心、やさしさは、すべて相棒《あいぼう》の、このギリシャ人に注《そそ》がれていた。イアソンが例の弱々《よわよわ》しい咳《せき》をするたびに、ベリックの胸《むね》も心配で同じように痛《いた》むのだった。

さて、ついに軍団長《ぐんだんちょう》は参謀《さんぼう》を従《したが》えて、乗船した。船長と海軍の百人隊長が乗船用の橋に歩みより、威儀《いぎ》を正して出迎《でむか》えた。ローマ式の敬礼《けいれい》がかわされ、軍団長《ぐんだんちょう》が甲板《かんぱん》に足を下ろしたとたんに、ラッパが吹《ふ》き鳴らされた。ベリックは悪臭《あくしゅう》のこもったこぎ座《ざ》から、船尾《せんび》の光景をながめていた。整然とした動きも、朝日を浴びてキラキラ光る金色の兜《かぶと》も深紅《しんく》のたてがみも、まるで別世界で起きていることのような気がした。ワシの紋章《もんしょう》の兜《かぶと》をかぶった背《せ》の高い男が振《ふ》り向いて、こぎ座《ざ》にさっと視線《しせん》を走らせ、それから船長に話すのが聞こえた。「こぎ手がよく訓練されているな。これほど見事な操船《そうせん》を見たのは、初めてだ」

それはポルクスに言え、とベリックは思った。怒《いか》りで、ベリックの唇《くちびる》がゆがんだ。奴隷《どれい》監督《かんとく》のポルクスが鞭《むち》でたたきのめして、訓練したんだ。あいつは心が腐《くさ》っている！　ベリックの耳に、きびきびした命令の声が聞こえてきた。船乗りはあらためて持ち場に走った。こぎ頭《がしら》が木槌《きづち》を振《ふ》り上げ、こぎ座《ざ》ではすべてのこぎ手が、緊張《きんちょう》して櫂《かい》を握《にぎ》りしめた。

「出航《しゅっこう》」「船を出せ」命令が発せられた。ガレー船はわずかに揺《ゆ》れて、桟橋《さんばし》を離《はな》れた。「ダン」こぎ頭《がしら》の木槌《きづち》が台を打った音と同時に、四十本の長い櫂《かい》がいっせいに水面におりた。

軍団長《ぐんだんちょう》は船尾《せんび》から振《ふ》り返り、桟橋《さんばし》にいる役人の一団《いちだん》に手をあげて最後の挨拶《あいさつ》をした。長官はそれに答えて、遠ざかる船に向かって声をはりあげた。「順風に乗ってブリタニアへ航海《こうかい》できますよう、祈《いの》っています。コルネリウス・クロルス軍団長閣下《ぐんだんちょうかっか》！」

軍団長《ぐんだんちょう》に向けられた言葉は、けんめいに櫂《かい》をこいでいるこぎ手にも届《とど》いた。ベリックはそれを聞いて、まるで肋骨《ろっこつ》に櫂《かい》が激突《げきとつ》したかのような衝撃《しょうげき》を受けた。順風に乗ってブリタニアへ！　順風に乗って故郷《こきょう》へ！　ずっと心のかたすみに押《お》しこめてあった故郷《こきょう》の丘《おか》への強い思いが、突然《とつぜん》熱く激《はげ》しく脈打《みゃくう》ちはじめた。しかし同時にのどもとに苦い絶望感《ぜつぼうかん》がこみあげてきて、息が止まり、一瞬《いっしゅん》なにも見えなくなった。しかしその一瞬《いっしゅん》が過《す》ぎると、ベリックの目には、並《なら》んで櫂《かい》をこいでいる自分の手とイアソンの手が見え、手首に青く光っている鉄かせが見えた。

アルケスティス号は定位置である護送船団《ごそうせんだん》の先頭にたち、姉妹船《しまいせん》のヤニクルム号はあたりを警戒《けいかい》するかのように、まだ停泊《ていはく》して最後尾《さいこうび》にいる。そのあいだで輸送船《ゆそうせん》はつぎつぎと錨《いかり》をあげ、おだやかな追い風を受けて、あざやかな色の帆《ほ》を広げていた。アルケスティス号の帆《ほ》があがれば、ベリックはその瞬間《しゅんかん》に、そうと知るだろう。ベリックには、帆柱《ほばしら》に結びつけられた橙《だいだい》色の帆《ほ》が風をはらんで、乳白色《にゅうはくしょく》の空と松の森を背景《はいけい》にあざやかな弧《こ》を描《えが》くところは見えはしない。それでも、突然《とつぜん》目標ができて気分が高揚《こうよう》しているベリックには、きっとわかるだろう。今ではベリックは、アルケスティス号の調子や気分が、雌馬《めすうま》を見るときと同じによくわかった。船のあらゆる音も光景も匂《にお》いも、いろいろな海のさまざまな状況《じょうきょう》のなかでこの船がどう反応《はんのう》するか、すっかり頭の中に入っていた。今では船は、ベリックの体の一部になっていた。体の一部になっているということでは、イアソンとふたりで二年間こぎ続けている櫂《かい》の感触《かんしょく》もそうだった。モミの木製《もくせい》のその巨大《きょだい》な櫂《かい》は、軽石と海の波で洗《あら》われてずっと白さを保《たも》っていた。

船の前部甲板《かんぱん》には祭壇《さいだん》が設《もう》けられており、そのまえで軍団長《ぐんだんちょう》が航海《こうかい》の無事を祈《いの》って海の神ネプトゥーヌスに供物《くもつ》をささげた。こぎ手のところにも背後《はいご》から、つんと鼻をつく甘《あま》いお香《こう》の匂《にお》いが漂《ただよ》ってきた。

今や、本格《ほんかく》的に航海《こうかい》が始まった。任務《にんむ》についていない海兵や水夫たちは下に行き、軍団《ぐんだん》長《ちょう》と参謀《さんぼう》は船尾《せんび》の下の士官室《しかんしつ》にすがたを消した。右舷《うげん》と左舷《さげん》のこぎ座《ざ》のあいだの通路を、奴隷監督《どれいかんとく》が絶《た》え間なく行き来しはじめた。油断《ゆだん》なく見張《みは》りながら、長い鞭《むち》を使う口実を探《さが》しているのだ。鞭《むち》を使う口実はしょっちゅう見つかったし、鞭《むち》の扱《あつか》いは巧《たく》みだった。鞭《むち》が黒い稲妻《いなずま》のようにひらめいたとたん、哀《あわ》れな犠牲者《ぎせいしゃ》の張《は》りつめた背中《せなか》に、焼きごてをあてられたような激痛《げきつう》が走り、ギャッと悲鳴があがった。こぎ頭《がしら》がこぐ速さを決めるために打つ木槌《きづち》の音、櫂《かい》がカシの木の櫂受《かいう》けをこする革《かわ》のきしむような音、櫂《かい》の水かきが水をすくう音、波が船側にあたるパシャッという音、そんな音をたてて、アルケスティス号は航海《こうかい》する。そして、規則《きそく》正しく上下する櫂《かい》の動きに合わせて、こぎ手の肺《はい》からつきあげる「フーヤッ！　フーヤッ！」というすすり泣くような息の音が、とぎれることなく続く。

太陽がでているあいだずっと、鞭《むち》の音と波音と、こぎ手が息をはずませる音が響《ひび》き、夜になって護送船団《ごそうせんだん》はようやく錨《いかり》をおろす。そして朝になるとまた、同じように川の浅瀬《あさせ》を進むのだ。四日間、護送船団《ごそうせんだん》はゆっくり川を下り、森林地帯から沼地《ぬまち》に下ってきた。そしてついにレヌス・デルタの迷路《めいろ》のような水路に入ったとき、突然霧《とつぜんきり》に包まれた。沼地《ぬまち》特有の低い島々《しまじま》が点在《てんざい》する早くて危険《きけん》な流れの中を、ひんぱんにある浅瀬《あさせ》や泥山《どろやま》を避《さ》けて、慎《しん》重《ちょう》に進まなければならない。測鉛手《そくえんしゅ》（訳注：鉛《なまり》をつけた綱《つな》を水中に投げ入れて、水深を測《はか》る技手《ぎしゅ》）の指《し》示《じ》だけが頼《たよ》りだった。五日目の夜になって、一行はようやくレヌス艦隊《かんたい》の最終基地《きち》に錨《いかり》をおろした。基地《きち》といっても、土手が強風と波の両方を防《ふせ》ぐなかに、寄《よ》せ集まるように立っているわずかばかりの低い木造《もくぞう》小屋と、修繕《しゅうぜん》用の作業場がひとつあるだけの場所だ。そこで船は水桶《みずおけ》とワイン壺《つぼ》を満たし、新鮮《しんせん》な肉も積みこんだ。

最後の夜はこぎ手にも、いつもの黒豆と酸《す》っぱいワインのほかに肉が配られた。奴隷監《どれいかん》督《とく》と助手が大きなざるに、ごろごろした肉のかたまりを入れて持ってきて、奴隷《どれい》たちに投げあたえた。肉は生焼けで、ランタンの灯《あか》りで赤、黒まだらに見え、いやなにおいがしていたが、奴隷《どれい》たちは犬のように飛びついた。

ベリックは、なかでも一番大きそうな塊《かたまり》を手に入れたが、腹《はら》のたつことに、半分以上は骨《ほね》だった。文句《もんく》を言ってもはじまらない。彼《かれ》は肉の部分を歯でひきちぎり、ほとんどひとのみにした。そして、だれかから少しでもひったくれないかと、あたりを見まわした。そのときイアソンが、ほかの者に見られないようにしながら、ほとんど口をつけていない自分の肉を差しだした。「これを喰《く》え」

ベリックは思わず手をのばしかけて、ひっこめた。「ばか。それはおまえのじゃないか」小声で言った。

「ほしくないんだ。さっき黒豆のごうせいな夕食をすませたばかりだから」イアソンの声は、かつて備《そな》わっていたはずの陽気で大胆《だいたん》な笑いをかすかに留《と》めていた。

「さっさと喰《く》っちまえ、イアソン。でないと喰《く》いっぱぐれるぞ」

イアソンは首を横に振《ふ》った。「ほんとうに、喰《く》えないんだ。胃が受けつけない。オレは――」イアソンの言葉は、ベリックが恐《おそ》れている弱々《よわよわ》しい咳《せき》で途《と》切《ぎ》れた。

即座《そくざ》にベリックは、イアソンにおおいかぶさるようにして、ひざを曲げた。「喰《く》うんだ！」乱暴《らんぼう》に迫《せま》った。おなじみの心配で声がひきつっていた。「喰《く》わなきゃだめだ。力をつけないと」肉の塊《かたまり》をつかみ、急いで細かく裂《さ》いた。「よし――これならのどに入るだろう」彼《かれ》は最初のひときれをイアソンに押《お》しつけた。イアソンはそれ以上抵抗《ていこう》せず、苦労しながらなんとかのみこんだ。

だがそのとき、後ろにいた男がふたりの様子に気づいた。「おい、そいつの腹《はら》がいっぱいなら、ここにからっぽの腹《はら》があるぞ」後ろに座《すわ》っているフン族の男がしわがれ声でそう言い、肉をかっぱらおうと手をのばした。

ベリックはののしって、その手を払《はら》いのけ、もうひときれイアソンに押《お》しつけて、あせって言った。「これも喰《く》うんだ」そのとき、また別の手がのびてきたので、ベリックは相手を手かせでぶちのめした。「この、かいぶつ野郎《やろう》！　汚《きたな》い爪《つめ》をひっこめろ！」つぎの瞬間《しゅんかん》、つかみ合いのけんかとなり、前からも後ろからも、奴隷《どれい》たちがベリックとイアソンに襲《おそ》いかかってきた。

すぐに、通路を駆《か》けてくる足音がして、鞭《むち》の音が凶暴《きょうぼう》にひびいた。「ろくでなしの虫けらめ！」ポルクスが騒《さわ》ぎに負けない大声で叫《さけ》んだ。「いぬちくしょうらめ！　離《はな》れろ！　離《はな》れろ！　聞こえないのか！　下がれ！」奴隷《どれい》たちの上で、何度も何度も鞭《むち》がうなり、ベリックは背中《せなか》を焼けた鉄の棒《ぼう》で裂《さ》かれたように感じた。けんかは陰鬱《いんうつ》に終わり、ベリックはよろめいてひざをついた。

気がつくとベリックは、軍団長《ぐんだんちょう》の尊大《そんだい》な顔をにらんでいた。騒動《そうどう》を聞いて、士官室《しかんしつ》から出てきたらしい。一瞬《いっしゅん》ふたりの目が合った。それから軍団長《ぐんだんちょう》は背中《せなか》を向け、どなりちらしている奴隷監督《どれいかんとく》を無視《むし》して、やはりかけつけてきたこぎ頭《がしら》に、冷たい声で話しかけた。

「どうしようもない家畜《かちく》どもだ。肉などやるべきではなかったと思わんかね」

それに答えたのは船長の声だった。「わたしが命令しました、軍団長閣下《ぐんだんちょうかっか》。この先に待っているような長い航海《こうかい》のまえには、こぎ手に肉を与《あた》えたほうがよい。腹《はら》に力が入りますから」

「力が入りすぎだ。それに気持ちも高ぶる」軍団長《ぐんだんちょう》はきびしい口調で言った。「肉を喰《く》ったこぎ手は危険《きけん》だ。以前にそのような面倒《めんどう》を経験《けいけん》したことがある。わたしが乗船しているかぎり、やつらにはもう肉をやるな」

「もちろん、帰航《きこう》の前の晩《ばん》まで、与《あた》えるつもりはありません」船長は少し硬《かた》い表情《ひょうじょう》で言った。それからこぎ頭《がしら》のほうを向いた。「さあ、けりはついた。下にもどっていいぞ、ルーフス」最後に奴隷《どれい》たちに向かって言った。「おとなしくしてろ、ばか者ども。今夜また騒《さわ》いだら、朝には十人に一人の割《わり》で、生き皮をはいでやるからな」

そう言って船長は去り、軍団長《ぐんだんちょう》も去った。こぎ頭《がしら》と奴隷監督《どれいかんとく》はそれぞれの持ち場にもどった。当直の士官《しかん》だけが前部甲板《かんぱん》に残り、マントをはおったすがたが夜空に黒く浮《う》かんでいる。

奴隷《どれい》たちはぶつぶつ言ったりうなったりして、こぎ座《ざ》の下に横になり、やがて静かになった。ベリックとイアソンは暖《あたた》めあおうと体を寄《よ》せて丸まった。海兵や水夫たちのいる下のほうから声が聞こえ、軍団長《ぐんだんちょう》の部屋からはランタンの黄色い光と共に笑い声がもれてきた。輸送船《ゆそうせん》の一隻《いっせき》から低い歌声が水面をわたって流れてくると、ほかの船もそれに和した。初めて船にのった兵士《へいし》たちは、これが故郷《こきょう》の川で過《す》ごす最後の夜だというので、胸《むね》にせまるものがあるのだ。この土地の言葉で歌っているが、旋律《せんりつ》自体が意味を語っている。調べのひとつひとつに、故郷《こきょう》を離《はな》れるつらさがこもっていた。そのうちに彼《かれ》らも元気を回《かい》復《ふく》するだろう。だが、今夜は故郷《こきょう》をしのんで悲しみにくれている。その悲しみに満ちた彼《かれ》らの声に、ベリックは絶望《ぜつぼう》的な共感を寄《よ》せていた。

かすかな霧《きり》が、川面《かわも》と湿地《しっち》の上に低くたれこめている。川べりに黒く並《なら》んでいる背《せ》の低い建物は、扉《とびら》のまわりがオレンジ色にぼうっと光っていたが、その光もひとつまたひとつと消えていった。霧《きり》の中で、護送船団《ごそうせんだん》の船尾《せんび》のかがり火だけが光っている。ガレー船の船べりに波が静かに打ち寄《よ》せ、こぎ手たちは寝言《ねごと》を言ったりうめいたりしていたが、ベリックは横になったまま、まだ起きていた。二、三日まえなら、水面をわたる歌声に胸《むね》をかきむしられたりしなかっただろう。船がブリタニアに向かっているとは知らなかったから。だが今は、苦しい。

ベリックの横でイアソンがかすかに動いて、長く深いため息をついた。けんかが始まるまえに、イアソンはいくらかは肉を食べた。よかった。なにはともあれ、食べたことだけはよかった。そう思うとベリックはふしぎに気が休まった。ベリックは鎖《くさり》の音をジャラジャラさせて寝返《ねがえ》りをうち、イアソンに腕《うで》をまわした。そして、たちまち眠《ねむ》りに落ちた。

第十二章　海の嵐《あらし》

潮《しお》が変わりかけていた。アルケスティス号と姉妹船《しまいせん》のガレー船の奴隷《どれい》たちは食料を与《あた》えられ、もう櫂《かい》を握《にぎ》っていた。しかし船尾甲板《せんびかんぱん》では、軍団長《ぐんだんちょう》が船長と水先案内とともに、立ったまままあわただしく協議していた。

はね上がった船尾《せんび》の手前で三人が熱を入れて話しているのを、ベリックはながめた。彼《かれ》らがなにをひそひそ話しているのか、手にとるようにわかる。ベリックは天候がよめたからだ。雲や飛ぶ鳥、波音や風の匂《にお》い、すべてが嵐《あらし》が来ることを語っている。この潮《しお》で出航《しゅっこう》すべきかどうか、それが今、船尾甲板《せんびかんぱん》で協議されているにちがいない。船長がもう一度、疑問《ぎもん》だというふうに首をふったが、軍団長《ぐんだんちょう》は性急《せいきゅう》なようだ。あの男はいつも急いでいる……羽根飾《かざ》りのついた兜《かぶと》の下の、男前だが短気そうな顔を見て、ベリックは思った。あいつはがまんということができないらしい。あれではろくな狩人《かりゅうど》にはならない。

結論《けつろん》が出たようだが、軍団長《ぐんだんちょう》の意見がとおったようだ。船長と水先案内は敬礼《けいれい》をして、すばやく持ち場に向かった。アルケスティス号からラッパの音が響《ひび》き、ヤニクルム号とそれに続いて輸送船《ゆそうせん》から、応答《おうとう》のラッパが返ってきた。じっと待機していた護送船団《ごそうせんだん》は、とつぜんあわただしく活動を始めた。水夫たちは持ち場に走り、船から船へと命令がゆきかった。アルケスティス号では櫂《かい》が出され、櫂受《かいう》けに革《かわ》ひもで固定されるところだったが、奴隷監督《どれいかんとく》のポルクスはすでに鞭《むち》を持ってうろついている。錨《いかり》が水をしたたらせながら、舳《へ》先《さき》に上げられた。黒いワシを描《えが》いた赤い四角形の帆《ほ》が、高い帆桁《ほげた》からつりさげられ帆脚綱《ほあしづな》で張《は》られて、微風《びふう》をはらんでふくらんでいる。舵手《だしゅ》が双舵《そうだ》を倒《たお》したのが、船の反応《はんのう》からべリックにわかった。船は風と潮《しお》に押《お》されて少し傾《かたむ》きながら、すべるように前進した。

縞《しま》の帆《ほ》をはった輸送船《ゆそうせん》が、停泊《ていはく》場所からつぎつぎにすべりだし、最後にヤニクルム号が列に加わった。粗末《そまつ》な突堤《とってい》や修理場《しゅうりば》ぞいの岸では人々《ひとびと》が仕事の手を止めて振《ふ》り返り、朝の潮《しお》に乗って出ていく護送船団《ごそうせんだん》を眺《なが》めていたが、そのすがたが刻々《こくこく》と小さくなっていく。こうして船は最後の浅瀬《あさせ》を離《はな》れて外海に向かった。

正午の五時間まえ、船団《せんだん》のはるか後方に見えていた岸辺がついにかすんで見えなくなったころ、こぎ手の半分は一時解放《かいほう》された。これが今回のような長旅のやり方だった。長旅では昼夜ぶっとおしでこがなくてはならないが、こぎ手を二組乗せる場所はない。だいたいみんな獣《けもの》じみた荒《あら》っぽい連中なので、鎖《くさり》をつけたりはずしたりするのが難儀《なんぎ》だし、こぎ座《ざ》につないでおかなければ船にとっては危険《きけん》でもある。そこで、ブリタニアの緑の丘《おか》のふもとにあるドゥブリス港（現《げん》ドーバー）に錨《いかり》をおろすまで、ひとりがこいでいるあいだ、もうひとりは座席《ざせき》の下にもぐってできるだけ睡眠《すいみん》をとり、四時間ごとに交替《こうたい》するのだ。

ベリックが最初のこぎ手となり、イアソンは足元で体を丸めて横になっていた。何事もなく時間が過《す》ぎていった。櫂《かい》をさし、足をふんばってぐっと引き寄《よ》せる。長く単調な肉体労働だ。白いモミ材の櫂《かい》の水かきは、上下するたびに陽光を反射《はんしゃ》させて、キラキラ光った。灰色《はいいろ》の北海の波のうねりは、どこまでも続いていた。

正午の一時間まえ、今度はイアソンがこぐ番になった。ベリックは横になって、灰色《はいいろ》の海のかわりに、風の強い空と、燃《も》えたつように赤い弧《こ》を描《えが》いている帆《ほ》と、頭の上を行ったり来たりするイアソンの日焼けした身体を見ていた。午後の半ばにこぎ手はまた交替《こうたい》となり、日の暮《く》れかけたころ、二度にわけて食料が配られた。まず、これからこぐ者たちに。そして交替《こうたい》したあとで、こぎ終えた者たちに。真夜中の一時間まえ、ベリックはまだ眠《ねむ》りからさめやらぬまま、よろよろとまたこぎ座《ざ》にもどった。ベリックの当番が終わるころ、風が強まりはじめた。当直の士官《しかん》が船長に早口でなにか言い、隣《とな》りで船長はそれを聞きながら、風の匂《にお》いをかいでいた。だが持ち場で前後に身体を動かしていたベリックは、単調な肉体労働に麻痺《まひ》して、こいでいる意識《いしき》もなくなっており、東寄《よ》りの風が強くなってきたことなど気にもとめなかった。そして、こぎ頭《がしら》の砂時計《すなどけい》で真夜中から三時間経《た》ったときに、また解放《かいほう》され、座席《ざせき》の下で犬のように体を丸めたとたんに、眠《ねむ》りこけた。

何分もたっていないと思えたが、ベリックは鞭《むち》で首を打たれ、痛《いた》みで目をさました。あわてて腕《うで》で顔をかばったが、また鞭《むち》が飛んできて、熱い白ヘビのように手首に巻《ま》きついた。

「出ろ！　早く出るんだ、ぐうたら野郎《やろう》ども！」副監督《ふくかんとく》のナソが叫《さけ》んでいた。「出ろ！　早く櫂《かい》につけ！」何度も鞭《むち》を振《ふ》る音が聞こえた。ベリックは眠気《ねむけ》とまわりの喧噪《けんそう》で頭がしびれたまま、よろよろとひざをついた。すぐそばから、鞭《むち》の激痛《げきつう》にヒッと悲鳴があがった。ナソはどなりながら鞭《むち》を打ちならして通路を歩いている。寝《ね》ていた者を鞭《むち》でたたき起こしては、相棒《あいぼう》といっしょになって櫂《かい》をこげと命じていた。ベリックはむりやりたたき起こされたショックから立ちなおって、イアソンの隣《とな》りに座《すわ》った。ガレー船が不安な動きをしている。風が強い。風向きは北東に変わっている。風が帆柱《ほばしら》や綱《つな》のあいだでヒューヒューうなり、船の床《ゆか》や柱がミシミシときしんでいる。激《はげ》しい波しぶきがベリックの顔を打った。

櫂《かい》はまるで生き物のように、手元ではねあがる。

夜は明けかかっていた。コウモリの翼《つばさ》のような雲が猛烈《もうれつ》な速さで流れ、切れ間からレモン色の光がのぞいている。灰色《はいいろ》の海はきのうのおだやかさとはうって変わって、怒《おこ》ったようにのたうちまわっている。船長の声は風に負けることなくはっきり聞こえ、水夫たちが命じられたとおりに行き来しているのを、ベリックはかすかに意識《いしき》した。「帆綱《ほづな》だ」「よし、下ろせ！　帆《ほ》を巻《ま》け！」男たちは帆《ほ》を巻《ま》きあげようと駆《か》けつけ、ばたばたとあばれる帆布《ほぬの》をしばった。

太陽は徐々《じょじょ》に明るさを増《ま》し、護送船団《ごそうせんだん》を照らしだした。船団《せんだん》はかろうじて、まだ隊列を組んで航行《こうこう》している。海には白い波がたち、水平線のどこを見渡《みわた》しても陸らしい影《かげ》はない。時が経《た》つにつれて、風はますます強まり、帆柱《ほばしら》や綱《つな》はうなりをあげ、リラをかき鳴らすような震《ふる》える音が唱和している。帆桁《ほげた》にくくりつけられた帆《ほ》が、ぶかっこうな翼《つばさ》のようにはためいている。必死で櫂《かい》をこいでいるこぎ手の体に、バケツをひっくり返したような波しぶきがかかりはじめた。アルケスティス号の舵手《だしゅ》は風に逆《さか》らって針路《しんろ》を保《たも》とうと奮闘《ふんとう》しているが、すでに船はかなり南に流されている。帆《ほ》がまきあげられたので、今のところはなんとか進路にそっているようだが、風はなおも強まっていて、時間とともにさらに北寄《よ》りに変わっている。

今、ベリックはただひとつのことだけを思っていた。海がいっそう荒《あ》れ狂《くる》うにつれて、櫂《かい》をこぐのはまったく不可能《ふかのう》になってきている。「櫂《かい》を引きあげないといけない」何度も何度もそう思い、そのたびにあせりが増《ま》した。「櫂《かい》を引きあげなければ！」ふたたび任務《にんむ》についたポルクスがよろけながら通路を来たとき、ベリックは大声をはりあげた。「櫂《かい》をひきあげたほうがいい。だれか死ぬぞ！」

「よけいなことをぬかすな！　なにがなんでも、こぎやがれ」ポルクスはどなり返し、ベリックの肩《かた》で鞭《むち》がうなった。ベリックはスズメバチに刺《さ》された馬のように、猛然《もうぜん》とこいだ。

「だまってこげ、テヴェレ川のげす野郎《やろう》！　いぬちきちょうめ！　この、くず野郎《やろう》！　心臓《しんぞう》が飛びでるまで、こぎ続けろ！」

ほとんど同時に、二、三列前のこぎ手が鋭《するど》く叫《さけ》び、うめき声をあげて櫂《かい》の上に倒《たお》れた。激《はげ》しく上下に揺《ゆ》れる櫂《かい》の柄《え》を、相棒《あいぼう》がひとりでなんとかしようと、必死になっている。

「あばら骨《ぼね》が折れたんだ。あんたのせいで、どんどんけが人が出るぞ！」事故《じこ》のほうへと向かった奴隷監督《どれいかんとく》の背中《せなか》に、ベリックは叫《さけ》んだ。

ポルクスと水夫は、うめき声をあげている哀《あわ》れな男の上にかがみこんだ。たしかにべリックの言うとおりだった。当分、この男は使いものにならない。こぎ頭《がしら》は、嵐《あらし》の勢《いきお》いが激《はげ》しくなって以来ずっと持ち場についていたが、そこへポルクスが報告《ほうこく》に行った。そのあいだに水夫は、けが人に手を貸《か》すというより、ひきずりおろして、床《ゆか》に転がした。こぎ手たちの足元に倒《たお》れたけが人は、うめき続けている。「控《ひか》えの奴隷《どれい》を連れてこい」こぎ頭《がしら》が命じた。今はけが人の足かせをとるひまはない――もっと落ち着いてからでなくては無理だ。けが人は転がされたままそこに放っておかれた。ガレー船は必ず、控《ひか》えの奴隷《どれい》を二、三人乗せているので、そのひとりが船倉から連れてこられて、けがをした男の座席《ざせき》に座《すわ》らされた。

こうしてふたたびこぎ手の頭数をそろえて、ガレー船は進み続けた。

一方、船尾甲板《せんびかんぱん》では舵手《だしゅ》の横で、船長と水先案内が軍団長《ぐんだんちょう》と談判《だんぱん》していた。「閣下《かっか》、もはや、このまま航行《こうこう》を続行することはできません」船長がていねいだが、きっぱりとした口調で言った。軍団長《ぐんだんちょう》は上官であり、自分は船長にすぎない。しかしアルケスティス号の上では、決断《けつだん》を下すのは自分だ。それを自覚して、灰色《はいいろ》のあごひげをびりびりと引き締《し》めた。「ドゥブリスにたどり着くのは難《むずか》しい。進めば進むほど、どんどん航路《こうろ》をはずれています。輸送船《ゆそうせん》は自力でなんとか進めるかもしれない――あれは帆船《はんせん》だから間切《まぎ》って進むことができる。だが、ガレー船は無理です」

「そのためにこぎ手がいるではないか」司令官は冷たく指摘《してき》した。

「こぎ手は生身の人間です、閣下《かっか》。生身の人間には限界《げんかい》があります。あの者たちはもう何時間もこぎ続けだし、海は荒《あ》れる一方だ。まもなく、鞭《むち》でひっきりなしに打ち続けないかぎり、連中に力いっぱいこがせることはできなくなる。だがやがて、鞭打《むちう》ちも役にたたなくなる。そして限界《げんかい》に達したら……」船長は意味ありげに肩《かた》をすくめた。「これ以上、航路《こうろ》にそって進もうとすれば、二時間もしないうちに護送船団《ごそうせんだん》はまるごと遭難《そうなん》し、沿岸《えんがん》に打ち上げられます」

「そのとおりです」水先案内があとを続けた。「今ただちに航路《こうろ》を南西に変えれば、かろうじて切りぬけられるかもしれません。風向きさえ変わらなければ」

一瞬《いっしゅん》司令官は黙《だま》りこんだ。もうほんの数時間で、ガレー船の船首の先の水平線上には、ブリタニアの海岸がすがたを現《あら》わすはずだ。ふきげんそうな顔をその方角に向けていたが、ついに「わかった」と言った。かたわらでじりじりしていたふたりの男に「きみたちは海の男だ。ここはきみたちの優《すぐ》れた判断《はんだん》に従《したが》うしかなさそうだ……わたしは下に行って、少し眠《ねむ》るとしよう」と言うと、背《せ》を向けて船尾甲板《せんびかんぱん》のはしごに向かった。ばたばたとはためくマントを押《お》さえて、はしごをそろそろと降《お》り、士官室《しかんしつ》の小さな暗い入り口に消えたが、足どりはぶざまにふらついていた。

船長と水先案内はほっと顔を見合わせ、ただちに行動を開始した。船長は、命令に備《そな》えて立っていた水夫のほうに振《ふ》り向いた。「信号旗をあげろ。『進路変更《へんこう》、取舵《とりかじ》』だ。そしてだれかを帆柱《ほばしら》のてっぺんにのぼらせ、護送船団《ごそうせんだん》のすべての船が了解《りょうかい》の合図を送ってくるのを確認《かくにん》しろ」水夫が命令を実行するために去ると、船長は水先案内に向きなおって、聞いた。「帆《ほ》を張《は》ることはできんだろうな」

水先案内は同意した。「はい、船長。たとえ何人かが死ぬにしても、ここを切りぬけるには、こがせたほうがいい。そのあと櫂《かい》を引きあげ少しだけ帆《ほ》を広げれば、ガリアに着ける。風は北西にまわるでしょうから、明日の明け方にはおさまるはずです」

横長の三角形の黄色い信号旗が帆柱《ほばしら》のてっぺんに上がり、淡《あわ》い光のように風にはためいた。すでに男がひとり、帆桁《ほけた》の上に出た小さな物見台にとりついている。男は額《ひたい》に手をかざしてしばらく待機していたが、やがて両手を口にあてて、どなった。「全艦《かん》から信号受《じゅ》領《りょう》」風と海の荒《あ》れ狂《くる》う音や帆布《はんぷ》のはためく音にまじって、船尾甲板《せんびかんばん》にいる男たちに声が届《とど》いた。

船長は手をあげて応《こた》え、つぎに舵手《だしゅ》に向かって命じた。「取舵《とりかじ》いっぱい」

「了解《りょうかい》」舵手《だしゅ》は舵柄《だえい》に体重をかけた。大型の双舵《そうだ》がゆっくり向きを変え、ガレー船はウミツバメのように大きなカーブを描《えが》いて、ほぼ九十度向きを変えた。

「よし、針路《しんろ》を保《たも》て」

ベリックは船の針路《しんろ》が変わったのを即座《そくざ》に感じとった。不安定な横揺《よこゆ》れが止まり、船はもはや波に逆《さか》らってななめに進むのではなく、波に乗って前進している。波頭《なみがしら》に乗って高く持ちあがったかと思うと、つぎには波間に向かってカモメのように下降《かこう》する。だが、それでこぎ手が楽になったわけではなかった。「いつまで続くんだ?」ベリックは絶望《ぜつぼう》のなかで思った。「オレたちを皆殺《みなごろ》しにするつもりか? 櫂《かい》を引き上げるべきだ!」そう思っているのはベリックだけではなかった。こぎ座《ざ》全体からつぶやきがもれはじめ、それはすぐに息もたえだえの泣き叫《さけ》ぶ声に変わった。「櫂《かい》を上げさせてくれ!」だれかがわめいた。「地獄《タルタロス》の悪鬼《あっき》だって……こんな海では……こげるもんか!」別のだれかも叫《さけ》んだ。あちらからもこちらからも同じ叫《さけ》びがあがり、ガレー船の端《はし》から端《はし》までこだました。「全員くたばらせようってのか? 櫂《かい》を引き上げ……させろ……船内に、上げさせろ!」

ポルクスはゆれる通路をあちこち歩きまわって、騒《さわ》ぎをしずめようと手当たり次第《しだい》に鞭《むち》をふるった。しかし、ふるうあとから、またすぐ叫《さけ》び声があがる。やがて船長が船尾甲板《せんびかんぱん》から下りてきた。こぎ頭《がしら》と短く話すのが見えた。ポルクスはガレー船の動きに合わせて、猫《ねこ》のようにしなやかに足元のバランスをとって、ふたりに近づいた。赤銅色《しゃくどういろ》の顔に白い歯をむきだして、にやりとなにごとかを言い、これ見よがしにピシッと鞭《むち》をならした。しかし船長はいらいらと首を横に振《ふ》り、こぎ手の列に向かった。

船長は手をあげて注目を集めた。風を背後《はいご》から受けた船長の声は、騒《さわ》ぎをつきぬけて、船じゅうにはっきりと響《ひび》いた。いちばん奥《おく》のこぎ座《ざ》にいたものさえ、聞きのがす心配はなかった。「全員、よく聞け。櫂《かい》を引き上げろとか、こぐのは不可能《ふかのう》だとわめいても、なんの役にも立たない。この先十五マイルほど、危険《きけん》な状態《じょうたい》が続く」船長は船首の右舷《うげん》を指さした。「今、櫂《かい》を引き上げれば、おそらく二時間もしないうちに、われわれは難破《なんぱ》し、どこか南の岸に打ち上げられてしまうだろう。地獄《タルタロス》の悪鬼《あっき》さえこの海ではこげないというのなら、よかろう、アルケスティス号の八十人のガレー奴隷《どれい》はこげるというのを見せてくれ。そのかわり、ドゥブリスに着いたら、約束するぞ。ワインだ——本物のワインをやろう——それに赤肉も全員にたらふく食わせてやる。おまえたちがこがなければ、われわれはドゥブリスに着くことはない。以上だ」

言い終わったあと、船長はしばらくその場に立ったまま、挑《いど》むようにこぎ座《ざ》の端《はし》から端《はし》まで見わたした。やがて奇妙《きみょう》なことが起きた。疲労困憊《ひろうこんぱい》した反逆者《はんぎゃくしゃ》たちから、不承不承《ふしょうぶしょう》の陰気《いんき》なものながら、しゃがれたときの声が上がったのだ。これが奴隷《どれい》でなければ、さしずめ歓声《かんせい》が上がったところだろう。船長は勢《いきお》いよく手をあげてそれに応《こた》えてから、背中《せなか》を向けてはしごにもどっていった。

こぎ座《ざ》から、もう泣きわめく声は聞こえなかった。奴隷《どれい》たちは命がけで戦っていた。もしもガレー船が難破《なんぱ》したら、乗組員にはわずかとはいえ生き残るみこみがあるかもしれない。しかし座席《ざせき》に鎖《くさり》でつながれている奴隷《どれい》たちには、まったくない。ガレー船の命は、文字どおり彼《かれ》らの命だった。と同時に奴隷《どれい》たちは、ガレー船そのものを守ろうともしていた。奴隷《どれい》たちはアルケスティス号を憎《にく》んでいたが、もちろんそれだけの理由はあった。ガレー船は彼《かれ》らにとって、海に浮《う》かぶ地獄《じごく》だったから。ところが今や奴隷《どれい》たちは、愛するもののために戦う男と同じように、船のために戦っていた。降《お》りかかる波しぶきで、目は見えないも同然だ。疲労《ひろう》のあまり吐《は》き気《け》がして、息もできない。心臓《しんぞう》は破裂《はれつ》しそうだ。それでも乱暴《らんぼう》にはねあがる櫂《かい》と戦い、すさまじい嵐《あらし》の音をついて一定のリズムでダン、ダン、ダンと鳴り響《ひび》く、こぎ頭《がしら》が台をたたく木槌《きづち》の音に合わせようと、長いこと戦った。

ひとりの男が櫂《かい》の反動で死に、ほかにも三人が肋骨《ろっこつ》を折ったあと、ついに命令が発せられた。「櫂《かい》の引きあげ、用意」

こぎ頭《がしら》の木槌《きづち》の音がやむと、奴隷《どれい》たちの破《やぶ》れかかった肺《はい》からは、安堵《あんど》のすすり泣きの声がもれ出た。最後の力をふりしぼって櫂《かい》を持ちあげると、櫂受《かいう》けからはずして、船内に引きあげた。すぐに櫂《かい》は通路にそってしまわれ、櫂《かい》の出る穴《あな》には、風雨よけの牛の皮がはめられた。こうしてアルケスティス号は帆《ほ》を半分広げて、追い風を受けて走った。

耐《た》えに耐《た》えたこぎ手たちはふらふらとこぎ座《ざ》を下りて、強風を避《さ》けようと舷側板《げんそくばん》のわきにうずくまった。うなだれて肩《かた》を丸めるが、背中《せなか》が風と波しぶきにさらされる。追い風の緑色の海からは、波しぶきが容赦《ようしゃ》なく降《ふ》りそそいだ。そのときになって初めて、イアソンが咳《せき》こみはじめた。ベリックがよく知っている、苦しそうな、かわいたあの咳《せき》だったが、今回はいつまでもいつまでも長びいた。そして咳《せき》こみながら、イアソンはがくっと前にのめった。

ベリックは両腕《りょううで》でイアソンを抱《だ》きとめた。相棒《あいぼう》の衰弱《すいじゃく》した身体を咳《せき》が責《せ》めさいなむのを感じて、自分まで苦しかった。イアソンは咳《せき》がおさまるとベリックのひざに寄《よ》りかかって、目を閉《と》じ静かに横たわった。唇《くちびる》が灰色《はいいろ》に見えるほど血の気が失《う》せている。「どうした？

けがをしたか？」ベリックはかがみこんで聞くと、鎖《くさり》につながれた手でイアソンの胸《むね》や脇《わき》腹《ばら》をすばやくさすって、骨《ほね》が折れていないか探《さぐ》った。「どこか痛《いた》むのか？　櫂《かい》に打たれたか？」

イアソンは目を開けると、静かな声で言った。「いや、大丈夫《だいじょうぶ》だ。ちょっと気分が悪くなって、目の前のものが……遠のいていくように感じたが、それだけだ。もう平気だ」力なく起きあがろうとしたが、ベリックが押《お》しもどした。

「じっとしてろ。オレのひざでは寝心地《ねごこち》のいい枕《まくら》にはならないか？」

イアソンはまた横になり、かすかな笑いの影《かげ》のようなものを浮《う》かべた。唇《くちびる》をちょっとゆがめる様子は不敵《ふてき》で、その声と同じように、さぞ陽気に大笑いしていただろう昔の面影《おもかげ》をとどめていた。

こぎ頭《がしら》と手下が見回りを始め、死人やけがをしたこぎ手のかせをはずしていった。ひとりの手下がイアソンのところに来て、ベリックがやったのと同じように体を調べた。しかし骨折《こっせつ》は見つからない。「こいつは弱っているが、まあ時間がたてば、復帰《ふっき》できるだろう」ぶつぶつ言って、去っていった。そのあと、ワインが出された。やけにのどを刺激《しげき》する安ワインだったが、本物のワインだ。黒豆もいつもの倍量が出された。ワインのおかげでみんなは少し生き返ったような心地になり、疲労《ひろう》と冷たい波しぶきで凍《こご》えきっていた身体も少し暖《あたた》まった。飢《う》えて苦しかった腹《はら》も、豆のおかげでとりあえず満たされた。ベリックはイアソンに、本人の分け前だけでなく、自分の分のワインまでたっぷり飲ませてやった。イアソンはむせたが、身体にはよかったようだ。おかげでベリックが、びしょぬれのきたない腰布《こしぬの》にかくしてとっておいた黒豆を、あとになっていくらかは食べることができた。

追い風のおかげで、船はゆっくりだが着実に進んでいる。この小さな護送船団《ごそうせんだん》は、ゲイル風に乗って飛ぶ雁《がん》の群れのように、一列になったり広がったりしながら、帆走《はんそう》していた。アルケスティス号のこぎ手たちは時間の感覚をすっかりなくしたまま、迫《せま》りくる海に背中《せなか》を丸めて、水面ぎりぎりの床《ゆか》にうずくまっていた。感じるのは寒さと風と混乱《こんらん》だけで、それが永遠《えいえん》に続くように思えた。日が暮《く》れてきた。奴隷《どれい》たちは、波の向こうの水平線にガリアの海岸線が低く見えていることや、ゲイル風がにわかに北西に向きを変えたこと、雨が降《ふ》りだしたことさえ気づかなかった。

ベリックは、イアソンの上にかがんだままでいた。波しぶきが船べりを越《こ》え、おおった櫂受け穴《かいうけあな》のすき間からも、容赦《ようしゃ》なくたたきつけてくる。その滝《たき》のようなしぶきから、自分の身体でイアソンをかばっていたが、だんだん朦朧《もうろう》としてきて、起きているのか眠《ねむ》っているのかさえわからなくなった。不安な気持ちのまま、さまざまな夢《ゆめ》の断片《だんぺん》を見ているようだ。嵐《あらし》はひとときもおさまらず、イアソンが心配で、胃のねじれるような恐怖《きょうふ》がかたときも消えなかった。

あたりが暗くなってきた。今では護送船団《ごそうせんだん》は大きく隊列をくずして、ガリアの沿岸《えんがん》を疾走《しっそう》していた。アルケスティス号では、どんどん岸が近づき、黒っぽい海岸線が迫《せま》ってくるのを、船長と水先案内が舵手《だしゅ》の横で見つめていた。「もう少し沖に寄《よ》れ」水先案内が命じた。

舵手《だしゅ》が少し舵《かじ》を動かしたとき、船長はなにか言いたそうに、かたわらの男に目をやった。だが、心配はしていなかった。船長自身はこの海岸をよくは知らないのだが、水先案内に対する信頼《しんらい》は厚《あつ》かった。革《かわ》の縁《ふち》なし帽《ぼう》をかぶった水先案内は、神経《しんけい》を研《と》ぎすませながらも、自信に満ちた顔をしている。探《さが》しているものがはっきりしていて、しかもそれを見つける確信《かくしん》があるのだ。三人の男たちはすでにこれ以上濡《ぬ》れようがないほど、びしょぬれだったが、船尾《せんび》で突然《とつぜん》緑色の波が牙《きば》をむき、波しぶきがまたもや彼《かれ》らを襲《おそ》った。海水が甲板《かんぱん》を泡《あわ》をたてて流れ、こぎ座《ざ》にどっと流れこんでいった。そのとき水先案内は満足してうなった。

「あそこだ、船長」

暗い岸壁《がんぺき》が一カ所だけ切れていて、近づくにつれてその切れ目が広がっていく。水先案内は、はねあがる舵《かじ》を自分の手で押《お》さえながら、舵手《だしゅ》にまた命令をだして、ガレー船の向きを少し変えた。あたりは急速に暗くなってきたが、岸壁《がんぺき》に大きな川の河口《かこう》が広がっているのが、もうはっきりと見てとれた。アルケスティス号はその河口《かこう》をめざして進んだ。突《とつ》然《ぜん》、降《ふ》りしきる雨と深まる闇《やみ》をついて、マリゴールドのような鮮《あざ》やかな金色の灯《あか》りが、夕《ゆう》闇《やみ》せまる岬《みさき》の上で光った。「見えたぞ、灯台の灯《あか》りだ」水先案内は、今しなければならないことに手も目も集中したまま、言った。「船長、ここで帆《ほ》をおろして、あとは櫂《かい》をこがせたほうがいい」

こうしてゲイル風の吹《ふ》き荒《あ》れるなか、あたりがすっかり闇《やみ》に包まれる直前に、疲《つか》れはてたこぎ手たちにもう一度櫂《かい》をこがせ、アルケスティス号はガリアの大河《たいが》の河口《かこう》に立てられた灯台の灯《ひ》に導《みちび》かれ、なんとか嵐《あらし》を避《さ》けることのできる川岸に錨《いかり》をおろした。

第十三章　イアソンの島

宵《よい》の口に、嵐《あらし》でちりぢりになった護衛船団《ごえいせんだん》は、一隻《いっせき》また一隻《いっせき》と低い岬《みさき》の灯台の下に集まってきて、ついに五隻《せき》全部が川岸の生い茂《しげ》った樹木《じゅもく》の陰《かげ》に錨《いかり》を下ろした。ここならゲイル風の直撃《ちょくげき》を避《さ》けることができる。河口《かこう》からは白い牙《きば》をむいた大波がうち寄《よ》せ、闇《やみ》をつきぬけて雨がたたきつけてくるが、なんとかやりすごすことができるだろう。下では海兵と水夫たちが夕食にありついて陽気になり、士官室《しかんしつ》では軍団長《ぐんだんちょう》がファレルノ産のワインの瓶《びん》を開けさせたが、特別に用意された鶏肉《とりにく》のフライは冷めていたので気にいらず、見向きもしなかった。こぎ座《ざ》の奴隷《どれい》たちは疲労《ひろう》のあまり、カビの生えた大麦パンのかたまりを奪《うば》いあう気力もなく、雨避《あまよ》けに与《あた》えられたぼろぼろの帆布《ほぬの》をかぶって、身を寄《よ》せあってうずくまっていた。

水先案内の予測《よそく》どおり、ゲイル風は夜じゅう吹《ふ》いたあげくに収《おさ》まって、弱りきった世界に夜明けが訪《おとず》れた。雨はほぼやみ、嵐《あらし》の緊張《きんちょう》は過《す》ぎ去った。だが森はいぜんとしてザワザワと騒《さわ》ぎ、河口《かこう》では高波が銀色に光って、うねっている。

ベリックは、かん高い声で鳴きかわしている海鳥の騒《さわ》ぎで目が覚めた。しめっぽい朝の光を受けて、そろそろと身体を動かした。朝、初めて身体を動かすと、必ず激痛《げきつう》におそわれる。眠《ねむ》っている間に、手かせ足かせの傷《きず》や鞭《むち》で打たれた傷《きず》が腫《は》れあがるからだが、その朝はとくに苦しかった。体中の筋肉《きんにく》が痛《いた》み、かせがすれて手首や足首は赤く爛《ただ》れ、手の平のまめはずるむけとなって、手首と同じように肉がむきだしになっている。胸《むね》と腹《はら》は、青あざだらけだった。うめき声をあげて、ベリックはなんとか目を覚まし、その日一日ぶんの苦痛《くつう》にそなえようとした。そのときハッとイアソンの具合のことを思い出し、頭にかぶっていた帆布《ほぬの》を払《はら》いのけ、痙攣《けいれん》するひじをついて、相棒《あいぼう》をのぞきこんだ。

イアソンは腕《うで》を枕《まくら》にして眠《ねむ》っていた。やせ衰《おとろ》えた髭面《ひげづら》だが、眠《ねむ》っていると、起きているときよりも子どもっぽく見える。穏《おだ》やかな顔つきだ――まるで奴隷《どれい》でなく、自由人のようだ、とベリックは思って、不意に刺《さ》すような不安を覚えた。

しかし、ちょうどそのとき、イアソンが目を開けた。眉《まゆ》の根にとまどったようなシワが寄《よ》っている。まるでまったく別のところにいて、鎖《くさり》でつながれていることなど忘《わす》れていたかのようだ。ベリックがほっと安堵《あんど》のため息をつくと、イアソンは寝返《ねがえ》りをうち、寝《ね》たままベリックを見上げた。その顔はまだ穏《おだ》やかな表情《ひょうじょう》をとどめている。

「どうしたんだ?」イアソンが聞いた。

「怖《こわ》かった」ベリックは短く答えた。

イアソンはすぐに返事をせず、横になったまま、ベリックの顔をまじまじと見つめた。そして突然《とつぜん》、ニヤッとした。大胆《だいたん》で陽気な、あの笑いだ。それから「そんなことで、おびえるな」と言った。「この世には、本当に怖《こわ》いものなど、めったにありはしない。おまえがおびえたことも、くだらんことだ。こぎ座《ざ》につながれた人生は、そう甘《あま》くはないし、大ガレー船をこいでいればだれにとっても、死は遠いもんじゃない。でも死ぬことなど、騒《さわ》ぐほどのものじゃないのさ。生きることもだが……」

ふたりのまわりでは、どん底のやからがうごめきはじめた。しかしこの瞬間《しゅんかん》、ベリックとイアソンにとって、まわりの人間は存在《そんざい》していなかった。ベリックはもつれた髪《かみ》の毛を目から振《ふ》りはらい、はげしく言った。「死が怖《こわ》いなんて、だれが言った? オレがなんにおびえようと、どうでもいいだろ。おまえは眠《ねむ》ったんで、ちょっとは元気になった。だから——もう、こんな話はやめだ!」

しかし、イアソンは聞いていなかった。頭を腕《うで》の上にもどし、空のずっとかなたを見ていた。ベリックがその視線《しせん》をたどると、雁《がん》の群れが細長く連なって、からりと冴《さ》えわたった朝の空を飛んでくるのが見えた。ほぼ同時に、鳴き声が聞こえてきた。はじめは上空をかすかにふるわす音にすぎなかったが、黒い群れが近づくにつれて大きくなり、ふつふつとたぎるように響《ひび》いてきた。かん高い鳴き声は、音楽といえば音楽、不気味といえば不気味だ。まるで猟犬《りょうけん》の群れが声を限《かぎ》りに、鳴きさけんでいるようだ。

「春だ。ハイイロガンがまた北へ飛んでいく」イアソンが言った。やがて、風に乗って美しく弧《こ》を描《えが》いた群れが、ふたりの頭上を通りかかった。ちょうどそのとき、イアソンがまた口を開いた。「あれはすばらしいフレスコ画になる。だが、あの、命に満ちた速さを描《えが》くには、ほうき星の尾《お》で筆を作らないとな」

ベリックは飛んでいく鳥の群れが視界《しかい》から消えるまで、顔をしかめて見ていた。そして、しかめっ面《つら》のまま、もう一度イアソンに目を移《うつ》した。イアソンがこんなふうに話すのを、これまで聞いたことがない。それがベリックを不安にした——いっそう不安に。

イアソンはベリックのおびえた顔を見て、静かに言った。「眠《ねむ》っていて夢《ゆめ》を見た。それだけだよ」だが、こぎ座《ざ》の下で夢《ゆめ》を見ることなど、めったにない。家畜《かちく》のように苦役《くえき》させられ、家畜《かちく》のように眠《ねむ》るのだから。

「いい夢《ゆめ》だったか？」ベリックはたずねた。

「ああ、いい夢《ゆめ》だった」イアソンは穏《おだ》やかな視線《しせん》を、ふたたび空に向けた。「生まれ故郷《こきょう》に帰った夢《ゆめ》だった。ローマのことなど考えもしなかったあのころに……。弟とふたりで小舟《こぶね》を持っていたんだ。オレたちは、あの舟《ふね》をマガモのように塗《ぬ》った。マガモの雨《あま》おおい羽《ばね》のように、緑と紫《むらさき》に塗《ぬ》ったんだ。舳先《へさき》には、マガモのような、小さなきらきらした目もつけて。あの舟《ふね》の夢《ゆめ》を見ていた……。冬の雨季が終わるころで、島全体が赤いアネモネに埋《う》まっていた――アネモネはたいてい、家の裏手《うらて》のオリーブの林の根元に咲《さ》く。そんな場所はいつもアネモネがびっしり咲《さ》くんだ。それから、おふくろの奴隷《どれい》のブリセイスばあさんが、パンを焼いていた」

　ほかのこぎ手たちも、今ではすっかり目を覚ましている。規則《きそく》正しい足音が下から上がってきて、アルケスティス号の船首甲板《かんぱん》でラッパが夜明けを告《つ》げた。すぐ続いて応答《おうとう》のラッパが、ヤニクルム号と輸送船《ゆそうせん》から、水面を渡《わた》っていくつものこだまになって返ってきた。護送船団《ごそうせんだん》は目を覚まし、慌《あわただ》しく活動を始めた。こぎ手に食料と水が配られ、水夫たちは被害《ひがい》を受けた帆柱《ほばしら》や帆《ほ》や綱《つな》のあいだで忙《いそが》しく立ち働いていた。近くの集落から小型船《こがたせん》が波にゆられてやってきた。軍団長《ぐんだんちょう》を訪《たず》ねてきた役人が乗っている。野菜売りの舟《ふね》もやってきた。軍団長《ぐんだんちょう》本人も船尾甲板《せんびかんぱん》に現《あら》われ、部下のだれかれと話しながら、行ったり来たりしている。軍団長《ぐんだんちょう》は初めは軍人用マントをしっかり体に巻《ま》きつけていたが、気まぐれの太陽のおかげで暖《あたた》かくなるにつれ、鮮《あざ》やかな布地《ぬのじ》を肩《かた》からはずして、いらいらと背中《せなか》へ振《ふ》りはらった。まるでそのマントこそが自分の活動を妨《さまた》げ、進行を阻《はば》むものであるとでもいうように。

こぎ座《ざ》の奴隷《どれい》たちは、暗い非難《ひなん》の目で軍団長《ぐんだんちょう》を見ていた。奴隷《どれい》たちはアルケスティス号で起こることとは、なんでもよく知っている。だから船長が川をさかのぼって町に行き、そこで嵐《あらし》による大きな損傷《そんしょう》をできるだけ修理《しゅうり》し、交替《こうたい》の奴隷《どれい》を補充《ほじゅう》したいと思っているのを知っていた。五人の奴隷《どれい》が動けなくなったのだから、残った交代要員だけでは安心とはいえない。そのうえヤニクルム号はアルケスティス号よりも被害《ひがい》が大きかったし、輸送船《ゆそうせん》の一隻《いっせき》は船板の合わせ目にひずみが生じていた。しかし軍団長《ぐんだんちょう》は遅《おく》れを許《ゆる》さなかった。軍団《ぐんだん》長《ちょう》がせかせかと落ちつかない様子で動くのが見え、いらいらした調子で話すのが聞こえた。船長の判断《はんだん》を知りたいのだが、いったいいつになったら海が凪《な》ぎ、櫂《かい》が使えるようになるのか……。一日と一晩《ひとばん》か？　よろしい、それではしかたがない。明朝の上げ潮《しお》で、われわれはふたたび出帆《しゅっぱん》するとしよう。

その日の長い待ち時間のあいだ、こぎ手たちは背《せ》を丸め、力なく座《すわ》っていた。きのうはほんのつかのま、生きる目的を持ったが、そんなものはゲイル風とともに消え去っていた。だれもが体を前に倒《たお》し、腕《うで》をひざに乗せている。ほとんどなにも見ないし、聞かない。副《ふく》監督《かんとく》のナソは帆柱《ほばしら》にのんびりと寄《よ》りかかっていたが、鞭《むち》はいつでも使えるように、巻《ま》いて手に握《にぎ》っていた。

翌日《よくじつ》の明け方、こぎ手たちの執行猶予《しっこうゆうよ》は終わった。起こされ食料を与《あた》えられ、出帆《しゅっぱん》用意の号令がかかったときには、準備《じゅんび》はとっくに整っていた。奴隷《どれい》たちはきのう一日中座《すわ》っていたのと同じように座《すわ》り、力なく前方をながめている。こぎ頭《がしら》は持ち場についたが、嵐《あらし》の晩《ばん》の徹夜《てつや》のせいで、まだはれぼったい目をしている。ポルクスは鞭《むち》をほどいて、通路を行き来しはじめた。

「櫂《かい》を出せ」

陰鬱《いんうつ》な、しかしたたきこまれた正確《せいかく》な動作で、こぎ手たちは通路のわきに引き上げてあった櫂《かい》をいっせいに取り上げ、櫂受《かいう》けに通した。櫂受《かいう》け穴《あな》にはめた櫂《かい》の軸《じく》が動かないように、革《かわ》の輪があるが、外側のこぎ手はかがんで、その輪に櫂《かい》を通さなければならない。

イアソンがそれをしようとかがんだとき、小さい乾《かわ》いた咳《せき》がもれた。そのとたんベリックは、少しおさまっていた恐怖《きょうふ》に、ふたたびとりつかれた。イアソンは朝の割《わ》り当ての食料は食べたし、一日休んだので、いつもどおりに見えた。ベリックはこれまで、相棒《あいぼう》は疲《つか》れているだけで病気ではないとむりやり自分に信じこませようとしてきた。しかし今、はっきりと悟《さと》った。疲《つか》れよりももっと重大ななにかが、イアソンを苦しめている。

櫂《かい》の柄《え》に手をかけて、半分振《ふ》り向くと、ベリックは奴隷監督《どれいかんとく》に向かって叫《さけ》んだ。「ここに――控《ひか》えのこぎ手を入れろ。こいつはもうダメだ！」

ポルクスはぱっと振《ふ》り向き、鞭《むち》を振《ふ》り上げて、通路を大股《おおまた》にやってきた。「こぎ座《ざ》でべこべ注文をつけやがったのは、どいつだ？」

「オレだ！」ベリックが叫《さけ》んだ。「隣《とな》りは病気だ。もうこげない。これ以上こがせれば、死ぬぞ！」ベリックが氷の海に飛びこむかのように息をつめたと同時に、鞭《むち》がびしっと頬《ほお》を打った。

「てめえ、このガレー船で、でかい口をたたきやがったな！」ポルクスが、独特《どくとく》のろれつのまわらないような声で言った。「交替《こうたい》をいつ出すか、てめえの知ったことか！　ちくしょうのくせに、生意気ぬかすんじゃねえ！　そいつが死んでも、代わりはいくらでもいるんだ。てめえのほうこそ、殺《ころ》されないように気をつけやがれ！」

ふたたび鞭《むち》がしなり、スズメバチに刺《さ》されたような痛《いた》みが走った。ベリックは怒《いか》りに燃《も》えていたので、ふだんほどは痛《いた》みを感じなかったが、そのときイアソンが警告《けいこく》するように手を押《お》した。ベリックは痛《いた》みよりその手の感触《かんしょく》にはじかれて、鞭《むち》の下でイアソンを見つめた。目が黙《だま》るようにと必死で言っている。イアソンはかすかに首を振《ふ》った。その顔に浮《う》かんだ表情《ひょうじょう》が、奴隷監督《どれいかんとく》の鞭《むち》にもひるまないでいたベリックを押《お》し黙《だま》らせた。

ベリックは前に一度だけ、こういう表情《ひょうじょう》を見たことがあった。円形競技場《きょうぎじょう》でグラウクスの後ろに立ち、あおいでハエを追い払《はら》っていたときだ。砂地《すなち》を血で染《そ》めて倒《たお》れた剣闘士《けんとうし》の顔に、同じ表情《ひょうじょう》が浮《う》かんでいた。まもなく冥府《めいふ》への案内者メリクリウスの扮装《ふんそう》をした男たちが鉤《かぎ》を持って現《あら》われ、剣闘士《けんとうし》の体を引きずっていった。

ポルクスは去りぎわにもう一度ベリックを鞭打《むちう》ってから、移動《いどう》した。錨《いかり》が上がり、こぎ頭《がしら》は最初の音を出そうと、木槌《きづち》を構《かま》えた。ダン。木槌《きづち》が台に打ち下ろされた。無力感に涙《なみだ》を浮《う》かべて、ベリックは櫂《かい》をこいだ。

時間が過《す》ぎていったが、ベリックの心は、はりさけそうだった。自分だけでなくイアソンの分まで必死に櫂《かい》をこいだ。だが、そうしてもたいした役には立たない。いったん河口《かこう》域《いき》を出れば、こぎ手の半分はいつものように休みとなるだろう。内側のこぎ手が休みのときでも、イアソンの代わりにこがせてもらえばいい。ところが、軍団長《ぐんだんちょう》は急いでおり、どちら側のこぎ手もこぎ続けなければならないことがわかった。

ガリアの海岸は右舷《うげん》から遠ざかり、次第《しだい》にぼんやりとしてきて、ついに海に沈《しず》んだ。まだ波が高く、こぐにはおそろしく力がいった。水平線に向かって、長く引きずるように波がうねる。風が帆《ほ》をふくらませてくれると、こぎ手は楽になるのだが、風はそこまで強くはない。そのうえ、西に寄《よ》りすぎていた。目いっぱいこいでいる奴隷《どれい》たちのあいだを、ポルクスが行ったり来たりして、鞭《むち》でたたいた。鞭《むち》に頼《たよ》る馬車の御者《ぎょしゃ》が、ひっきりなしに馬に鞭《むち》を当てて走らせるのと同じだった。軍団長《ぐんだんちょう》は船長の隣《とな》りに尊大《そんだい》な様子で立ち、ブリタニアの方角をながめている。「くそっ！」ベリックはののしった。「あいつを、この世でも、あの世でも呪《のろ》ってやる！　高いところに立ちやがって、オレたちの苦しみなど知りもしない！　オレたちは必死でこいで、心臓《しんぞう》がはり裂《さ》け、櫂《かい》を持ったまま死ぬしかない。あいつとあいつのおきれいな士官《しかん》を、たった一時間早く目的地に着かせるためだ。たったそれだけのためにオレたちが死にかかっているのに、あいつらは気がつきさえしない。いつかあいつらにも、オレたちのようにガレー船をこがせてやる。オレたちの幽霊《ゆうれい》が、そのすがたを見て笑ってやる。それで破《やぶ》れた心臓《しんぞう》をなぐさめてやる!」

二時間ほどたったとき、イアソンがまた咳《せき》こみはじめた。咳《せき》はむせぶように続き、やがてガクンと体が櫂《かい》の柄《え》にくずれて、ついに咳《せき》も止まった。

「イアソン!」ベリックは叫《さけ》んだ。「イアソン!」だが、返事はなかった。

ベリックはどうすることもできず、イアソンの重みを櫂《かい》に受けながら、ただこぎ続けるしかなかった。すぐにポルクスが、足音を荒《あら》げて飛んできて、のぞきこんだ。ベリックはポルクスを見上げて、重たくなった櫂《かい》と戦いながら、歯をむいた。「見ろ!」ベリックは叫《さけ》んだ。「見ろ、ポルクス!　病気だと言っただろ!」

「どうせ仮病《けびょう》だ!」ポルクスは笑った。そして鞭《むち》を持った手を振《ふ》り上げた。長い鞭《むち》がうなりをあげて、イアソンのやせ衰《おとろ》えて傷《きず》だらけの背中《せなか》に、ビシッと振《ふ》りおろされた。「起きろ、ちくしょうめ!　こぎながら眠《ねむ》る方法を教えてやる!　こぎながら——」

イアソンはその一撃《いちげき》でぴくっと痙攣《けいれん》し、半分体を起こし、それから長々《ながなが》と震《ふる》えるような息をすると、前にのめって、動かなくなった。また鞭《むち》がうなって振《ふ》りおろされたとき、ベリックは櫂《かい》をはなし、怒《いか》りの叫《さけ》びをあげて、自由なほうの手で鞭《むち》を払《はら》おうとした。こぎ手のいなくなった櫂《かい》はとびあがって、前のこぎ座《ざ》のふたりをなぎ倒《たお》した。鞭《むち》はベリックの手首に巻《ま》きつき、一瞬《いっしゅん》の混乱《こんらん》のすきに、ベリックは奴隷監督《どれいかんとく》の手から鞭《むち》を奪《うば》いとった。するとあわてた足音が聞こえ、ポルクスの助手が水夫ふたりを連れて応援《おうえん》にかけつけた。こぎ頭《がしら》の木槌《きづち》の音がガレー船中に響《ひび》かなくなり、こぎ手たちが櫂《かい》の手を止め、どうしたのかと首を伸《の》ばしているのを、ベリックはもうろうとだが意識《いしき》した。ベリックはわきに押《お》しのけられ、握《にぎ》っていた鞭《むち》はひったくられ、何度も何度もイアソンの背中《せなか》に打ちおろされている。だが、イアソンはぴくりともしなかった。イアソンの体からゆっくりと血が流れだし、やがて止まった。

悪態《あくたい》をつきながら奴隷監督《どれいかんとく》はイアソンの上にかがみ、片方《かたほう》の肩《かた》をつかんで引きおこすと、またつき放した。「フン、仮病《けびょう》じゃなかったのか」そう言うと、そばにやってきたこぎ頭《がしら》のほうを向いた。「交替《こうたい》の奴隷《どれい》がひとり、要《い》りますぜ。こいつはくたばりやがったから」

他のこぎ手たちは陰気《いんき》な声で、ぶつぶつ言いはじめた。半分は怒《いか》りで、もう半分は興奮《こうふん》で、声がしだいに高まっていく。だが、ベリックはもう叫《さけ》んでいなかった。隣《とな》りのこぎ座《ざ》の上にじっとかがんで、イアソンの体を、凍《こお》りついたような目つきで見ていた。

こぎ頭《がしら》はチュニカの胸《むね》から、いつも首の鎖《くさり》から外したことのない重たい鍵《かぎ》を取りだし、かがんでイアソンの手足のかせを外した。それから後ろに下がり、船べりのほうにちらっと合図をした。奴隷監督《どれいかんとく》と助手が、イアソンの遺体《いたい》を持ち上げた。

ベリックは身じろぎもせず、目さえ上げなかった。イアソンのぼろぼろになった体を海に投げ捨《す》てる音が、パシャッと響《ひび》いた。それでおしまいだ。こぎ手が死ぬと、パシャッと音がして、その場所に新しいこぎ手がつながれ、そしてガレー船は進み続ける……。

交替《こうたい》のこぎ手が連れてこられ、つながれるのを待っている。力のありそうな、赤毛の男だ。ベリックを押《お》しやり、男がイアソンのいた場所につかされた。奴隷監督《どれいかんとく》がかがんで足かせをはめようとした。

その瞬間《しゅんかん》に、ベリックは飛びかかった。

ベリックはこれまでにも命がけで戦ったことがあった。九歳《さい》のときには、自分の居場所《いばしょ》をかけて戦った。ロドペの物置の窓《まど》の下では、自分の自由をかけて戦った。そしてこぎ座《ざ》の連中とは嫌《いや》というほど戦ってきた——こぎ座《ざ》での戦いは、一本の骨《ほね》をめぐって、犬たちがうなったりかみついたりするような、当たり前のけんかだったが。でも、今度は違《ちが》う。今度ポルクスに飛びかかったのは、どす黒い凶暴《きょうぼう》な怒《いか》りのためで、それは友人を殺《ころ》した憎《にく》い奴隷監督《どれいかんとく》だけに向けられたものではなかった。上でふんぞりかえっている、浅はかな軍《ぐん》団長《だんちょう》。円形競技場《きょうぎじょう》で剣闘士《けんとうし》を殺《ころ》すよう、親指を下げて合図をした男たち。そしてローマの無慈悲な権力すべてに対する怒りでもあった。今ベリックは、相手を殺すために戦っていた。

ポルクスはすっかり油断《ゆだん》していたので、ベリックに組み敷《し》かれて、動転してうめいた。ベリックの目にはまっ赤な怒《いか》りのもやがかかっていたが、ポルクスの残忍《ざんにん》な顔が上向きになっているのが見えた。ベリックはその顔を、鉄の手錠《てじょう》でおもいきりなぐりつけた――こぎ座《ざ》で覚えたきたない手口だ。同時に、自由な手で相手の太いのどをしめつけた。まわりは大騒《おおさわ》ぎとなったが、ベリックは反撃《はんげき》する相手のげんこつをかわし、大勢《おおぜい》につかまえられ引きはがされかかりながらも、猟犬《りょうけん》のようにポルクスののどを捕《と》らえて放さなかった。まっ赤なもやを通して、ポルクスの血みどろの顔が、どす黒くなってきたのがわかった。

しかしとうとう、ベリックは頭に一撃《いちげき》をくらって、半分気を失い、敵《てき》から引きはがされて投げだされた。ふたりの水夫に組みふせられ、あえいでいるうちに、怒《いか》りの炎《ほのお》が、冷えた灰《はい》のように色あせていった。むこうでゲホゲホ息をつき、激《はげ》しく吐《は》く音がしたので、結局ポルクスを殺《ころ》せなかったことがわかった。ベリックは自分のふがいなさにいきどおった。

ベリックの頭上できびきびした威厳《いげん》のある声がし、目の前に船長の、鋲《びょう》を打ったサンダルが見えた。こぎ頭《がしら》が、イアソンのかせをはずしたときと同じように、ベリックのかせをはずした。ベリックは立たされ、通路に引き上げられ、船首甲板《かんぱん》の先端《せんたん》にある鞭打《むちう》ち刑《けい》のための柱まで連れていかれた。こぎ座《ざ》の全員が首を回してながめている。ベリックは両手を頭の上にひっぱりあげられて、柱につながれた。全員の視線《しせん》を感じる。同じガレー船の奴隷《どれい》という強烈《きょうれつ》な絆《きずな》で結ばれているので、みんなはベリックのために憤慨《ふんがい》し重苦しく沈《しず》んでいる。ところがそれでもなお、ある種の残忍《ざんにん》な期待と興奮《こうふん》が感じられる。ベリックはこういう鞭打《むちう》ち刑《けい》を、いったい何度見てきたことだろう。最初のうちは、見るのがいやだった。ところがそのうち心がこわばってくるにつれ、どす黒い奇妙《きみょう》な興奮《こうふん》を感じるようになった。興奮《こうふん》は、今回は他のだれかだが、つぎは自分かもしれないという意識《いしき》と、奇妙《きみょう》につながっているようでもあった。

そして今度は、ベリックの番だった。ポルクスは当分のあいだは仕事につけないので退《しりぞ》けられ、助手のナソが鞭《むち》を手にして後ろに立った。鞭《むち》はこぎ座《ざ》で使う家畜《かちく》用の長い鞭《むち》ではなく、何本もの革《かわ》ひもがついた短いものだ。革《かわ》ひもの一本一本に固い結び目がついていて、鋼《はがね》のようにくいこむ。こぎ頭《がしら》と船長は少し横のほうに場所をしめている。遠くの船尾甲板《せんびかんぱん》には、船の遅《おく》れにいらだって冷ややかな目で見ている軍団長《ぐんだんちょう》のすがたがあった。

鞭打《むちう》ち刑《けい》が終わると、ベリックは見せしめのためにつながれたまま放置された。両腕《りょううで》が高く縛《しば》られ、頭があおむけにガクンと反りかえっている。だからふたたび目を開けたとき、最初に見えたのは一面の青い光だった。目がはっきりしてくるにつれて、その光は春の空になった。ベリックは前には鞭打《むちう》ち刑《けい》を喰《く》らったことはない。それで背中《せなか》が思ったほど痛《いた》くないことに、ぼんやりと驚《おどろ》いていた。実は背中《せなか》は、感覚が麻痺《まひ》していたのだが。そのかわり、体がバラバラになったような衝撃《しょうげき》でひどい吐き気《はけ》を感じ、どうしようもなくのどが渇《かわ》いていた。体のなかのなにもかもが壊《こわ》れたように感じられる。後ろから櫂《かい》がリズミカルに水にもぐり、水をかく音、こぎ手の荒《あら》い息づかい、そしてガレー船が進むときの耳慣《みみな》れた、さまざまな音が聞こえてくる。それなのに目の前には、空っぽの青い輝《かがや》きだけがある。少しずつ、頭を前に起こしていった。頭の後ろを、炎《ほのお》の糸にひっぱられているような気がする。その糸にさからって頭を持ち上げると、ぐらぐらする視界《しかい》に、甲板《かんぱん》の先端《せんたん》にある金色の船首が見えた。首を曲げた白鳥のように誇《ほこ》らしく優雅《ゆうが》な、アルケスティス号船首だ。両腕《りょううで》を高くつり上げられたまま、ベリックは起こしたひたいを柱に押《お》し当て、目を閉《と》じた。すると麻痺《まひ》していた背中《せなか》に感覚が返ってきた。そのとたんに火のような痛《いた》みがもどってきて、ベリックは苦悶《くもん》の声をあげた。腕《うで》はつけ根から引きさかれたようだし、ゆるゆると時間が経《た》つにつれて、のどの渇《かわ》きは拷問《ごうもん》のように激《はげ》しくなり、その苦しさは限界《げんかい》を超《こ》えようとしていた。

太陽が沈《しず》み、空は輝《かがや》く青から、色あせたブルーベルの花のように色を失っていった。そのときになってようやく、ベリックをつり下げていた手かせが外され、ベリックはずるずると甲板《かんぱん》にくずれ落ちた。だれかにバケツの水をぶっかけられ、少し頭がはっきりした。すっぱいワイン一杯《いっぱい》と水が与《あた》えられ、水はたっぷり飲むことを許《ゆる》された。命がふきかえる思いがしたが、のどと舌《した》が腫《は》れあがっていて、はじめは飲みこむことさえできなかった。この手の仕事はいっさいこぎ頭《がしら》の領分《りょうぶん》だったので、こぎ頭《がしら》は自分で、ベリックの背中《せなか》に暖《あたた》めた松脂《まつやに》を手荒《てあら》く塗《ぬ》りつけた。その瞬間《しゅんかん》は背中《せなか》が燃《も》えるようだったが、後になると痛《いた》みが少しだけ和《やわ》らいだような気がした。

すぐにまたもとの場所に連れていかれ、こぎ座《ざ》に座《すわ》らされた。鉄の手かせと足かせがまたはめられた。ごそごそと手を伸《の》ばし、櫂《かい》の柄《え》のなじんだ握《にぎ》りを見つけると、身体がひとりでにいつものリズムに合わせて動きだした。隣《とな》りの男だけが変わっている。それを見てこのとき初めて、痛切《つうせつ》な思いがベリックを襲《おそ》った。その朝までそこにいたイアソンは、もう二度と隣《とな》りに座《すわ》ることはない。櫂《かい》を握《にぎ》った手を隣《とな》りにすべらせても、イアソンの手は触《ふ》れてはこない。もう二度と、けっして。

こぎ座《ざ》の相棒《あいぼう》が死んで、その遺体《いたい》は海に捨《す》てられ、見知らぬ赤毛の男が、イアソンの場所につながれている。そして、自分はこぎつづけている……。

結局、昼間のうちに内側のこぎ手は少し休んだらしく、今度はベリックがこぐ番だった。外側が非番《ひばん》となり、赤毛の男は床《ゆか》にずるずるとすべり下り、ベリックだけが櫂《かい》に残された。何度、イアソンはこのようにすべり下りたことだろう。何度、ベリックも同じようにすべって、イアソンの足元に横になったことだろう。それなのに、もう二度と、イアソンを見ることはない。孤独感《こどくかん》と友を失ったつらい、やりきれない痛《いた》みがベリックの心をいっぱいにし、身体の痛《いた》みさえものみこんだ。そのとき、すべてが消えはじめた。すべてがかすみ、どんどん遠くなっていく。櫂《かい》をこぐリズムさえ、ベリックの頭から消えていた。そして、もうすべてが、どうでもよくなった……。

ランタンの灯《あか》りが目に入り、ベリックはおぼろげながら、人々《ひとびと》がまわりに立っているのに、気がついた。彼《かれ》らがなにを言っているのか理解《りかい》はできるのだが、声ははるかかなたから聞こえてくるようだった。自分から話すことはとてもできず、声が聞こえていると意志《いし》表示《ひょうじ》をすることさえできなかった。それに、そんなことはどうでもよい。いっさいがもうどうでもよかった。

「またひとり、くたばりやがった」ナソがうんざりしたように言っている。

だれかがまたベリックのかせをはずしている。その頭がランタンの光をさえぎる、黒いしみのように見えた。「どうしてだか、こういうやつが時々《ときどき》出るんだ、鞭打《むちう》ちの刑《けい》の後にな」こぎ頭《がしら》の声がした。「ふっとローソクが消えるように、命がつきちまうのさ」「置いといても、役には立たないんで？」

「立つわけがねえ。こんな息も絶《た》えだえのやつなんか。たとえよくなるとしても、何週間も先の話だ――何カ月かもしれねえ――こげるようになるまでにはな」

「じゃあ、パシャッとやるんですかい？」

「そうだ」こぎ頭《がしら》はあっさりと言った。「明日デュブリスに着いてからじゃあ、埋《う》めるのに手間がかかる。ここで捨《す》てれば、まんいち海岸に流れ着いても、だれかが始末するだろう」

ベリックの腕《うで》と脚《あし》が持ち上げられた。だれかがウンウン言いながら、後ろ向きに運んでいる。長い間運ばれたのか、それとも心臓《しんぞう》がひとつ打つ間だけだったのか、わからなかったし、どうでもよかった。ベリックは船べりから海に投げこまれるとき、ほとんど意識《いしき》を失っていた。

第十四章　霧《きり》のかなたの家

ベリックの養い父だったクノリは、ベリックを海で拾ったときに、こう言ったのだ。

「溺《おぼ》れないというのが、こいつの運命なのさ」

痛《いた》めつけられ、ひからびた身体が海につき落とされたとき、針《はり》を刺《さ》すような猛烈《もうれつ》な痛《いた》みがベリックを襲《おそ》った。ムチで切り裂《さ》かれた背中《せなか》に、海水がしみたのだ。ところがこのショックが、冷たい水をぶっかけて眠《ねむ》りから覚ますような効果《こうか》を果たした。ベリックは暗い深みへとどんどん沈《しず》んでいったが、肺《はい》が破《やぶ》れそうになって、ふたたび浮上《ふじょう》した。目に火花がちったものの、おかげで意識《いしき》がはっきりした。ベリックはあえいで息を吸《す》いこむと、水を蹴《け》って浮《う》かんだ。船尾《せんび》のかがり火で、船団《せんだん》が通りすぎていくのがわかる。もし大声で叫《さけ》べば、引き上げてもらえるかもしれない。でもそれはガレー船の奴隷《どれい》にもどることを意味する。それなら海のほうがましだ。海は人間よりも優《やさ》しいだろう。小さかったころ、初めてアザラシ棚《だな》から海に飛びこんだとき、ベリックは恐《おそ》れもしなければ怖《こわ》いとも思わず、アザラシの子のように海にもぐった。あれ以来、海はベリックの友だちだった。今も、海はまるで友人が手で支《ささ》えるようにして、ベリックの身体を浮《う》かせてくれている。三隻《せき》目の輸送船《ゆそうせん》はすぐそばを通ったので、船のたてる波が感じられたほどだったが、月は雲にかくれており、だれもベリックに気づくものはいなかった。輸送船《ゆそうせん》はみんな行ってしまった。少しおいてヤニクルム号が通りすぎた。規則《きそく》正しく櫂《かい》をこぐ音が、波のゆれのあいまに伝わってきた。やがて船尾《せんび》の赤いかがり火が、だんだん小さく遠くなっていった。

ベリックは暗いゆれる波間に、ただひとりとり残された。

船が通りかかって助けてくれるとは思えなかったし、陸にたどりつけるとは、なおのこと思えなかった。だがそれでも、少しも怖《こわ》くはなかった。背中《せなか》の痛《いた》みが少しずつ和《やわ》らぐとともに、睡魔《すいま》が襲《おそ》ってきた。だが、ピソの家を逃《に》げだした夜にベリックを導《みちび》いたのと同じ何ものかが、ベリックのなかでふたたび目覚めていて、警告《けいこく》している。眠《ねむ》ったらおしまいだ、眠《ねむ》ったら溺《おぼ》れる。このまま眠《ねむ》って死んでしまえたら、どんなに楽だろう。だがベリックのなかで目覚めた何ものかが、あきらめさせてくれなかった。

ベリックはしばらく波間に漂《ただよ》い、夜が明けるのを待った。どうやらガレー船は思ったより岸に近いところにいたらしい。たぶんベリックが海に捨《す》てられたとき、そこはこぎ頭《がしら》が思っていたより岸に近いところだったのだろう。さらに潮《しお》の流れが、ベリックを岸へと運びつづけていたようだ。おかげで明けかかった空に残る月光が、ふいに信じられないものを見せてくれた。陸だ！　陸は、波がベリックを持ち上げたときに、遠くに一瞬《いっしゅん》見えただけで、波間に沈《しず》むとまた見えなくなった。だがそちらの方角に目を凝《こ》らしていると、つぎの波に乗ったときに、また見えた。海ぞいに銀色の影《かげ》のように、低い陸地がかすんでいる。そこに向かって、ベリックはただちに泳ぎはじめた。もう波に漂《ただよ》っている場合ではない。また命がけの戦いが、始まった。生きるためには、心臓《しんぞう》が破《やぶ》れるまで泳ぐしかない。

かつて海はベリックを傷《きず》つけもせず、呑《の》みこみもしなかったが、今ふたたび、ベリックに命を返そうとしていた。月光が朝焼けに変わるころ、ベリックがもうあと一息も泳げないと感じたとき、そこは足がつく浅瀬《あさせ》だった。ベリックはよろよろと、ゆったりと寄《よ》せては泡《あわ》だつ波のなかを歩き、カキのように白っぽい砂利浜《じゃりはま》に上がった。満潮時《まんちょう》の漂流物《ひょうりゅうぶつ》が溜《た》まっているあたりで、ガクンと倒《たお》れこみ、頭を垂《た》れて激《はげ》しく嘔吐《おうと》した。浜《はま》をもう少し上がったところで、また吐《は》いた。

ベリックはなんとか気力をかき集めて、四つんばいになってまた上っていった。やがて、編《あ》み垣《がき》の間に石灰岩《せっかいがん》のかたまりを積み上げた胸《むね》ほどの高さの壁《かべ》にたどりつき、どうにかそれを乗り越《こ》えた。その先に幅《はば》の広い砂利《じゃり》の土手があったので、それをはい登り、反対側に転がり下りた。下には草が生いしげり、今乗り越《こ》えた壁《かべ》の向こうから、波の音がおだやかに聞こえてくる。ベリックはそこに倒《たお》れたまま、やさしい闇《やみ》の中に落ちていった。

目が覚めたのは昼間だったが、太陽も日陰《ひかげ》もなく、ただ霧《きり》に包まれた世界が広がっているだけなので、一日のいつごろなのか、見当がつかなかった。柔《やわ》らかく霧《きり》が漂《ただよ》うなかに、湿原《しつげん》が広がっていて、どこが霧《きり》でどこが湿原《しつげん》か、見分けがつかない。その雲のなかから、海鳥の鳴く声が聞こえる。ベリックはひじをついて、身体を起こした。背中《せなか》の傷《きず》がびりびりと痛《いた》んで、悲鳴をあげそうになった。とまどいながら、あたりを見まわしてみる。どうやって、ここへ来たのだろう？　ベリックが突然《とつぜん》動いたので、近くの水たまりのふちにいたアオサギを驚《おどろ》かせた。アオサギは考え事でもしているように片足《かたあし》で立っていたが、さっともう一方の足を下ろすと、大きな翼《つばさ》を広げて空に舞《ま》い上がった。冠毛《かんもう》のついた矢じりのような頭は、優美《ゆうび》で力強い。ベリックはそのアオサギが霧《きり》のなかに消えるのを見ていた。美しい鳥だ。イアソンが見たら、きっと喜ぶだろう。イアソンは野生の雁《がん》を見ると、いつもうれしそうにしていたから。

イアソン！　その名前をきっかけに、ベリックの頭の回路が開き、それまでの記憶《きおく》が水門を切ったように、どっともどってきた。

ベリックはよろよろと立ちあがった。めまいがして、まわりの湿原《しつげん》が傾《かたむ》き、ぐらぐらとゆれたが、かまわずにかけだした。よろめいては倒《たお》れ、倒《たお》れてはまた起きあがる。湿地《しっち》に足をとられたが、なんとか抜《ぬ》けでて、なおも走った。後ろに海があり、海はガレー船を意味した。心臓《しんぞう》が破裂《はれつ》しそうだ。ときどき肩《かた》ごしにふり返ってうしろを見つめるベリックの目は、狂気《きょうき》がほとばしっているようだ。まるでアルケスティス号が悪夢《あくむ》に出てくる怪物《かいぶつ》のように、海だけでなく陸を走って追ってくるのではないか、潮《しお》の匂《にお》いのする霧《きり》の向こうから、おたけびをあげて追いかけてくるのではないかと、おびえているようだった。

霧《きり》！　霧《きり》は休むことなく、その濃《こ》さを増《ま》している。最初に目が覚めたときは、かなり遠くまで見通せたのに、今では白いものがするするとまつわりついてきて、ベリックはすっぽりと霧《きり》に呑《の》みこまれてしまった。ベリックに見えるのは、一メートルほどの水びたしの草だけで、その草がベリックの動きにあわせて動いていく。ときどき水たまりが光り、ときどき不気味な静けさを破《やぶ》って鳥が鳴いた。ベリックの心臓《しんぞう》だけが変わらず恐怖《きょうふ》のあまり早鐘《はやがね》のように鳴っていた。それでも少しずつ恐慌《きょうこう》はおさまり、ベリックは走るのをやめ、ふらつく足で歩くようになった。だが心にあることはただひとつ、海から逃《に》げたいということだけだった。どっちへ行けばいいのかわかるはずもないが、かすかにこっちだと思える方向に向かって、やみくもに歩き続けた。そうしているうちに、別のことが頭をしめるようになり、やがてほかのことは考えられなくなった。水だ。水が飲みたい。まわりは水に囲《かこ》まれている。だがそれは塩水だ。ベリックがひどく喉《のど》が渇《かわ》いているのを知って、だれかがわざと塩を入れたのかとさえ思えた。喉《のど》の渇《かわ》きは、刻一刻《こくいっこく》とさしせまったものになっていった。

だいぶ時間がたってから、前方に人がいるような気配を感じた。その音を聞いてベリックがまず思ったのは、人がいれば、水のある場所を教えてくれるかもしれない、それどころか水をくれるかもしれない、ということだった。じっと耳をすますと、どうやら何人かの人間が働いているらしい音がする。働く人間がいれば、彼《かれ》らが飲む水があるにちがいない。きっと食べ物もあるだろう。でもベリックは食べ物はどうでもよく、それより水が飲みたかった。その方角に向きかけて、ためらった。ふと自分のすがたを見て、自分が素《す》っ裸《ぱだか》であることに初めて気がついたのだ。素《す》っ裸《ぱだか》の身体は、冬の飢《う》えたオオカミのようにガリガリにやせており、皮膚《ひふ》は黒ずんで塩をふき、手錠《てじょう》が喰《く》いこんでいた手首はただれている。それでも、なにがなんでも水が飲みたい。やむにやまれぬ要求につき動かされて、ベリックはまた先に進んだ。ずいぶん長いこと歩いたつもりなのに、音は少しも近くならなかった。そのとき突然《とつぜん》、幕《まく》が上がるように霧《きり》が晴れた。すると音が、恐《おそ》ろしく近くから聞こえ、真っ白な霧《きり》のなかから、毛足の長い、がんじょうそうな小型《こがた》の馬が目の前に現《あら》われた。馬は大きな荷かごを背負《せお》って、頭を垂《た》れている。そのかごからふたりの男が、石灰岩《せっかいがん》のかたまりを下ろしていた。ベリックは驚《おどろ》いて目を見はった。しかし視線《しせん》はそこに止まらず、そのむこうにいる男たちに向かった。彼《かれ》らの輪郭《りんかく》は、霧《きり》で銀色に見える。どうやら編《あ》み垣《がき》の間や、サンザシの束《たば》の間に、石灰岩《せっかいがん》のかたまりを詰《つ》めこんでいるようだ。明け方にベリックが乗りこえた壁《かべ》のようなものを造《つく》っているらしい。

霧《きり》に包まれたその光景に衝撃《しょうげき》を受けて、ベリックは一瞬《いっしゅん》立ちつくした。さっきの馬が動きだし、つぎの馬がやってきたので、じっと身を伏《ふ》せ、身じろぎさえしなかった。壁《かべ》の上にいる革《かわ》の服を着た男たち。作業を見ている背《せ》の高い男が、たてがみのついた兜《かぶと》をかぶっているのが、霧《きり》に浮《う》かぶ輪郭《りんかく》から、はっきりとわかる。まちがいない。ローマ軍の兵士《へいし》と百人隊長だ。よりにもよってベリックは、ワシの軍団《ぐんだん》の作業隊のなかに、迷《まよ》いこんでしまったらしい。

「これは小さすぎる」百人隊長が言った――ベリックにその声がはっきり聞こえた。それから百人隊長は声を張《は》りあげて、ずっと遠くの壁《かべ》にいる人間に声をかけた。「おーい、メラス！　アントニウスに言ってくれ。われわれは壁《かべ》を造《つく》ってるんだ。モザイク式の道路を造《つく》ってるんじゃないぞ」

霧《きり》がまた濃《こ》くなった。ベリックは水を探《さが》すことなど忘《わす》れてしまい、逃《に》げたいということ以外は頭の中がまっ白になった。よろよろ立ちあがると、流れてきた白い霧《きり》のなかに身をかくした。ガレー船の恐怖《きょうふ》がまたもや口を開き、ベリックを呑《の》みこもうとしている。

ここから先は、ベリックの頭の中まで、霧《きり》がかかってしまったようだった。次第《しだい》にころぶ回数が増《ふ》えたが、そのたびにガレー船の恐怖《きょうふ》がベリックを立ち上がらせ、よろよろと、ただよろよろと歩き続けた。いつのまにかまわりは海水につかっていた。このあたりは潮《しお》が満ちると海面下に沈《しず》む、塩湿地《えんしっち》らしい。結局オレは、溺《おぼ》れるのかもしれない。だが溺《おぼ》れることは怖《こわ》くなく、ガレー船だけが怖《こわ》かった。光はかげりはじめ、霧《きり》はクモの巣のような灰色《はいいろ》になってきた。もうじき倒《たお》れてしまい、二度と立ち上がれないだろう。限界《げんかい》にあることは、自分でわかっていた。ところがそう感じたとたんに、目の前の霧《きり》が新しい匂《にお》いを運んできたような気がした。暖《あたた》かい大地の匂《にお》い、腐葉土《ふようど》の匂《にお》い、さらに薪《まき》が燃《も》えるような匂《にお》いさえする。身をかくすところを期待させる匂《にお》いであり、なつかしい故郷《こきょう》の森の匂《にお》いでもある。道に迷《まよ》った旅人が故郷《こきょう》への道を見出したように、ベリックはその匂《にお》いのするほうへと、ふらふらと歩いていった。

地面が上り坂になったと思ったとたんに、ハリエニシダの茂《しげ》みが、クモの巣のような濃《こ》い霧《きり》のなかから現《あら》われた。そのとたんベリックは、湿原《しつげん》も海もガレー船も存在《そんざい》しない別世界にいるような気になった。ほんの少し進むと、暗い小さな池のふちに出た。水が溜《た》まったところは嫌《いや》になるほどあったが、ハリエニシダのなかにあるこの池は、きっと真水にちがいない。夢中《むちゅう》になってそのふちにうずくまり、手の平で水をすくって飲んでみた。真水だ！　そして甘《あま》い。ベリックはすすり泣きながら、はいつくばって、池の水を犬のようにぴちゃぴちゃと飲みはじめた。

心ゆくまで飲んで、しばらくは池のそばでじっとしていた。この暗いハリエニシダの茂《しげ》みの下に横になり、そのままもう立ちあがりたくない。もう、これで終わりにしたい。しかし、なにかがベリックを追い立てている。ガレー船の恐怖《きょうふ》がおさまったというのに、ベリックのなかの何ものかが、最後にもう一度ベリックを立ち上がらせ、よろめくように歩きださせた。地面はまだゆるやかな坂になっている。ふいにコケと腐葉土《ふようど》の匂《にお》いがたちこめ、あたりは森となった。霧《きり》と深まりゆく夕暮《ゆうぐ》れのなかに、風で傾《かし》いだ背《せ》の低いカシの木とサンザシの木が見える、というより感じられる。死にかかった手負いの獣《けもの》がそれでも歩いていくように、ベリックは震《ふる》えながら、下草をかきわけていった。どこに、なぜ行こうとしているのかもわからないまま、ゆるやかな坂をひたすら登った。

灰色《はいいろ》の霧《きり》は深まりゆく黄昏《たそがれ》に溶《と》けこんでしまったようだったのに、また少しずつ漂《ただよ》いはじめた。霧《きり》は真珠貝《しんじゅがい》の底のような白っぽい色を帯びて、ベリックのまわりを暖《あたた》めはじめた。その霧《きり》が突然《とつぜん》流れさり、まるで泳いでいる人が水面からひょいと顔を出すように、ベリックは霧《きり》の中から出た。あたりを、ランタンの灯《ひ》のような黄色い夕陽の、やわらかな残光が照らしていた。

ゆるやかな上り勾配《こうばい》の地面が、平らになった。前には強風で傾《かし》いだ背《せ》の低いサンザシの茂《しげ》みがあるが、左側は開けた草地だった。その草地に、細長く平べったい農家が建っている。農家は、隠《かく》れる必要などないのだと主張《しゅちょう》するかのように、サンザシの茂《しげ》みから離《はな》れていた。青白い霧《きり》がテラスの階段《かいだん》近くまで、たちのぼっている。むこうには広々《ひろびろ》とした空があるだけで、薄《うす》れゆく光を背《せ》に、建物が黒っぽい影《かげ》に見える。

農家は、嵐《あらし》や強風に負けないよう、どっしりと建っていた。低い屋根の上をうなりをあげて吹《ふ》きまくる冬のゲイル風に対抗《たいこう》して、湿原《しつげん》のはじに、深く根を下ろしているようだ。そのすがたは、今ベリックがかくれているサンザシの木々《きぎ》と似《に》ている。家の窓《まど》には灯《あか》りがあり、それがベリックに手を差し伸《の》べて、おいでおいでをしているように見える。あるいは呼《よ》んでいるのは、家そのものかもしれない。おまえの仲間だ、と暖《あたた》かく語りかけてくる。だが、人間がいたらどうしよう？　これまで人間はベリックには少しもやさしくなかったから、人のそばにいきたいとは思わなかった。それなのに一方では、ベリックは人が恋《こい》しかった。もうだいぶ前から、今夜死ぬだろうという気がしている。全世界から拒《こば》まれて死ぬのは、さみしかった。

もう少し這《は》っていって、横になれる場所を見つけよう。そこから窓《まど》の中の灯《あか》りを見たい……。

ベリックは最後にこう思い、あとは意識《いしき》が薄《うす》れた。だが頭の中が霧《きり》でおおわれたようになっても、灯《あか》りのついた窓《まど》に少しでも近づきたいと、魂《たましい》が泣きつづけていたのだろうか。どうして足を運んだのかわからないまま、ベリックは突然《とつぜん》、家の前のテラスにいた。

夕闇《ゆうやみ》のなか、目の前の灯《あか》りが金色ににじんで、ゆれている。かたわらにタマリスクの木が影絵《かげえ》のように枝《えだ》を広げており、ふんわりとした枝先《えださき》が窓辺《まどべ》にかかっている。ベリックは手探《てさぐ》りで進んだ。するとひざがガックリとくずれ、静かに沈《しず》むようにして前のめりに倒《たお》れた。少し身体をよじり、片方《かたほう》の手をのばして、テラスに落ちているやわらかな灯《あか》りに、少しでも触《ふ》れようとした。それから長くため息をついて、頭をもう片方《かたほう》の腕《うで》にのせた。

ベリックがつぎに気がついたのは、人の声だった。ランタンの強烈《きょうれつ》な光が、顔を照らしている。ひじをついて身体を起こそうとすると、ふたりの男がベリックを上から見ていた。

「このすがたは、逃亡奴隷《とうぼうどれい》ですよ」ランタンを持った男が言った。

「そうだな、かわいそうに」もうひとりが言った。まぎれもないローマ人の明晰《めいせき》な話し方だった。「そうとう長いあいだ、逃《に》げていたようだ」

ベリックはなんとかひざをついたが、それ以上は立てなかった。その場にちぢこまってふたりの男を見上げ、おびえたように訴《うった》えた。「ガレー船にもどさないでくれ！」ベリックは死にものぐるいで哀願《あいがん》した。「いやだ、ガレー船にもどるのはいやだ！」

ふたりめの男が急いでかがんで、ぐらりと倒《たお》れかかったベリックを支《ささ》えた。ベリックは、目の前の顔を必死で見つめた。ひきしまった日焼けした顔は、なんとなく親しみがあった。ベリックは狂《くる》ったように、わけのわからないことを口走った。「出ていきますから――オレ――ああ、逃《に》がして――ガレー船はいやだ！」そのとき男が自分のひざにベリックを寄《よ》りかからせようとしたので、ベリックは鋭《するど》い悲鳴をあげて、身をよじった。

一瞬《いっしゅん》完全な沈黙《ちんもく》があってから、ベリックは痛《いた》まないように、ゆっくり背中《せなか》を離《はな》されたのを感じた。上のほうで、ローマ人の声がした。「なんてことだ、偉大《いだい》なミトラの神よ！この背中《せなか》を見ろ、セルヴィウス。酷《ひど》い鞭打《むちう》ちのあとだ」

「それで逃《に》げたんでしょうな」ランタンを持った男が言った。

ベリックはまたとりとめなく口走りはじめた。「引き渡《わた》さないで。オレ、なにも悪いことをしてない！　だから……頼《たの》むから」すべてがベリックの目から、消えかかっていた。この世界を失うまいと、ベリックはあと一瞬《いっしゅん》だけ、戦った。「いやだ、ガレー船はいやだ！」

鞭打《むちう》ちの傷《きず》にさわらないよう注意して、ベリックの肩《かた》に手が当てられた。その手の重みのおかげで、世界は一瞬《いっしゅん》落ち着いたように思えた。またローマ人の声が聞こえた。遠くから聞こえているようだが、はっきりとした力強い声で、ベリックにも理解《りかい》できた。

「いいか、聞こえるな。こわがらなくていいんだ。おまえをガレー船にもどしたりしないから」

そのとき暗闇《くらやみ》が、巨大《きょだい》な波のように、ゆっくりとベリックをつれさった。

ベリックはまた、鎖《くさり》で櫂《かい》につながれていた。隣《とな》りではイアソンがこいでいる。海は山のような高波を、アルケスティス号の船べりにたたきつけてくる。ベリックはこぎ頭《がしら》に向かって、叫《さけ》んだ。「櫂《かい》をひきあげたほうがいい！　だれか死ぬぞ――死ぬぞ――死ぬぞ！」

つぎに嵐《あらし》をついて叫《さけ》んでいるのは、イアソンだった。「こぎ座《ざ》につながれた人生は、そう甘《あま》くはない」そして咳《せき》こみはじめた。その咳《せき》がだんだん遠ざかっていく。いつのまにかベリックはひとりだけこぎ座《ざ》に残され、必死でイアソンを呼《よ》びつづけていた。

「イアソン！　イアソン！」

同じことが、なんどもなんどもくり返された。それなのに、そのあいまには、今いるのはアルケスティス号のこぎ座《ざ》ではなく、別のところだと、うっすらと気がついていた。自分のそばにいるのは、ガレー船の奴隷《どれい》でも、奴隷監督《どれいかんとく》のポルクスでもないらしい。それに暖《あたた》かいミルクの味さえする。それにもかかわらず、必ずアルケスティス号に引きもどされ、暗い海につれもどされるのだった。

「だれか死ぬぞ――死ぬぞ――死ぬぞ！」

「こぎ座《ざ》につながれた人生は、そう甘《あま》くはない」

そしてついに最後に、失った友の名を狂《くる》ったように呼《よ》びながら、鎖《くさり》を引きちぎろうとしているると、突然《とつぜん》イアソンがそばにもどってきて言った。「見ろよ！　オレたちはずっと鉄の鎖《くさり》だと思っていたが、実はただのイグサでできているんだ」ベリックが足元を見ると、足かせは確《たし》かに青いイグサを編《あ》んだものだったので、指一本でむしりとった。そうしているうちにアルケスティス号のすがたが変わっていった。だんだん縮《ちぢ》んで、ローマのルクルス庭園のこぎれいな池に浮《う》かんでいた小舟《こぶね》に変わっていく。緑と紫《むらさき》のマガモの色に塗《ぬ》った小舟《こぶね》だ。するとイアソンが舟《ふね》から岸にあがり、ふりかえってベリックに手を差し伸《の》べた。ふたりは並《なら》んで、オリーブの木々《きぎ》が青い影《かげ》を落とす白茶けた小道を、歩いていった。長い小道をどこまでも歩いていくうちに、苦痛《くつう》と恐怖《きょうふ》と心の傷《きず》が少しずつはがれ落ちていった。やがてふたりは島の中心にたどり着いた。オリーブの木々《きぎ》の影《かげ》が、まるで池のように見える。池のふちに一本足で立っていたアオサギは空に舞《ま》いあがり、翼《つばさ》を広げて力強い円を描《えが》いている。ところがベリックが見ていると、それはアオサギではなく、頭上を飛ぶ雁《がん》の群れだった。「きみのフレスコ画がここにあるぞ」ベリックはイアソンに言った。イアソンが「家の後ろのオリーブの林の根元に、群れて咲《さ》くって言わなかったか？」と言うので、下を見ると、足元の地面には、アネモネがまっ赤に咲《さ》きほこっていた。銀色の草のなかに、まるで炎《ほのお》を灯《とも》したようだ。ふり向いたイアソンの顔は、わきあがる喜びでほころんでいる。

「いい夢《ゆめ》だった」イアソンは言った。「いい夢《ゆめ》……」

ベリックは一瞬《いっしゅん》、イアソンの顔をはっきりと見た。夢《ゆめ》の水晶《すいしょう》の光のなかに、かすかに口をねじまげた、あのイアソンの笑顔《えがお》が浮《う》かんでいた。しかし夢《ゆめ》の光が薄《うす》れて黄褐色《きかっしょく》のランプの光に変わるとともに、その顔が別の顔に変わりはじめた。ベリックは突然恐怖《とつぜんきょうふ》に襲《おそ》われ、大声をあげた。これまで何度も叫《さけ》んだと同じ叫《さけ》びをあげた。「イアソン！　イアソン！」

だれかのおだやかな声が言った。「イアソンは大丈夫《だいじょうぶ》だよ。今は静かに寝《ね》ていなさい」

目の前の顔が、少しずつはっきりしてきた。眉《まゆ》の間にミトラの印をつけた、日に焼けたきびしい顔。冬の北の海を思わせる冷たい灰色《はいいろ》の目が、奇妙《きみょう》なほどじっとベリックを見つめていた。

その日焼けした顔を見つめて、ベリックは死にものぐるいで叫《さけ》んだ。「オレは泥棒《どろぼう》なんかしてない！　岩塩坑《がんえんこう》に売るとあの男が言ったから、逃《に》げただけだ！　あなたも聞いていた――あなたもあそこにいたんでしょう？――」

「そうか、やはり、あのときのおまえだったのか」道路の建設者《けんせつしゃ》であり湿原《しつげん》の干拓者《かんたくしゃ》である男は言った。ベリックがひじをついてなんとか起き上がろうともがくと、男はかがんで、ベリックを押《お》しもどした。「たしかに、わたしはあそこにいたし、彼《かれ》の言葉も聞いていた。だから、今は静かに休みなさい」

ベリックは息を吸《す》おうとあえいで、弱々《よわよわ》しく首をふった。「あの晩《ばん》、オレはたまたま農場にいただけだ。ロドペが中に入れてくれて——親切にしてくれた。そこに泥棒《どろぼう》たちがやってきて、軍隊が追っかけてきた。みんなは逃《に》げたけど、オレは——逃《に》げられなかった」

「その話は今でなく、べつのときに聞かせてもらおう。今は眠《ねむ》るときだ」ユスティニウスは言った。

しかしユスティニウスの声がどれほど信頼《しんらい》できそうに響《ひび》いても、ベリックは安心できなかった。ローマの軍人の力の前では、自分がどんなに無力か、骨身《ほねみ》にしみていた。ベリックは恐怖《きょうふ》にかられ、むなしく手を伸《の》ばして懇願《こんがん》した。「あなたの部下が、下のほうにいる——見たんだ。どうか——どうか——」

伸《の》ばした両手が、静かに強く握《にぎ》られた。「おまえの名前は?」

おびえきっているなかで、あまりにふつうのことを聞かれたために、ベリックはかえって少し安心し、ふるえる声で「ベリック」と答えた。

「ではベリック、わたしの言うことを聞きなさい。下にいる兵士《へいし》たちは、おまえとはなんの関係もない。だから、怖《こわ》がらなくていいんだ。おまえをおびえさせるものは、ここにはなにもない」ユスティニウスの声は荒々《あらあら》しくなく、といって親切じみてもおらず、低く静かな声だった。その口調や手の重みが、効果《こうか》を現《あら》わしてきた。おびえた馬に声をかけ、手でたたいてしずめてやるのと同じだ。まもなくベリックは震《ふる》えがとまり、興奮《こうふん》は去った。まばたきもせずにベリックを見つめていたユスティニウスの瞳《ひとみ》が、わずかに微笑《ほほえ》んだ。

「わたしを信じるんだ」

まだしばらくベリックは身体を硬《かた》くしたまま、おびえた不審《ふしん》そうな目でユスティニウスの顔を見上げていた。やがて、長々《ながなが》とした震《ふる》えるため息をついて、こらえていた息を吐《は》きだし、緊張《きんちょう》を解《と》いた。ベリックはユスティニウスを信じた。ふいに、喜んで自分の命をユスティニウスの手に預《あず》けようと思った。

第十五章　道路の建設者《けんせつしゃ》、湿原《しつげん》の干拓者《かんたくしゃ》

　つぎにベリックが目を覚ましたときには、夜はすっかり明けていた。横向きに寝《ね》ていて、体の上にはあたたかい布《ぬの》がかけてある。ベリックが寝《ね》ているのは、白い石灰壁《せっかいかべ》の小さな部屋で、戸外へ通じるドアが開け放たれていた。おかげで朝の光がベッドの足元までななめにさしこみ、掛布《かけぬの》の赤と青と緑の格子柄《こうしがら》の上でキラキラと踊《おど》っている。明るい床《ゆか》の上を、鳥の影《かげ》がさっとよこぎった。遠くでニワトリが平和に鳴いている。静かに横になっているのは、すばらしかった。少しして、そろそろと身体を動かしてみると、仰向《あおむ》けに寝《ね》られることもわかり、とてつもなくうれしかった。

　そのとき外でパタパタと足音が聞こえ、日光がさえぎられて戸口に女が現《あら》われた。すごく太った女で、派手《はで》なサフランの色のチュニカを着て、耳には銀細工の長いイヤリングがゆれている。

ベリックははじかれたように飛び起き、ベッドのうしろの壁《かべ》を背《せ》にしてうずくまった。そして、追いつめられた獣《けもの》のように警戒心《けいかいしん》をむきだしに上目づかいに相手をにらみつけ、かすれた声で問いつめた。「だれだ？」

「あたしゃあ、コルダエラってんだ。隊長様の家の世話をしてるんだよ」女はモリバトのようにクークーいう柔《やわ》らかな声で言った。

「湿原《しつげん》の仕事をしているあの人は、どこに行った？」

「隊長様なら、堤防《ていぼう》の現場《げんば》だよ」コルダエラは大きな体を波うたせながら、ベッドのわきにやってきた。深皿と小さな茶色のパンを持っている。

ベリックはとたんに激《はげ》しい空腹《くうふく》をおぼえたが、あやしむように食べ物から目をそらし、また女の顔をにらんだ。「いつ帰ってくるんだ？」

「はてね、夕方かもしれないし、もどらないかもしれないよ。あっちの駐屯地《ちゅうとんち》に宿舎《しゅくしゃ》があるからね。ゲイル風の季節が終わって工事が始まっちまうと、隊長様のお顔を何日も見ないこともしょっちゅうなんだよ。たまにおもどりになるだけなのさ……潮《しお》のあいまをみはからってね」

「きのうは居《い》たぞ」ベリックはむきになって言った。もしかしたら昨夜のことは夢《ゆめ》だったのではないかと、急に不安になったのだ。

「うちの人とふたりであんたを見つけてからというもの、毎晩《まいばん》お帰りだったんだよ」コルダエラはなだめるように言った。「あの最初の晩《ばん》、あたしらはそりゃあ心配したんだ。あんたは帰ってこられないほど遠くへ行っちまったんじゃないかってね。でも、帰ってきたし、よくなったよ……ずいぶん、よくなったじゃないか。あとは、ぐっすり眠《ねむ》ってよく食べるだけだ。そうすりゃ、じきにまた元気になるからね」女はベリックのほうにかがんで、なだめすかすように深皿をさしだした。「ほら、スープを持ってきてあげたよ。おいしいんだから、さめないうちにおあがり」

コルダエラがかがんできても、ベリックはまだ壁《かべ》に背中《せなか》をおしつけて、にらんでいた。やさしそうな顔だ。ふっくらとおだやかな顔で、あたたかい目をしている。もうベリックはがまんできなかった。のどを鳴らして、深皿に手をのばした。

スープはうまかった。女の言ったとおりだ。あたたかくていい匂《にお》いがして、腹《はら》にしみわたった。ベリックは意地きたなく最後の一滴《いってき》まですすってから、深いため息をついて皿をつきかえし、パンに手をのばした。

「ほれ、ゆっくり食べるんだよ」パンをわたしながら、コルダエラが言った。「腹《はら》になにか入れるのは、ひさしぶりなんだからね」

そんなことは、言われるまでもなくわかっている。ベリックは、飢《う》えきっていた。パンは焼きたてで甘《あま》かった。ベリックはがぶりと歯をたてて半分に食いちぎり、一口でのみこんだ。コルダエラがやさしく注意するのも耳に入らなかった。まるで取り返されるのを恐《おそ》れるかのように、残りを口に押《お》しこんで言った。「もっと、くれ」

コルダエラは銀のイヤリングをゆらして、首をふった。「今は、これだけにしとくんだよ。最初はこのくらいから始めないといけないからね。そのかわり夜はもっと多めにして、玉子もあげるからね。玉子は好きだろ？」

ベリックはぶすっとして言った。「オレは今、喰《く》いたいんだ」

「ああ、かわいそうに。そうだろうとも。でもね、いい子だから、横になってお眠《ねむ》り。そうすりゃ、すぐに夜になるからね」コルダエラは深皿を腰《こし》かけの上におき、くしゃくしゃになっていた掛布《かけぬの》をきれいに直しはじめた。「やれやれ。なんともくちゃくちゃにしたもんだね……手首が痛《いた》いのかい？」

「手首？」ベリックはとまどいながら下を向き、左の手首の包帯に初めて気がついた。手かせの傷《きず》が爛《ただ》れていたところに、細く裂《さ》いた布《ぬの》が巻《ま》きつけてある。ベリックは驚《おどろ》いたあまり、飢《う》えていることを忘《わす》れてしまった。不思議そうに包帯を見て、聞いた。「あんたがやったのか？」

「いいや、隊長様がやってくれたのさ」そう言って、コルダエラは質問《しつもん》をくりかえした。「そこが痛《いた》いのかい？」

ベリックは首をふった。「ちょっとヒリヒリするだけだ」

「じゃあ、夕方までそのままでいいだろう。日が暮《く》れても隊長様がもどらなければ、あたしが薬をぬってやるからね」

「ありがとう」ベリックはもごもご言い、なにかを探《さぐ》ろうとして、女を見あげた。「あんたはあの人の奴隷《どれい》なのか？」

「あの人のでもだれのでも、奴隷《どれい》じゃないよ。あたしは自由人で、ローマ市民の妻《つま》さ」コルダエラは静かな誇《ほこ》りをこめて、そう言った。「むかし、うちの人は隊長様に仕《つか》えててね、そのあとあの方が、湿原《しつげん》を牧草地にするためにブリタニアにもどられたときに、うちの人をまた隊に呼《よ》びもどしてくれたんだよ。さて、おしゃべりはおしまい。あんたは寝《ね》なくちゃいけない。横になんなね」

コルダエラにはさからえなかった——山にさからうようなものだったから——ベリック

は彼女《かのじょ》にさからいたいとは初めから思わなかったことに気がついた。ベリックが言われたとおりに横になると、まるで小さな子どもを寝《ね》かしつけるように、コルダエラが掛布《かけぬの》でよくつつんでくれた。そして深皿を手に、体をゆさゆさゆすりながら出ていったが、そのすがたには、どこかベリックを安心させるものがあった。

ベリックは、彼女《かのじょ》が出ていってしまうと、ドアからさしこむ陽《ひ》の光に目を細めて、しばらく横たわっていた。ふたたびブリタニアに帰ってきたということも、ひょっこりと至福《しふく》の地に到達《とうたつ》したということも、疲《つか》れきった心はごく自然に受け止めていた。ベリックはもう一度掛布《かけぬの》をはいで左腕《ひだりうで》をあげ、手首の包帯をとっくりとながめた。百人隊長ユスティニウスが、これを巻《ま》いてくれた。百人隊長ユスティニウスはこの包帯を巻《ま》くために、わざわざ仕事場からもどってきてくれた。オレのために、ガレー船奴隷《どれい》のオレのために。ベリックの胸《むね》に、夢《ゆめ》の中で感じた安らぎが、あのイアソンの島のまん中で感じた安らぎがよみがえった。そのとたんに、ベリックは眠《ねむ》りについていた。

それから二日と二晩《ばん》、ベリックはひたすら眠《ねむ》り、ひたすら食べた。そのあいだに、ちょうど杯《さかずき》がワインで満たされるように、ベリックの体に生命力がもどってきた。そして三日め、ベリックはセルヴィウスのチュニカを着て、老人のようにそろそろと春の光の中に出ていき、テラスの下の段《だん》に腰《こし》をおろした。母屋《おもや》と寝室《しんしつ》用の離《はな》れのあいだの空間に、太陽を閉《と》じこめでもしたように、石がほのかに暖《あたた》まった場所があった。かすかなそよ風が、羽毛《うもう》のような葉をつけたタマリスクの枝《えだ》をゆらしている。

低い芝土《しばつち》屋根には黄色いベンケイソウの花がちらほら生えている。その屋根や、白い石灰壁《かいかべ》に、湿地帯《しっちたい》特有のひんやりした光が、静かにふりそそいでいた。ベリックの座《すわ》っているところから、丘《おか》のあいだの窪地《くぼち》がなだらかな坂になっているのが見える。背《せ》の低い森のなかに、花をつけたサンザシの並木《なみき》に囲《かこ》まれた牧草地が開けている。牧草地のいちばん下のほうでは、小さな鹿毛《かげ》の雌馬《めすうま》が、子馬といっしょに草を食《は》んでいた。ベリックは長いあいだその雌馬《めすうま》を見ていたが、やがてその奥《おく》のサンザシへ、さらにその向こうの湿原《しつげん》へと視《し》線《せん》をうつした。ベリックは、湿原《しつげん》はいつも霧《きり》におおわれているものと思いこんでいたのだが、今日は霧《きり》が晴れて、緑と灰色《はいいろ》と土の色がどこまでもどこまでも続いている。湿原《しつげん》は、ところどころ銀色にキラリと光る水をたたえて、はるか遠くに輝《かがや》く海のほうまで続いている。ずっと右のほうの、森のとぎれるあたりに目をこらすと、水びたしの干潟《ひがた》のなかに、ゆるやかにカーブを描《えが》いている灰色《はいいろ》の線が見えた。あれが壁《かべ》にちがいない。みんなが「リーの防壁《ぼうへき》」と呼《よ》んでいる堤防《ていぼう》だ。

もうじき、潮《しお》のあいまをみはからって、湿原《しつげん》の干拓指揮官《かんたくしきかん》があの堤防《ていぼう》から帰ってくるだろう。

しばらくすると、干《ほ》し草をひとやま抱《かか》えたセルヴィウスがテラスの向こうからやってきて、ベリックのかたわらで足を止めた。セルヴィウスもコルダエラも、ガレー船からの逃《とう》亡奴隷《ぼうどれい》が自分たちの生活に入りこんできたことを、ごくあたりまえのことのように受け入れている。アナグマに似《に》た小柄《こがら》な腹心《ふくしん》の部下は、ユスティニウス隊長のやることならなんでも正しいと信じているし、コルダエラは何ものが来ようが騒《さわ》ぐことなどなく、どっしりと構《かま》えているからだ。「雌馬《めすうま》を見てるのかい？　それとも湿原《しつげん》かね？」セルヴィウスが聞いた。

灰色《はいいろ》の線のような堤防《ていぼう》にぼんやりと気をとられていたベリックは、ぎくっとして目をあげ、なぐられるのを恐《おそ》れるかのように一瞬《いっしゅん》、身をすくめた。「どっちも」なんとか自分をとりもどして、答えた。「あれは、いい子馬だな。アラブ馬の血が混《ま》じってるのか？」

「そうとも。あいつの父親は、隊長殿《どの》の黒馬《あお》のアンタレスでな。アンタレスはカイランの血統《けっとう》で、カイランてのは、あのユダヤの王ソリマンの名馬を先祖《せんぞ》に持つ純血種《じゅんけつしゅ》だぞ。母親のほうは、イケニの馬だ。戦車を引かせる馬としちゃ、ま、これ以上の交配はあるまいな」セルヴィウスは、脚《あし》の長い小さな馬を見て、うれしそうに目尻《めじり》にしわをよせた。それからベリックのほうをちらっと見下ろした。「それにしても、おまえは馬にはくわしそうじゃないか」

ベリックはぼそりと言った。「ああ、馬にはくわしい」

セルヴィウスにいろいろ質問《しつもん》されそうな気がして、ベリックは急いでこちらから質問《しつもん》した。「雌馬《めすうま》は一頭だけか？」静かに草を食べている雌馬《めすうま》をあごで指した。

「今のところはな。だが、そのうちふえるぞ。そのうちやぶを切り開いて肥沃《ひよく》な土地にもどして、牧草地を広げるからな。ここは今は荒《あ》れてるが、前にはいい牧草地だったはずなんだ。だからいつか、またいい牧草地にもどるだろうさ。二、三年のうちには、半ダースほどの雌馬《めすうま》が飼《か》えるだろうよ」セルヴィウスは干《ほ》し草をかかえなおし、テラスの向こうへと歩きだしたが、思い出したように振《ふ》りむいて、親しみのあるぶっきらぼうな口調で言った。「いっしょに来るかい？」

ベリックは首を横に振《ふ》った。セルヴィウスは少し待ってから肩《かた》をすくめ、そのまま歩いていった。

ベリックはテラスの石段《いしだん》に座《すわ》ったまま、ずんぐりしたアナグマのような灰色《はいいろ》のすがたが牧草地を下っていくのを見ていた。セルヴィウスがかいば桶《おけ》のそばで口笛を吹《ふ》くと、雌馬《めすうま》は顔をあげ、優美《ゆうび》な足どりで近づいてきた。さっきのセルヴィウスの言葉で、ベリックは突然《とつぜん》、さびしさに襲《おそ》われた。それまでは、先のことと言えば隊長がつぎに来るときのことぐらいしか考えていなかった。しかし、セルヴィウスの言葉は、将来《しょうらい》を思い起こさせた……将来《しょうらい》、この細長い牧草地は肥沃《ひよく》になり、たくさんの雌馬《めすうま》が子馬とともに草を食《は》むようになるだろう。だがそこに、ベリックの居場所《いばしょ》はない。ここにも、どこにも、ベリックの居場所《いばしょ》はない……。さびしさは、一陣《じん》の冷たい風が吹《ふ》きぬけるようにさっと通りすぎていったが、同時に、至福《しふく》の地にいるというベリックの思いも消えてしまった。ベリックは草地を下りていき、セルヴィウスや小さな鹿毛《かげ》の雌馬《めすうま》と親しむことができなかった。

ユスティニウスはその晩《ばん》はもどらず、その翌日《よくじつ》、夕食が終わってもまだ帰っていなかった。ベリックは薪《まき》をかかえて細長い居間《いま》に入った。ここではブリタニアの風習を守って、主人が家にいようといまいと、部屋の中央に一段《いちだん》高くしつらえてある炉《ろ》の火は常《つね》に絶《た》やすことなく燃《も》やしている。この炉《ろ》の火は、この家の生きている心臓《しんぞう》なのだ。ベリックは炉《ろ》のそばに薪《まき》をおろし、火の番をするためにひざをついた。燃《も》えさしの薪《まき》を押《お》しこむと、炎《ほのお》が舞《ま》いあがり、闇《やみ》に沈《しず》んでいた、がらんとした細長い部屋が活気づいた。ユスティニウスの大きな書き物机《づくえ》や、折りたたみ椅子《いす》、ドアのそばに置かれた、飾《かざ》り彫《ぼ》りのあるシトロン材の棚《たな》が、炎《ほのお》に照らされて、浮《う》かびあがった。

ベリックは後ろにさがってしゃがみ、リンゴの木の薪《まき》がマリゴールドのような小さな炎《ほのお》を発して燃《も》えるのを見ていた。台所のドアが開いていて、なべを磨《みが》いているコルダエラの低い歌声が聞こえてくる。炉《ろ》の火と、なべを磨《みが》きながら鼻歌を歌う女性《じょせい》は、ベリックに長いあいだ忘《わす》れていた世界を思い出させた。かつてベリックが属《ぞく》していた世界。でもそれはアルケスティス号に乗る前の話だ。いや、それよりずっと前のことで、今となってはもう無縁《むえん》の世界だった。

コルダエラが歌うのをやめた。ベリックはもう一本薪《まき》をとろうとして手を伸《の》ばしかけたが、じっと耳をすませた。馬のひづめの音がかすかに聞こえたような気がしたのだ。まちがいない、駐屯地《ちゅうとんち》からの道を馬が歩いてくる。外のテラスではなにも聞こえないだろうが、この細長い居間《いま》はなぜかよく音をとらえる。貝を耳にあてると海鳴りが聞こえるのと同じように、この部屋では一日中湿原《しつげん》のざわめきが低く響《ひび》いていた。ベリックは、サンザシの防風林《ぼうふうりん》の向こうの道をひんぱんに馬が行きかうのを知っていた。その道を二、三マイル行くと、駐屯地《ちゅうとんち》の前の広い街道《かいどう》に出るのだとセルヴィウスが教えてくれたのだ。だがこのひづめの音はユスティニウスの馬だと確信《かくしん》していた。ベリックは注意深く薪《まき》を火にくべると、勢《いきお》いよく立ちあがった。自分を受け入れてくれる場所はどこにもないのだという漠然《ばくぜん》とした悲しみは、この瞬間《しゅんかん》には、頭から消えていた。

小枝《こえだ》を一本とって炉《ろ》の中にさしこみ、その先端《せんたん》に火がついたのを確《たし》かめると、背《せ》の高い青銅《せいどう》のランプのところへ行った。家の主人が帰ってくるのに、広間《アトリウム》がうす暗くてはいけない。ベリックはランプに火をつけた。ぼっと炎《ほのお》が吹《ふ》きだし、煙《けむり》も出た。灯心《とうしん》が切りそろえられていないのだ。ピソ家でたくさんのランプを手入れしていたベリックは、考えるまえに手を出していた。やがて炎《ほのお》は安定し、外側が金色で中心の青い、ほっそりしたクロッカスのようになった。明るくなった炎《ほのお》のせいで、開け放たれたドアの向こうの遠い湿原《しつげん》は、いっそう深く闇《やみ》に沈《しず》んだ。

中庭にひづめの音が響《ひび》き、外でセルヴィウスと話しているユスティニウスの低い声が聞こえても、ベリックはランプのそばに立っていた。テラスを歩く足音が近づいて、家の主人が戸口に現《あら》われてもそのままだった。

ユスティニウスは、身軽な革《かわ》のチュニカだけで鎧《よろい》はなしという、略式《りゃくしき》の軍服すがただった。泥《どろ》と白亜《はくあ》の土でひどく汚《よご》れている。兜《かぶと》も例の派手《はで》なたてがみはなく、中央が隆起《りゅうき》しただけのものだ。プブリウス・ピソの宴会《えんかい》で、立派《りっぱ》なチュニカを着てシクラメンの花冠《はなかんむり》をかぶっていたときには、日焼けした顔や長い手、幅《はば》の広すぎる肩《かた》がいやに目立ってグロテスクだった。しかしここで泥《どろ》だらけの革《かわ》のチュニカと飾《かざ》りのない兜《かぶと》をつけていると、いかつい肩《かた》もがっちりした体型《たいけい》も、うす暗い湿原《しつげん》の背景《はいけい》によく似合《にあ》っている。湿原《しつげん》こそが、この男の世界だからだろう。どれほど嵐《あらし》に形をゆがめられても、しっかりと根をはって耐《た》えている湿原《しつげん》のサンザシの木と同じだ。ユスティニウスはサンザシの木と同じように、不屈《ふくつ》の精神《せいしん》の持ち主なのだろう。

ベリックのすがたを見たユスティニウスは、戸口で足を止めた。目にかすかな驚《おどろ》きの表情《ひょう》《じょう》が浮《う》かんでいる。ベリックはなんとか自分で髭《ひげ》をそり、ぼうぼうと伸《の》びた髪《かみ》はコルダエラに切ってもらって、ローマ人風に短くなっている。清潔《せいけつ》になり食事をとり、なによりずっと親切に扱《あつか》われている。おかげで、まだやせこけていて痛々《いたいた》しいとはいうものの、ユスティニウスの家の窓辺《まどべ》に倒《たお》れていた、おびえたオオカミのようだったすがたとはひどく違《ちが》って見えた。ふたりは長いあいだ、無言でおたがいを見ていた。ランプのそばにいるベリックも、戸口にいる湿原《しつげん》の干拓者《かんたくしゃ》も、じっと立ったまま動かなかった。

やがてユスティニウスが足を踏《ふ》みだした。開け放したドアの向こうに春の夕闇《ゆうやみ》がたれこめている。「驚《おどろ》いたな、これほど回復《かいふく》するとは！　おまえは山育ちの子馬のように頑丈《がんじょう》だな」感心して言った。そして、ドアからゆさゆさと身体をゆすって入ってきた、サフラン色の巨大《きょだい》な姿《すがた》に向かって告《つ》げた。「コルダエラ、今、帰った。遅《おそ》くなったが、食事はいらない」

「いつお帰りになってもいいように冷肉をご用意してあるんですよ。それから山羊《やぎ》のチーズがあって、スパイスケーキは焼きたてですけど」コルダエラはおだやかに言った。

「ごちそうだな。だが、夕食は駐屯地《ちゅうとんち》ですませてきた。体だけ洗《あら》おう」

スパイスケーキをことわられてコルダエラはため息をついたが、それ以上抵抗《ていこう》しなかった。「お湯なら、もう、セルヴィウスが運んで用意ができてますよ」

重いマントをぬぎかけていたユスティニウスは、声をだして笑った。「きみはすばらしい女性《じょせい》だ、コルダエラ。前々《まえまえ》から思っていたんだが、きみには透視力《とうしりょく》があるな」それからマントを、ドアのそばのシトロン材の棚《たな》の向こうに放った。「ベリック、ここで待っていろ。もどったらおまえの手首を見せてもらう」そう言って、外に出ていった。重い足音がテラスをよこぎり、寝室《しんしつ》に向かうのが聞こえた。

まもなくユスティニウスはもどってきた。革《かわ》のチュニカを柔《やわ》らかな粗《あら》い毛織《けお》りのものに着替《きが》えている。持ってきた新しい麻布《あさぬの》と塗《ぬ》り薬を、乱雑《らんざつ》に物がのった書き物机《づくえ》の上に置いた。「必要にせまられて、ひどい傷《きず》やらつぶれた指などを、ずいぶん治療《ちりょう》してきたんでね。おかげで今ではわたしは、ちょっとした軍医なみの腕《うで》を持っているんだ」それから言った。「背中《せなか》を見せてみろ」

ユスティニウスが部屋に入ってくると同時に、ベリックは火のそばから立ちあがっていた。無言でえり元のブロンズのピンをはずし、チュニカを肩《かた》から落とした。ユスティニウスが体をつかんでくるりとまわした。長い沈黙《ちんもく》があった。「どうしてこんなことになったんだ？」ついにユスティニウスが口を開いた。

ベリックはあっさり答えた。「奴隷監督《どれいかんとく》を殺《ころ》そうとしたんです」

「ばかなことをしたものだ。それだけの理由はあったんだろうが……この傷《きず》は、さわらないでおこう。このまま自然になおるだろう……さあ、手首をだせ」

包帯にふれている隊長の手を見ながら、ベリックはこれまでにないほど不思議なやすらかな思いを味わっていた。ユスティニウスがオレの、ガレー船の奴隷《どれい》の面倒《めんどう》をみてくれている。まるでオレのことを大切に思っているみたいだ。なによりもうれしいのは、包帯を巻《ま》いてもらっていることではなく、大切にしてもらっていると思えることだった。やがて治療《ちりょう》が終わったが、消毒用《しょうどく》のライ酒が傷《きず》にしみてピリピリしていた。ユスティニウスは折りたたみ椅子《いす》を火のそばに寄《よ》せて座《すわ》ると、ため息をついた。一日の長い仕事に疲《つか》れた男のため息だ。その足元に、ベリックはしゃがみこんだ。飼《か》い主のそばにいる犬と同じような満ちたりた気分だった。

しばらくふたりは黙《だま》って座《すわ》っていた。ベリックは炎《ほのお》を見つめ、ユスティニウスはベリックを見つめていた。やがて、野生のリンゴの薪《まき》が赤い炎《ほのお》の中にくずれ落ちる、カサッという音がした。この小さな音にふたりの沈黙《ちんもく》を破《やぶ》る力がそなわっていたかのように、ユスティニウスが言った。「ベリック、話してくれ。あのピソ家の宴会《えんかい》の晩《ばん》から、セルヴィウスとわたしがこの窓《まど》の下でおまえを見つけた晩《ばん》までのあいだに、いったいなにがあったんだ？」

ベリックはなおも黙《だま》って火を見つめていたが、やがて、たどたどしく話しはじめた。なにしろ、一度に二十以上の言葉を並《なら》べることなど、二年以上もなかったのだ。逃亡《とうぼう》、丘《おか》の上の農家、強盗容疑《ごうとうようぎ》の裁判《さいばん》、あの晩《ばん》本当のことを言わなかった理由。そしてレヌス艦隊《かんたい》のアルケスティス号のこと。新任《しんにん》の軍団長《ぐんだんちょう》を乗せてブリタニアに向かい、途中《とちゅう》で嵐《あらし》にあったこと、イアソンのこと。奴隷監督《どれいかんとく》を殺《ころ》そうとしたこと、そのあとに起きたこと。そして霧《きり》の中を上ってきて、灯《あか》りのついた窓《まど》を見つけたところまで、すべてを話した。

ベリックはずっと火を見つめていたが、話し終えたところで顔をあげた。ユスティニウスは前かがみになってひざの上で両腕《りょううで》を組み、ベリックをじっと見おろしていた。全身に静かな緊張《きんちょう》がみなぎっている。その日焼けした顔にあらわれているなにかに、ベリックは息をのんだ。思わず、言葉が口をついて出た。「どうしてそんなふうにオレを見るんですか？　ピソ家での宴会《えんかい》の夜も……今夜帰ってきたときも……そして今も。まるでなにか、答えを探《さが》しているみたいだ」

ユスティニウスは微笑《ほほえ》んだ。「すまん。おまえを見ていると、以前知っていたある人を思い出すんだ。それだけだ」そう言うと、無理に引き離《はな》すようにしてベリックから視線《しせん》をそらして、炎《ほのお》をながめた。「いずれにしろ、おまえにひとつ質問《しつもん》したいことがある。重要な質問《しつもん》だ。おまえはだれで、どこから来たんだ？」

「オレは、はるか西のドゥムノニー族に拾われて育ちました」ベリックは言った。「そのまえのことは……わかりません。父は軍人だったようです。でも溺《おぼ》れて死にました。母もいっしょに」

はりつめた沈黙《ちんもく》が一瞬《いっしゅん》流れたあと、ユスティニウスは火を見つめたまま言った。「その話を聞かせてくれ」

ベリックは、まず何年もまえに人殺《ひとごろ》し岩で船が難破《なんぱ》したことを話した。そのあと、ユスティニウスになにかあげたいのになにもあげるものがないという混乱《こんらん》した思いにかられながら、その後起きたことを、プブリウス・ピソの宴会《えんかい》まで、みんな話した。それは今でも口にすると心の痛《いた》む話だったが、だからこそ、話すことが贈《おく》り物として価値《かち》を持つような気がした。

話が終わっても、ユスティニウスはしばらく黙《だま》っていた。だが、とうとう口を開いた。

「そうか、よくわかった。話してくれてありがとう、ベリック」それから突然《とつぜん》立ちあがり、開けはなった戸口まで歩いていった。そこで立ち止まり、肩《かた》を落として、外の青い闇《やみ》を見つめていた。

静まりかえった部屋の中で、ベリックは突然《とつぜん》、風の音がするのに気づいた。湿原《しつげん》から吹《ふ》き渡《わた》ってくる風は、さびしそうに歌い、ドアの外のタマリスクの枝《えだ》をザワザワとゆらしている。

しばらくするとユスティニウスはもどってきて、また火のそばの椅子《いす》に座《すわ》った。急にひどく疲《つか》れたように見えた。前かがみになり、まるで手が冷えきったかのように両手を火にかざした。だがベリックと視線《しせん》を合わせたとき、その目はもう、なにか問いたげにはりつめてはおらず、おだやかになっていた。なにを聞きたかったにせよ、答えを得《え》たかのように。

「雌馬《めすうま》のマイアと子馬を見ただろう？」ユスティニウスが言った。

ベリックは、急に話題が変わったことを少し不審《ふしん》に思いながらも、うなずいた。「あれはいい子馬ですね。いつか成長したら、炎《ほのお》のような馬になる。できることならあんな……」そこで急に口をつぐんだ。

「馬が好きなんだな？」ユスティニウスは言った。

「オレは馬といっしょに育ち、馬といっしょに働いてきました。オレを育ててくれた人たちのやり方でずっと……少しまえまで」

ユスティニウスは言った。「ここにいて、わたしを助けてくれないか。マイアの子馬やこれから生まれてくる馬たちの世話をしてくれ」

しかし二日後の夕方、ユスティニウスが口にしなかった質問《しつもん》がなんだったのか、ベリックは理解《りかい》した。わかったことは心に苦かった。

その日丸一日、ベリックはセルヴィウスといっしょに、農場で働いた。夕食もすみ、一日の仕事もほぼかたづいている。台所ではセルヴィウスが炉《ろ》のまえに座《すわ》って、くつわのこわれたのを修理《しゅうり》しており、コルダエラは糸を紡《つむ》いでいる。ベリックは炉《ろ》にくべる薪《まき》をとりに外に出た。薪《まき》は炉《ろ》のそばにたっぷり積んであったし、ベリックは疲《つか》れていたのだが、それでも休むことができなかった。ここにいてマイアの子馬を育てるのを手伝うようユスティニウスに命ぜられ、もうこれからは見知らぬ冷たい場所をうろつかなくてもいいのだとわかったとき、ベリックは安心のあまり有頂天《うちょうてん》になり、そのほかのことをみんな心から閉《し》めだした。しかし、あれから二日たった今、自分はここの人間ではない、ここだけでなく、どこの仲間でもないという思いがまた頭をもたげている。おかげで、あかあかと火が燃《も》えている台所や糸紡《いとつむ》ぎをしているコルダエラからわざわざ離《はな》れて、薄闇《うすやみ》につつまれた農場に出てきたのだ。今、薪《まき》の山のかたわらで、苔《こけ》のついたリンゴの薪《まき》を一本手にして立ちつくし、いつまでこんな思いが続くのだろうか、と絶望《ぜつぼう》的な気分になった。自分と世界のあいだにはアルケスティス号がたちはだかっていて、オレが人間の世界にもどることを許《ゆる》さない。しかし、ユスティニウスが堤防《ていぼう》からもどってきたら、こんな気持ちも変わるかもしれない。

持てるだけの薪《まき》をかかえて、ベリックは家に向かった。昼前に降《ふ》った雨のせいで地面は柔《やわ》らかく、足音はしない。半開きになった台所のドアのすぐそばまで来たとき、自分の名前をコルダエラが小声で口にするのが聞こえて、立ち止まった。「セルヴィウス、あんた……ベリックを見てなにか気がつかないかね？」コルダエラがしゃべっている。その声の調子にベリックは立ちすくみ、耳をそばだてずにはいられなかった。

「そうだな。あの子は一日の半分はがむしゃらに働いて、あとの半分はやるべき仕事を見つめてつっ立ってるんだ。まるで、仕事がひとりでに終わるのを待ってるみたいだな」とセルヴィウスが言った。

「あんただってわかってるだろ。鞭《むち》でひっぱたかれて働かされてたんだよ。まともな働きかたを忘《わす》れてても、むりないだろうさ」コルダエラは憤慨《ふんがい》したように言った。「そんなことじゃなくて、あたしがなにを言いたいか知ってるくせに」

少しのあいだ話し声がとだえ、コルダエラが糸を紡《つむ》ぐ鈍《にぶ》い単調な音だけが響《ひび》いていた。だがやがてセルヴィウスが、しぶしぶといった調子で言った。「ああ、おまえの言いたいことはわかってる。たしかに、あの子はちょっと隊長殿《どの》の奥様《おくさま》に似《に》とるかもしれん。もっとも、わしの記憶《きおく》はあてにはならんがな。たぶん、ふたりは同じ部族の出身なんだろう……ブリガンテス族はさやの中の豆みたいに、みんなよく似《に》とるからな。わしはそう思うね」

「あの子の目といい、首のかしげ方といい……奥様《おくさま》はほんとにおきれいだったね……それに、部族全体の反対をおしきって、隊長様と結婚《けっこん》なさったんだよ」

セルヴィウスは鼻で笑った。「ふん、ばかな！　自分の部族とまずいことになってたんなら、赤ん坊《ぼう》が生まれたからって、見せに帰ったりするもんか」

「たぶん、生まれた赤ん坊《ぼう》を見せれば、部族の人たちも許《ゆる》してくれると思ったんじゃないかねえ」コルダエラの鳩《はと》のような声は、遠い日の悲しみでくもっていた。「あの日、よくないことが起きるような気がしたんだよ。ラバのひく荷馬車が出ていくとき、門のそばの白樺《しらかば》の木でコマドリが悲しそうに鳴いたからね。隊長様が道路を作りに奥地《おくち》に発《た》ったあとでさえなかったら、あたしゃあ、ひとっ走りお知らせにいったんだのに。追いかけていって、奥様《おくさま》を連れもどしたほうがいいって」

「隊長殿《どの》がおまえの話なんか、まともにとりあげるもんかい」いかにもその話は聞きあきたというように、セルヴィウスが言った。

「まあ、そうだけどさ。でも今となっては、だれにもわかりゃあしない。隊長様は遠い奥《おく》地《ち》にいらしてて、こっちに帰ってきなさったときにゃ、奥様《おくさま》と赤ん坊《ぼう》はもうだれの手も届《とど》かないところに行ってしまったあとだったんだから」

「ああ、あの夏、すぐに熱病にかかって亡《な》くなったんだ」セルヴィウスがあいづちをうった。

また、少し沈黙《ちんもく》があったあと、コルダエラが言った。「もしも赤ん坊《ぼう》が生きていたら、今ごろはあの子そっくりになってるだろうよ。ガレー船でつけられたしるしを別にすればだけど」

「くだらん空想はやめないといかんぞ、コルダエラ」セルヴィウスは頼《たの》んだ。「あの赤ん坊《ぼう》は母親といっしょに死んだんだ、それでこの話は終わりだ」

「この二、三日考えているんだけど、部族の連中が口裏《くちうら》を合わせることくらい簡単《かんたん》だったはずだよ。隊長様には、赤ん坊《ぼう》は死んだとうそをついて、実は自分たちで育ててたかもしれない。どうも、隊長様もそれを疑《うたぐ》ってるんじゃないかと思うんだけどね。そうじゃなきゃ、あの最初の晩《ばん》、あの子が死にそうに見えたとき、隊長様があんなになるはずはないよ。隊長様のほうが凍《こお》りついて、死にそうに見えたんだよ」コルダエラは突然《とつぜん》声を震《ふる》わせた。「考えてごらんよ、セルヴィウス……万一そうだったら！」

ベリックはドアを勢《いきお》いよく開け、ふたりがぎょっとして黙《だま》りこんでいるなかに、大股《おおまた》で入っていった。「オレの母親は溺《おぼ》れて死んだんだ。父親もだ。オレもいっしょに死にたかったと思う！」かかえていた薪《まき》を乱暴《らんぼう》に台所のすみにおろした。コルダエラは嘆《なげ》くように声をあげて腰《こし》を浮《う》かせかけたが、ベリックはそばをさっとすりぬけてドアまで行った。そして戸口で一瞬《いっしゅん》振《ふ》り向いた。「隊長は、もう疑《うたぐ》ってない」硬《かた》い声で言った。「あの人は知っている」ベリックはまっすぐ広間《アトリウム》をぬけ、テラスを横切って自分の寝間《ねま》に入ると、ベッドに倒《たお》れこんだ。

両腕《りょううで》を枕《まくら》にして寝《ね》ころんだまま、長いあいだ考えこんでいた。そのうち湿原《しつげん》から闇《やみ》がのぼってきて、あたりはすっかり暗くなった。一度、コルダエラの足音が近づいてきて、ドアのすぐ外に立っているのがわかった。困《こま》りきったような深いため息が小さく聞こえたが、また足音は遠ざかっていった。ベリックはまたひとりであれこれ考え続けた。飼《か》い主を見つけたと思ったのにまちがいだとわかった迷《まよ》い犬のような気がした。ユスティニウスの手にあったあのやさしさ、あれはこの自分に向けられたものではなかった。心にかけてもらっていると思うなんて、なんてばかだったんだろう。オレはいったい何様のつもりだったんだ。オレはガレー船から捨《す》てられたんだ。そんなオレをユスティニウスが大切に思ってくれるなんて、あるはずもないじゃないか。暗闇《くらやみ》に寝《ね》ころがっていると、胸《むね》の中にじわじわと苦い思いがこみあげてきた。結局、ここにはオレの居場所《いばしょ》はない。ここだけでなく、どこにも。人間の世界は、オレを追放し、奴隷《どれい》にし、ガレー船に送りこんだ。人間の世界はもうたくさんだ。オレは、獣《けもの》だけがいる森に行こう。今すぐ出ていこう。

ベッドから起きあがりかけて、ふと、ユスティニウスに黙《だま》って出ていくわけにはいかないと思った。なぜだか理由はわからないが、そんなことはできないと思ったのだ。朝になればユスティニウスを探《さが》して話をすることができる。それから出ていこう。それですべてが終わるだろう。

ベリックはまた横になった。このうえなく孤独《こどく》で、そして静かだった。ベリックは眠《ねむ》りに落ちていた。

第十六章　はぐれ者の仲間

夜が明けて、みずみずしい光があたりに満ちた。洗《あら》いたてのようなその光でベリックは目をさました。湿原《しつげん》からタゲリの鳴き声が聞こえる。ベリックはあれこれ考えないようにして、ごそごそとベッドから起きあがり、ユスティニウスを探《さが》しにでかけた。

まだ夜が明けたばかりで、だれも起きていない。ひっそりしたテラスをぬけ、細長い牧草地のはじを横切り、サンザシの防風林《ぼうふうりん》のあいだを通って、その先の道に出た。うしろは振《ふ》り返らなかった。振《ふ》り返らないほうがいいのだ。

道はゆるやかに下っていた。芽吹《めぶ》きはじめたカシやハシバミ、小さな花におおわれた傾《かし》いだサンザシのあいだを歩いていくと、枝《えだ》と枝《えだ》のあいだから、水をたたえた塩湿地《えんしっち》や、潮《しお》がひいて銀色に光っている泥地《どろち》や、河口《かこう》に向かってくねくねと流れている何本もの川が見えた。やがて道は左に折れて砂地《すなち》となり、ハリエニシダや発育不良のニワトコや、浜《はま》にうちあげられた海草が現《あら》われた。右手奥《おく》には土地の者の漁村があり、浜辺《はまべ》の海水のこないあたりに、細長い丸木船の漁船が引きあげてある。目のまえの道はさらに曲がって、その先に門らしいものが見える。あれが駐屯地《ちゅうとんち》だろう。しかし敷地《しきち》を囲《かこ》っている荒《あら》ごしらえの防《ぼう》護柵《ごさく》が見えたとたんに、ベリックの足が止まった。柵《さく》の向こうにはテントや丸太小屋の列が四角く並《なら》んでいる。このままワシの駐屯地《ちゅうとんち》に入っていくのが突然怖《とつぜんこわ》くなり、喉《のど》がひきつって何度もつばをのみこんだ。だが、ユスティニウスを見つけるためには中に入らなければいけない。ベリックは頭を上げると、また歩きはじめた。

駐屯地《ちゅうとんち》の門には、第二軍団《ぐんだん》の山羊《カプリコン》の紋章《もんしょう》が描《えが》かれており、その下で、歩哨《ほしょう》が槍《やり》にもたれて見張《みは》りをしていた。ベリックは歩哨《ほしょう》の前で立ち止まった。喉《のど》がひきつり、声がかすれた。

「指揮官殿《しきかんどの》に会いたいんですが」

「おまえがかい？」歩哨《ほしょう》は陽気に言った。「だが、会えないだろうね」

短い沈黙《ちんもく》が流れたあと、ベリックは視線《しせん》を目の前の歩哨《ほしょう》から、朝の活動が始まっている駐屯地《ちゅうとんち》へと移《うつ》した。「早く来すぎたのなら、待ちます」

「待つのはかまわんが、指揮官殿《しきかんどの》はここにはおらんのだよ。昨日、レマニス港に行かれたんだ。粗硬岩《そこうがん》の採石《さいせき》の件《けん》でね」

「レマニス港？　それはどこです？」

「あっちだ」歩哨《ほしょう》は親指で北のほうをさした。「森を迂回《うかい》して十マイルちょっとだな」

ベリックは当惑《とうわく》した。「いつ、お帰りになるんですか？」

「さてね、指揮官殿《しきかんどの》がオレに予定を教えといてくれればよかったのになあ」歩哨《ほしょう》は皮肉たっぷりに言ったが、ベリックの困《こま》った顔を見て、調子を変えた。「指揮官殿《しきかんどの》でないといけないのか？　ゲータ百人隊長ではだめか？　ゲータ隊長なら水門の土手におられるぞ」

「いや、指揮官殿《しきかんどの》に用があるんです。また来ます。たいしたことじゃありません」ベリックは言った。

来た道をもどりながら、ベリックは歩哨《ほしょう》がじっとこちらを見ているのを感じた。不覚なことに突然《とつぜん》、背中《せなか》の鞭《むち》のあとがチュニカの下でカッと熱くなった。ベリックは駆《か》けだしたくなるのを、必死でこらえた。

ユスティニウスを追ってここまで来るなんて、なんてばかなことをしたんだろう。たとえ駐屯地《ちゅうとんち》で会えたとしても、どうしようというんだ。ユスティニウスはオレのことなどより重要な問題がたくさんあるはずだ。だが、これからどうしよう？　わからなかった。来た道をもどりかけたが、とくに深い考えもなく、右側の細い脇道《わきみち》に入っていった。ほんの少し行くと、ハリエニシダやニワトコの茂《しげ》っているなかに小さな池があった。ベリックは池のふちに立ってちょっとのあいだ迷《まよ》っていたが、やがて腰《こし》をおろした。なにをしようと、もうどうでもいい気がする。ベリックはただ漂《ただよ》っていた。

しばらく座《すわ》っていると、下の湿原《しつげん》からいろいろな音が聞こえてくるのに気がついた。はじめは聞きながしていたが、そのうちになげやり半分の興味《きょうみ》を持ち、ニワトコの茂《しげ》みに近《ちか》寄《よ》った。芽吹《めぶ》きはじめた枝《えだ》をかきわけて下をのぞくと、整然と作業が行われているのが見えた。地面がついに湿原《しつげん》に沈《しず》む境目《さかいめ》の先端《せんたん》の、投石機の石が届《とど》きそうなあたりに、ずんぐりした灰色《はいいろ》のかたまりがある。あれが、粗硬岩《そこうがん》で作った水門だろう。水門の向こうの吸水《きゅうすい》溝《こう》は、北にある囲《かこ》まれた湿原《しつげん》に向かっている。出水溝《しゅっすいこう》は、南の塩湿地《えんしっち》へとカーブして、河《か》口《こう》へ向かっている。水門の海側には、低い波消壁《はしょうへき》が海に向かって伸《の》びている。波消壁《はしょうへき》は編《あ》み垣《がき》と束《たば》ねたサンザシの枝《えだ》で二重に作られており、遠くへ行くにつれて糸のように細く見える。一マイルほど先からは砂利壁《じゃりへき》によって補強《ほきょう》されているが、どちらの壁《かべ》もはるか遠くへと、消えていた。波消壁《はしょうへき》に沿《そ》って、荷馬が双方向《そうほうこう》にたえまなく行き来しているのが見えた。海に向かう馬は、粗布製《そふせい》の荷かごに石灰岩《せっかいがん》を積んでいる。石灰岩《せっかいがん》の白さが、柔《やわ》らかな黄褐色《きかっしょく》の湿原《しつげん》のなかでは目にしみる。陸に帰ってくる馬の荷かごは、からっぽだった。波《は》消壁《しょうへき》のそこかしこでは、男たちが荷を降《お》ろし、ごつごつした石灰岩《せっかいがん》のかたまりを編《あ》み垣《がき》のあいだにつめこんでいる。やがて背《せ》の高い百人隊長のすがたが現《あら》われ、かつてベリックが霧《きり》のなかで遭遇《そうぐう》したのとまったく同じ光景となった。あれは六日まえ……いや、十日まえだったか、十二日まえだったか……わからなくなっていた。

押《お》さえていた手を離《はな》すと、ニワトコの枝《えだ》のすきまが閉《と》じた。ベリックはまた、池のそばにもどった。

ほどなく娘《むすめ》たちの一団《いちだん》が、水をくみに来た。背《せ》の高いブリトン人の娘《むすめ》たちで、青銅《せいどう》や銀、鮮《あざ》やかな青いガラス製《せい》の腕輪《うでわ》をつけている。何人かがベリックを見たが、とくに関心もなさそうだった。このごろではよそ者を大勢《おおぜい》見かけるからだろう。ひとりの少女がベリックに向かってにっこりしたが、ベリックは笑い返さなかった。彼女《かのじょ》たちと自分のあいだに、アルケスティス号のこぎ座《ざ》の悪臭《あくしゅう》が吹《ふ》き寄《よ》せてくる気がした。娘《むすめ》たちは帰っていったが、ベリックは池のそばに座《すわ》ったままだった。なんの希望もなく、とはいえ支離滅裂《しりめつれつ》で混乱《こんらん》した希望、ユスティニウスがもどってきてなにもかもよくしてくれるかもしれないという希望を捨《す》てられずにいた。

そのうちに、おなかをすかせた灰色《はいいろ》の小さな犬が、おずおずと足元に寄《よ》ってきた。奴隷《どれい》市場《いちば》で野良犬が近寄《ちかよ》ってきたときとそっくりだ。ベリックは、はぐれ者同士の親しみを感じ、あのときと同じように手をのばしてその犬をなでた。小さな犬は低い声でクーンと鳴いて寝《ね》ころび、震《ふる》える体をベリックにおしつけていたが、しばらくするとベリックのかたわらの草の中にもぐりこんで眠《ねむ》ってしまった。

ここへ来たときには引いていた潮《しお》がいつのまにか満ちて、塩湿地《えんしっち》が海水におおわれた。男たちや馬は、駐屯地《ちゅうとんち》に帰っていった。海水は編《あ》み垣《がき》の壁《かべ》をこえて、湿原《しつげん》の陸地側まで、静かに広がっている。満潮《まんちょう》は過《す》ぎた。ついにベリックは、ゆっくりと立ちあがった。待っていてなんになる？　ユスティニウスにどう思われようとかまわないじゃないか。あの人はオレがいなくなったのを知って、せいせいするかもしれない。今すぐ出発したほうがいい。

ベリックは道に出ようと、歩きはじめた。

自分の心の荒野《こうや》に迷《まよ》いこんだまま、ハリエニシダや発育不良のニワトコの木々《きぎ》のあいだを、ぼんやりと通った。まわりの状況《じょうきょう》はなにも見えずなにも聞こえなくなっていたので、馬のひづめの音など、気づきもしなかった。サンザシの茂《しげ》みをつきぬけ、ベリックがふらふらと出ていったのは、なんと速足で駐屯地《ちゅうとんち》に向かっている荷馬の隊列のどまん中だった。

そのあとに起きたことは、あまりに突然《とつぜん》で混乱《こんらん》していたので、わけもわからないうちにすべてが終わっていた。危《あぶ》ない、と叫《さけ》ぶ声と、ひづめの乱《みだ》れた音が聞こえたかと思うと、驚《おどろ》いた馬がかん高くいないないて急に向きを変え、うしろにいた馬と衝突《しょうとつ》した。ベリックが一瞬《いっしゅん》目にしたのは、空中高く振《ふ》りたてた馬の頭とはねるたてがみ。ベリックは急いで、あわてふためく男たちと馬から、飛びのいた。同時に入り乱《みだ》れた馬の脚《あし》のあいだから、キャンキャンという苦痛《くつう》の悲鳴があがった。はっとして振《ふ》り向くと、池のそばでベリックに近《ちか》寄《よ》ってきたあの犬が蹴《け》りとばされ、痛《いた》みと恐怖《きょうふ》で鳴きながら、立ちあがろうともがいていた。

「ばかやろう！　いきなり道に飛びだしてくるなんて、いったいなんのつもりだ？」だれかがどなった。だがベリックは気にもとめず、小さな野良犬のそばにひざまずいた。

男のひとりは、おびえて興奮《こうふん》した雌馬《めすうま》があばれるのを、必死でしずめている。「どう、どう、どう、静かに！　よしよし、おとなしくするんだ、いい子だから！」だがその声はほとんどベリックの耳に入らなかった。しばらくして混乱《こんらん》がおさまりはじめると、荷馬隊の責任者《せきにんしゃ》らしい背《せ》の高いブリトン人の男が、自分の馬をひいてもどってきて、すさまじい剣幕《けんまく》でどなりつけた。「おまえは耳が聞こえないのか？　それとも、頭をかち割《わ》られたいのか？」

ベリックはハエでも追いはらうように、いらいらと首を振《ふ》った。心配で気が気ではなく、小さな野良犬の体に手をあてて調べていた。さわられた犬は、子どものように鳴き続けている。内臓《ないぞう》は傷《きず》ついていないようだが、左肩《ひだりかた》にひづめが当たったのはまちがいない。そこをさわると狂乱《きょうらん》した鳴き声になるのだ。それに左の前足がきかないようだから、骨折《こっせつ》したのかもしれない。

「こいつは駐屯地《ちゅうとんち》にいた野良犬だ。冬じゅう、うろついてたんだ」しばらくしてその男が言った。「おまえのあとをついてきたらしいな」

ベリックは、哀《あわ》れな小さなかたまりを細心の注意をこめて、そっと両腕《りょううで》にだいた。「野良犬じゃない」鋭《するど》く言って、立ちあがった。「こいつはオレのだ。オレの犬だ！」そして、勢《いきお》いよく歩きだした。

気がたっている馬や悪態《あくたい》をついている男たちを尻目《しりめ》に、ベリックはどんどん歩いていった。ほかのことはどうでもよく、腕《うで》の中の小さな生き物だけが大事だった。犬は、悲しいほど軽かった。逆立《さかだ》った毛皮の下にあばら骨《ぼね》が浮《う》き出ている。骨《ほね》ばかりだが、その骨《ほね》もももろそうだった。もう声をあげることもなく、おとなしく抱《だ》かれている。ベリックは犬を抱《だ》いて小道をのぼり、細長い牧草地を通って家に向かった。

ベリックが台所の戸口に立ったとたん、コルダエラはかまどから顔をあげ、身体をゆさゆさせて近づいてきた。手には小さな鉄なべを持ったままだ。「やれやれ、ありがたや。帰ってきてくれたんだね！　心配で気が狂《くる》いそうだったよ！　セルヴィウスときたらまだ暗いうちから新しい畑に行っちまって、そうでなかったらとっくにあんたを探《さが》しにいってもらったんだけど……もうもう、隊長様がなんておっしゃるかと思うと……」突然《とつぜん》、言葉を切った。「あれまあ、なにを抱《だ》いてるの？　向こうで野良犬を拾ったのかい？」

「野良犬じゃない」ベリックはこの日二度目に言った。「オレの犬だ」

「いったい、いつからだい？」一日中気をもんでいたコルダエラは、いつもの落ち着きをなくして、問いつめた。

ベリックはあいまいに答えた。「ちょっとまえからだ。こいつ、荷馬に肩《かた》を蹴《け》られたんだ」

コルダエラは黙《だま》って、目のまえのものを見つめた。やつれた少年と、その腕《うで》に抱《だ》かれた飢《う》え死にしそうな野良犬。そして、今はむだな質問《しつもん》をしたり昨夜のことを話したりする場合ではないと悟《さと》った。「そうか、あんたらは仲間になったんだね！」コルダエラはクークー鳴くハトのような、やさしいなかにもやさしい声を出した。「ひどいけがかね？」

「わからないんだ、まだ」

「古い牛小屋に連れてくといいよ。その犬にやる食べる物を持ってってあげるから。ここにおいといたら、わたしが踏《ふ》んづけちゃうからね」

ベリックは庭を横切って、馬屋からかわいたシダを集めると、今は使われていない牛小屋に行った。小屋のすみにシダを敷《し》いて寝床《ねどこ》を作り、犬をそっと入れてやった。ちょうどそのとき、コルダエラが深皿を持ってやってきた。

「ミルクの中にパンを入れといたよ」コルダエラは深皿をベリックにわたした。「飢《う》えてる犬には、残飯よりこのほうがいいだろ」やさしさをあふれさせて、しばらくベリックと小犬をながめていたが、やがて低い戸口へと向かった。「ベリック、あんたの食事も用意しとくから、早く食べにおいでね。あたしゃ、あんたもはらぺこだろうと心配なんだよ」

と言うと、出ていった。

ベリックはミルクにひたしたパンを犬に与《あた》え、犬が最後の一滴《いってき》までミルクをなめ終えたところで、もう一度、肩《かた》のようすを調べた。手が肩《かた》に近づいた瞬間《しゅんかん》、犬はさっきと同じようにぶるぶる震《ふる》えて鳴き声をあげた。でももう逃《に》げようとはせず、傷《きず》ついた犬がよくするようにかみつきもしなかった。それどころか、しばらくするとうすよごれた頭を下げて、ベリックの親指をなめはじめた。骨《ほね》は折れていないと思ったが、自信はなかった。むかし猟犬《りょうけん》と暮《く》らしていたころは、犬が病気になったりけんかをしたときには、よく面倒《めんどう》をみてやったものだ。だが、櫂《かい》をこいでいるうちに手の感覚が鈍《にぶ》くなってしまった。それに、犬はあまりにも小さかった……ゲラートの半分もない。ユスティニウスならわかるだろう、とベリックは思った。今夜、ユスティニウスが帰ってきてくれさえしたら。

ユスティニウス！　ベリックは一瞬宙《いっしゅんちゅう》を見つめ、身を固くした。彼《かれ》自身に安らぎを与《あた》えてくれたこの場所に、本能《ほんのう》的にこの雌犬《めすいぬ》を連れてきてしまった。だが考えてみれば、もうここへはもどらないつもりだったのだ。でも、今はそんなことはどうでもいい。大切なのは、自分と同じはぐれ者のこの犬だ。

ベリックはその日一日中、ユスティニウスの帰りを今か今かと待ってすごした。コルダエラの用意してくれた食事を食べ、彼女《かのじょ》に頼《たの》まれた農場の仕事をしながら、あいまいに牛小屋にもどった。そのたびに雌犬《めすいぬ》は訴《うった》えるようにクーンと鳴き、弱々《よわよわ》しくしっぽを振《ふ》って歓迎《かんげい》した。

夕闇《ゆうやみ》が広がり、湿原《しつげん》に星がまたたきはじめたころ、ついに道を行く馬のひづめの音が聞こえた。アンタレスのものとはかぎらないのに、なぜかベリックにはそうだとわかり、小さな犬のそばにしゃがんで待った。パカパカという音が近づくと、犬がぴくっと頭をあげたので、片手《かたて》を軽く当てて押《お》さえてやる。ひづめの音が変わり、馬が農場に入ったのがわかった。アンタレスだ。アンタレスは細長い牧草地を走りぬけ、馬具をカタカタいわせて中庭に止まった。

入り口のあたりで、ランタンの灯《あか》りが光った。ユスティニウスの声がして、それからセルヴィウスの声も聞こえる。ふたりは同時に到着《とうちゃく》したに違《ちが》いない。コルダエラがハトのような柔《やわ》らかい声でしきりになにか言っている。やがて、アンタレスが馬屋に引かれていくひづめの音以外は、なにも聞こえなくなった。

犬はベリックの指の下で耳をぴんと立て、クンクン鳴いている。暗い牛小屋の中で、ベリックは犬によりそい、なだめてやった。しばらく時がすぎたが、アンタレスの馬屋から聞こえる物音以外はなにも聞こえなかった。

ユスティニウスを探《さが》しに行こうとしてベリックが立ちあがりかけたとき、中庭をやってくる足音が聞こえた。足音を先導《せんどう》するように地面を照らす金色の光が見え、牛小屋の戸口に、ランタンを手にした隊長本人のすがたがぼうっと浮《う》かんだ。

隊長はランタンを高く持ちあげ、さっと中を見まわした。ランタンの黄金色の光が牛小屋をくまなく照らしだすと、ベリックがうずくまっているのが見えた。突然《とつぜん》の光に目をしばたいて、こちらを見あげている。視線《しせん》をおとすと、小さな野良犬が背中《せなか》をベリックのひざに押《お》しつけながら、立ちあがろうともがいているのが見えた。ユスティニウスは大股《おおまた》で入っていき、古いかいば桶《おけ》のすみにランタンを置くと、たずねた。「けがはひどいのか？」

ベリックは犬の頭に手をおいたまま、緊張《きんちょう》した目でユスティニウスを見あげた。「わかりません。こいつは駐屯地《ちゅうとんち》のそばの池のあたりで、近よってきたんです。オレはこいつのことを忘《わす》れてたんですが、でもこいつはあとをついてきて。それで、荷馬の行列にぶつかっちまって。肩《かた》の骨《ほね》は折れてないと思うけど、はっきりしないんです。オレは……オレの手の感覚は鈍《にぶ》ってしまったから」

「わたしに見せてごらん」ユスティニウスは重いマントを背中《せなか》にはねのけ、片《かた》ひざをついて小さな犬に手をのばした。犬はあとずさりし、ベリックにへばりついて、とまどったようなうなり声をあげた。

「こいつ、人間に親切にされたことがないから」ベリックは言った。

「ひとりだけ、信頼《しんらい》できる人間を見つけたようじゃないか」ユスティニウスはそろそろと手をのばしていった。「よしよし、いい子だ。心配するな。治してやるからな」うなり声はやんだ。ユスティニウスは犬の首にふれ、そのまま探《さぐ》るように肩《かた》から前足までなでおろしていった。ベリックは犬が心配でたまらなかったが、それでもユスティニウスを見ているうちに、わかったことがあった。ユスティニウスの手は、ベリックの爛《ただ》れた手首を治療《ちりょう》してくれたときと同じように、やさしさに満ちている。三日まえ、ユスティニウスの手に愛情《あいじょう》を感じたのは、まったくのまちがいというわけではなさそうだ。そんな考えがベリックの頭に、このとき初めてひらめいた。やがてユスティニウスは顔をあげた。「だいじょうぶだ、骨《ほね》は折れてない。これなら、親切に看病《かんびょう》してやりさえすれば治るだろう。エサはやったのか？」

ベリックはほっとしてうなずいた。「ここに連れてきたとき、コルダエラがミルクにひたしたパンを持ってきてくれたし、ちょっとまえにも食べさせました」

「それなら、当分は足りるな」ユスティニウスはどこかぎこちなく立ちあがり、ベリックと犬を見つめた。「こいつは眠《ねむ》るだろうからここに置いて、わたしたちは家の中に入らないか？」

ベリックははぐれ者の仲間を安心させるように軽くたたいてから、黙《だま》って立ちあがり、ランタンを持った。つぎになにが待ち受けているかは察しがつく。ユスティニウスについて外に出ると、ベリックは、集めておいた板きれで、牛小屋の戸口の下のすきまをていねいにふさいだ。

広間《アトリウム》のランプはコルダエラがつけてあった。それでも長い部屋は、奥《おく》のほうがいつものようにうす暗く、まん中だけがランプと炉《ろ》の光でふんわりと明るかった。ユスティニウスは重いマントをぬぎ、シトロン材の棚《たな》の、兜《かぶと》を置いた隣《とな》りに放り投げると、炉端《ろばた》に行った。ベリックがランタンを消してドアの横においてからそばに行くと、ユスティニウスは両手をうしろで組んでいつもの気に入りの場所に立ち、雄牛《おうし》のような肩《かた》を少し丸めて、炎《ほのお》を見つめていた。

今夜は薪《まき》の中に流木が混《ま》じっていて、海の塩分をふくんだ青緑色の炎《ほのお》があがっている。その炎《ほのお》にまじって、この土地特有のリンゴの薪《まき》の赤やサフラン色の炎《ほのお》が、暖《あたた》かくなつかしく燃《も》えている。湿原《しつげん》の炎《ほのお》だ、とベリックは思った。

ユスティニウスは顔をあげて言った。「昨日なにがあったか、コルダエラから聞いたよ。わたしはうかつだった。おまえが似《に》ていることは、ほかの者も気がつくかもしれない。それを考えなかったとはな」

「そんなに似《に》ている？」

「ふとしたときにな。三日まえの晩《ばん》、わたしがもどったときにランプのそばに立っていたおまえは、彼女《かのじょ》そっくりだった。だが、他人のそら似《に》だとわかり、おまけにこうしてもっとおまえのことを知るようになったら、妙《みょう》なことだが、それほど似《に》ているとは思わなくなった」

ベリックは挑《いど》むように言った。「どうして部族の人たちはあなたから赤ん坊《ぼう》を遠ざけようとしたんだろう？」

「コルダエラから聞いたと思うが、もともとわたしたちの結婚《けっこん》が気にいらなかった、それにつきると思う。彼女《かのじょ》はブリガンテス族の出身だが、あの部族はワシの軍団《ぐんだん》を毛嫌《けぎら》いしていた……ああ、われながらとっぴなことを考えたものだな。あの夜、ピソの奴隷《どれい》たちのなかでおまえを見かけるまでは、そんなことは思いもよらなかったんだが」ユスティニウスはためらったが、また続けた。ベリックが理解《りかい》することが、ユスティニウスにとっても大切なことだというように。「宴会《えんかい》の翌朝《よくあさ》、わたしはもう一度ピソの家に行ったのだ。あの夜はどうしようもなかった。グラウクスは酔《よ》っていたからね。それで朝、必要とあらばあの家をたたきこわしてでも、おまえを引きとる覚悟《かくご》で、あの家をたずねたのだ。しかし、手おくれだった。おまえはもういなかった。わたしはおまえの消息をなにも得《え》られないまま、二日後、ブリタニアに向けて出航《しゅっこう》しなければならなかった」ユスティニウスは炎《ほのお》を見つめたまま、言葉を切った。一瞬《いっしゅん》、日焼けした、ワシ鼻の顔は、炎《ほのお》の光があたっているにもかかわらず、不思議に影《かげ》がかかって見えた。それから、すっかりちがった調子でたずねた。「おまえはなぜ今朝、駐屯地《ちゅうとんち》に来たんだね？」

話題が変わったようでいて、実は変わっていないのだとわかっていた。ベリックはたんたんと話した。「あなたを探《さが》しに……出ていくと言おうと思って。でも、あなたはいなかった。それで結局、黙《だま》って出ていくつもりだった」それから顔を牛小屋のほうに向けた。

「あの犬がいなかったら、今ごろは、遠くまで行っていたはずだ」

「では、あの犬に礼を言わなくてはならないな」ユスティニウスは言った。「どうして出ていこうと思ったんだ、ベリック？　昨日聞いた話が原因《げんいん》か？」

ベリックはうなずいた。

「いいか、思い出してごらん。わたしが、ここにいるようにおまえに言ったのは、おまえのことがわかったあとだ。真相を知るまえじゃないぞ」

「あなたは、自分にとって価値《かち》がなくなったからといって、その相手を追いだすような人ではないから」ベリックはみじめな気持ちで言った。「それに……立ち聞きした話だけが問題というわけじゃないんだ。ここにいろと言われたときは、まだなにも考えていなかったから、うれしかった。でも、あれからずっと考えていた。今朝、軍団《ぐんだん》に行ったとき、オレは恐《おそ》ろしかった……だれかに素性《すじょう》がばれるんじゃないかとびくびくしていた。ローマの力がおよぶところには、オレの、ガレー船の逃亡奴隷《とうぼうどれい》の、居《い》る場所はないんだ」

「逃亡奴隷《とうぼうどれい》なら、そうかもしれん」ユスティニウスは言った。「だが、おまえは違《ちが》う。おまえは死んだ者として船から放り捨《す》てられた。だからだれもおまえを探《さが》したりしていない。おまえがもうガレー船に用がないのと同じように、ガレー船のほうも、もうおまえに用はないんだ。だがね、たとえ少しでもおびえることがあって、かくれて生きるのはよくない。わたしもあのあといろいろ考えて、気がついたんだ。おまえは無実の罪《つみ》でガレー船送りになったんだから、一刻《いっこく》も早く、それを証明《しょうめい》すべきだ、とね」

ベリックははっと息をのみ、それからゆっくりと吐《は》きだした。「証明《しょうめい》？　そんなこと……どうやって証明《しょうめい》するんです？」

「古参の元老院《げんろういん》議員のカルプルニウス・パウルスを覚えているか？　あの宴会《えんかい》の夜、わたしの隣《となり》りにいた男だ。わたしには友人が大勢《おおぜい》いるわけではないが、あの男は友人だ。この件《けん》に力を貸《か》してくれるのは、彼《かれ》をおいて他にないと思う」

ベリックはながいあいだ黙《だま》ってユスティニウスを見つめ、言われたことの全体をつかんだ。「でも……でも……」やっと言葉が出たが、あまりに差しせまっていたので舌《した》がもつれた。「もし……もしもその人が力を貸《か》してくれて、無実が証明《しょうめい》されても、昔の判決《はんけつ》がとり消されたら……オレはまたグラウクスの奴隷《どれい》にもどるしかない、そうでしょう？」

「いや、おまえは二度とグラウクスの奴隷《どれい》にはならない」ユスティニウスは革《かわ》のチュニカの胸《むね》から鍵《かぎ》をとりだしながら、書き物机《づくえ》のほうへ行った。机《つくえ》の上の古ぼけた金庫を開けて、中を探《さが》しはじめた。「あの朝ピソの家に行っておまえがいなくなったと知ったとき、わたしにできることはひとつだけだった……せめておまえが二度とグラウクスの手に落ちないようにしておくこと、それだけだ。もちろん、グラウクスはおまえを売りたがらなかったよ。だが……わたしは、あの青年が仲間に知られたくないと思っているあることを知っていてね」ユスティニウスの口元に、かすかに冷酷《れいこく》なほほえみが浮《う》かんだ。「わたしはああいう手段《しゅだん》を好みはしないが、しかし、場合によっては……」ユスティニウスは最後まで言わずに、パピルスの細い巻物《まきもの》をとりだすと、ベリックに投げてよこした。「そのとき、これも作っておいた」

ベリックはパピルスを受けとめ、広げると、そこに書かれた数行の文字を長いこと見つめていた。それは、ベリックが奴隷《どれい》から解放《かいほう》されたことを示《しめ》す正式の書類だった。つまりベリックは自由人だったのだ。あのミストラルが吹《ふ》き荒《あ》れていた日、ローマの裁判所《さいばんしょ》で裁《さい》判《ばん》にかけられたとき、それを知ってさえいたなら！

ユスティニウスが言った。「もちろん、名前は訂正《ていせい》しなければならないが。ヒュアキントスというのが本名だとは思わなかったが、その名前しかわからなかったのでね」

巻物《まきもの》がくるくるともどるままにして、ベリックは言った。「これを、あなたはずっと持っていてくれたんですね」

「一度ならず、捨《す》てそうになったが」ユスティニウスは金庫を閉《し》め、火のそばにもどってきた。「だが、どれほどありえないと考えても、わたしは、いつかおまえがこれをとりに来てくれることを願わずにはいられなかった」

「いや、ちがう。オレじゃない。あなたが待っていたのは、あなたの息子《むすこ》だ。オレを息子《むすこ》かもしれないと思ったから」ベリックは絶望《ぜつぼう》して言った。

ユスティニウスは言いよどんだ。「たしかに、そう思った……はじめは」

「あなたのためには、赤ん坊《ぼう》が死んでいてよかった。生きていてもローマ帝国《ていこく》のガレー船をこいでいたなら、ろくな息子《むすこ》にはならない。ガレー船でけだもののように生きているうちに、オレは人間がどうやって生きるのか忘《わす》れてしまった」ベリックは乱暴《らんぼう》に薪《まき》を蹴《け》り、舞《ま》いあがる火の粉《こ》を見つめた。「オレはここにはいられません。あの犬が元気になるまで、置いてくださ い。犬が元気になったら、いっしょに出ていきます。人間といるより、人のいないところで生きるほうがいいんだ、オレもあいつも」

「そのまえに、人間にチャンスを与《あた》えてくれ」ユスティニウスが言った。

ベリックはゆっくり顔をあげた。「なぜだ?」ベリックの声には、何年ものあいだに積もった暗黒の苦しみがこめられていた。「人間はオレには、一度もチャンスをくれなかった」

ユスティニウスの目の奥底《おくそこ》で、なにかがキラリと光った。「今、わたしが差しだしている。頼《たの》む、受けとってくれ、ベリック」

「あなたにどんなかかわりあいがあるんだ?」

ユスティニウスはすぐには答えず、かわりに背《せ》を向けて、戸口へ歩いていった。三日まえの夜と同じように、そこに立って暗い湿原《しつげん》のほうを見ていた。「なるほどな」やっと口を開いた。「むかし、だれかに非難《ひなん》されたことがある……たしか、ピソの家の宴会《えんかい》のときだったかな……湿原《しつげん》が妻《つま》のかわりで、舗装《ほそう》されたまっすぐな道路が息子《むすこ》のかわりだ、と。彼《かれ》らが思っていた以上に、あれは真実だったのだ。だが、この湿原《しつげん》が最後だ。来年、工事が完成したら、わたしは木剣《ぼっけん》を下げ、ワシに別れを告《つ》げる。それがさびしかった……だが、三日まえの晩《ばん》、ここにもどってきたとき、おまえはわたしの帰りを喜んで待っていたように見えた……セルヴィウスやコルダエラのようではなく、まるでわたしの身内が、わたしの家族が、待っているようだった。そんなふうに出迎《でむか》えてもらったのは二十年ぶりのことだ」ユスティニウスはふり向き、ランプに照らされた部屋を見わたした。「ここにいてくれ、ベリック」

ベリックは身動きせずに火のそばに立っていた。静まりかえったなかで、タマリスクの枝《えだ》のあいだを吹《ふ》きぬける風の音だけが波のように聞こえた。とうとうベリックが、しゃがれた声で言った。「ここに……います、ユスティニウス」

しかし、自分の居場所《いばしょ》はない、という思いはベリックのなかで、いまだに消えてはいなかった。この世界から、ベリックは閉《し》めだされていた。かつてはたしかに属《ぞく》していた世界だが、手かせでできた傷《きず》と、それが表わしているあらゆる過去《かこ》の出来事のせいで、この世界から追放されていた。それは、ユスティニウスでさえ変えることはできなかった。

第十七章　颪が騒《さわ》ぐ

はじめのうちベリックは農場から出なかったが、夏の深まりとともに、少しずつ湿原《しつげん》にいる時間が長くなった。湿原《しつげん》では、波消壁《はしょうへき》の陸側に大きな堤防《ていぼう》を築《きず》く作業が行われていた。荷馬が、森林地帯の端《はし》から切りだした石をせっせと運んでくる。ベリックは、ブリトン人の作業班《さぎょうはん》に混《ま》じって、この堤防《ていぼう》の建設《けんせつ》に加わった。ふたたび自由な人間といっしょに働けるのはうれしいはずなのだが、夏の終わりになっても、彼《かれ》らとの距離《きょり》はちっとも縮《ちぢ》まらなかった。ベリックと他の人間とのあいだに、アルケスティス号のこぎ座《ざ》の悪臭《あくしゅう》が立ちはだかっているようだ。この悪臭《あくしゅう》はユスティニウスとのあいだにも立ちはだかって、ベリックを孤独《こどく》にしていた。ベリックはかつては属《ぞく》していた人間の世界から、ひとり、締《し》めだされていた。

しかし、九月のある静かな午後、ベリックが人気《ひとけ》のない広大な湿原《しつげん》に出かけたのは、その疎外感《そがいかん》のせいではなかった。いつもなら休日は農場の仕事をするのだが、わざわざ外に出たのは、考えたいことがあったからだ。そのためには、風が吹《ふ》きまくるこのからっぽの空間がいい。ベリックは、きのうの出来事についてよく考えてみたかった。きのう郵便物《ゆうびんぶつ》が届《とど》くと、ユスティニウスはベリックを広間《アトリウム》に呼《よ》んで、目の前にパピルスの巻物《まきもの》を広げてみせた。「われわれはついに勝ったぞ、ベリック！　外に出て、駐屯地《ちゅうとんち》じゅうに大声でふれまわってくるといい。身におぼえのない罪《つみ》で二年間レヌス艦隊《かんたい》のアルケスティス号をこいでいたが、無実だったことを元老院《げんろういん》が認《みと》めて、罪人《ざいにん》記録も抹消《まっしょう》された、とな。まあ、実際《さい》のところは、おまえはそんなことはしないだろう。駐屯地《ちゅうとんち》とはなんの関係もないことだからな。だが、そうしていけない理由は、太陽の下にひとつもなくなったぞ」

おかしなことに、ベリックはそれを聞いてもあまりたいしたことだとは思えなかった。それよりはるかに気になったことが、ユスティニウスが読んでくれたパウルス元老院《げんろういん》議員の手紙に書かれてあった。その手紙は法律的《ほうりつ》なことがあれこれ書かれた長いもので、ベリックにはむずかしかったが、肝心《かんじん》なところは理解《りかい》できた。

「運命の天秤《てんびん》が少年の有利に大きく傾《かたむ》いたのは、つぎの非常《ひじょう》な幸運によるものであります。

その少年は逃亡《とうぼう》した日の夜、ヴァラリウス・ロングスの屋敷《やしき》の外にて、彼《かれ》をよく知る馬屋番の老奴隷《どれい》に目撃《もくげき》されておりました。小生はただちにその屋敷《やしき》に自らおもむき、詳細《しょうさい》を確《かく》認《にん》いたしましたが、ヒッピアスという馬屋番がつぎのように証言《しょうげん》いたしました。問題の夜、病気の馬を見にいくため前庭を通りかかったところ、門のあたりから物音が聞こえた。不《ふ》審《しん》に思いそちらに行ってみたところ、貴殿《きでん》の言う、ベリックが鉄格子《てつごうし》のあいだをすりぬけて走り去ろうとしているのが、柱廊《ちゅうろう》のランタンの光で見えた。うしろから呼《よ》びかけたが、少年は立ち止まらなかった。また証言者《しょうげんしゃ》ヒッピアスは重ねて、その直後にバラックス法務《ほうむ》官《かん》の家のニワトリが時をつくったのが風にのって聞こえてきた、と証言《しょうげん》しております。これはもちろん、件《くだん》の少年がローマを明け方に出たことを証《あか》すものであり、となれば強盗事《ごうとうじ》件《けん》の起きた遠方の北部地方に日暮《ひぐ》れまでに着くのは不可能《ふかのう》ということになります。なぜこうしたことを今まで黙《だま》っていたのかをヒッピアスに問いただしたところ、ルキルラ夫人が自ら進みでて語ってくれました。それによると、ヒッピアスは翌朝《よくあさ》、夫人に知らせに来たとのことでありました。そしてその折り、前夜に門の下で発見した包みを持参いたしております。そのなかには、やすりで切った手錠《てじょう》と、夫人の実家の奴隷《どれい》のしるしである銀の腕輪《うでわ》が入っていました。だが、これが人に知られるとその少年がつかまってしまうだろうから黙《だま》っているようにと、夫人が命じたとのことでした」

手紙を読む声を注意深く聞いていたベリックは、顔をあげて言った。「明け方には、オレはローマから何マイルも離《はな》れていた。それに……それに、柱廊《ちゅうろう》にランタンなんかなかったと思う……」

ベリックはあれこれ考えたあげく、この話をでっちあげたのはルキルラだと確信《かくしん》した。ヒッピアスじいさんは馬の扱《あつか》いこそうまいが、ランタンの話を思いつくような想像力《そうぞうりょく》は持ちあわせてはいない。

考えにふけっていたので、ベリックは自分の足がどこに向かっているのかほとんど意識《いしき》していなかった。ふと気がつくと、湿原《しつげん》のはずれの海辺に来ている。太陽はもう西に傾《かたむ》きだしたというのに、駐屯地《ちゅうとんち》からは七マイルほど離《はな》れている。そろそろ家にもどったほうがよさそうだ。ベリックはいつもの癖《くせ》でつい下を見て、灰色《はいいろ》の愛犬カノグが足元にいるかどうかを確《たし》かめた。だが犬は先日子犬を産んだばかりで、農場から出ようとしないのを思い出した。産まれた子犬が、放っておいても心配ないほど早く大きくなるといいのに。そうしたら、カノグはまたオレの後をついてくるだろう。後ろをついてくる足音や、話しかけるような鳴き声が恋《こい》しくなった——カノグはとても話好きで、歌まで歌える——歌というより、お湯がわく直前にやかんがシュンシュンいうようなものだが——それで、「小さな歌」という意味の、カノグと名づけたのだった。

カノグが恋《こい》しくなったのは、たぶんあたりの静寂《せいじゃく》のせいだろう。マーシュ島のほうに足を向けたとき、あたりが不気味なほど静まりかえっているのに気がついた。

ふだんなら湿原《しつげん》のはずれの海辺では、ひばりのさえずりが空から降《ふ》るように聞こえるのだが、今はその声が聞こえない……シギや千鳥の鳴く声もない。からっぽの空間を吹《ふ》きわたる、いつものかすかな風の音《ね》も鳴りをひそめ、うつろな静けさのなかに、砂利堤《じゃりてい》の向こうから波音だけが聞こえてくる。まるで、湿原《しつげん》全体がなにかを待って息をひそめているかのようだ。

湿原《しつげん》の南端《なんたん》にあるマーシュ島は、島といっても土地がまわりより二、三フィート盛《も》り上がっただけの場所にすぎない。ほんの一マイルほどの島だが、「リーの防壁《ぼうへき》」と呼《よ》ばれる大堤防《だいていぼう》がここを守っている。さらに、レマニス港の下手の北の水門から続いている砂利《じゃり》の堤《つつみ》も、この島の海岸線沿《ぞ》いを通っている。島の先端《せんたん》には、芝土屋根《しばつち》の漁師小屋《りょうし》が何軒《けん》か、低く軒《のき》をつらねており、その横には小さな前哨基地《ぜんしょうきち》がある。副官が預《あず》かっているこの基地《きち》は、大きな曲線を描《えが》いて湿原《しつげん》を囲《かこ》んでいる防壁《ぼうへき》のちょうど曲がり目にある要塞《ようさい》だった。風のおかげですがたを変える砂丘《さきゅう》と、茶色の砂利堤《じゃりてい》にはさまれた、吹《ふ》きさらしの場所にある。夕方、その北東のはじに連なる低い砂丘《さきゅう》を越《こ》えてきたベリックは、この要塞《ようさい》もじっとなにかを待ちうけているように感じた。湿原《しつげん》が息をひそめてなにかを待っているのと同じように。

ベリックは「リーの防壁《ぼうへき》」に向かっていた——湿原《しつげん》で生まれ育った者ならいざしらず、暗くなってからは壁沿《かべぞ》いに進んだほうがいい——それに、ふだんなら基地《きち》や村は避《さ》けるところだが、今日はルキルラお嬢様《じょうさま》のランタンが不思議な具合にベリックの心を暖《あたた》めてくれていて、人間の世界に近づいたような気がしている。それで突然《とつぜん》、少し向きを変えて、漁《りょう》師《し》小屋のほうに向かった。そこで、奇妙《きみょう》な重苦しい沈黙《ちんもく》のことなど忘《わす》れてしまうほどの事《じ》件《けん》が起こった。

村にさしかかったとき、ベリックはひとりの男にでくわした。その男は、サンザシの防《ぼう》風林《ふうりん》の端《はし》に座《すわ》って、河口《かこう》とその先の海に顔を向けていた。足元には猟犬《りょうけん》が寝《ね》そべっている。大きなぶちの犬で、ベリックが近づくと警戒《けいかい》してぴくっと顔をあげた。その額《ひたい》に白い星形が見えた。

心臓《しんぞう》が転げ落ちるかと思ったほどの衝撃《しょうげき》を受けて、ベリックはもう一度よく見た。犬はうなり声をあげていた。喉《のど》の奥《おく》から出る、威嚇《いかく》の低いうなり声だが、それが突然《とつぜん》、クーンという声に変わった。そのとき海に顔を向けていた盲目《もうもく》の主人が振《ふ》り向いたが、犬はパッと飛びおき、身構《みがま》えたと思った瞬間《しゅんかん》、ベリックに飛びついてきた。狂《くる》ったような歓喜《かんき》の声で、吠《ほ》えまくりながら。

「ゲラート！」ベリックは大声で言い、しゃがんで大きな犬の首に両腕《りょううで》をまわした。こんなとんでもないことが起きるなんて、信じられない。これは夢《ゆめ》だ。夢《ゆめ》にちがいない！ ゲラートはベリックの胸《むね》に何度も何度も頭を押《お》しつけ、興奮《こうふん》して狂《くる》ったようにはしゃいでいる。「ゲラート！ ほんとか？ ほんとに、あのゲラートなのか！」ゲラートは鼻をすりよせて、ベリックの顔をぺろぺろなめまわした。

だが犬は、少しするとベリックから離《はな》れ、じっと立っている背《せ》の高い男のほうに行った。それからまた、うれしそうにベリックに突進《とっしん》してきた。そうやってゲラートは、ふたりのあいだを行ったり来たりしてかけまわり、ちぎれるほどしっぽを振《ふ》りながら、甘《あま》えた声をだしたり吠《ほ》えたりしている。その大騒動《おおそうどう》のなかで、ベリックは背《せ》の高い男の両手を握《にぎ》りしめた。「リアダ！ リアダ！ 本当にリアダなんですね？」

「ベリック？　やはり、おまえなのか？」

「ああ、リアダ、あなたに会えるなんて、太陽と月を両手に抱《いだ》くようだ！　そう、ベリックです。ほら、さわってください」ベリックは握《にぎ》っていた手を離《はな》し、まっすぐに立った。

リアダは笑いながら手をのばし、ベリックの胸《むね》や脇腹《わきばら》や肩《かた》をそおっとなでた。

「そうとも、おまえだとわかっておったよ。その声、その手、それにゲラートの喜びようときたら……。では、本当にわしらは会えたんだな。それにしても立派《りっぱ》な男になったな、ぼうず……。いやはや！　肩《かた》など雄牛《おうし》のようじゃないか」

ふたりは出会えた喜びに声を出して笑ったり、思わず叫《さけ》んだり、せきこんでなにか言いかけたりしたが、一息ついて、いっしょに防風林《ぼうふうりん》の下に腰《こし》をおろした。ゲラートは興奮《こうふん》しすぎてゲホゲホ咳《せき》をしたあげく、疲《つか》れはて息を荒《あら》げて、竪琴弾《たてごとひ》きの足元にうずくまった。

ベリックは深々《ふかぶか》と息を吸《す》いこんだ。そして初めて、これは夢《ゆめ》ではないのだと感じた。

「でもリアダ、なにがあったんです？　どうしてこんなところにいるんです？」どうにも合点《がてん》がいかずに、聞いた。

リアダは手をのばし、肩《かた》からさげている竪琴《たてごと》をそっと指先でさわった。「この竪琴《たてごと》がわしを連れまわすのだ。竪琴《たてごと》に耳を傾《かたむ》けてくれる人がいるところへとな。おまえが……一族を離《はな》れたあと、わしも出ていくときが来たように思えた。それでわしは、わしの目になってくれる村の少年を連れて……キランといって、今はその先の漁村にいるんだが……その子とふたりで旅立った。それ以来、放浪《ほうろう》の人生だ。そこいらじゅうで竪琴《たてごと》を弾《ひ》き、聴《き》いてくれる人がいるところへなら、どこへでも行くのだよ」

ベリックは、はっとしてふり向いた。「オレのせいで？」

リアダはほほえんだ。「わしは昔から、世界を見たかったのだ」

「でもゲラートは？　どうしてゲラートがいっしょなんです？」

「おまえが出ていったあと、ゲラートはわしのところに来たんだ。クノリの犬の群れには入ろうとしなかったんでな。それでわしは村を出るときに、ゆずってほしいとクノリに頼《たの》んだのだ。どうもゲラートは、いつかわしがおまえのところに連れていってくれると、知っていたように思えるがな。そして、どうだ、実際《じっさい》にそうなったじゃないか」

大きなまだらの犬を、ベリックは見つめた。一族から追放された夜、ゲラートの首に両《りょう》腕《うで》をまわして泣いたことを、ありありと思い出した。「ああ、ずいぶんむかしのことです。そうして、ほら、こいつは今、新しい主人の足元にいる」ベリックは言った。ゲラートは自分が話題にされていると知って、頭をあげ、しっぽを振《ふ》りながらふたりの顔を順に見ていた。それからもう一度、竪琴弾《たてごとひ》きの足の上にあごをのせた。

「ゲラートに決めさせればいいことだな」

「ゲラートはもう決めていますよ」ベリックは自分の言葉が本当であることを知っていた。

しばらくして、また質問《しつもん》した。「リアダ、村に帰ったことはありますか?」

「二度もどったよ。種まき時に」

「みんな……」ベリックは言いかけて、口をつぐんだ。自分を育ててくれた人々《ひとびと》を、長いこと心の中から閉《し》めだしていた。家族も、昔の生活も、自分を追いだした一族全体も。今となっては、彼《かれ》らをふたたび心に受け入れるのは、ひどくむずかしかった。ところが一族とはなんの関係もないことなのに、ルキルラお嬢様《じょうさま》のランタンの話が心に浮《う》かんだ。奇妙《きみょう》なことだがそのおかげで、先を続けることができた。「みんなは、どうしていましたか?

オレの養父のクノリや、クノリの家の子どもたちは?」

「元気にやっているよ」リアダは答えた。

「ギネアは? オレのおふくろは?」

「ギネアが笑うのを聞いたな。だが、ギネアは忘《わす》れていないだろう」

「それから……オレの槍兄弟《やりきょうだい》のカスランは?」

「カスランは一族の娘《むすめ》を嫁《よめ》にして、今では男の子がひとりいる」

ふたりのあいだに沈黙《ちんもく》がおとずれた。海の音だけが聞こえてくる。不気味な静けさのなかで、海の音はうつろに響《ひび》いた。やがてリアダがきいた。「おまえはどうなんだ？　どうしてこんなところにいるんだね？」

ベリックはすぐには答えずに、青銅《せいどう》の腕輪《うでわ》に目を落とした。手かせの痕《あと》を隠《かく》すためにつけている腕輪《うでわ》だった。「オレはこの湿原《しつげん》で働いています。湿原《しつげん》を海から守るために、大きな堤防《ていぼう》を築《きず》いているんです」やっと口を開いた。

「では、この四年間ずっと？」

「いや、この春から。オレ……まえにはあちこちにいたから」

そのつもりはなくとも、声が固くなっていた。少ししてリアダが言った。「どこも、いいところではなかったんだな？」

「はい、いいところではありませんでした」ベリックは言った。

リアダはベリックのほうに少し顔を向け、もっとなにかを聞こうとするように、頭を上げていた。だが、ベリックが黙《だま》っているので、海のほうに向きなおった。「その堤防《ていぼう》について話してくれ。それから、おまえたちが働いている湿原《しつげん》についても。海から土地を作りだすなんて、まったくすごいことじゃないか」

ベリックは、両腕《りょううで》でひざをかかえた。潮《しお》のひいた河口《かこう》では、シギが餌《えさ》をつついている。河口《かこう》の水がくねくねと流れていくのを見ながら、湿原《しつげん》について話しはじめた。最初の驚《おどろ》きがおさまってしまうと、ここに座《すわ》ってリアダと話していることになんの不思議もないように思えてきた。しだいに話に熱がこもって、巨大《きょだい》な土手やら、森林地帯の水門のことまで語っていた。水門の土手を高く盛《も》り上げて、水をせきとめたこと。その結果、今では湿原《しつげん》の陸寄《りくよ》りに浅い湖ができていて、満潮《まんちょう》時には水門を閉《し》め、潮《しお》がひきはじめると開けることによって、来年の夏までにはすっかり水を排出《はいしゅつ》する予定であること、などを熱を入れて説明した。また将来《しょうらい》できるはずの、海岸沿《ぞ》いの緑の牧草地についても話した。海水を完全に遮断《しゃだん》できたときには、この湿原《しつげん》全体が牧草地に変わるはずなのだ。

「いつか、羊がたくさんいる、すばらしい牧草地がここにできるはずなんです。牧草地は海の壁《かべ》から森林地帯まで、ずっと広がる。それを作る手伝いができてよかったと思う日が、きっとくると思う」

ベリックは自分ではそうと気づかずに、ユスティニウスのことをさかんに話していた。彼《かれ》と湿原《しつげん》は切っても切れない関係にあったからだ。ただ、ユスティニウスがベリックを息子《むすこ》として家に迎《むか》えた、そのいきさつや理由は話さなかった。それは、自分の口から言うべきことではないと思ったからだ。リアダも、いろいろ質問《しつもん》したが、その件《けん》については聞かなかった。リアダは、相手が答えたくないことは決して聞かないということを、ベリックは思い出した。おかげでリアダと話すのは、とても快《こころよ》い。今、リアダと話ができてよかった。湿原《しつげん》や、湿原《しつげん》の将来《しょうらい》や、森のはずれにある吹《ふ》きさらしの小さな農場のことをリアダに話すことで、なぜかベリックは、それらを自分がどう思っているか、自分自身でよくわかるようになった。それらすべてが自分にとってどれほど大切であるか、突然《とつぜん》はっきりとわかってきたのだ。

ベリックの頬《ほお》を、風がふうわりとなでていった。なにかを待っている静寂《せいじゃく》の時は終わった、とベリックは気がついた。ひたひたと嵐《あらし》が近づく、不穏《ふおん》な気配が感じられる。河口《かこう》はぎらぎらと金色にそまり、雄牛島《おうしじま》の切り立った岬《みさき》の向こうに、夕陽が炎《ほのお》のように燃《も》えている。雄牛島《おうしじま》は、ローマ軍が六年ほど前に、勇猛《ゆうもう》な太陽神、雄牛《おうし》と戦うミトラの祭壇《さいだん》をたてたところだ。ふたたび河口《かこう》から風が吹《ふ》き上げ、雑草《ざっそう》がかさこそと音をたてた。海岸にぶつかる波のとどろきが、急に高まったような気がする。岸にうち寄《よ》せる波や、沖合いのうねり具合からすると、すでにどこかで天候が荒《あ》れはじめているようだ。ゲラートは竪琴《たてごと》弾《ひ》きの足に顔をおしつけたまま、不安そうに低く鳴いている。ゲラートの身体をブルブルッと震《ふる》えが走るのがわかった。ゲラートにはわかっている。それにカモメもだ。カモメはもう一羽残らず、内陸へと飛び去っていた。

ベリックは両ひざをついて、猟犬《りょうけん》のようにちょっと空気のにおいをかいでから立ちあがった。「駐屯地《ちゅうとんち》の様子を見に帰ったほうがよさそうだ」

「それがよかろう。湿原《しつげん》が不安を感じているようだ」リアダもそう言いながら立って、ベリックの肩《かた》に軽く手をおいた。「村をぬけるところまで、いっしょに行くとしよう」

ふたりが漁師《りょうし》たちの集落に着いたとき、雄牛《おうし》島の向こうでは、夕陽がまるで炉《ろ》の中に投げこまれた薪《まき》のように、メラメラと燃《も》えていた。村中がとっくにあわただしい動きを見せている。小屋の下の浜《はま》では、男たちが用心のために丸木船をずっと上までひきあげており、若《わか》い女たちも手伝っている。年かさの女たちは戸口に集まって、なにかささやき交《か》わしては、燃《も》えるような空を不安そうに見あげていた。どこかで子どもが怯《おび》えたように泣いている。村も、そして湿原《しつげん》も、恐《おそ》ろしいことが始まる予感に満ちていた。

リアダは立ち止まり、鋭《するど》く口笛を吹《ふ》いた。とたんに十五歳《さい》ぐらいの少年が、丸木船をひきあげている男たちから離《はな》れて、こちらにやってきた。少年は背《せ》が高く、ふさふさとした赤毛の持ち主だ。髪《かみ》は鮮《あざ》やかな夕日に照らされて深紅《しんく》に輝《かがや》き、興奮《こうふん》で目がキラキラしている。「嵐《あらし》がくるって、みんなが言ってます」少年はまじまじとベリックを見つめてから、リアダに言った。「長老が言ってました。長老が子どもだったとき以来この沿岸《えんがん》にきたことがないような、すごい嵐《あらし》になるって！　湿原《しつげん》が知っている、と言ってた！　用事はなに、リアダ？」

「わしといっしょに村のはずれまで来てくれ。帰るときに、おまえの目がいる」

こうして三人は歩きはじめた。少年は少し嫉妬《しっと》でもしているかのように、ふたりの後ろからついてきた。

村を出ると、からっぽの広大な湿原《しつげん》全体が燃《も》えているように思えて、ベリックは恐《おそ》れを感じて立ちすくんだ。まえにも何回か、あざやかな湿原《しつげん》の夕焼けを見たことはあった。だが、これほどすさまじい夕焼けがあるものなのか！　おいしげった一面のハリエニシダはまっ赤に輝《かがや》き、褐色《かっしょく》の平原はグラグラと煮《に》えくりかえった黄金のようだ。ゆらめく炎《ほのお》を吐《は》いているどう猛《もう》な空の下で、世界じゅうが燃《も》えている。おそろしいまでの光輝《こうき》。これは、夕空に炎《ほのお》で書かれた警告《けいこく》、いやこれこそ凶兆《きょうちょう》というものか。

「これ以上おまえと歩くのは、やめておこう」足を止めてリアダが言った。「おまえひとりのほうが、早く行ける」

「この村にいてくれますよね……この後も？　オレがまた会いにくるまで、出ていったりしないですよね？」

「ああ、ここにいよう」リアダは言った。それから「さっき女たちがなにか言っていたようだが、日没《にちぼつ》はどんな様子なのかね？」と聞いた。

ベリックは一瞬《いっしゅん》、黙《だま》った。この恐《おそ》ろしい輝《かがや》きを、焼き焦《こ》がす光を、暗闇《くらやみ》の中にいるリアダにどう説明すればいいのだろう？「日没《にちぼつ》は、火で、翼《つばさ》で、そして抜《ぬ》き身の剣《つるぎ》のようだ」

ベリックはやっと答えた。

まもなくベリックはリアダと別れた。ゲラートともお別れだ。ゲラートはクンクン鳴きながらベリックのあとをついてきたが、少しすると主人の元に走ってかえっていった。燃《も》えている広漠《こうばく》とした湿原《しつげん》をひとりで歩いているうちに、ベリックはさびしさがいっそうつのる思いがした。だが、愛犬のカノグが走ってきてなぐさめてくれることを思い出した。そうだ。ゲラートが変わったとしたら、自分も変わったのだ。マーシュ島に来たとき、後ろについてきてほしいと思った相手は、ゲラートではなかったのだから。

ベリックは前哨基地《ぜんしょうきち》を通りすぎたが、だれにも会わなかった。リーの防壁《ぼうへき》の先端《せんたん》までくると、非常事態《ひじょうじたい》に備《そな》えて、石灰岩《せっかいがん》が積んであった。枝先《えださき》に炎《ほのお》の色を映《うつ》したハリエニシダのあいだで、石灰岩《せっかいがん》が金色に光っている。だが大堤《おおづつみ》に沿《そ》ってせっせと歩きだしたころには、不気味な光はもう消えかかっていた。浮《う》かんだり消えたりするさまざまな思いで、ベリックの心は千々《ちぢ》に乱《みだ》れた。風にあおられる炎《ほのお》の煙《けむり》のように、思いは逆巻《さかま》き、またまじりあった。目前にせまった嵐《あらし》、手かせの痕《あと》、ルキルラとヒッピアスとランタン、湿原《しつげん》の奥《おく》の緑地、リアダとゲラート。ベリックは、昔の生活は忘《わす》れたと思っていた。心にかんぬきをかけて閉《し》めだしたつもりだった。それなのに今になって……。奇妙《きみょう》なことだが、最悪のゲイル風は、種まき時にしろ落ち葉時にしろ——いつも潮《しお》がいちばん高いときにやってくる。

排水溝《はいすいこう》の端《はし》までできたときにはもう日が暮《く》れていて、南西の風がにわかに強まり、ビューと吹《ふ》きつけていた。風にあおられて羽毛《うもう》のようにさざ波をたてているよどんだ水だけが、真っ暗な湿原《しつげん》と森のあいだで青白く見える。ベリックは乱《みだ》れた思いを抱《かか》えたまま、狭《せま》い板張《いたば》りの通路をわたり、ついに森の手前の水門のところまで来た。潮《しお》はひいていて、排水溝《はいすいこう》から水が、低くとどろきながら流れていく。水のとどろきは、暗い塩湿地《えんしっち》から吹《ふ》きつけてくる風のうめきの伴奏《ばんそう》のようだ。森の入り口では、ハリエニシダやニワトコの茂《しげ》みが激《はげ》しくざわめいており、夜全体が苦悩《くのう》し、震《ふる》えているようだ。七マイル離《はな》れた海から聞こえてくる高波の音が、あたりを圧《お》している。ベリックが駐屯地《ちゅうとんち》にたどり着くと、兵士《へいし》たちは訓練された動作で、きびきびと動いていた。兵士《へいし》たちは日頃《ひごろ》から悪天候に備《そな》えて、警戒《けいかい》をおこたらずにいる。指揮官《しきかん》のテント前広場では、今から進軍するかのように大勢《おおぜい》が整列していた。

テントからは、ランタンの光がかすかにもれている。ランタンの灯《あか》りで、ゲータ百人隊長の長い影《かげ》が、入り口ふきんに浮《う》かびあがった。ベリックが近づくと、テントの中から指《し》揮官《きかん》の声が聞こえた。「それはきみの判断《はんだん》に任《まか》せる。あまりにも状況《じょうきょう》がひどくなった場合は、水門を閉《し》めきりにする必要があるかもしれん。排水溝《はいすいこう》に危険《きけん》をもたらすよりは、二、三日、排水《はいすい》が遅《おく》れるほうがましだ。幸運を祈《いの》るぞ、ゲータ」

「指揮官殿《しきかんどの》もご無事で。われわれより指揮官殿《しきかんどの》のほうが、むしろ幸運を必要としておいでです」たてがみのついた兜《かぶと》の影《かげ》が動いて、ゲータ百人隊長が低い戸口をひょいとくぐって出てきた。

そのあとすぐベリックが中に入ると、ユスティニウスはテントの支柱《しちゅう》から下がっているランタンのそばに立っていた。兜《かぶと》を手に持って、あごひもを調整している。ベリックを見て、ユスティニウスは顔を上げた。ランタンに照らされたその目には、戦場に出かける男の、さめた輝《かがや》きがあった。

「ベリックか！　早くもどらないかと、待っていたんだ」

「マーシュ島に行ってたんです」ベリックは目にかかった髪《かみ》をはらった。「この沿岸《えんがん》に、何年も来たことのないほどひどい嵐《あらし》が来る、と島の人たちが言っています。夕焼けの空を見ましたか？」

ユスティニウスはうなずいたが、手はそのまま、あごひもを直していた。「ああ、あの空なら見た。少なくとも、警告《けいこく》は発してくれたな」

「水門の堤防《ていぼう》はどうなるでしょう？」

「堤防《ていぼう》のこちら側については、心配はしていない。南西のゲイル風なら、森や雄牛《おうし》島がかなりさえぎってくれるはずだ。危《あぶ》ないのは、今おまえが歩いてきたあたりだ。あのあたりの壁《かべ》はまだ高さが十分とはいえない。さえぎってくれるものはなにもないし、砂利堤《じゃりてい》の先はすぐ外海だ」あごひもが直って、ユスティニウスは話をしながら兜《かぶと》をかぶって留《と》め金をとめた。「だから、こちら側はゲータに任《まか》せ、わたしは百人隊の半分を連れて今夜、マーシュ島に行く」

広場に兵士《へいし》たちが集合しているのは、そのせいだったのか。テントの外で聞いた百人隊長の言葉の意味もわかった。「危険《きけん》は大きいと思いますか？」ベリックは聞いた。

ユスティニウスは留《と》め金を確認《かくにん》し、手をおろした。「われわれが進めてきた工事のすべてが危険《きけん》にさらされている」彼《かれ》は静かに言った。「南西のゲイル風は以前にもあったし、これからもあるだろう。だが、今回のは規模《きぼ》が大きい……百年に一度ほどの大嵐《おおあらし》だろう」ランタンの光に照らされているユスティニウスの目が、一瞬《いっしゅん》、暗くなったように見えた。

「湿原《しつげん》はそのことを知っているな。湿原《しつげん》がおびえている」

リアダも同じようなことを言ったし、マーシュ島の長老もそう言っていた。でもリアダも長老もケルト人だから、ケルト風の考え方をする。彼《かれ》らの言葉は、ごく自然に聞こえた。だがユスティニウスの口から、飾《かざ》り気なく静かに語られると、言葉は恐《おそ》ろしい力をもって迫《せま》った。

ユスティニウスはベリックの顔を見て、ニヤリと笑った。「私《わたし》のブリトン人の祖母《そぼ》伝来の考え方だな」そう言ってベルトをしめると、マントのほうをふり向いた。

ベリックは急いでマントに駆《か》けより、ユスティニウスのところに持ってきた。「オレも行きます」

「一息もつかずに、とんぼ返りすることもあるまい」肩《かた》の青銅《せいどう》の留め針《フイビユラ》をとめながら、ユスティニウスはテーブルをあごでしゃくった。野営用《やえい》のテーブルの上にはパンと厚切《あつぎ》りのチーズが入った深皿が置いてある。「まずなにか腹《はら》に入れろ。それから来ればいい。われわれは荷馬の半数を連れていく。この風では、馬の扱《あつか》いには熟練《じゅくれん》した腕《うで》がいる。監督《かんとく》副官にしてみれば、人手はいくらあっても足りないだろう」

「アンタレスはどうします？」

「ここに残していく」ユスティニウスはすでにテントの出口に向かっていたが、パンとチーズの横におかれた書類が目にとまると、立ち止まった。「まったく、よりにもよってこんなときに、レマニスの司令部から手紙がくるとはな。新しい軍団長《ぐんだんちょう》が、ゲルマニア派《は》遣《けん》部隊に軍旗を授《さず》けるためにレマニスに滞在《たいざい》している。その軍団長閣下《ぐんだんちょうかっか》が、二日後に、この堤防《ていぼう》を視察《しさつ》したいと言っているそうだ」

ベリックはその話の重要性《じゅうようせい》をすっかりのみこむまで、少し時間がかかった。「軍団長《ぐんだんちょう》とは、コルネリウス・クロルスですか？」

「そう、コルネリウス・クロルス軍団長《ぐんだんちょう》だ」ユスティニウスはじっとベリックの顔を見ながら答えた。

吹《ふ》き荒《あ》れていた風が一瞬《いっしゅん》止まり、その静寂《せいじゃく》のなかに、名前が落ちていくようだった。ベリックは身じろぎもせずに、大きく見開いた険《けわ》しい目でユスティニウスを見つめた。やがて、遠くでまた風がまきおこった。風はうなりながら塩湿地《えんしっち》をわたり、あっという間に近づき、ごうごう音をたててテントの布《ぬの》にぶつかった。ランタンが跳《と》びはねたおかげで、ユスティニウスのいかつい影《かげ》がテントの壁《かべ》で大きくゆらめいた。しかし突風《とっぷう》が去ると、ベリックは冷静に言った。「われわれがゲイル風にうち勝てるよう、心から願っています。軍団長《ぐんだんちょう》のためにも」

「軍団長《ぐんだんちょう》が視察《しさつ》できるように、なんとか堤防《ていぼう》の一部でも残ってくれるといいんだが……。軍団長《ぐんだんちょう》に無駄足《むだあし》を運ばせるのは、気が重いからな」そう言ってユスティニウスは、重いマントを大きな翼《つばさ》のようにはためかせながら、頭を低くして、風の吹《ふ》き荒《あ》れる暗闇《くらやみ》へと出ていった。

ユスティニウスが出たあと、ベリックはしばらくランタンの光の向こうを見つめて立っていた。彼《かれ》が見つめていたのは、テントの茶色の布《ぬの》ではなく、アルケスティス号の船尾甲板《せんびかんばん》でワシの羽飾《はねかざ》りのついた兜《かぶと》をつけて立っていた、冷淡《れいたん》な男のすがただった。

外で号令が響《ひび》き、ざくざくという足音が聞こえた。ベリックはパンとチーズをつかんでチュニカの胸元《むなもと》につめこみ、ランタンを消した。駐屯地《ちゅうとんち》を抜《ぬ》けて問題の場所へ向かおうと、風の吹《ふ》きすさぶ闇《やみ》の中へと走った。

第十八章　大嵐《おおあらし》

湿原《しつげん》に暁《あかつき》の光がきざしはじめたが、ゲイル風はいっそう勢《いきお》いを増《ま》している。風をさえぎるもののない湿原《しつげん》の突端《とったん》では、風の暴《あば》れ方は想像《そうぞう》を絶《ぜっ》していた。小さな集落をまるでハリエニシダの茂《しげ》みのように根こそぎ引っこぬいて、クルクルと海に転がしそうな勢《いきお》いだ。ベリックは夜中から、馬で石を搬送《はんそう》する作業に加わっていた。北東の堤防《ていぼう》は今回は災害《さいがい》の心配がない。そこで北東の堤防沿《ていぼうぞ》いに備蓄《びちく》してある石を、最も危険《きけん》な地域《ちいき》へと移動《いどう》するのだ。ベリーの防壁《ぼうへき》に万が一のことがあった場合に備《そな》えて、補修《ほしゅう》用の石灰岩《せっかいがん》が山積みしてあったが、その山は高いにこしたことはない。ベリックは砂丘《さきゅう》の影《かげ》にいたが、それでも立っているのがやっとだった。ベリックが受けもった小型《こがた》でがっしりした馬は、風上に尻《しり》を向け、頭を下げて脚《あし》を大きく開いて立っていた。布製《ぬのせい》の荷かごがどんどん重くなるおかげで、かろうじて吹《ふ》き飛ばされずにいるように見えた。

きのうは砂利壁《じゃりへき》の暖《あたた》かい斜面《しゃめん》や、砂丘《さきゅう》の草のあいだに、黄色いツノゲシが群れて咲《さ》き、エニシダやイソマツ、そしてアーモンドの匂《にお》いがする小さなヒルガオの花などが彩《いろど》りをそえていた。今では花は、砂地《すなち》の草とともに千切れんばかりになびき、やがて引きちぎられては、吹《ふ》き飛ばされていく。砂丘《さきゅう》を吹《ふ》きまくる風は砂嵐《すなあらし》を巻《ま》き上げ、おかげでそこで働いている男たちは目を開いていることも、息をすることも難《むずか》しい。これほどすさまじい風は、ベリックは体験したことがない。故郷《こきょう》の荒々《あらあら》しい岬《みさき》ですら、これほどの風は吹《ふ》かなかった。しかしこの風のなかで、ベリックの心の内のなにかが激《はげ》しく高揚《こうよう》し、荒々《あらあら》しい勝利感に酔《よ》っている。なぜなら、見ろ、リーの防壁《ぼうへき》はこの満潮《まんちょう》にも決壊《けっかい》することなく、耐《た》え抜《ぬ》いているではないか。

ベリックは最後の大石を、馬の自分の側の荷かごに入れて、端綱《はづな》をつかんだ。一瞬《いっしゅん》風がおさまったので、反対側で石を積みこんでいたブリトン人の男に、大声で聞いた。「このあたりでは、こんな風がよく吹《ふ》くのか?」

男は首を振《ふ》った——日焼けした老人で、海の男らしい遠くを見る目つきをしている。「わしは生まれてこのかた、こんな大嵐《おおあらし》にでくわしたことはない。それどころかおやじの時代にも、その前のおやじの時代にも、なかったろう。明日は海辺で女たちが泣くことになりはせんかと、胸《むね》が痛《いた》むわい」

別の馬が馬方に引かれてようようたどりついたので、老人はそちらをふりむいた。ベリックは自分の馬の向きを風上へと変え、片手《かたて》を馬の首に回して、もう一度出発した。ずっと先に、荷を積んだ馬と馬方が、風に向かって必死で進んでいくのが見えた。少し経《た》って、もし振《ふ》りかえれば、後ろにももう一組が見えるだろう。まもなく、逆《ぎゃく》の向きに引かれていく馬とすれちがった。こちらの荷かごは空で、しっかりと巻《ま》かれて紐《ひも》でくくられている。さらに二頭目の馬、三頭目の馬が続いた。この作業が夜中から続いている。しかも往復《おうふく》するたびに風は激《はげ》しさをましていた。だがありがたいことに、これで休憩《きゅうけい》だ。この荷を降《お》ろしたら、ベリックも馬も、他の組と交代することになっている。

ベリックと馬は風に向かって頭を低くして、マーシュ島の沿岸《えんがん》沿《ぞ》いを必死で突《つ》き進んだ。ときどき突風《とっぷう》にあおられて立ち止まり、突風《とっぷう》がすぎるとまた進んだ。胸《むね》の高さのハリエニシダが猛烈《もうれつ》にゆれ動いている斜面《しゃめん》を通りぬけ、とうとう前哨《ぜんしょう》基地《きち》の下に出て、リーの防壁《ぼうへき》の突端《とったん》へと向きを変えた。そこでは男たちが働いており、石の山がだんだん大きくなっている。ベリックと馬がよろよろとたどり着くと、前にいた馬は移動《いどう》し、荷下ろしを手伝っている男が、ベリックのほうを向いた。男とベリックは疲《つか》れた馬から荷を下ろし、ばたばた煽《あお》られる荷かごが風に吹《ふ》き飛ばされないうちに、巻《ま》いてしばった。それが終わると、監《かん》督《とく》副官が前哨基地《ぜんしょうきち》のほうを頭で指した。「よし、交替《こうたい》だ。馬をつないで、それから休め」

小さな前哨基地《ぜんしょうきち》では、嵐《あらし》にそなえて、あらゆるものが留《と》められ固定されていた。扉《とびら》のない芝土《しばつち》屋根の納屋《なや》があり、なかに杭《くい》や編《あ》み垣《がき》がいつでも使えるように積んである。この納《な》屋《や》の裏手《うらて》が交替《こうたい》の馬をつなぐ場所になっていた。ベリックはそこに馬をつなぎながら、不意に、嵐《あらし》にみまわれたアルケスティス号を思い出した。今、アルケスティス号を思い出しても、かつてのような恐怖《きょうふ》は感じなかった。黒い豆や、波頭《なみがしら》にきらめく陽光を思い出し、そして鞭打《むちう》ち刑《けい》と胸《むね》の裂《さ》ける悲しみを思い出した。——だが、それだけではない。こぎ座《ざ》で苦悶《くもん》する人間以下の人間が、船を守ろうと必死にこいだ夜、わかったことがある。水に浮《う》かぶ地獄《じごく》、それがレヌス艦隊《かんたい》のアルケスティス号だった。そしてこのとき、突然《とつぜん》ベリックは理解《りかい》した。これから一生、嵐《あらし》が起これば必ず唇《くちびる》に塩の味がするのだ。そして心の深い部分を突《つ》き動かして、波を越《こ》えるガレー船の躍動《やくどう》と、白いモミ材の櫂《かい》の強い反動が、ありありとよみがえってくる。それを止めることはできないのだ、と。

やっとのことで馬に水と餌《えさ》を与《あた》え、しばったサンザシの束《たば》の脇《わき》を通って、隣《とな》りの兵舎《へいしゃ》にたどりついた。なかは混雑《こんざつ》していた。前哨基地《ぜんしょうきち》の屋根のある場所はどこもかしこも、ブリトン人や非番《ひばん》の兵士《へいし》でいっぱいで、みんななんとか身体を休ませようと苦心していた。だれかが固いパンと干《ほ》しぶどうのかたまりを持ってきてくれた。ベリックはもらったものを食べ、共同の水差しから水を飲み、空いている場所で、ありがたく手足を伸《の》ばした。外では低い芝土屋根《しばつち》の上を、ゲイル風が吹《ふ》きまくっているが、ここは守られている。そのうえ、ぎっしりつまった人々《ひとびと》の体温で暖《あたた》められて、ベリックは騒《さわ》がしいなかで、うとうとした。そのうちだれかが脚《あし》の上に倒《たお》れてきて、目が覚めた。金切り声のような風の音に重なって、防壁《ぼうへき》の海側の斜面《しゃめん》で波がくだける、ドーンドーンという音が聞こえる。また満潮《まんちょう》がやってきたのだ。

ベリックは外に出て、なんとか現場《げんば》へ行こうとした。風は前よりもいっそう強まったらしく、湿原《しつげん》のずっと奥《おく》まで、波しぶきが飛んでいた。

その日は一日中、それから続く長い夜とそのつぎの長い一日、風は湿原《しつげん》でうなりをあげていた。潮《しお》が満ちるたびに潮位《ちょうい》が上がり、リーの防壁《ぼうへき》に力いっぱいぶち当たっては、つぎの攻撃《こうげき》のために力をたくわえるかのように引いていく。巡視隊《じゅんしたい》は、決壊《けっかい》のきざしはないかと防壁《ぼうへき》を行き来して警戒《けいかい》していた。人間も馬も、なんとか食料と水にありついたが、今では水は慎重《しんちょう》に割《わ》り当てられた。ふだんより大量の水が使われているので、マーシュ島の泉《いずみ》が涸《か》れそうなのだ。時間は悪夢《あくむ》のように過《す》ぎていった。だれもが、世界には他の人間もいれば、嵐《あらし》以外のこともあるのだという感覚を失っていた。嵐《あらし》が吹《ふ》き荒《あ》れる小さな世界に閉《と》じこめられて、嵐《あらし》との戦い以外のものは存在《そんざい》せず、ただただ金切り声をあげる灰色《はいいろ》の闇《やみ》だけがあった。だがそんな混乱《こんらん》のなかに、安定した確《たし》かなものがひとつだけあった。それは指揮官《しきかん》のがっしりしたすがたで、このすさまじい昼も夜も、必要な時、必要な場所に、必ず見かけられた。兜《かぶと》をひたいまで下ろし、マントはとっくに脱《ぬ》ぎ捨《す》てている。そんな指揮《しき》官《かん》のすがたは、まわりの者たちに、勇気と信頼《しんらい》をもたらした。

ふたたび夜が訪《おとず》れ、ゲイル風が吹《ふ》きはじめてから三日目の晩《ばん》となった。時間はだらだらと過《す》ぎていたが、堤防《ていぼう》はまだ持ちこたえている。とはいえ、波消壁《はしょうへき》はあとかたもなく流れ去り、当座《とうざ》しのぎの編《あ》み垣《がき》に代えられている。潮《しお》のあいまに、突貫《とっかん》工事で設置《せっち》したものだ。今、また潮《しお》が満ちてきた。ベリックはほかのブリトン人の男たちといっしょに、馬を従《したが》えて現場《げんば》にしゃがみこんでいた。満潮《まんちょう》でリーの防壁《ぼうへき》が危《あぶ》なくなるたびに、こうして待機していた。長いこと風の音を聞かされていたため、耳が慣《な》れてしまって、風のうなりはもう耳につかない。風よけになっている納屋《なや》の後ろで、馬の耳のとんがった先を見上げると、明るい月がぬらぬらと光っていた。月のまわりを雲のかたまりが、まるで追われている羊の群れのように飛びすさっていく。ときどき雲間から現《あら》われる月は、まわりをもやもやと七色の暗い光に取りまかれている。やがて雲はじっと動かなくなり、天上の月と足下の暗い湿原《しつげん》だけが、夜を疾走《しっそう》しているようだった。どこまでもどこまでも——もっと速く、もっと速くと——。

だれかがベリックの身体を揺《ゆ》さぶり、耳元でどなっている。言葉は聞こえなかったが、聞こえる必要はなかった。いよいよ出番だ！

まわりの男たちが、いっせいに立ち上がった。ベリックも寝《ね》ぼけまなこでよろよろ立ち上がり、まだ完全に目が覚めていないというのに、ハリエニシダのあいだを防壁《ぼうへき》へと向かっていた。馬はとまどいながらも、おとなしくついてくる。馬の首に腕《うで》をまわして前方を見ると、前の馬の茶色いしっぽが、闇《やみ》の中でぼんやり揺《ゆ》れていた。石灰岩《せっかいがん》と石の山のそばで、男たちが馬に荷を積もうと、待ちかまえていた。喧噪《けんそう》の闇《やみ》の中、作業は猛《もう》スピードで進み、またたくうちに荷かごは、白々《しらじら》と光る石灰岩《せっかいがん》のかたまりでいっぱいになった。ベリックと馬は防壁《ぼうへき》に向かって、ふたたび突《つ》き進んだ。

石灰岩《せっかいがん》や石、杭《くい》やサンザシの束《たば》を積んで、必死で進む馬の列にまじって、ベリックも苦《く》心惨憺《しんさんたん》して進んだ。馬の首に腕《うで》を回すと、ごわごわしたたてがみがベリックの顔に当たる。

ベリックはなるべく土手のすぐ下を進もうとした。頭上でうなりをあげているゲイル風を、少しは避《さ》けることができるからだ。だが、何度も何度も突風《とっぷう》に押《お》されて、湿原《しつげん》のほうへとよろめき出た。ベリックにできることは、馬の頭をまた風の方向に向かせて進むことだけだった。どのくらい進めばいいのかさっぱりわからない。わかっているのは、行く手のどこかに防壁《ぼうへき》の決壊個所《けっかいかしょ》がある、ということだけだ。恐《おそ》ろしく長いみちのりに思えたが、実際《じっさい》のところは、それほど行かないうちにかすかな声が聞こえてきた。前方で騒《さわ》ぐ声がして、問題の個所《かしょ》に着いたことがわかった。

ちょうどそのとき月がはっきりと顔を出し、銀の光がさした。おかげで、波が堤防《ていぼう》を飛びこえて押《お》し寄《よ》せているのが、はっきりとわかった。その範囲《はんい》は、投げ槍《やり》が届《とど》くよりもっと長いだろうか。堤防《ていぼう》上部の輪郭《りんかく》に明らかに亀裂《きれつ》が見えるが、それが、波が襲《おそ》うたびにいっそう大きく、深くえぐられていく。下で働いている男たちは、びしょぬれだった。

兵士《へいし》たちはすでに現場《げんば》に来ていた。動いている人影《ひとかげ》のなかに、月光が一瞬《いっしゅん》、ひとりのすがたを浮《う》き上がらせた。確固《かっこ》として指揮《しき》をとっている、ユスティニウスのがっしりしたすがただ。そのかざりのない兜《かぶと》が、月光にキラリと光った。亀裂《きれつ》のなかで、石や岩の大きなかたまりを支《ささ》えるための杭《くい》を打ちこむ作業をしている者がいた。他の男たちは壁《かべ》の後ろで、ふたりで担《かつ》ぐ大きな箱に土を盛《も》っている。ベリックが馬を止めると、ゲイル風に切り裂《さ》かれた闇《やみ》の中から積み荷を下ろす係りの男たちの黒い影《かげ》が出てきて、石灰岩《せっかいがん》のかたまりを、さっと空けた。亀裂《きれつ》のわきの石灰岩《せっかいがん》の山がどんどん大きくなっている。ベリックは回れ右をして、馬をせかせて来た道をもどった。

何度往復《おうふく》したか見当がつかなかった。だが荷を積んで行くたびに、被害《ひがい》をくいとめようという必死の努力もむなしく、亀裂《きれつ》はいっそう広がっていくように思えた。

ベリックがもう一度馬を返そうとしたとき、雲間から月が現《あら》われた。肩越《かたご》しに後ろを見ると、亀裂《きれつ》のなかにいるユスティニウスのすがたが、疾走《しっそう》する空を背景《はいけい》にくっきりと見えた。見ているあいだに緑の海が土手をひとなめし、亀裂《きれつ》の人影《ひとかげ》は、激《はげ》しく砕《くだ》けちる波しぶきの向こうに見えなくなった。ベリックはほとんど無意識《むいしき》に、そのときたまたまそばにいた人間に、馬の端綱《はづな》を押《お》しつけた。ベリックがわかったのは、まだ波しぶきが残るうちに、自分がユスティニウスのそばに来たということだけだった。崩《くず》れかかった亀裂《きれつ》のなかで、ベリックはユスティニウスの隣《とな》りに立っていた。

ひとつまたひとつとやってくる突風《とっぷう》はやんでいたが、ここでは決してやまない金切り声のような風が吹《ふ》きすさんでおり、息もままならない。潮《しお》は塩湿地《えんしっち》をおおいつくし、ふだんの大潮《おおしお》のときよりも三フィートも高い。波よけの最前線である当座《とうざ》しのぎの編《あ》み垣《がき》はすっかり波にさらわれてしまい、波は何ものにも妨《さまた》げられることなく、渦《うず》を巻《ま》いて堤防《ていぼう》の上まで押《お》しよせている。巨大《きょだい》な波がつぎからつぎへと牙《きば》をむいて襲《おそ》いかかり、さしもの防壁《ぼうへき》もこっぱみじんに砕《くだ》かれるかと思えた。ベリックは風で息がつまり、波しぶきで目も開けられなかったが、それでも必死で石灰岩《せっかいがん》のかたまりを詰《つ》めこんでいた。ベリックは足下で、堤防《ていぼう》が震《ふる》え振動《しんどう》するのがわかった。かき鳴らされた竪琴《たてごと》の糸が、震《ふる》えているようだ。

　しかしベリックは、幸福だった。激《はげ》しい興奮《こうふん》に、過去《かこ》の不幸の澱《おり》や錯乱《さくらん》が洗《あら》い流されていくのがわかる。あれほど長いことベリックにとりつき苦しめていたものが、今、押《お》し流されていく。これは単純明快《たんじゅんめいかい》な戦いだった。防壁《ぼうへき》と、防壁《ぼうへき》が守っている湿原《しつげん》、よりよきものを約束する海岸沿《ぞ》いの牧草地、それらを守るための人間の戦いだ。ここで、この亀裂《きれつ》のなかでユスティニウスと肩《かた》と肩《かた》を並《なら》べて、するべきことはたったひとつだった。牙《きば》をむいて襲《おそ》ってくる海を阻止《そし》すること、それだけだ。

　しかし今のところ、これは負け戦に思えた。杭《くい》を打ち、石灰岩《せっかいがん》や石を詰《つ》めこむが、そのはしから波が流し去る。また詰《つ》めこむと、また流し去る。ぶち当たる波の力を弱めるために、亀裂《きれつ》の外側をサンザシの束《たば》で固めようと必死だったが、波はまるであざ笑うかのように、片端《かたはし》からのみこんでいく。ベリックはサンザシが流されないように、堤防《ていぼう》の海側にとりついて、さらに杭《くい》を打ちこんでいた。そのときこれまでになかった巨大《きょだい》な波が、押《お》し寄《よ》せてきた。

ベリックは暗闇《くらやみ》をついて白い波頭《なみがしら》が、猛烈《もうれつ》な高さでおおいかぶさってくるのを見た。気をつけろーっと叫《さけ》ぶ声を聞いた。しかし、身体を伏《ふ》せる時間しかなかった。波は防壁《ぼうへき》のてっぺんを飛びこえて襲《おそ》いかかり、そのまま引いていかないように思えた。ベリックの上にかぶさったまま、永遠《えいえん》に動かないのか？　波のなかはしんと静かで、嵐《あらし》も届《とど》かない。暗い圧力《あつりょく》だけが、静かに激《はげ》しくかかっている。ベリックは「クノリはまちがっていた」と思った。混乱《こんらん》し火花が散るなかで、湿原《しつげん》のふちの緑地の約束だけは守ったという思いが一《いっ》瞬《しゅん》心をよぎった。そのとき、波が砕《くだ》けた。

さながら全世界が、ベリックの上に崩《くず》れ落ちてきたかのようだ。目も見えず、息もできず、意識《いしき》が遠のいていく。波に押《お》し流され、沈《しず》んでいく……。そのとき手が、自分で打った杭《くい》の一本を探《さぐ》り当て、しがみついた。杭《くい》はしっかりして動かない。杭《くい》につかまったが、両腕《りょううで》が付け根から引きちぎれそうだ。全身が濡《ぬ》れた革《かわ》ひものように、キューンと引きのばされている。とうてい耐《た》えられないと思われたが、突然《とつぜん》、その引っぱる力が去った。ベリックは打ちのめされて亀裂《きれつ》に横たわり、ぼんやりと自分はまだ生きているのだろうかと思った。だれかがベリックをつかんでいる。ベリックはやっと膝《ひざ》をつき、それから立ち上がろうとした。

耳元で声がした。彼《かれ》を失ったかと思った、と言っているらしい。

ベリックは頭をふり、ぜいぜいとあえぎながら言った。「溺《おぼ》れないと……いうのが……オレの……運命なんだ」

あれが巨大《きょだい》な波の最後、大嵐《おおあらし》の頂点《ちょうてん》だったようだ。だがベリックは、そんなことに気づく余裕《よゆう》はなかった。ずいぶん経《た》ってから突然《とつぜん》、亀裂《きれつ》にしばらく大波が襲《おそ》ってきていない、と気がついたのだ。

引き潮《しお》になった！　潮《しお》は引きつつあり、あたりが明るくなってきた。荒涼《こうりょう》としたゆれる海の向こうの、はるか東に、濡《ぬ》れたサクラソウの色をした朝焼けの帯が見える。ベリックは、顔が濡《ぬ》れるのは波しぶきのせいではなく、降《ふ》りだした雨のせいだと気がついた。少なくとも今回の満潮《まんちょう》を、防壁《ぼうへき》は耐《た》えたのだ。

じきに波は土手の下端《かたん》まで届《とど》かなくなり、ベリックはユスティニウスに続いて、亀裂《きれつ》からはい下りた。指揮官《しきかん》は他の男たちと同様ずぶぬれで、頭の先からつま先まで、石灰《せっかい》と泥《どろ》にまみれていた。明け方の鈍《にぶ》い光のなかで、眼《め》のふちが赤く見える。左の頬骨《ほおぼね》に沿《そ》って、サンザシの束《たば》に激《はげ》しく当たったような裂《さ》け傷《きず》がついている。ユスティニウスはベリックを見て、にこりとした。三日間伸《の》びほうだいだったひげのあいだで、歯が白く光っている。ベリックもにっこりと笑い返した。突然《とつぜん》、ユスティニウスがこれまでよりずっと親しいものに感じられた。なにしろふたりは同じ目的のために、戦っているのだ。亀裂《きれつ》の周囲にもその向こうの湿原《しつげん》にも、前よりも多くの男たちがいるようだ、とベリックは思った。水門の土手に行っていた隊が、夜のうちに応援《おうえん》にやってきたらしい。彼《かれ》らがまわりに集まってきたので、ユスティニウスはすばやくみんなのほうを向き、親指を上に立てて、声をはりあげた。「みんな勇敢《ゆうかん》に戦ってくれた。われわれは勝ったぞ！」言葉はすぐ近くの者にしか聞こえなかったが、身振《みぶ》りでじゅうぶん伝わり、彼《かれ》らも親指を上げて応《こた》えた。だれもがあきれるほどびしょぬれで疲《つか》れきっていたが、同時に歓喜《かんき》に酔《よ》っていた。一瞬《いっしゅん》ベリックは、勝利を喜ぶのは早すぎるのではないかと思ったが、やがてわかった。風はうなりをあげて、北西に向きを変えたのだ。これなら、もうじきやむだろう。もう、波は土手に襲《おそ》いかかることはない。防壁《ぼうへき》は持ちこたえたのだ。

どっと疲《つか》れが出て、ベリックはもう這《は》うことすらできないと思った。基地《きち》までがひどく遠く思われ、自分が歩いているのか、眠《ねむ》っているのかさえおぼつかなかった。しかし割《わ》り当てのパンと干《ほ》しぶどうを食べ終えると、そっとみんなのそばを離《はな》れた。ユスティニウスが小休憩《しょうきゅうけい》を告《つ》げたので、リアダが無事かどうかを確《たし》かめに、村に行くことにした。ゲイル風はすでに収《おさ》まりかかっていたが、それでも足がふらついて、歩くのが困難《こんなん》だった。ベリックは疲《つか》れはてていて、生まれたばかりの子牛のように、よろよろとしか歩けなかった。

　ハリエニシダの茂《しげ》みを通りぬけたが、たいした被害《ひがい》はなさそうだ。だが島の防風林《ぼうふうりん》のサンザシは、名残《なごり》のゲイル風にまだ枝《えだ》をゆらしている。その枝《えだ》があちこちで折れ、いかにも戦いの傷跡《きずあと》らしい。根こそぎ引きぬかれたサンザシも、あちこちに転がっていた。ベリックが着くと、村はまったく荒涼《こうりょう》としていた。だが何人かは、風や降《ふ》りしきる雨にもかかわらずもう表に出て、嵐《あらし》の爪《つめ》あとのなかで動きまわっていた。海辺に住み、海の力をよく知っている人々《ひとびと》は、すべてを運命と受けとめて、いちいち苦情《くじょう》を言いたてることはしない。小屋の屋根は飛ばされ、丸木舟《まるきぶね》は壊《こわ》れている。一艘《そう》は羊小屋の壁《かべ》にぶつかって、ばらばらに砕《くだ》けていた。そこらじゅう砂《すな》だらけで、小屋と小屋のあいだは、奥《おく》までふり積もっている。ベリックは引き潮《しお》でむきだしになった塩湿地《えんしっち》を見下ろして、なぜ前と違《ちが》って見えるのだろうと不思議に思った。やがて、信じられない思いで気がついた。川の一番近い支流《しりゅう》が、以前あったところにはなく、よそに新しい支流《しりゅう》ができているではないか。新しい川は、島の砂利斜面《じゃりしゃめん》のすぐ下を流れていた。

鋤《すき》と、巻《ま》いた革綱《かわづな》を持った男がベリックの横で足を止めた。ベリックと同じ方向を見渡《みわた》している。「これからは漁に出るのが楽になるな——もっとも、別の年にまた別の嵐《あらし》が来るまでの話だが。そのときは、川はまた違《ちが》うところを流れるだろう」男はベリックを見てうなずくと、身体を前に倒《たお》して風に向かい、ぐんぐん歩いていった。

リアダが村長《むらおさ》の小屋の炉《ろ》のそばに座《すわ》っているのを、ベリックは見つけた。炉《ろ》にはまた火が入れられたらしく、女や子ども、猟犬《りょうけん》、羊、鶏《にわとり》などが、まわりをとり囲《かこ》んでいる。村の人々《ひとびと》は、嵐《あらし》が荒《あ》れ狂《くる》うまえに、家畜《かちく》を屋内に入れていた。愛用の竪琴《たてごと》を抱《だ》きかかえたリアダのひざに、ゲラートと、キランという少年、それから見知らぬ女の子が、よりかかって眠《ねむ》っていた。家の中は混雑《こんざつ》し、いやな匂《にお》いがこもり、煙《けむり》が充満《じゅうまん》している。ベリックは、混《こん》雑《ざつ》をかきわけてリアダのそばに行こうとはしなかった。ただ、砂《すな》が積もった低い戸口にしゃがんで、「リアダ」と声をかけた。

リアダは顔を上げ、ひざに寄《よ》りかかっている者たちを起こさないように、そっと言った。

「ベリックか?」

「ご無事でしたか?」

「わしは無事だ。そっちは?」

「堤防《ていぼう》を守りました」ベリックはしゃがれた声で答えると、戸口をくぐって、名残《なごり》のゲイル風のなかに出ていった。リアダは無事だった。そして堤防《ていぼう》も助かった。今は、これ以上言うべきことはなにもない。なぜかベリックの重い足は、自然に壁《かべ》の亀裂《きれつ》のほうに向かっていた。そこではもう男たちが、波消壁《はしょうへき》を修理《しゅうり》していた。決壊《けっかい》した防壁《ぼうへき》そのものの補修《ほしゅう》にとりかかっている者もいる。ユスティニウスはくるぶしまで泥水《どろみず》に漬《つ》かりながら、あちこち歩きまわって、作業を指揮《しき》していた。

ベリックの重い疲《つか》れはいっときに軽くなり、その日一日中、着実に作業を続けた。そのあいだにゲイル風はすっかり弱まり、降《ふ》りしきる雨が布《ぬの》のように防壁《ぼうへき》をおおっていた。湿原《しつげん》は、まるですそだけが泥《どろ》で汚《よご》れた灰色《はいいろ》のカーテンを引いたように、にじんで見えた。午後の満ち潮《しお》が塩湿地《えんしっち》をおおってしまったので、波消壁《はしょうへき》を修理《しゅうり》していたものは、やむなく土手へと退避《たいひ》した。波は荒《あら》いが、風と潮《しお》がたがいに足を引っぱりあっている。これまで潮《しお》が満ちれば、風は防波堤《ぼうはてい》の敵《てき》となっていたが、今では風は防波堤《ぼうはてい》に味方して、まるで水を引かせようとしているようだ。おかげでまた満ち潮《しお》となったというのに、新しい被害《ひがい》はほとんど出ていない。しかもこれからは、干満《かんまん》のたびに潮位《ちょうい》が下がっていくだろう。

　このころにはゲイル風は、ときどき思い出したように吹《ふ》くだけになっていた。雨まじりの風となって、湿原《しつげん》のあちこちを気まぐれに吹《ふ》いている。ありとあらゆるものがびしょぬれで、疲弊《ひへい》し、そして不思議なことに平和だった。島の向こうから大きな石をもっと運んでくるために、ベリックは荷馬隊にもどった。ベリックが防壁《ぼうへき》へともどってくると、馬が何頭か片側《かたがわ》に並《なら》んで、軍団兵《ぐんだんへい》ふたりが世話をしているのが見えた。数人の士官《しかん》が、亀裂《きれつ》があった場所の前に立っている。

　前かがみになった背《せ》の高い男のすがたに見覚えがあり、レマニス港からやってきたのだとわかった。ふたりの若《わか》い参謀士官《さんぼうしかん》は、緋色《ひいろ》のマントをしっかりと身にまとっている。そのかたわらに、ユスティニウスがいつものように手を後ろに組んで立っていた。そのすがたは、となりにいる長身で冷たそうな男とは対照的で、嵐《あらし》に耐《た》えた樹木《じゅもく》のように、いっそういびつで、いかつく見えた。長身の男は、軍団長《ぐんだんちょう》のしるしの金色に輝《かがや》く、青銅《せいどう》の兜《かぶと》をかぶっていた。

　ベリックは切迫《せっぱく》した嵐《あらし》のせいで、軍団長《ぐんだんちょう》が堤防《ていぼう》の視察《しさつ》に来ることを、すっかり忘《わす》れていた。たぶん軍団長《ぐんだんちょう》はまず水門に行き、そこにゲータ百人隊長と小人数の兵士《へいし》しかいないのを見たのだろう。そしてこちらでなにがあったのかを聞き、自ら視察《しさつ》にやって来たにちがいない。潮位《ちょうい》が上がっていたから、湿原《しつげん》の狭《せま》い渡《わた》り板を馬で渡《わた》るか、あるいは濡《ぬ》れるのをかまわずに排水溝《はいすいこう》を進むか、どちらかしかなかったはずだ。しかしそのぐらいのことで、軍団長《ぐんだんちょう》コルネリウス・クロルスがいったん決めた計画を思いとどまるはずはない、とベリックは思った。軍団長《ぐんだんちょう》はしばらく立ち止まっていたが、また断固《だんこ》として先に進んだ。亀《き》裂《れつ》をふさぐための土を掘《ほ》った穴《あな》ぼこをぐるりとまわって、小隊のそばの積み荷のところへ行った。すぐに使用する荷を下ろした場所だ。

「それにしても、すさまじい嵐《あらし》だったな！　雷神《らいじん》ゼウスにかけて！　あれほどの暴風《ぼうふう》は初めてだ！」ベリックが疲《つか》れた馬を荷下ろしの場所に連れていこうとすると、いささか締《し》まりのない軍団長《ぐんだんちょう》の声が聞こえた。

「あの嵐《あらし》に出会ったのは、むろん、ローマ軍団《ぐんだん》だけではない」軍団長《ぐんだんちょう》はベリックがよく覚えている、高飛車な笑いかたをした。「われわれが体験したばかりのこの嵐《あらし》は、土地の伝説となるたぐいのものだ。泥小屋《どろごや》を吹《ふ》き飛ばされた連中のひ孫の代まで『あの大嵐《おおあらし》』と呼《よ》んで、語り伝えられるはずだ。この堤防《ていぼう》も、その伝説の一部となるだろう。ところで、隊長、わたしは今朝レマニス港を出るときには、きみの作ったこの堤防《ていぼう》がまだ残っているものかどうか、大いに疑問《ぎもん》を感じていたんだが」

「一時はわれわれも同じ疑問《ぎもん》を持ちました」ユスティニウスがそっけなく答えた。

そこで会話が途切《とぎ》れた。ベリックは馬の片側《かたがわ》の荷を下ろし、砂色《すないろ》の髪《かみ》をしたブリトン人の男が反対側の荷を下ろした。軍団長《ぐんだんちょう》が亀裂《きれつ》で働いている男たちを見ていることに、ベリックは気がついた。「つぎの満潮時《まんちょうじ》までに、修復《しゅうふく》できるのかね?」軍団長《ぐんだんちょう》の声がした。

「われわれがほどこした応急処置《おうきゅうしょち》は、すでに一度、満潮《まんちょう》を耐《た》えぬきました。つぎの満潮《まんちょう》のときには、もうなんの心配もなくなっているはずです」

「わたしは専門家《せんもんか》ではないが、危険《きけん》にさらされる部分はもっと嵩上《かさあ》げすべきではないのかね?」

「そのとおりです」ユスティニウスの低い声に、かすかに皮肉な響《ひび》きがあった。「嵩上《かさあ》げすべきですし、いずれそうするつもりです。わたしが申請《しんせい》した人工《にんく》の三分の二以上が認《みと》められてさえいたなら、今ごろはもう、そうなっていたはずです」

ベリックが石を積みそこなったため、石は山をごろごろと転がって馬の足元に落ちた。馬は頭を振《ふ》りあげ、鼻息を荒《あら》げて、後ずさりした。ベリックは即座《そくざ》に馬を押《お》さえたが、ハッと気がついた。軍団長《ぐんだんちょう》がこの動きに気づいたらしく、亀裂《きれつ》から目をそらして、自分のほうを見ている。その瞬間《しゅんかん》、ベリックの腹《はら》がきりきりと引き締《し》まった。ベリックはゆっくり顔を上げ、ワシの紋章《もんしょう》のついた兜《かぶと》の下の厳《いか》めしい顔を、まっすぐに見つめた。イアソンを殺《ころ》した男の顔――自分とイアソンのあいだに、この男とポルクスとローマがあった。自分はポルクスを殺《ころ》そうとした。なぜならローマを手にかけることも、軍団長《ぐんだんちょう》を手にかけることも不可能《ふかのう》だったからだ。だが今では、イアソンのことを除《のぞ》けば、すべてがはるか遠くの小さな出来事に思える。

軍団長《ぐんだんちょう》の目には、ベリックを思い出した気配はみじんもなかった。「大変だな」軍団長《ぐんだんちょう》は、きびきびと言った。

「大変です」ベリックは応《こた》えた。「でも、もっと大変なことも経験《けいけん》しました」

軍団長《ぐんだんちょう》が土地の人足にわざわざ言葉をかけてやったというのに、ベリックの口調には、軍団長《ぐんだんちょう》が期待した反応《はんのう》とは異《こと》なるものがあった。それで軍団長《ぐんだんちょう》は少し眉《まゆ》を上げた。

あとをユスティニウスが引き継《つ》いだ。「閣下《かっか》、わたしの家族をご紹介《しょうかい》申し上げたい。ベリックです」

軍団長《ぐんだんちょう》の目は、ベリックが敬礼《けいれい》の姿勢《しせい》をとると、かすかに驚《おどろ》いたように見えた。思いあぐねるかのように、ベリックの泥《どろ》だらけのすがたや、びしょぬれのチュニカの残骸《ざんがい》が引きちぎれてむきだしになっている片方《かたほう》の肩《かた》のあたりを眺《なが》めまわし、ベリックの顔をしげしげと見つめた。それからユスティニウスのほうを、ふり返った。「きみの息子《むすこ》かね？」

「はい、この春からですが」ユスティニウスは静かに言った。

「なるほど。失われた時間の埋《う》め合わせというわけか。息子《むすこ》がきみの仕事を継《つ》げるよう、厳《きび》しく訓練していると見える」冷たい視線《しせん》が、またベリックに向けられた。「ローマ帝国《ていこく》の湿原《しつげん》を干拓《かんたく》するために、きみ自身が出向くときに、ひとつ安心できることがあるぞ。きみの部下は少なくとも、きみが自分ではしたことのないことを部下に要求する上官だ、という文句《もんく》だけはつけられまい。ところできみは、わたしの軍団《ぐんだん》の一員かね？　もちろん泥《どろ》のせいかもしれんが、前にきみに会ったことはないように思うんだが」

ベリックは首を振《ふ》った。「どの軍団《ぐんだん》にも、所属《しょぞく》したことはありません」

軍団長《ぐんだんちょう》はさらに少し眉《まゆ》を上げた。「驚《おどろ》いたな！　ユスティニウスの息子《むすこ》ともあろうものが、軍団《ぐんだん》に入ったことがないとは。この春からの息子《むすこ》にしても――」軍団長《ぐんだんちょう》は最後まで言わなかった。そして、無頓着《むとんちゃく》で親しげな様子でベリックにうなずくと、ユスティニウスに向き直って、作業についてまたいくつか質問《しつもん》した。まもなく、一行は前哨基地《ぜんしょうきち》へと移動《いどう》していった。

一行の後ろで、ベリックは静かに馬に向かった。また雨が激《はげ》しくなり、濡《ぬ》れて荒涼《こうりょう》とした湿原《しつげん》は暗さを増《ま》している。だがその湿原《しつげん》が突然《とつぜん》、ベリックには輝《かがや》いて見えた。ベリックは空っぽで、汚《よご》れておらず、軽《かろ》やかだった。夢《ゆめ》の中のあの瞬間《しゅんかん》、イアソンがこう言ったときと同じ気分だ。「見ろよ！　オレたちはずっと鉄の鎖《くさり》だと思っていたが、実はイグサでできているんだ」そしてベリックは下を見て、足かせが青いイグサを編《あ》んだものとわかり、指で引きちぎって自由になった。いったいいつこれほど軽《かろ》やかになったのか、どうしてそうなったのか、よくはわからない。ただ、嵐《あらし》や、リーの防壁《ぼうへき》を守って戦ったこと、湿原《しつげん》のふちの緑地が、どこかで関係していることは確《たし》かだった。それからルキルラとヒッピアスとランタンも。また、リアダがゲラートを連れて昔の生活からやってきて、後ろの扉《とびら》を開けてくれたことも。自分にとって重要なのは、こういうことだ。ところが今、どうでもいい軍団長《ぐんだんちょう》コルネリウス・クロルスが自分を見て、前に会ったことはないと思うと言ったその瞬間《しゅんかん》に、まったく突然《とつぜん》、自分は自由だと納得《なっとく》したのだ。過去《かこ》の不幸な出来事や苦い裏切《うらぎ》りが、まるで邪悪《じゃあく》な霧《きり》のように立ちのぼって、自分と世界とをへだてていた。それが今、解放《かいほう》された。手首についたかせの傷《きず》あとから、自由になった。

「おい、いい夢《ゆめ》なのか？」砂色《すないろ》の髪《かみ》の男が、怒《おこ》ったように聞いた。気がつくと、ベリックは立ちつくしたまま、手のなかの石を生まれて初めて目にするもののように、じっと見つめていたのだ。石は暖《あたた》かな茶色で、雨に濡《ぬ》れて模様《もよう》が浮《う》き出ていた。タゲリの卵《たまご》のような斑点《はんてん》があって、とてもきれいだ。

「ああ、いい夢《ゆめ》だった」ベリックは言い、その石をほかの石の上に放り投げた。

翌朝《よくあさ》、静かな灰色《はいいろ》の光の中で、駐屯地《ちゅうとんち》から続く道が森に入っていくところに、ベリックとリアダとキラン少年が立っていた。「行かないでくれればいいのに。せめて、もう一晩《ひとばん》だけここにいて、もう一度歌ってほしいな」

「いや、歌なら昨晩《さくばん》歌った。ここは、今は歌う場所ではないという気がしてならんのだ。わしは歌わないところでは、食べさせてもらう気になれないんでな。川をさかのぼって、つぎの村に行こうと思う。そこなら嵐《あらし》の被害《ひがい》も少なかったろうから、村人がわしの竪琴《たてごと》を聞く余裕《よゆう》もあるだろうて」

「リアダ――」ベリックは言いかけて、ためらった。

「どうした、ぼうず？」

「リアダ、いつか帰るだろうか、かつての一族のところに？」

「もちろん。わしの足が、ふたたび西に向いたらな」

「ことづけを頼《たの》めるだろうか、母のギネアに？　追放された夜、約束したんだ。自分と同じ種族のなかで、新しい生活を始めたら、一度だけ、連絡《れんらく》するって——オレが元気だってことが、おふくろにわかるように」

「伝えよう」リアダは言った。「ほかには？」

「それだけだ。自分と同じ種族のなかで、新しい生活を始めたと、伝えてくれ。そして、元気でやっていると。それから約束を忘《わす》れなかったと。それだけでいい」

「なるほど、それがよかろう」しばらくしてから、竪琴弾《たてごとひ》きは言い、それから手を差しだした。「いい狩《か》りをしろ、ベリック。太陽と月がおまえの行く道を照らしますように」

「あなたの道にも」ベリックの声が少しかすれた。「あなたの道にも、リアダ」ベリックは竪琴弾《たてごとひ》きの手をとり、しっかりと握《にぎ》った。それから急いでかがんで、さっきから頭をこすりつけているゲラートと向きあい、大きなごわごわした頭をなでた。

やがてリアダはキラン少年の肩《かた》に手を当てて向きを変え、自分の道を進んでいった。ベリックはひとりで、山道をどんどん歩いた。後ろからクーンクーンと、抗議《こうぎ》するような犬の鳴き声が聞こえてきたが、追ってくる様子はなかった。ゲラートは自分で選んだのだ。

嵐《あらし》はこのあたりには、マーシュ島ほどの大被害《ひがい》はもたらさなかった。それでも森の中は、樹木《じゅもく》がなぎはらわれて空いた空間ができている。上るにつれて、カシやサンザシの枝《えだ》が折れて白い傷跡《きずあと》を見せていた。根本には葉や枝《えだ》が厚《あつ》く積もっている。それでも木はしっかりと立っていて、葉が落ちて裸《はだか》になった枝々《えだえだ》を、青と灰色《はいいろ》と銀色の入りまじった秋空に向けて、大きく広げている。ベリックは、木々《きぎ》が勇気と勝利に輝《かがや》いているように感じた。翌春《よくしゅん》の緑と金色の葉を約束する王冠《おうかん》をかぶっているようだ。

防風林《ぼうふうりん》もまた、被害《ひがい》を受けていた。一番大きなサンザシの木は倒《たお》れていたが、そのそばにユスティニウスがいるのが見えた。温かい湯につかろうと帰ってきて、折れた樹木《じゅもく》を調べているらしい。「新しい苗木《なえぎ》を植えなければならないな」そばにきたベリックに向かって、ユスティニウスは言った。

ベリックはうなずいて、節だらけの幹《みき》と、風でからまった長い枝《えだ》が芝土《しばつち》の上に転がっているのを見た。「農場の被害《ひがい》はどうですか？　マイアと子馬はどうしたろう？」

「マイアも子馬も問題ない。それに農場はほとんど被害《ひがい》を受けなかったようだ。ここは水門のあたりと同じで、風はほとんど雄牛《おうし》島が防《ふせ》いでくれるからな」ユスティニウスは家のほうを向きかけたが、そこで止まり、傷《きず》だらけの森から河口域《かこういき》を眺《なが》めた。「冬がやってくるな。もうじき北のほうから、ハイイロガンが帰ってくるだろう。そろそろ夜、頭の上でハイイロガンの鳴き声が聞こえるはずだ」

「三人で働けば、春になって耕《たがや》すまでに、そうとう藪《やぶ》を開墾《かいこん》できますね」ベリックは満足そうに言った。

ユスティニウスはしばらく黙《だま》っていた。だが、ふたりそろって家にもどる道すがら口を開いた。「ベリック、軍団《ぐんだん》に入りたい気持ちはないかね？」

ベリックはその場に凍《こお》りついたように立ちどまって、衝撃《しょうげき》を受けた目でユスティニウスをながめた。「それは——きのう軍団長《ぐんだんちょう》が言ったからですか？」やっと、聞いた。

「ある意味ではな。しかし前から考えていたことだ。おまえは一度は、ワシの軍団《ぐんだん》に入ろうと思った。違《ちが》うかね？」

ベリックは手の甲《こう》でひたいをぬぐった。「たしかに、そう思いました。でもそれはずいぶん昔のことです。それに——その後いろいろなことがあった。だから……考えもしなかった——」

「考えてみるのも、いいかもしれんぞ。おまえはもう自由なんだから。もちろん、急ぐ必要はない、一年かかろうと、二年かかろうと、いいじゃないか。百人隊に入るのに、年齢《ねんれい》制限《せいげん》はないからな」

長い牧草地の藪《やぶ》の生えたところを突《つ》っ切り、暖《あたた》かく素朴《そぼく》な家に足を向けながら、ベリックは、もう、少しも驚《おどろ》いてはいなかった。ユスティニウスの提案《ていあん》は衝撃的《しょうげきてき》で、最初は頭がまっ白になった。だが同時に、まるでその言葉を待っていたかのように、すとんと腑《ふ》に落ちるところがあった。まるで前から知っていたことのようだ。長い牧草地を半分行ったところで、ベリックはたずねた。「あなたはどう思いますか、ユスティニウス？」

「ここでいっしょに農場がやれたら、わたしはとてもうれしい」ユスティニウスは静かに言った。「だがそれと同じくらい、軍の任務《にんむ》を継《つ》いでくれる息子《むすこ》がいたらと憧《あこが》れてもいた。ベリック、おまえの人生はおまえのものだ」

ふたりは無言で歩きつづけた。

農場の屋根にはところどころに金色のコケがはりついていたが、すっかりはがれ落ちてしまった。落ちた葉や枝《えだ》は、そこここのかたすみに集められている。セルヴィウスは急ぎの補修《ほしゅう》を終わらせて、暇《ひま》ができてから片《かた》づけるつもりなのだろう。だがテラスのはじに来ると、タマリスクの木が無事に立っているのがわかった。黒っぽい細い枝《えだ》は、まだ白い花におおわれている。カノグは、石灰壁《せっかいかべ》を背《せ》にして、陽だまりのなかに座《すわ》っていた。ころころと太った子犬にぴたりとよりそっている。

　ベリックが近づくと、カノグは頭を起こし、ふさふさしたしっぽを柔《やわ》らかく振《ふ》った。毛むくじゃらの小さな顔に、目がキラキラ輝《かがや》いている。いったんは子犬を離《はな》してベリックのところに来かかったが、急いで子犬のほうにもどり、首の後ろをくわえて、なんとか連れてこようとした。小さなカノグがくわえるには、子犬は大きすぎるのだが、それでもよろよろとテラスを横切り、ベリックの足元に子犬をドサリと下ろした。最愛の者に自分の宝《たから》物《もの》を捧《ささ》げようとでもいうように。

　ベリックはかがんで、小さなころころした子犬を抱《だ》きあげようとしたが、そのとき不意に旅から家に帰ってきたような思いに満たされた。「オレの居場所《いばしょ》はここだ」ベリックは思った。「ここに留《とど》まるにしろ、またどこかに行くにしろ、居場所《いばしょ》はいつもここだ。この場所は裏切《うらぎ》ることはない」そのときさっと、カモメの影《かげ》がテラスを横切った。ふとベリックは、イアソンの島を思った。冬の雨の季節が過《す》ぎると、アネモネで緋色《ひいろ》に染《そ》まるという、イアソンの島を。

　開け放した戸口の奥《おく》の暖《あたた》かい影《かげ》のなかに、サフラン色がちらりと見えて、コルダエラが満々《まんまん》としたすがたを現《あら》わした。銀細工のイヤリングがゆれている。「朝食ができてるんですよ」嵐《あらし》があったかもしれないが、それがなんなの、とでもいうように、コルダエラが声をかけた。「あのね、新しいパンを焼いたんだから、ふたりとも早くなかに入って、温かいうちに食べてくださいよ」

訳者あとがき

英国の誇《ほこ》る歴史小説家、ローズマリー・サトクリフは、子どもから大人まで幅広《はばひろ》い読者に支持《しじ》される作品を、数多く残している。『ケルトの白馬』に続いて、『ケルトとローマの息子』（原題：OUTCAST＝追放された者）をお届《とど》けできることを、とてもうれしく思う。

『ケルトの白馬』は、ローマの足音が遠くに聞こえる、紀元前一世紀前半のブリテン島が舞台《ぶたい》だったが、今度はその約二百年後、ブリテン島の辺境《へんきょう》、コーンウォールから物語が始まる。この二百年のあいだに、繁栄《はんえい》するローマ帝国《ていこく》はブリタニアに遠征《えんせい》し、この地を帝国《ていこく》の属州《ぞくしゅう》とした。

ローマ軍はワシを旗印としたことから「ワシ」と呼《よ》ばれ、またローマの軍人は兜《かぶと》に馬のたてがみのような赤い飾《かざ》りをつけていたことから「赤いたてがみ」と呼《よ》ばれたが、高度な地中海文明を背景《はいけい》に、圧倒《あっとう》的な強さで、ケルトの部族社会をその支配下《しはいか》においたのだ。主人公ベリックの育ったドゥムノニー族は、辺境《へんきょう》の部族だったため、ローマの支配《しはい》から無視《むし》されたような形で、かろうじてケルトの部族社会が生きのびていた。

ローマの支配《しはい》は、それ以前のケルト部族間の争いや、後のサクソン人の侵入《しんにゅう》に比《くら》べると、平和的と言えるだろう。ケルト人やサクソン人は、先住民を殺害《さつがい》するか追放してその後に定住したが、ローマ人は、一方で収奪《しゅうだつ》もあったろうが、一方では土着の人々《ひとびと》にローマ文明をもたらした。ローマ軍団《ぐんだん》の兵士は退役《たいえき》すると、駐屯地《ちゅうとんち》の近くの土地を与《あた》えられ、その土地の女性《じょせい》と結婚《けっこん》して定住することが多かったので、土地の人々《ひとびと》との混血《こんけつ》も進んだ。干拓《かんたく》事業に活躍《かつやく》する百人隊長ユスティニウスのように、ローマ人とブリトン人の混血《こんけつ》の人間は、めずらしくなかったようだ。もうひとつ、ローマ軍団《ぐんだん》はローマ人の男性《だんせい》にとって、教育機関のような側面を持っていたことを知っておいてほしい。

さて、ケルトとローマの両方の世界に生きながら、そのどちらにも属《ぞく》することのできない主人公ベリックを、サトクリフは生みだした。一九五五年の出版《しゅっぱん》当時には、主人公の運命のあまりの苛酷《かこく》さに、首を傾《かし》げる批評家《ひひょうか》もいたようだ。しかし今読んでみると、ベリックの「居場所《いばしょ》がない」苦しみは、形こそまったく違《ちが》うものの、今を生きているわたしたちの心情《しんじょう》と、響《ひび》きあうものがあるように思える。しかもサトクリフは疎外《そがい》され、凍《こお》りついている思いの人間が、どうやって心をとりもどすか、希望の形を見せてくれる。

たそがれのケルト社会、ハドリアヌス帝《てい》時代のローマ、そしてガレー船の奴隷《どれい》の生など、歴史的興味《きょうみ》をそそる設定《せってい》と、ベリックの内面、ふたつが縒《よ》りあわさったところに、サトクリフの真骨《しんこつ》頂《ちょう》があると思う。

最後に、調べものの多い翻訳《ほんやく》のアシスタントを務《つと》めてくれた早瀬邦子《はやせくにこ》さん、正岡桂子《まさおかけいこ》さん、ありがとうございました。また翻訳《ほんやく》の途中《とちゅう》で原稿《げんこう》を読んで、貴重《きちょう》な意見をくれた中学生から大人までの友人に、この場を借りてお礼申し上げます。そして今回も大きなチャンスを与《あた》えてくれ、翻《ほん》訳《やく》を支《ささ》えてくださったほるぷ出版《しゅっぱん》の松井英夫さんに、心からの感謝《かんしゃ》を捧《ささ》げます。

灰島かり

本書は二〇〇二年刊『ケルトとローマの息子』の新版です。

ローズマリー・サトクリフ（1920-92）
Rosemary Sutcliff

イギリスの児童文学者、小説家。幼いときの病がもとで歩行が不自由になる。自らの運命と向きあいながら、数多くの作品を書いた。『第九軍団のワシ』『銀の枝』『ともしびをかかげて』（59年カーネギー賞受賞）（以上、岩波書店）のローマン・ブリテン三部作で、歴史小説家としての地位を確立。数多くの長編、ラジオの脚本、イギリスの伝説の再話、自伝などがある。

灰島かり

子どもの本の作家、翻訳家、研究者。英国のローハンプトン大学院で児童文学を学ぶ。著書に『絵本を深く読む』（玉川大学出版部）、訳書に『ケルトの白馬』『ケルト神話　炎の戦士クーフリン』『夜明けの風』（ほるぷ出版）、『猫語の教科書』『猫語のノート』（筑摩書房）などがある。

サトクリフ・コレクション
ケルトとローマの息子［新版］

2002年 7月25日　初版第1刷発行
2020年 2月20日　新版第1刷発行

著者　ローズマリー・サトクリフ
訳者　灰島かり
発行者　中村宏平
発行所　株式会社ほるぷ出版
〒101-0051　東京都千代田区神田神保町3-2-6
TEL. 03-6261-6691　FAX. 03-6261-6692
https://www.holp-pub.co.jp/
印刷・製本　中央精版印刷株式会社

NDC933　388P　188×128mm
ISBN978-4-593-10159-7　